尋秦記

新編完整版

Vol. 06

黃易

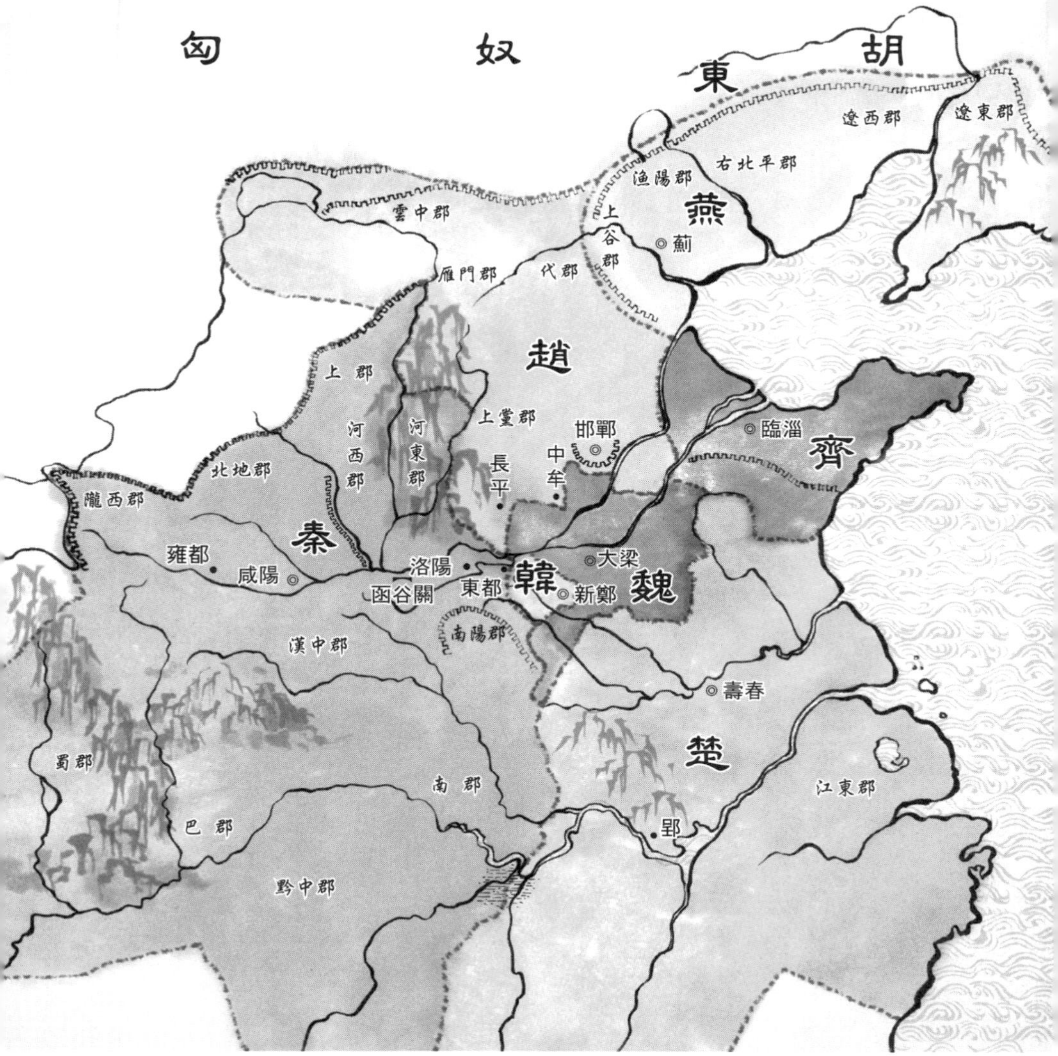
匈
奴
東
胡
遼西郡
遼東郡
右北平郡
漁陽郡
燕
上谷郡
薊
雲中郡
雁門郡
代郡
趙
上郡
河西郡
河東郡
上黨郡
邯鄲
中牟
長平
臨淄
齊
北地郡
隴西郡
秦
雍都
咸陽
洛陽
函谷關
東都
韓
大梁
新鄭
魏
南陽郡
漢中郡
壽春
楚
蜀郡
南郡
巴郡
郢
江東郡
黔中郡

戰國七雄分佈簡圖

尋秦記

卷06

目錄

第一章　宴無好宴

項少龍與李園提早少許出發，先在一條橫街會合，交換最新的情報。

兩人躲在馬車裡，李園問道：「太后找你有甚麼事？」

項少龍一邊留意窗外的情況，漫不經意地道：「她想我殺死李權、李令和春申君。」

李園精神一振，道：「她眞的這麼說？」

項少龍微哂道：「我難道要騙你嗎？她爲何這麼恨春申君呢？」

李園頹然歎道：「她恨所有玷污過她身體的男人，包括考烈王在內。」

項少龍道：「你那方面有甚麼新情況？」

李園道：「看來春申君最多只是用比武、下毒那類招數對付我們。因爲今晚被邀的嘉賓遍及各公卿大臣，另有外國或侯國來的使節、侯王，任春申君和李權的膽子如何大，也不敢在這情況下遣幾百人出來宰我們。」

項少龍沉聲道：「賓客名單中有沒有夜郎人呢？」

李園道：「沒看到夜郎王的名字。不過這並不代表他不會來，春申君該知道我要看他邀請的嘉賓名單，乃輕而易舉的一回事。」

項少龍淡淡道：「我決定在宴會上與春申君和李權分出勝負，否則不可能有另一個機會。若我沒有猜錯，明天一俟斗介調動好軍隊，春申君就會發難，裡應外合地以壓倒性的兵力控制壽春。因爲內城軍落到你手上，對他們實有切膚之痛。這宴會正是要把我們拖在那裡，更因壽春最重要的人物均雲集該處，一時間沒法做應變調動，自然是對他們最爲有利。」

李園愕然道：「可是春申君府家將達二千之眾，我們只得區區六十人，一些還要留在外面廣場處，動起手來，能逃命已叫僥倖，怎還能置敵於死地？」

項少龍微笑道：「『射人先射馬，擒賊先擒王』，李兄聽過這兩句至理名言嗎？」

李園唸了兩遍，雙目亮起來，顯是有點明白。

項少龍道：「我差點忘記至關緊要的事，田單是否在賓客名單上呢？」

李園搖頭道：「我正要告訴你這件事，自今早他和春申君吃過早膳，田單便失去蹤影，我看他可能已離開壽春。」

項少龍的心直往下沉，苦惱地道：「若他出城，當瞞不過守城的人，爲何你完全不知道呢？」

李園無奈地道：「若有斗介爲他安排，連武瞻都難以過問，所以把田單秘密掩護出城外，實是輕而易舉的一回事。」

項少龍猛下決心道：「出了這件事，我們更不得不動手，只有從春申君口中方可知道田單到了哪裡去。」

李園明白他的意思，假若田單返齊的話，項少龍必須以最快的速度解決壽春的事，再兼程追去。歎了口氣道：「項兄因我的事而延誤自己的大事，小弟眞不好意思。唉！話說回來，其實我們今晚的勝算並不高哩！」

項少龍含笑搖頭道：「非也非也！知彼知己，百戰不殆。現在我又有新的主意，索性把李兄的隨員都換上我的人，只要春申君不知道我們暗攜弩弓，這一場仗我們至少有七成勝算。這是名副其實以己之長，制敵之短。以弩弓剋長劍；以效率、速度和避重就輕的策略應付對方的人多勢眾。」接著湊到他耳邊說了一番話。

李園歎道：「即使孫武復生，也難勝項兄妙算！」

項少龍心中暗笑，這正是特種部隊的信條，以精銳勝平庸。只要抓到敵人最弱的一環，就像捏住毒蛇的咽喉，任牠如何厲害，也只有俯首就擒。

兩人分手後，李園先入宮見李嫣嫣稟告一切，而項少龍則逕赴春申君的宴會。

進入外門後，只見主宅前可容千人操練的大廣場停滿車馬，燈火通明。

主宅設在白石臺基之上，迴廊環繞，連接左右和後方的建築物，建築群間古樹參天，環境雅緻。

項少龍心生感觸。楚君的地位顯然遠及不上秦君。當年莊襄王停柩期間，咸陽停止一切宴會喜慶的活動。但這裡的人卻完全兩樣，就此點即可看出秦勝於楚的一個主因。

項少龍與眾手下躍下馬來，其中六人負責看管馬匹，另二十四人隨他往主宅走去。

一般權貴赴宴，帶上十來個家將乃平常之事，二十四個是多了一點，但在這情況下，春申君絕不好反對，何況他怎會把二十四個人放在心上。

主宅的臺階上下佈滿春申君府的家將，春申君和兩子黃戰、黃霸迎接賓客。

項少龍朝長階舉步走去，在半途時後方有人叫道：「啊！請留步！」

項少龍愕然止步，回頭望去，與追上來的人打個照面，同感愕然。

來的是韓闖，只見他露出古怪神色，乾咳一聲，道：「對不起！我認錯人了。」

項少龍心知肚明他由背影認出自己是項少龍，但由於自己整個樣子變得太厲害，所以當韓闖見到他正面的尊容時，再不敢肯定。

笑道：「在下現在是萬瑞光，侯爺你好！」

韓闖立時明白過來，眨了眨眼睛，轉往找其他楚臣打招呼。

項少龍心中溫暖，韓闖這人雖是缺點多多，卻很夠朋友。

步上石階時，春申君笑裡藏刀地趨前來歡迎道：「得萬將軍光臨，本君不勝榮幸，為何卻不見滇王妃和小儲君呢？」

項少龍依足規矩行謁見之禮，歉然道：「小主公身體不適，滇王妃只好留下照拂他，請君上見諒。」

春申君忙道：「我立即遣人去為小儲君診治，包保藥到病除。」

項少龍掃視了正狠狠瞪著他的黃戰、黃霸和一眾家將，心中暗笑，想著任你們如何眼利，也估不到世上會有可摺起來、藏在褲管內的弩弓，這就是「高科技」的好處。

口中應道：「君上好意心領。小主公剛吃了藥，明天若仍未見好轉，再勞煩君上照拂吧！」

當下有家將引領項少龍進入大堂裡。

那是個比得上宮廷的廣闊廳堂，兩旁各有四根巨木柱，撐起橫過屋頂的四道主樑，氣象萬千。

主席設在對正大門的南端，左右各排三列席位，約略一數，至少達百席之多，前席坐的自是主賓，後方席位則是為家將、隨從而設。

大半席位均坐上賓客，由百多名身穿彩衣的侍女在席間穿花蝴蝶般伺候著，一片喜慶熱鬧的氣氛。

項少龍瞥見左方首席處坐的是久違了的郭開，此君當上趙相後，脫胎換骨的神采飛揚，春風得意，正與鄰席的龍陽君談笑。

這時領路的家將道：「萬爺請！」

項少龍隨他來到右方第四席處。荊善等則擠到後面兩席去，分幾排坐了下來。

斜對面的龍陽君和他交換個眼色，郭開便打量著他，但顯然認不出他是項少龍。

此時廳內鬧哄哄的，來賓趁宴會開始前的時刻，互相寒暄和詢問近況，獨是項少龍的一席無人過問，只是間有侯國來的使節和他揮手打招呼。

一名女婢過來爲他斟酒，項少龍瞅她一眼，見她膚色頗黑，左頰還有小方胎痣，容貌平凡，再沒有多看的興趣，轉而打量起其他人來。

李權剛好在他對面，不屑地看他一眼後，和下首的成素寧說話，眼尾都不望他，好像他已變作死人，再不會對他生出任何影響。

項少龍心中冷笑時，耳內傳來一把熟悉的悅耳聲音道：「死鬼！又在裝神弄鬼了。」

項少龍虎軀劇震，差點衝口叫出善柔的芳名。正要再看席前的婢女一眼時，善柔低叱道：「不要瞧我，你後面有道暗門，貫通外面的迴廊，小心了！」

說罷盈盈離去。

項少龍得與這令他夢縈魂牽的紅顏知己重逢，精神大振，整個世界都充滿生氣、色彩和熱烈的期待與渴望。

同時又心中懍然，大堂表面看去，只在中間開有兩道側門，連接外面的迴廊和直通左右院宅的長廊，若非得善柔提點，真不知席後設有暗門，春申君這一著非常厲害，他差點便要著了道兒。

忙揮手召來荊善，告訴他這件事。荊善退回去後，心中仍塡滿善柔的倩影。

這美女確是神通廣大，竟然可混到春申君府來當婢女，找尋刺殺田單的機會。

這時善柔又奉上佳餚，低聲說「外面迴廊底下藏有長矛」後，又轉到另一席去。

項少龍放下心來，對方顯然仍不敢動用弩箭那類長程武器，自是怕射不中目標，誤傷其他人。

這時賓客來得七、八成，門官逐一報上來人的名字，大部分項少龍都不認識，只是從頭銜知悉來人不是王族就是重臣，身分顯貴。

斗介、武瞻、練安廷和獨貴四個握著壽春兵權的人物均沒有出現，這是理所當然的事，現在壽春內張外弛，斗介的大軍正與內、外城軍互相對峙，互相牽制，暫時誰都奈何不了誰。

屈士明暗算他項少龍不成，乃春申君和李權方面最大的失著，使內城軍的控制權落到李嫣嫣和李園手上，逼得敵人只好另用險招來對付他們。

門官這時唱喏道：「且蘭王駕到！」

項少龍往大門望去，首先入目是肉光緻緻的玉臂和美腿。

它們的主人是充滿野性美、青春逼人的性感美女。

此女身穿以薄皮革綴成的衣服，秀髮垂肩，袒胸露臂，誘人至極。

最引人處是她流波顧盼，毫不吝嗇甜甜的笑容和媚眼，登時吸引全場的注意力。

項少龍好不容易把眼光移到她身旁的且蘭王處，他頭頂羽冠，披上長袍，身形矮胖，五官像擠到臉孔中間處，走路時左搖右擺，正與旁邊的春申君說話。

身後的十多個親衛無不比他高上至少個半頭，均露出粗壯的腿臂，使人感到異族蠻風的特色。

當春申君往他的一席指點，項少龍知道且蘭王正向春申君問及自己，果然且蘭王那對細眼朝他望來，擺脫春申君，大步帶頭往他舉步走來。

項少龍忙起立施禮。

且蘭王隔遠大笑道：「萬瑞光不愧滇南第一勇士，甫到壽春便把斗膽佔據滇王府的鼠輩立即趕走，大快人心之至。」

這番公開表示支持的話，登時令全場賓客側耳側目。

李權重重發出一聲冷哼，表示不滿。

且蘭王不知是眞聽不見，還是聽而不聞。逕自來到席前，舉起右掌。

項少龍早受過莊夫人教導，忙舉右掌，與他互擊三下。

且蘭王向那迷人女郎道：「采采快來見過萬勇士，哈！這是小女娜采采，我今趟是要帶她來見識一下大楚的繁華景象。」

娜采采盈盈施禮，勾魂的眸子送他一記秋波，未語先笑道：「萬將軍非常強壯哩！」

這句話立時惹起一陣嗡嗡低語，如此大膽和肆無忌憚地對初識男人評頭品足的美女，確是罕見。

春申君趕了上來，正要引他坐到右方首席處，且蘭王指著項少龍上首的一席道：「我就坐這一席。」

春申君眼中閃過不悅之色，仍是無奈地答應。

正擾攘時，門官唱道：「夜郎王到！」

且蘭王完全不顧儀態，「呸」的一聲側頭吐出一口涎沫，表示不屑聽到夜郎王之名，這才領著火辣辣的且蘭公主娜采采坐到項少龍上首那席去，擺明和項少龍扮的萬瑞光站在同一陣線。

春申君無暇理會他，往迎夜郎王去了。

夜郎人的服飾以黑爲主色，配以金銀鑲嵌的冠帽和腰帶，新月形的彎刀，非常觸目。加以人人粗壯高挺，臉容強悍，使人聯想到肆虐邊塞的馬賊，難怪如此爲其他侯國深惡痛絕。

夜郎王花剌瓦左方的一名青年長得最雄偉，身上的金飾比夜郎王還要華麗，背上掛著一對巨斧，每斧至少有百斤之重，只是這等威勢，已教人心生怯意。

夜郎王膚如黑炭，臉孔瘦長，雙目凶光閃閃，神態陰沉，靜心聆聽春申君的話，目光卻落在萬瑞光身上。

春申君引他坐到龍陽君和李權間的一席，不知是有心還是無意，剛好對正萬瑞光這死敵，氣氛立時異樣起來，平添不少火藥氣味。

那個夜郎青年狠狠盯著娜采采，一副想把她生吞下去的饞嘴模樣。

項少龍不由往娜采采望去，只見她故意挺起酥胸，做了個慵倦不勝的姿態，看得那夜郎青年眼珠都差點掉了出來。

娜采采知項少龍在看她，回眸拋他一個媚眼，低聲笑道：「那是夜郎王的三王子花奇，人稱『餓豹』，姦淫婦女無數，若萬將軍能宰了他，采采陪你一晚。」

項少龍嚇了一跳，善柔又到他旁邊，故意隔斷兩人目光，低聲怒道：「你再勾搭她，我就殺了你。他們預備了鉤網等東西來對付你。」

旋又轉身走了。

項少龍確怕開罪善柔，正襟危座，眼角都不敢再望向鄰席的旦蘭公主。

此時大批春申君的家將分由側門進入大堂，排列在席後，更添隆重緊張的氣氛，亦牢牢控制全場。

韓闖此時才入場，到了右方上首一席坐下，接著是黃戰、黃霸的一席。

春申君在十多名家將陪同下到主席處坐下，眾家將則守立席後，防備森嚴。

除項少龍下方李園一席外，全部席位都坐滿人。賓主加上隨員，足有六百多人之眾。

酒過三巡後，接著是慣例的歌舞表演，此時李園才到，向項少龍打了個一切部署妥當的眼色。

歌姬退下，夜郎王一陣長笑，凶光畢露的雙目落到萬瑞光處，舉杯道：「先敬萬將軍一杯，然後再有一事相詢，請萬將軍指教。」

項少龍與李園交換個眼色，均知道好戲開鑼，還是首先由敵人發動主攻。

第二章　閉門之戰

項少龍一動不動，沉聲喝道：「我萬瑞光一向不和是敵非友的人祝酒，故酒可免了，侯王有甚麼事，即管賜教！」

整個宴會場立時肅靜下來，人人感覺到劍拔弩張的氣氛。

且蘭王冷哼一聲，怒瞪夜郎王。

理應出言化解的春申君卻是好整以暇，一副隔岸觀火的神態。

李權和成素寧則臉露得色，顯然早知道夜郎王會在席上尋萬瑞光鬧事。

那夜郎王子花奇一臉殺氣地瞪著萬瑞光。

夜郎王點了點頭，連叫兩聲「好」後，以凶眼瞅著萬瑞光陰惻惻地道：「聽說萬瑞光你今天曾在太后跟前誇下海口，公然表示想要滇王李令的命，小王聞言後大感奇怪，萬瑞光你手上兵力不過五十之數，連保護婦人孺子都力有未逮，所以想請教你究竟有何能耐敢出此狂言，萬瑞光你可否解說一二？」

這番話登時惹起夜郎人、李權、黃戰等一陣哄笑，極盡揶揄羞辱的能事。

笑聲過後，大堂立時鴉雀無聲，充滿一觸即發的火藥味。

李權、成素寧、黃戰、黃霸等一眾對立黨派的核心人物，無不面露得色，看著夜郎王花刺瓦公然羞辱萬瑞光。

項少龍見慣大場面，連呂不韋、田單等人物都不放在眼內，哪會懼他區區一個不知天高地厚「夜郎自大」的小小侯王，故作訝異道：「侯王眞愛說笑，滇王刻下正在滇王府內，亦沒有改姓換名叫作甚麼李令，侯王是否給三杯水酒就醉得糊塗起來？」

夜郎王登時語塞，正要說話，李園接口哈哈笑道：「花剌瓦侯王不但弄錯人，還僭越了我大楚君權，私下對奸徒加以封贈，不知夜郎王現在和這叛主禍國的奸徒是甚麼關係呢？」

這番話更是難以擋架。要知李令篡奪滇王之位，雖得考烈王默許，卻從沒有被楚廷公開承認。這刻連春申君這老謀深算的人亦一時難以插言。

且蘭王乃夜郎王死敵，落井下石道：「異日花剌瓦你給人篡奪王位，看來本王也可以享受一下私自封賞王位的樂趣了。」

夜郎王惱羞成怒道：「眼下誰坐上滇王之位，就是不折不扣的滇國之主，此乃不爭的事實，只有無知之徒，才會斤斤計較名分之事。」

人人都感到他是理屈詞窮。

龍陽君「嬌笑」道：「侯王此言差矣，所謂『名不正，則言不順』，李令正因名不正，故侯王所言不順，此乃先賢所說，難道先賢們也是無知之徒嗎？」

此語一出，除項少龍外，全場均感愕然。因爲龍陽君代表的是魏王，身分尊崇，說出來的話自是代表魏國的立場。現擺明反對李令當滇王，自是教人大感訝異。

韓闖接口笑道：「龍陽君之言有理，背主叛國之徒，怎能登上正統？」

春申君等無不面面相覷，想不到魏、韓兩國代表齊對夜郎王百般奚落。

夜郎王隨來的十多名高手，無不手按劍柄，一副擇人而噬的模樣。

郭開則一頭霧水，完全不明白龍陽君和韓闖爲何要「義助」萬瑞光。

項少龍見回善柔，渾身是勁，早手癢起來，笑道：「現在萬某人除了一把劍和幾個不會賣主求榮的從人外，拿得出來見人的東西並不多，侯王若有興趣，不妨遣人出來見識一下本人究竟有何能耐，不是更直截了當嗎？」

誰都想不到他會改採主動，公然搦戰，大堂靜至落針可聞，最響亮仍是夜郎王的呼吸聲，他顯然快給氣炸了肺。

一聲暴喝下，夜郎王席上撲出個三王子花奇，左右手各提一斧，兩斧互擊一下，發出一下脆響後，大喝道：「夜郎王第三子花奇，請萬瑞光落場比試。」

項少龍心中大喜，正要出場重創此子，豈知後席的荊善比他手癢得更厲害，搶了出來躬身道：「小人萬善，請萬爺賜准出戰。」

項少龍卻是心中暗喜，首先因荊善的身手僅次於荊俊，足可應付此子。其次卻是免了因宰掉此子，惹來且蘭公主娜采采陪他一晚的煩惱。

不過他尚不肯放過春申君，微笑向他道：「君上該了解眼前這場比武可非一般較量，動輒流血送命，壞了歡宴的興致，說不定還會形成群鬥的局面，故若君上反對，我便不接受挑戰。」

夜郎王還以爲萬瑞光膽怯，冷喝道：「生死有命，若萬瑞光你有能力損我孩兒半根毫毛，我花剌瓦絕不會因此事糾纏不休。」

春申君怎會因萬瑞光兩句話壞了今晚的大計，呵呵笑道：「三王子既如此有興致，黃歇怎會做掃興之人，萬將軍請自行決定好了。」

花奇運斧擺了個花式，確是舉重若輕，一派強手格局，暴喝道：「若萬瑞光你叩頭認錯，這一場可以罷休。」

項少龍哈哈笑道：「好！」向荊善做個殺無赦的手勢後，道：「刀劍無眼！大家小心了！」

荊善大喜，一個箭步搶了出去，來到花奇前十步處，劍仍在鞘內。

黃戰忽然站起來，喝道：「且慢！」

眾人均愕然望向他。

項少龍乘機環掃全場找尋善柔的蹤影，只見女婢都站到席後，與春申君府的家將站在一起，一時間哪找得到狡猾多智的可人兒。

黃戰的聲音傳來道：「若萬將軍方面敗了這場，是否又命手下兒郎上場送死？」

這兩句話實在逼人太甚，現在連不知情的人均曉得春申君和夜郎王在聯手欺壓萬瑞光。

卻沒有多少人敢作聲，只有且蘭王冷笑道：「這一場尚未分出勝負，黃公子是否言之過早？」

項少龍與李園對視而笑，前者懶洋洋地道：「黃公子有何高見？」

黃戰暴喝道：「下一場何不就輪到你和我比試？」

項少龍笑道：「公子稍安毋躁，看過這一場再說不遲，比武開始吧！」

花奇早等得不耐煩，聞言發出焦雷般的大喝，雙斧齊揚，威猛之極，連環揮劈，一派凌厲招數，如排空巨浪般向荊善捲去，果是不可一世的勇將，看得人人動容，連李園都爲荊善擔心起來，娜采采更捧著胸口，緊張得不得了。

荊善夷然無懼，長劍閃電擊出，靈巧處有若毒蛇出洞，沉穩迅疾之勢則如風捲殘雲。或挑、或架、或劈、或刺，每一劍都針對著對方的破綻和弱點，加上閃動如飛，充滿舞蹈美感的輕盈步法，採的竟全是硬擋反逼的招數。

斧劍交擊之聲不絕於耳，荊善倏進倏退，花奇竟半分便宜都佔不到。

夜郎王和春申君等立時色變，想不到萬瑞光隨便派個人出來，竟可與有「夜郎第一勇士」之稱的花奇平分秋色。而且膂力比花奇只強不弱，怎不驚駭欲絕。

花奇這時銳氣已過，又兼斧重耗力，竟滯了一滯，此消彼長下，荊善劍芒暴漲，逼退了花奇兩步。

花奇顏面大損，暴怒如狂下，奮不顧身拚死反攻。

荊善一聲長笑，閃電移前，竟以劍柄硬撞在向他左邊太陽穴揮來的斧鋒處，險至極點地把花奇最凌厲的右手斧盪開去，再一矮身，讓花奇左手斧掠頂而過，手中長劍化作電芒，斜斜由下方雷奔電掣般飆射花奇胸口。

花奇魂飛魄散，雙斧甩手飛出，抽身猛退。

荊善還劍鞘內，冷冷看著花奇退身往後。

由兩人交手開始，場內一直是鴉雀無聲，此時人人眼光集中到花奇身上，知他已受重創，只是不知會否危及他的生命。

花奇再退兩步，才發出一下撕心裂肺的慘叫，「砰」的一聲仆跌地上。

夜郎王霍地站起，狂喊道：「孩兒！」

夜郎人早傾巢而出，撲出去看仰躺地上的花奇，只見胸腹處鮮血泉水般湧出來。荊善若無其事的返回己席去，經過娜采采身旁時，給她一把摟著，吻了他的大嘴一口，這才放他回席。

這時春申君、黃戰等均離席去看花奇。

驀地夜郎王發出一聲驚天動地的狂叫，在花奇身邊站起來，戟指道：「萬瑞光！這殺兒之仇，我要你千萬倍還回來給我。」

場內大部分人均露出不屑神色，都看不起他剛才還說甚麼生死有命，絕不糾纏，現在立刻食言。春申君親自把夜郎王拉回席內，花奇的屍身則由後門抬出去，只是地上仍是血跡斑斑，教人觸目驚心。

歡宴的氣氛至此蕩然無存，卻沒有人怪責萬瑞光，因爲這情況全是夜郎王和春申君一手造成的，且人人知道好戲尚在後頭。

且蘭王打破僵寂的氣氛，仰天笑道：「萬將軍有此神勇下屬，可喜可賀，收復滇土將乃指日可期之事。」

夜郎王噴著火焰的凶眼瞪著且蘭王，氣得說不出話來。

黃戰由後堂走回來，手按劍柄，來到場心，沉聲道：「萬瑞光！該輪到你和我了。」

李園奇道：「這事眞箇奇哉怪也，明明是滇國和夜郎國兩國之間的事，爲何黃公子卻像給人害了爹娘的樣子。我也手癢得很，不若由我陪公子玩玩吧！」

此語一出，包括春申君在內，眾人無不色變，知道李園正式和春申君決裂。

黃戰自知劍術及不上李園，惟有苦忍這口氣，冷冷道：「這不關李相的事，萬瑞光！是否又要別人來代你出戰？」

項少龍微笑道：「黃公子盛怒之下實不宜比武較量，更何況在下曾說過，除非君上同意，否則在下絕不與公子動手。」

眾人的眼光自然移往春申君處去。

春申君卻是有苦自己知，現在擺明不動手則已，動手便是分出生死始能罷休之局。

萬瑞光的手下已這麼厲害，本人更是深不可測。但問題是夜郎王已損一子，自己若不讓黃戰出戰，怎樣向他交代？

不由暗恨沒有早點發動突襲，於現在這情況下，若施暗殺手段，會教天下人看不起他。

事實上他今晚雖有部署，主要仍是爲防患未然，並不是定要把萬瑞光和李園當場格殺，只是希望拖到天明，好配合斗介一起發動。否則這樣殺掉李園，難保李嫣嫣不會立即命禁衛發動反噬。

心念電轉時，黃戰已道：「請爹賜准孩兒出戰！」

春申君暗歎一口氣，點頭道：「孩兒小心了！」

場內眾人立時精神大振，佔了絕大部分人都希望看到黃戰授首於萬瑞光劍下。此人一向仗著父親寵護，在壽春橫行無忌，雙手染滿血腥，只是無人奈何得了他吧！

項少龍哈哈一笑，卓然而起，步出席外，以手輕拍三下劍柄，發出準備摺弩的暗號。

同時淡然自若道：「君上還是收回成命好了，黃公子現在滿腔怒恨，殺氣騰騰，在下縱想手下留情，怕亦難以辦到。」

眾人都覺他口氣過大，不過只看他隨隨便便站著，已有君臨天下的威勢，把黃戰遠遠比下去，又覺他這麼大口氣乃理所當然。

黃戰不待春申君回答，狂喝道：「誰要你手下留情？」揮劍衝前迎頭猛劈。

項少龍知他一向恃勢橫行，目無餘子，所以故意撩起他的怒火，此刻見計得售，忙收攝心神，血浪寶劍離鞘而出。

「噹！」

聲震全場。

項少龍抱劍傲立，黃戰則連人帶劍踉蹌跌退，竟是給項少龍只一招便硬生生劈退。

項少龍長笑道：「黃公子！此戰就此作罷好嗎？」

春申君站起來喝道：「戰兒！」

立於席後春申君的家將人人手按到劍柄處，使堂內氣氛更趨緊張。

荊善等趁人人目光集中到場中去的千載良機，暗在几底把弩箭裝好。

席上各人則無不目瞪口呆。

要知黃戰一向以勇武神力著稱楚地，李園之下便數到他，哪知一個照面竟狼狽地落在下風，試問誰不駭然。

旁邊的李園眼力高明，知道黃戰因暴怒之下心浮氣躁，而項少龍這一劍又大有學問，劈中來劍的時間恰好是對方最難保持平衡的一刻，故有此近乎神奇的戰果。更明顯的是項少龍的膂力實勝於黃戰。

黃戰退了足有十二步才穩住退勢，豈知項少龍又重複道：「黃公子！就這麼算了吧！」

黃戰哪有可能於這種顏面蕩然無存的屈辱情況下退縮，狂叫道：「我要宰了你！」再撲上來。

項少龍在對方來至中途，倏地前移，一招「攻守兼資」，毫不留情地強攻過去，以硬碰硬。

倏地響起女子的喝采聲和掌聲，原來是娜采采一人在唱獨腳戲。

由於這並非一般風花說月的比武，所以人人屏息靜氣，故娜采采的喝采和掌聲分外刺耳，不過這時沒人有暇理會她。

金鐵交鳴聲連串響起。

兩人錯身而過。

項少龍倏然止步，背著黃戰還劍鞘內。

黃戰仍向前多衝了五步，然後發出一聲撕心裂肺的慘叫，長劍掉在地上，左手緊握著右手，跪倒地上，這時眾人才發覺他右手齊腕被斬斷，連著劍掉到地上。

項少龍仰天長笑道：「誰想殺我萬瑞光，當以此子爲誡。」

春申君大喝道：「萬瑞光！」

項少龍頭也不回道：「我早勸君上不要讓令郎出戰，可惜君上殺我的心太過迫切，才會自食其果，君上怨得誰來。」

夜郎王霍地起立，狂喝道：「殺了他！」

春申君亦大喝道：「冤有頭，債有主，各位請勿離座！」

伸手拿起酒杯，便往地上擲去。

「嘭！」

杯碎成粉。

春申君身後十多人潮水般湧出，七人護在他旁，另八人擁往堂中扶起倒地的黃戰。其他家將紛由四邊席後擁出，攔在席前，組成人牆，隔斷萬瑞光、李園和一眾賓客的連繫，也成其合圍之勢。反是本在萬、李兩人席後的春申君家將，退往兩旁，其中二十多人來到且蘭王一席處，壓得他們難以插手。

長劍出鞘之聲不絕於耳。

春申君在人牆後大笑道：「想不到吧！若你立與手下棄劍投降，說不定我還可饒爾等狗命。」

李園安坐席上，對周圍閃閃發亮的長劍視若無睹，冷笑道：「君上真大膽，這樣不怕誤傷賓客嗎？是否想造反了！」

項少龍仍卓立場心，神態從容，哈哈笑道：「黃歇你這一著實是大錯特錯。」

春申君笑道：「我們走著瞧吧！」

「砰砰」聲響，所有門被關起來。

項少龍見到龍陽君、韓闖等紛紛握著劍柄，大喝道：「諸位請勿插手又或站起身來，這事由我和黃歇私下解決，動手吧！」

此時荊善等四十八人仍坐在席位間，人人木無表情，教人看得心冒寒意。

春申君喝道：「動手！」

「砰！」

荊善等席後的暗門倏然大張開來，一下子擁入幾十個持矛大漢，往荊善等攻去。

賓客們想不到春申君有此一著，娜呆呆首先失聲叫起來。

荊善等這才動作，四十八人像彈簧般由地上翻滾彈起，四十八道白光離手飛出，原來均是暗藏手內的飛刀。

慘叫聲中，撲入者紛紛中刀倒地。

這才輪到弩弓，一排排的弩箭準確無誤的射出來，使另一批從暗門外撲上來的敵人猝不及防下，一排排的倒下去，攻勢再冰消瓦解。

四十八人以閃電般的手法不斷裝箭，不斷發射，不但把由暗門撲進來的敵人逼出屋外，還把其他原在堂中的家將逼返席後，要以眾嘉賓作掩護。

不片晌，地上已滿是在血泊中痛苦呻吟的敵人，情況慘烈至極。

項少龍和李園則往春申君撲去，被他的數十家將拚命擋著。

荊善、烏舒等四十八人散往全場，扼守所有戰略位置，只以弩箭射殺膽敢撲上來的敵人。

眾賓客則盡是正襟危座，不敢動彈，怕遭池魚之殃。

李園長劍閃電刺入黃霸的胸膛，一腳踢開他的屍身。

善柔的尖叫響起道：「全部停手，否則我宰了黃歇。」

雙方立往春申君望去，才發覺他給一名女婢挾到牆角，鋒利的匕首橫在他的肥頸上，臉若死灰。

全場倏地停下來。

項少龍和李園齊齊搶前，左右護著善柔。

善柔厲聲叫道：「拋下長劍！」

眾家將你眼望我眼，都手足無措，黃戰重傷，黃霸被殺，再無可以作主的人。

夜郎王狂喝道：「給我殺！」

他的手下們才跳起來，兩排弩箭早已射至，包括夜郎王在內，十多人無不中箭身亡。

其他人卻是動也不敢動。

善柔再叱道：「還不棄劍！」

不知是誰先帶頭，鏗鏘連聲，轉眼間地上全是丟下的長劍。

荊善等把全部家將趕往春申君席位的後方處，而善柔、項少龍和李園則把春申君押到大門那一邊去。

李權和成素寧都給揪出來，與春申君綑在一塊兒。

精兵團顯示出高度的效率，一進一退，均井然有序，絲毫不亂。

眾人只能瞠目結舌地看著眼前意想不到的變化。

李園湊到項少龍耳旁道：「到現在我才明白甚麼是擒賊先擒王，小弟服了項兄哩！」

項少龍心中好笑，望了正瞪著他只有一分像善柔的女子，笑道：「大姊眞厲害。」

善柔嬌哼一聲，得意洋洋。

春申君顫聲道：「你們想怎樣？」

項少龍向全場賓客施禮道：「累諸位虛驚一場，我萬瑞光非常過意不去，諸位嘉賓可以離場，不過仍請靜待片刻，待我們先肅清道路。」

話猶未已，屋外殺聲震天，好一會兒後方沉寂下去，聽得人人色變。

敲門暗號響起，負責把門的烏言著將門拉開，樓無心撲進來道：「幸不辱命！」

李園笑道：「各位可以離開，我們為大家壓陣。」

欣然望向項少龍，雙方均知今晚已是勝券在握。

第三章　奸人授首

項少龍等押走春申君等三人後，春申君府內餘下的家將傾巢而出，豈知剛抵街上，給埋伏街道兩旁的李園家將在瓦面上居高臨下以勁箭狂射，一時人仰馬翻，潰不成軍。

接著在樓無心、東閭子等家將頭領指揮下，數百人由兩旁衝出，以長矛向人心惶惶的春申君家將發動一浪接一浪的衝擊戰，敵人雖仍在人數上多上一倍，卻是群龍無首，士氣渙散，甫一接戰，立即四散逃竄。

樓無心等乘勝追擊，殺進春申君府去。他們奉有嚴令，絕不濫殺婦孺或投降者。

這時夜郎王府烈焰沖天，濃煙直上清朗的夜空。十多組建築物，有四組起火，喊殺之聲震耳不絕。而滇王府的戰鬥卻在一刻前結束，來犯的是李令百多名手下，由左右高牆攀進府內，本以為可手到拿來，豈知四面八方箭發如雨，只眨眼工夫射倒大半數人，其餘成功闖入府內的，卻遇上紀嫣然和趙致率領的精兵團員，連逃命的機會都沒有，哪還說甚麼殺人放火。

在李嫣嫣的命令下，獨貴穩守王宮，新陞任內城守的練安廷則把內城封鎖起來，又以內城禁軍在街上設置關卡，同時保衛各外國使節賓館的安全，一切井然有序。他們雖沒有直接參與兩系的鬥爭，但卻阻止其他人的干預。

夜郎王府被李園、項少龍組成的聯軍圍得水洩不通，凡衝出來的都被強弓射了回去。

聯軍人人在頭盔處繫上紅巾，以資識別。

內城雖是鬧得如火如荼，外城卻全不受擾，這時武瞻接到李嫣嫣命令，不得干預內城的事。城外的斗介和他的大軍，卻給隔斷消息，尚以爲火焰是來自被李令遣人攻打的滇王府。

春申君等三人分別囚在三輛馬車上，由鐵衛貼身看守。

項少龍和李園這對關係複雜的戰友，並肩站在夜郎王府外觀察形勢。

戰號聲起，千多名李園家將分作兩組，持盾由前、後門攻入夜郎王府內，又爆起一場更激烈的戰鬥和喊殺聲。

不過今趟很快趨於平靜，滕翼雄偉的身軀出現在府門處，後面烏光等押了一個人出來，直赴項少龍和李園身前，推得他跌在地上。

烏光箭步衝前，抓著他頭髮，扯得他仰起臉孔，跪了下來。

在火把光照下，此人現在雖臉容扭曲，但仍可看出本來五官端正、道貌岸然，哪知由小到大，從未做過好人。

李園兩眼放光，哈哈大笑道：「李令老兄！別來無恙啊！」

「砰！」

李園一腳踢在他小腹上，痛得他蜷曲起來。

項少龍怕李園活活把他打死，喝道：「把他綁起來，押到車上，我們回滇王府去。」

滕翼來到他旁，道：「這些夜郎人和李令的滇兵窩囊得很，府內又無特別防禦部署，給我們以強弩、火箭逐屋衝殺，連阻擋半刻都辦不到，只輕傷我們十多人。」

項少龍暗忖精兵團就是二十一世紀不折不扣的特種部隊，由自己依當時代的方式一手訓練出來，在城市戰中最能發揮效率和威力。夜郎王和李令的人既無防備之心，又輕敵大意，兼之遠程來此，尚未有休息時間，人困馬乏之下，哪是對手。

這就是天時、地利、人和在戰爭中所發揮的作用。

李園走了過來，搭著兩人肩頭道：「今晚的事，我李園會銘記於心，無論將來秦、楚發生甚麼事，我仍是兩位的朋友。」

項少龍道：「我和李兄沙場見面的機會微乎其微，且我還有盡早退隱之意，李兄不用擔心。」

李園呆了一呆，待要追問，樓無心和一批家將飛騎而至，叫道：「找不到田單，據說他今早已離開壽春，這事須問春申君才行。」

項少龍和滕翼對望一眼，雖明知後果會是如此，仍大感失望。

李園道：「旦楚等仍未抵此處，他理該尚未返齊，唉！不過也很難說。」

樓無心道：「內城已在控制之下，可開始搜捕奸黨的行動了。」

李園正要答應，給項少龍拉到一旁，用心良苦地道：「李兄可否把打擊的對象局限在春申君等幾個人身上？報仇雪恨始終不是最佳的解決辦法。」

李園沉吟半晌，點頭道：「若連這樣的事都辦不到，怎報得項兄的恩典，一切照項兄的意思辦吧！」向樓無心道：「你負責為我通知內城所有大臣將領，今趟之事，只是春申君、李權和成素寧三人意圖謀反，與其他人全無牽連，除這三人的直系男子親屬外，婦女均可以安返娘家，婢僕則另行處置。」

夜郎王府的大火剛被撲熄，內城回復平靜的景象，只是陣陣蹄聲仍在提醒城中人正發生的事。

樓無心大感愕然，露出古怪神色，半晌才應命去了。

「啪啪！」

莊夫人揮手給跪在廳心的李令兩記耳光，戟指痛罵。

李令知道大勢已去，頹然無語，像隻鬥敗的公雞。

尤翠之和尤凝之姊妹滿臉熱淚，撲上去加入莊夫人的怒打行列。

莊孔等見奸人被擒，少主復位有望，無不熱淚盈眶，不可能的事終變成事實。

善柔早來了，與紀、趙二女摟成一團，親熱得不得了。

見項少龍回來，扯了他到內堂說話。

春申君等三人則分別被囚禁起來，等候發落。

到內堂坐好後，善柔喜孜孜地對項少龍道：「算你這人有點良心，終肯來對付田單。」

項少龍道：「你怎會混到春申君府去的呢？」

趙致歡天喜地的代答道：「柔姊一直追蹤田單，猜到他由咸陽回齊時必會道經壽春，又知他與春申君有勾結，於是賣身爲婢，到春申君府伺候。」

項少龍苦惱道：「現在田單到了哪裡去呢？」

善柔道：「他是去與旦楚會合，據說他正循淮河坐船東下，人家正苦惱不知如何措置，幸好你來了。」

滕翼進來道：「查到田單的去向了，他今早秘密出城，坐船到城陽去與旦楚的傷兵殘軍會合，沒有十天半月，都回不到齊國，我們還有足夠時間準備。」

此時烏光的大頭在滕翼肩後探出來，道：「太后在外堂等候項爺！」

李嫣嫣臉罩重紗，身披棗紅長披風，面窗而立，凝望著窗外夜空上的明月，使人難知其心意。隨來的禁衛長獨貴和百多名禁衛，奉命留在屋外。

項少龍知她心情複雜，沒有打擾她，只靜立一旁。

這時荊善等押了李令和李權兩人進來，逼他們跪倒地上。

李權見到李嫣嫣，如獲救星，哭道：「太后請爲老臣作主……」

李嫣嫣冷喝道：「閉嘴！」

李權還想說話，給烏舒照嘴打了一拳，登時打落兩顆門牙，說不出話來。

李嫣嫣柔聲道：「除萬將軍外，其他人請出去。」

荊善等望向項少龍，見他打出照辦的手勢，才放開兩人，走出廳外。

李嫣嫣令人心寒的聲音夢囈般響起道：「你們兩人還記得五年前發生的事嗎？」

李權和李令交換個眼色，現出恐懼驚惶的神色。

李嫣嫣緩緩轉過身來，揭開冠紗，隨手丟在地上，露出風華絕代的秀美嬌容，但一對秀目卻寒若冰雪，射出熾熱的怨恨。

李權口齒不清地張闔著滿是血污的嘴巴，顫聲道：「嫣嫣！別忘記我是你的堂叔，一向都疼愛你……」

李嫣嫣搖頭道：「正因爲一個是我的堂叔，一個是我的堂兄，我才終身忘不了你們禽獸不如的行爲。若是外人，我或者還能忍受下去。我作踐自己的身體，爲的就是今天。李權你給我滾過來。」

李權魂飛魄散，不住叩頭道：「太后饒命！」

李令「呸」的吐了一口涎沫，鄙夷地道：「甚麼太后，還不是給我李令騎……」

「砰！」

項少龍飛出一腳，正中他面門，李令仰天倒地，再說不出話來。

李嫣嫣感激地瞥項少龍一眼，緩緩朝李權走去。

李權感覺不安，駭然仰望時，李嫣嫣衣袖揚起，露出粉嫩的小臂和手上亮閃閃、鋒帶藍芒的淬毒匕首，閃電般插入李權胸口。

李權一聲慘叫，帶著匕首仰跌身亡。

李嫣嫣轉身撲入項少龍懷裡，不住喘氣，卻沒有哭出來。

到情緒平靜了點，李嫣嫣離開項少龍，要求道：「你給我殺了李令好嗎？」

項少龍苦笑道：「我不慣殺沒有還手之力的人，讓我找別人代勞如何？」

李嫣嫣深深看他一眼，垂首道：「你是個眞正的好人，好吧！」

退回窗旁去，背轉嬌軀。

項少龍看了仍在地上呻吟的李令一眼，心想此人壞事做盡，確是死有餘辜，推門剛要喚人，李園和莊夫人聯袂而至。

項少龍不想他們知道李嫣嫣親手宰掉李權，低聲道：「太后心情不好，讓她靜靜吧！李權完蛋了，李令就交給你們。」

李嫣嫣出現在項少龍身後，戴回鳳冠面紗，斷然道：「不！我要親眼看著他被處決！」

項少龍返回內宅時，剛過四更，紀嫣然、趙致和善柔三女仍在興致勃勃地細訴別後的一切，後者抹去化裝，回復本來面貌。

項少龍像從一個世界走到另一個世界般，告別了他憎厭但又無可避免的鬥爭仇殺，來到溫馨甜美的小天地。

在這裡，他要尋找的並非肉慾上的滿足，而是心靈的平靜和寧謐，尤其在經過這麼血腥的一晚後，身心疲累已極，那是爲了生存和保護所愛的人必須付出的代價。

三女的美眸不約而同往他飄過來。

善柔仍是一副不服氣的樣子，瞇了瞇那雙明眸，斜瞅著他，神態迷人如昔。

項少龍坐到善柔旁，尚未說話，善柔伸指按著他的嘴唇，認眞地道：「不要問我別後的情況，想知道就問她們兩個吧！本姑娘絕不會重複的。」

項少龍湧起熟悉親切的溫馨感覺，笑而不語。

善柔挪開手指，忽地重重吻他嘴唇一下，媚笑道：「眞的很掛念你，每個月至少想一次。」見作弄了項少龍，又和趙致笑作一團。

紀嫣然柔聲道：「外面情況如何？」

項少龍道：「現在只等斗介明天上朝，李園派了個斗介信任的人去告訴他，訛稱我和李園均給春申君殺了，好誆得他沒有戒備下進城。」

紀嫣然道：「斗介孤掌難鳴，還有甚麼作爲？王城豈是這麼容易攻破，下面的人亦不肯陪他把身家性命孤注一擲，誰的家族親人不是居於城內。」

項少龍躺到地蓆上去，歎道：「眞舒服！」

趙致道：「夜了！夫君不如沐浴休息，今晚讓柔姊陪你。」

善柔大窘，跳起來道：「他算甚麼東西，誰會陪他？」

項少龍童心大起，勉力爬起來道：「現在還到你作主嗎？」

善柔尖叫一聲，往內堂逃去。

項少龍剛闔了半晌眼，便要離開善柔昨晚使他顚倒迷醉的肉體，與莊夫人和莊保義趕往出席早朝。

李園身穿官服，在大批禁衛簇擁下，於宮門外等候他們。

施禮後，李園讓莊夫人母子先行，與項少龍並騎而進，興奮地道：「斗介中計了，剛進城便給武瞻拿著，現在武瞻執掌軍符，出城接收他的軍隊。」

說不了幾句，已達主殿正門處。

四人一起進殿，春申君、斗介和成素寧三人五花大綁，跪倒高坐鸞臺上的李嫣嫣階下。

群臣大多有分參加昨晚宴會，既知春申君確有殺死李園和萬瑞光之意，更知壽春城已落入李園控制下，誰還敢爲他們求情。

李嫣嫣使人宣讀三人罪狀，春申君不但犯了行刺太國舅和莊家遺臣之罪，更指使兒子黃虎率人往襲徐先，此事揭了出來，人人譁然。

斗介犯的是私自調動軍隊，意圖謀反之罪，成素寧則是同謀。

讀罷罪狀，三人立即推出殿外斬首。

接著李嫣嫣宣佈李園陞爲右丞相，還有連串其他人事調動。

最後是重新確認莊保義爲滇國儲君的地位，下令派軍助他們母子復國。

退朝後，李嫣嫣召見莊夫人母子，李園自是忙得不可開交。

項少龍則一身輕鬆，乘機與紀嫣然、趙致和善柔三女微服出遊，飽覽壽春的名勝美景。

滕翼則去安排對付田單的預備工作。

黃昏時，四人興盡回府。踏入府門，立覺不妥。

李園、龍陽君和韓闖都來了，人人神色凝重，一副大禍臨頭的樣子。

項少龍湧起強烈不祥的感覺，沉聲問道：「徐先是否出事了？」

李園點頭道：「不但徐先出事，田單原來連春申君都騙了，暗裡由陸路潛返齊國。」

龍陽君道：「他是怕給捲入這次暗殺中，所以先行溜走。」

善柔叫道：「快追！我知道如何可以把他截著。」

項少龍頹然坐倒，想起徐先不屈不撓的硬漢性格，音容笑貌，淚水不由自主地奪眶而出。

想不到又給呂不韋算了一著，在咸陽辛苦取得的勢力平衡一下子給破壞掉。

第四章　千山萬水

在尤氏姊妹的妙手施為下，項少龍看著銅鏡內的自己回復原貌。

兩女均充滿離愁別緒，再沒有往常調笑的心情。

項少龍亦因徐先之事憂心不已。

事情是由黃虎親自說出來，他事成回來，被李園在城門處一網擒下，去時是三千多人，回來只剩下七百人，可知戰況如何激烈。

大刑伺候下，黃虎供出由於徐先的五百隨員中暗藏有呂不韋的奸細，使他們能準確地在魏境一處峽谷伏擊徐先，由黃虎親手命中他一箭，秦軍拚死反撲下，黃虎手下亦傷亡慘重，倉卒逃走，有些人還給俘擄了，所以李園才如此苦惱。

龍陽君則因事情發生在魏境，怕呂不韋以此為藉口，出兵對付魏國。

歸根究柢，罪魁禍首仍是田單和呂不韋。

更可恨是田單蓄意攪風攪雨，希望從中混水摸魚，坐享漁人之利。

項少龍知悉整件事後，反心情轉佳，至少徐先是否真的死了，尚是未知之數。不過他已決定天明時起程去追殺田單。

田單離壽春時只有百多名親隨，由於他要避開楚國的關卡要塞，必須繞道而行，所以他們雖落後兩天，但因有楚人領路，專走捷徑，在田單進入齊境前截著他們的機會仍然很大。

當項少龍起身欲離，尤氏兩女忍不住撲入他懷裡，千叮萬囑他有機會又或路過時必須來滇國探望她們，才以淚眼送他出去。

莊夫人在門外把他截著，拉他到房內纏綿一番後，淒然道：「今晚一別，可能再無相見之日，項郎啊！為何你對妾身情薄如此，妾身想伺候寢第，亦不可得！」

項少龍苦笑道：「事情的發展確是出人意表，不過夫人不須如此傷心，滇國離秦不遠，說不定我偷得空閒，便來探望你們。」

莊夫人大喜道：「君子一言！」

項少龍道：「快馬一鞭！」伸手逗起她下頷，痛吻了她香脣後，心底湧起萬縷柔情，低聲道：「不要哭，應該笑才是，好好照顧保義，我相信我們必有再見的一日。」

莊夫人道：「我後天就要回滇了，你可否在返秦時順道來看望我們，那我就笑給你看。」

朝夕相對、共歷患難這麼長的一段日子，若說沒有萌生感情就是騙自己的，雖恨不得立即撲殺田單和飛返咸陽，但眼前情況下仍不得不答應。

再親熱一番後，項少龍脫身出來，眾人已備好行裝，隨時起程出發。

李園正和龍陽君、韓闖、滕翼在說話，見他來了，拉他到一旁，道：「我剛見過嫣然，心裡反而舒服點，確是只有你才配得起她。我這人太熱心追求名利權勢了。」

項少龍無言以對，拍拍他肩頭道：「是我運氣好一點，比李兄早一步遇上她吧！事實她對你一直很欣賞的。」

李園歎道：「在胸襟一項上，我已比不上你。嘿！秀兒要我對你說，祝你一路順風。」

項少龍想起郭秀兒，心中惻然。

滕翼這時來催道：「起程哩！」

各人一起出門，跨上戰馬，紀嫣然等都以輕紗遮臉，不讓人看到她們的絕世姿容。

龍陽君、韓闖和李園親自送行，在楚軍開路下，向內城門馳去。

這時天仍未亮，黑沉沉的天色，使人倍添別離那令人黯然神傷的情懷。

誰說得定是否還有再見之日？尤其秦和東南六國處於和戰不定的情況，想到或要對仗沙場，就更教人惆悵。

項少龍徹底的痛恨戰爭，但又知是這時代最無可避免的事。

快到王宮時，一隊人馬護著一輛馬車全速衝出來，把他們截著，原來是李嫣嫣來了。

禁衛長獨貴馳過來道：「太后想見萬爺，並請萬爺登車。」

頭戴竹笠的項少龍點了點頭，登上李嫣嫣的馬車，人馬開出內城門。

李嫣嫣揭掉項少龍的竹笠，怔怔打量他好一會兒後，欣然道：「項少龍比萬瑞光好看多了，難怪秀兒對你念念不忘。噢！我並不是說她貪你俊俏，而是你現在的樣子和氣質，更能配合你的言行和英雄氣概。」

項少龍微笑道：「太后不是拿定主意不來送行嗎？為何忽然改變主意？」

李嫣嫣猛地撲入他懷裡，用盡氣力摟緊他，喘息道：「這就是答案。只要想到或許再無相見之日，嫣嫣便要神傷魂斷，假若有一天，少龍發覺鬥不過呂不韋，我大楚之門永遠為你打開的。」

美人恩重，尤其想起她淒涼屈辱的過去，項少龍心中一熱，低頭找到她灼熱的香唇，痛吻一番，才大興感觸道：「我很少會對男女之事生出悔意，但卻知將來的某一天，我必會因錯過和你同衾共枕的機會，與不能享受那種無聲勝有聲、春宵一刻值千金的良辰美景而心生悔恨。」

李嫣嫣心神皆醉道：「沒有人比你說的情話更好聽了，不過何用後悔呢？以現在的車速，到城外的碼頭至少還有一個時辰，可以幹很多事哩！」

項少龍愕然道：「這似乎……嘿！」

李嫣嫣貼上他的臉頰，淒然道：「誰會知道呢？項少龍！你不是說春宵一刻值千金嗎？」

項少龍摟著這位戰國時代最年輕美麗的太后，心中百感交集。

他認識她只不過幾天工夫，便有和她相處了半輩子的感覺，恐怕除李園外，就數自己最清楚她的遭遇和內心世界。

他仍弄不清楚自己究竟是愛她多些還是憐惜她多一點，但無疑她的美麗已足夠使他情不自禁地生出愛慕之心。

最淒豔浪漫處是這註定了是一段不可能有結果的愛情，所以她拋開太后的尊嚴，不顧一切來送行和爭取最後一個機會，好讓生命不致因失去這一段短暫但永恆的回憶而黯然無光。

忽然間，他給融化了。

車廂內的一切都不真實起來，就像一個深酣的美夢。茫然不知身在何處，只瀰漫著最熾熱的情火和愛焰。

落日西斜裡，三艘大船放流東下，順淮水望楚國另一大城鍾離而去。

項少龍找到獨個兒立在船尾處的善柔，奇道：「柔大姊在這裡幹甚麼？」

善柔沒好氣道：「想一個人靜一靜都不行嗎？」

項少龍過去試探地摟她香肩，見她只橫自己一眼，再沒有其他反抗的動作，放心地吻她玉頰，柔聲道：「若今趟成功殺死田單，柔姊肯和我們回咸陽去嗎？」

善柔軟玉溫香的靠入他懷裡，輕輕道：「我過慣了四處為家的流浪生活，恐怕很難待在一個地方。若天天要見著同樣的人，那是多麼乏味呢？家庭的生活並不適合我。」

項少龍點頭道：「這個我明白的，浪蕩天涯，確是一種迷人的生活方式。」

善柔奇道：「我這麼說，你難道不生氣嗎？」

項少龍瀟灑笑道：「為甚麼要生氣？你說的是千古不移的真理，不住重複地去做某種事或吃同樣的東西，山珍海錯也會變得味同嚼蠟，不過你也該到咸陽探望善蘭和她的孩子，你妹子很掛念你哩！」

善柔道：「我總會到咸陽去的。不過我答應過一個人，事完後去陪他一段日子，到時再說吧！」

項少龍苦笑道：「是你的新情郎嗎？」

善柔低聲道：「本不應告訴你的，卻不想騙你。離開你後，不知是否給你挑起情芽，我有過幾個男人，但沒有半個可以代替你，這個我想去陪他一段日子的男人，曾冒死救下我性命，治好我的嚴重傷勢，我對他有大半是因感恩而起的。」

項少龍心中滿溢酸澀之意，但回心一想，自己既可和不同的女人相好，善柔自然有權享受與不同男人的愛情，灑然笑道：「悉隨大姊之意，就算你嫁人生孩子，也別忘記到咸陽來探我們。更須在秦王儲登基加冕之前，否則可能再找不到我們了。」

善柔別過頭來，定睛打量他好一會兒，訝道：「你這人真特別，其他男人知道我心內有另一個人後，無不嫉妒如狂，只有你全不介懷，是否你根本不在乎我哩！」

項少龍失笑道：「這又不對，那又不是，你想我怎樣了？」

善柔臉上露出古怪的神色，歎道：「正因你是個不折不扣的怪人，累得我善柔沒法忘掉你。那是很痛苦的感覺！可是我更不能放棄遍遊天下的理想，或者有一天我累了，會來找你們，那時你會嫌棄我嗎？」

項少龍放開摟著她的手，對江伸個懶腰，淡淡道：「不要多心，只要你七年內肯到咸陽來，定可見到我們。」

善柔跺足道：「我不依啊！」

項少龍少有見她這種女兒嬌癡的神態，訝道：「你不依甚麼呢？」

善柔一臉嗔怨道：「你爲何一點沒有別些男人的反應，好像我來不來找你根本不當作是一回事。」

項少龍大笑道：「你不是要自由嗎？我現在完全不干涉你的生活方式，你反要怪責我，這算是哪門子的道理？」

善柔想了想，「噗哧」嬌笑，撲上來摟貼他，仰起如花俏臉，媚笑道：「你和所有人都不同，難怪我要著緊你。」

項少龍柔聲道：「柔大姊好好去享受你的生命吧！那是每一個人最基本的權利。若說我不妒忌，只是騙你。可是我覺得沒有權去管束你，僅能夠壓下私心，尊重你的自由。」

善柔感動地道：「這是我首次由男人那裡聽回來像樣點的說話，但你會否因這而不似以前般那樣疼人家呢？」

項少龍坦然道：「我對你的疼愛是永不會改變的，但卻會逼自己不去想你那麼多。因爲我會很自然的想到你可能正摟著另一個男人，那會使我心中非常不舒服，人總是自私的。」

善柔吻了他一口，柔情似水地道：「你倒坦白得很，事實上我也因同樣的理由很怕想起你，我眞後悔告訴你事實。直到與你分手後，人家才知道一點都忘不掉你。」

項少龍細吻她香唇，柔聲道：「既然是事實，我和你只好接受。晚膳的時間到了，我們回艙好嗎？」

善柔倔強地搖頭道：「不！我有點怕終有一天會失去你對我的愛寵。」

項少龍失笑道：「大姊莫要騙我，你怎會是這種人？你只是不甘心我對你和別個男人的事並沒有你預期中的反應，所以逼我投降吧！」

善柔跺足道：「我恨死你，快說你妒忌得要命。」

項少龍笑彎了腰道：「好了！我快妒忌死了。」

善柔欣然道：「這才像樣！嘻！我剛才的話全是騙你的。根本沒有別個男人令本姑娘可看得上眼，但不要高興得太早，因爲那也包括你在內，來吧！」

緊拉著項少龍的手，回艙去了。

風燈照射下，項少龍、滕翼、紀嫣然、趙致和善柔圍坐席上，研究攤在小几上描繪楚、齊邊界的帛圖。

滕翼道：「田單回齊的可能路線，經過我仔細思索後，該不出三條。第一條是他棄舟登陸，飛騎往符離塞，再在鍾離買船由水路返齊。第二條路線則在符離塞換馬後，由陸路沿官道經彭城、蘭陵、開陽直抵齊境。第三條路線可迂迴曲折多了，是取東路經羽山返國。我在圖上畫下不同的色線，大家一看便明。」

項少龍等正玩味著那三條路線，善柔斷言道：「不用想了！田單這人最貪舒服，選的定是水路。兼且鍾離的城守夏汝章與他一向關係親密，而田單更不知道我們會咬著他的尾巴追來，豈會捨易取難。」

紀嫣然道：「若是如此，說不定我們抵達鍾離之時，他仍未登船呢。」

各人都點頭同意，因爲當天田單詐作坐船到城陽去，逆流往西，遠離壽春十多里後才棄舟登陸，又要到鄉間購買可供百多人策騎的馬匹，再繞道東往符離塞和鍾離去，如此一番轉折，自然要多費時間。

這人確非常狡詐卑鄙，誆了春申君去做刺殺徐先的行動後立即溜走，任得楚人自己去應付一切後果，而他卻可安然置身事外。

趙致道：「我仍有點不明白，田單爲何這麼急趕回去？」

紀嫣然忽地色變道：「不好！我看田單是要對付燕國。」

滕翼一震道：「太子丹危險了！」

項少龍亦明白過來。

呂不韋和田單的勾結，完全築基在利益之上。呂不韋最怕的是東方六國的合縱，所以一直向田單示好，希望齊國不但置身於合縱之外，還可破壞其他五國的聯盟。

最近的五國聯軍壓境而來，秦軍幾乎無力相抗，更堅定他的策略。同時亦知道楚國由於曾有切膚之痛，最終都不會任由三晉給秦蠶食，於是捨楚而取齊為盟友。

田單非是不知道呂不韋的野心，但他更知道靠人不如靠己的道理，只有齊國強大，才是唯一的出路。

在這戰爭的年代，成為強國的方程式就是蠶食他國、擴張領土，擺在眼前的大肥肉是因與趙國交戰以致實力大為削弱的燕國。

田單對呂不韋當然不安好心，像這回他要刺殺徐先，使秦國內部鬥爭更趨激烈，於齊實是有利無害。

而呂不韋當然須有回報，其中之一是把太子丹害死於秦境內，燕國失去這個中流砥柱式的人物，無論士氣和實力兩方面的打擊都是難以估計，田單則可更輕易侵佔燕人的土地。

忽然間，他們弄清楚了田單和呂不韋的陰謀。

紀嫣然肅容道：「今趟我們若殺不了田單，燕國就完了。」

善柔咬牙道：「今次他絕逃不掉！」

紀嫣然道：「鍾離的夏汝章既與田單關係密切，說不定會在打聽到我們行動後向他通風報訊，著他改由陸路逃走，那時要追他將更困難。」

項少龍心中一動，道：「既是如此，不若我們將計就計，故意嚇夏汝章一嚇，弄清楚田單在哪裡後，他便休想活著回齊國。」

兩日後午前時分，三艘大船駛進鍾離的大碼頭，夏汝章聞報而來。

負責管理艦隊的楚將叫李光，是李園的心腹，人極精明，得到項少龍的指示，下船在碼頭處和他會面。

讓夏汝章看過李嫣嫣簽發的軍令和文件後，李光低聲道：「今次我們東來，實負有秘密任務。」

夏汝章嚇了一跳道：「究竟是甚麼事？」

李光把他拉到一旁，道：「壽春的事，將軍該早有耳聞。」

夏汝章苦笑道：「不但風聞，昨天還收到正式的通知，想不到春申君會落得如此下場，他眞是臨老糊塗了。」

李光道：「他不是臨老糊塗，而是誤信奸人之言，不但派人刺殺秦人來弔祭先君的使節，還意圖謀反，太后和李相對此非常震怒，故命我等率軍來追捕此人。夏將軍該知我所指的是何人吧！」

夏汝章神色數變，沉聲道：「李將軍可否說清楚點？」

李光道：「除了田單這奸賊還有何人，夏將軍有否他的消息呢？」

夏汝章的手腳顫了一下，困難地啞聲道：「沒有。」

李光心知肚明是甚麼一回事，卻不揭破。低聲道：「田單必是由水路逃走，夏將軍請立即命人給我們三艘船，做好一切所需的補給，我希望於黃昏時可以起航。」

夏汝章當然不迭答應，李光再不理他，返回船上去。

夏汝章吩咐手下後，匆匆回城去了。

項少龍等早潛入城裡，同行的還有穿上男裝的紀嫣然、善柔、趙致三女，滕翼、荊善、烏光、烏言著、烏舒等十八鐵衛和李光的副將蔡用，由於他們有正式的通行關牒，進出城門全無問題。

夏汝章回城後，馬不停蹄趕回府裡去。

光天化日下，將軍府又門禁森嚴，項少龍等只好望高牆興歎，分散守著各個出口，等待黑夜的來臨。

幸好不到半個時辰，換上便服的夏汝章與兩名家將由後門溜出來，往南門馳去。

眾人大喜，遠遠跟著。

夏汝章直出南門，穿林越野。黃昏時分，來到一座密藏林內的莊院裡。

林外有河自西北而來，在五里外的下游處匯入淮水，往東流去。

那處尚有個小碼頭，泊著四艘大型漁舟。

眾人大喜。

滕翼道：「我負責去收拾碼頭和船上的人。三弟入莊對付田單，小心點，田單的親隨頗多非是好惹的人。」領一半鐵衛，往碼頭去了。

項少龍吩咐紀嫣然道：「嫣然帶致致留在莊外，以弩箭阻截或射殺逃出來的人，我和柔大姊潛進莊內，看看田單是否在裡面。」

紀嫣然答應一聲，與其他人散開去。

項少龍向善柔打個招呼，迅如鬼魅般潛入林內，不一會兒無驚無險來到莊院東牆外的草叢處。

這座莊院由於高牆環繞，到近處反瞧不見內裡的情況。

此時夜色早降臨大地，天上群星羅佈，月色迷濛，只莊院處透出黯弱的燈火。

兩人藉攀索跨過高牆，悄無聲息的落到牆後方形的露天院子裡。

項少龍和善柔攀上最接近的房子的屋脊，只見屋宇重重，一時不知從何處入手。

善柔湊到項少龍耳旁低聲道：「田單最愛住向南的屋子，讓我們到那一座看看。」

項少龍循她指示瞧去，莊院南處是一片園林，花木池沼，假山亭榭，相當幽美，一道小溪，在園內流過，有石橋跨過小溪，另一邊有好些樓臺房屋。

看這莊院便知是權貴避暑避靜的地方，極有可能是夏汝章的產業，借來給田單暫住。

兩人也不打話，一口氣越過數重屋宇，再落到園中，只見小橋另一邊隱有人影人聲，兩人不敢大意，繞到遠處，憑著飛索由樹頂橫過小溪到對岸另一棵高樹上，再落回地面，避過守衛，攀上一座燈火通明的屋宇頂。

人聲由下面傳上來。

只聽田單的聲音道：「此事是否當眞？照理李園該鬥不過春申君才是。」

另一把應是夏汝章的聲音應道：「絕對不假，昨天我正式收到太后的命令，著我嚴守關隘。並諭示李權、李令、斗介和成素寧均被斬首示眾。」

兩人聽得大喜，不由對吻一口。千辛萬苦下，終追上田單這老賊。

田單默然半晌，冷哼道：「李園好大膽子，竟敢派人來追殺我，汝章！不若你隨我返齊。」

夏汝章歎道：「我的親族和家業都在這裡，怎能說走就走？這事容後再說。現在最重要是如何安排田相安然返國。」

頓了頓續道：「他們猜你取水路返齊，假若田相由陸路離開，將可教他們撲個空。我看田相不要再等待旦楚將軍了，只要田相平安回齊，諒李園有個天作膽，亦不敢損旦楚他們半根毫毛。」

項少龍再沒有興趣聽下去，吻善柔一口，道：「二哥該收拾了碼頭的人，我們現在要製造點混亂，準備好了嗎？」

善柔眼中射出深刻的感情，低聲道：「當然準備好了，我等足十多年哩！」

項少龍揚手發出訊號火箭。點燃了的煙火沖天而起，在天上爆出一朵血紅的光花。

第五章　得報大仇

項少龍和善柔以勁箭強攻，伏在屋脊居高臨下，連續射殺十多人後，滕翼等已破門攻入莊內。

兩人不見田單由屋內逃出，立即想到是甚麼一回事，迅以攀索由天窗躍入屋內，很快找到田單等人遁走的秘密地道的入口，忙追了進去。

地道寬敞筆直，以木柱和泥板固定，還設有通氣孔，設置周詳。

兩人不敢燃亮火把，貼壁摸黑前行，不一會兒由另一端洞口鑽出去，原來位處樹林邊緣，林外就是那小碼頭，那些漁舟已全給沉到水裡去，十多道黑影，正沿岸往上游逃去。

項少龍再發出訊號火箭，才和善柔全速追前。

一陣狂奔後，對方六個人墮後下來，拔出長劍，掉頭殺至。

項少龍哪有閒暇和他們糾纏，拔出飛針，藉夜色掩護，兩手連揮，六人紛紛倒地。

前方剩下的七個人想不到他們如此厲害，己方六人連擋他兩人一陣子都辦不到，一聲發喊，離開河岸，分散往河旁的小坡和密林逃去。

項少龍再發兩針，登時又有兩人倒地。

善柔發了狠性，擲出飛刀，另一個剛奔上土坡的人背後中刀，翻滾下來。此時善柔認出奔上坡頂的其中一人正是田單，不知哪裡來的腳力，越過項少龍，箭般衝上坡頂，趕上敵人。

項少龍怕她有失，忙提氣追了上去。

兵刃交擊聲連串響起，善柔的嬌叱夾雜著對方的慘叫，迅即回復平靜。

項少龍來到坡頂時，交戰雙方經已分開，兩人滿身是血，善柔的左臂和右肩背均滲出鮮血。

田單手提長劍與善柔對峙，胸口急速起伏，在月照下臉若死灰。

田單一眼瞥見項少龍，慘然笑道：「好！你終於趕上我了！」

善柔厲聲道：「田單！你知我是誰嗎？」

此時蹄聲響起，滕翼等手持火把策馬而來，團團把三人圍在中間。

趙致一聲尖叫，撲下馬來，厲喝道：「當日你誅我三族之時，曾否想過有今天的一日？」

善柔冷叱道：「他是我的，我要親手殺他！」

項少龍退到趙致身旁，低聲道：「讓你柔姊動手吧！」

趙致「嘩」的一聲，伏在項少龍肩上，激動得哭起來。

田單仍是神態從容，哈哈笑道：「我田單生平殺人無數，哪記得曾殺過甚麼人？項少龍！算你本事，我田單服你了！」

反手一抹，劍鋒在頸上拖過，往後傾跌，當場畢命。

善柔全身抖顫起來，跪倒地上。

趙致撲過去摟緊她，兩女抱頭痛哭，哭聲響徹林野。

一代梟雄，終於殞命。

滕翼跳下馬來，割下田單首級，大喝道：「我們走！」

項少龍心中一片茫然，那是難以形容的感覺。

一方面固因善柔姊妹和滕翼得報滅門大仇而歡欣，自己也完成本是不可能達到的目的。但看著千古名傳的人物自刎眼前，總有些失落的感覺，又隱隱感到不對勁，田單竟是這麼容易被幹掉嗎？

回船後，立即起航回壽春去。

那晚眾人喝得酩酊大醉，次日睡了整天，才先後醒過來。

項少龍頭重腳輕地來到艙廳，三女正在喁喁細語，神色歡暢。

趙致喜叫道：「項郎！柔姊肯陪我們回咸陽哩！」

項少龍大喜道：「那天你說的是騙我的了！」

善柔擺出嬌蠻樣兒道：「早說過是騙你的，想來眞氣人！你竟一點都不著緊。」

紀嫣然笑道：「柔姊莫要氣惱，我們的夫君大人甚麼事都藏在心內，口硬心軟，你切莫見怪啊！」

善柔不屑道：「他是你們的夫君大人吧！與我善柔何干？」旋又「噗哧」嬌笑，送他一個甜蜜的笑容。

眾人知她性格，當然沒人會對她的說話認眞。

逆流而上，舟行轉慢。比來時多費一天，始抵壽春。

項少龍因答應莊夫人路經滇國時花幾天時間去看她，所以沒有停留，直赴城陽。登岸後，與等候他們的精兵團會合，南下往滇國去。

陪莊夫人母子回滇的是新委任爲將軍的樓無心，率領八千楚兵，已收復大部分由叛軍佔領的地方。滇人知莊保義回來，紛紛起義，組成新滇軍，聚眾二萬人，與楚軍把滇都高澤重重包圍。數千人。

高澤地處高原，背山依勢而築，形勢險要，兼之水源、糧食充足，聯軍一時莫奈他何，還折損了

眾諸侯國見夜郎王新喪，紛紛發難，且蘭王更率眾攻入夜郎國都，另立新主，才凱旋而回，夜郎人從此再無力欺壓鄰國。

項少龍等抵達高澤的聯軍營地，攻城軍剛吃了一場敗仗，死傷枕藉。

樓無心和莊夫人知項少龍守諾而來，大喜過望，把眾人迎入營裡。

樓無心欲設宴為眾人洗塵，給項少龍婉言拒絕，立即在主帳內舉行會議，研究破城之法。

聽罷樓無心細說高澤城的形勢和環境後，項少龍淡然道：「此城最厲害處是靠山之險，我們就由這處入手，保證三天後便可破城，因為世上沒有一座山是爬不上去的。」

莊夫人、樓無心等將領無不瞪目以對。

當晚項少龍等夤夜行軍，來到高澤城背靠的大石山後，結營佈陣。

到次日清晨，項少龍和滕翼研究山勢，擬定五條路線，派人攀上去設置固定的鐵圈，佈置攀索。

這些都是精兵團久經訓練的基本項目，設備齊全，到天黑之時，項少龍等已可藉攀索和嵌入石壁的腳蹬，迅速來到巖巉不平、雜樹叢生的山頂上。

只見廣達七、八里的高澤城，在腳下延展開去。

而樓無心則正指揮大軍，日夜攻城，好引開叛軍的注意力。喊殺和矢石破空之聲，不絕於耳。

紀嫣然等三女這時亦爬上來，嬌喘細細地蹲在項少龍和滕翼之旁。

此處離下面足有七十丈的距離，普通人看下去確是觸目驚心，但對一向以烏家牧場附近比這處高出足有三倍的拜月峰作練習場地的精兵團員來說，攀爬這座石山實屬小兒科之極。

滕翼一聲令下，身手特別了得的荊善、烏舒、烏言著和丹泉四人，立即由垂下的攀索往下落去，找到落足點，再安放釘圈，設置新的攀索。

他們的裝備依足二十一世紀攀岩專家的設計，靠著腰間的套圈，向下滑去，快若閃電，似玩遊戲般輕鬆容易。

剎那間四人抵達山腳的草叢內，與高澤城南的後城牆只隔了一條護城河。

城牆上的守衛都到了另三堵城牆協防，只在幾座哨樓處有人把守，但都看不到燈光難及的暗黑下方。

滕翼再度發令，烏家特種戰士照足平時訓練，藉著峭壁上雜樹的遮蔽和夜色的掩護，一批批往下滑去，此時荊善等四人穿上水靠，泅過護城河，設置橫渡河面的索子。

紀嫣然凝望城內像蟻般忙碌的守城軍民，道：「單看情況便知道它只是一個靠武力維持的政權，居民都是被鞭子強逼去做搬運的勞工。」

眾人仔細一看，果如紀嫣然所指，城民只是在監視和鞭打下被迫負起種種守城的任務，一派無可奈何的表情。

這時一隊人策馬由另一端巡邏過來，提著風燈往城下和後山照射。

眾人嚇了一跳，紛紛躲起來，荊善等四人伏到牆腳處，最糟是那四條橫過河面的長索，只要對方稍微留神定可發覺。

索子雖漆上了不會反光的黑油，終非是隱形之物。

項少龍人急智生，當那批人的燈光快要把索子納入光照裡時，撮唇發出一下尖銳的夜梟叫聲。

那些人自然舉燈往後山照來，當發現不到甚麼時，早越過索子，迅速遠去。眾人均抹了一把冷汗。

善柔湊過來道：「算你這傢伙有點辦法！」

荊善等射出鉤索，掛上城頭，迅速攀上去，靈活如猴，分別潛往解決哨樓內的守衛。

烏家戰士一批一批的渡河攀城，動作敏捷，乾脆俐落，表現出驚人的效率。

項少龍看得自豪不已，縱是二十一世紀的特種部隊，也不外如此水平。

此時有近千人落到山腳處，到達城上者則取出弩箭，扼守城牆上所有戰略位置。

滕翼低笑道：「二哥手癢了，要先行一步。」

項少龍道：「一起下去吧！」

當項少龍等抵達牆頭時，過千烏家精銳分作四組，準備沿城牆分左右兩方殺過去和攻進城內。

滕翼射出訊號火箭，通知攻城的樓無心他們已成功進入城內。

項少龍派人把守各個登城的關口後，領著三女和五百戰士來到城內。

滕翼則負責佔領牆頭。

號角聲起。

驀地全體戰士齊聲吶喊道：「城破了！城破了！」

城內軍民一齊愕然時，殺聲震天而起，只見後城牆處高插「莊」字大旗，以數百計的戰士從城牆上飛將軍般殺下來。

那些正搬運東西的城民一聲發喊，丟下檑木、石頭等物，四散逃走，還大嚷道：「城破了！城破了！」

混亂像瘟疫般散播開去。

項少龍等由城牆的梯級蝗蟲般擁下來，弩箭如雨飛射，敵兵紛紛倒地，轉眼便控制了後城門的廣場和附近的建築物。

項少龍命人打開城門和放下吊橋，同時指揮手下佔領屋頂，佈防堅守。

衝前來的敵人都給射回去，己方的人卻源源不絕從城門擁進城來，還送進長矛、高盾等重武器。

滕翼等則趁敵人陣腳大亂之際，勢如破竹地攻佔西北各小半截城牆。

樓無心的攻城隊伍則全力攻擊東門，把敵人的主力牽制在那裡。

佔領了西北城牆的己方部隊，居高臨下，以強弓勁箭，廓清在城內下方奔走攔截的敵人。

項少龍見時機已至，揮臂發令。一排排的烏家戰士，在勁箭的掩護下，持矛挺戟地往東、西、北三門殺去，戰況淒厲慘烈。

牆上的烏家戰士又高喊道：「棄械蹲地者不殺！棄械蹲地者不殺！」不斷重複，這當然是學過現代心理戰的項少龍想出來的妙計。

多處房舍均著火焚燒，烈焰從屋頂冒起老高，再往四方房舍蔓延開去，把整座城沐浴在火光之內，濃煙蔽天，星月黯然無光。

守兵紛紛拋兵棄甲，與城民一批一批的蹲在城角或廣場通衢之間，士氣全消。

城內已成混戰之局，烏家戰士結成一個個組織嚴密的戰陣，不住擴大佔領的範圍。

城牆上的戰士更不斷挺進，殺得頑抗者血流成河，屍伏牆頭。

受傷者均被迅速運返南牆，由專人救治，一切井然有序。

今趟是這支特種部隊首次在大規模戰爭中初試身手，果是非同凡響。

在一批盾手和箭手打頭陣下，項少龍領著三女和十八鐵衛，成功破入內城，此時西、北兩門剛落入控制中，並打開城門，讓己方人馬蜂擁入城。

守內城的敵兵苦苦抵抗，項少龍等撲了上去，左衝右殺，不半晌突破內城門的防守，朝王宮殺去。

敵兵知大勢已去，紛紛棄械投降。項少龍使人把降兵集中到一處看管，樓無心和莊孔率領數千精兵衝了進來，兩股人馬會合後，更是勢如破竹，不到一盞熱茶的工夫，攻進王宮內。

宮內亂成一片，哭聲震天，宮娥、婦孺摟作一團，抖顫求饒，守兵紛紛跪地投降。

項少龍心生憐惜，著人好好安撫和照顧他們。

「砰！」

主殿門被硬生生撞開來，只見一群三十多個敵方將士，舉劍團團護著中間一名身穿王服、頭頂高冠的青年，氣氛悲壯激烈。

外面的喊殺打鬥聲逐漸疏落，顯示高澤城已落入攻城軍的手上。

項少龍等在這群人前重重排列，數十張弩箭直指殿心的敵陣。

莊孔大喝道：「立即投降，否則殺無赦！」

那王服青年昂頭喝道：「我乃李令之子李期，寧死不降！」

樓無心湊到項少龍耳旁道：「此子作惡多端，曾姦淫婦女無數，死不足惜。」

項少龍苦笑道：「你倒知我心意，這處由你主持吧！」

歎了一口氣，招呼三女掉頭走出殿外，後面傳來密集的箭矢破空聲和慘叫聲，然後一切歸於平靜。

收復高澤的三天後，項少龍辭別依依不捨的莊夫人母子和尤氏姊妹等人，趕回咸陽去。

今次入楚可說是收穫圓滿，不但成功殺死田單，又爲楚國和滇國做了好事。但由於徐先生死未卜，太子丹被陷咸陽，故眾人凱旋而歸的氣氛大爲減弱。

入關時，老朋友安谷傒親自把他們迎入關內。項少龍見秦軍人人臂纏白紗，心知不妙。

果然安谷傒慘然道：「徐相遇襲重傷，死在返回咸陽的歸途上。」

項少龍湧起滔天恨意，呂不韋確是比豺狼更惡毒，爲一己私利，完全罔顧秦國的大局，凡是阻礙他的東西，都不擇手段地加以清除。

自己和他本是有恩無怨，只因莊襄王、朱姬和小盤對自己親近，他就要來害死自己。現在又以卑鄙手段置徐先於死地，更教人切齒痛恨。

安谷傒歎道：「此事已證實是春申君所爲，楚人雖把春申君首級送上，又允割讓五郡以求和，但我們豈肯就此罷休？」

項少龍與他並騎而行，痛心地道：「若是如此，就正中呂不韋的奸計。現在他是要利用國家危急的形勢來擴大自己的權力。殺徐相的眞凶是呂不韋，春申君只是被他扯線的傀儡罷了！」

安谷傒色變道：「甚麼？」

翌日，項少龍立即起程，趕回咸陽去。十八日後，咸陽終於出現眼前。

這時剛過立冬三天，氣候轉寒。不知不覺間，他們離開咸陽足有六個月。

精兵團自行返回烏家牧場，而項少龍、滕翼、紀嫣然等三女和十八鐵衛則強撐著勞累的身體，回到咸陽城去。

入城時又聽到另一個不幸的消息，鹿公病倒了，病是給氣出來的。

徐先遺體運回咸陽，鹿公對屍狂哭，當場暈倒，自此一病不起。

一波未平，一波又起。

項少龍等匆匆趕往上將軍府去。踏進府門，大感不安。

府內擠滿了王陵等將領大臣和鹿公的親族，哭聲陣陣。

項少龍還以爲鹿公已去世時，王陵把項少龍拉進內堂去，沉痛地道：「快去見上將軍最後一面！他一直牽念著你，不肯嚥下最後一口氣。」

項少龍熱淚奪眶而出。忽然間，他知道事實上他不但把鹿公當作一位可敬的朋友和長者，深心中還把他當作親人，對他有種兒子對父親的親切和依戀。

鹿公躺在榻上，臉色蒼白如紙，雙目緊閉，困難地呼吸著。

小盤站在榻旁，緊握他的手，神情肅穆得教人吃驚。

鹿丹兒跪在榻子的另一邊，哭得昏天黑地，兩位看來是她長輩的貴婦在照顧她。

荊俊、昌文君、昌平君、呂不韋、管中邪、李斯、嫪毐等全來了，守在門外處。

眾人見到項少龍，都露出驚喜神色。

呂不韋還擺出欣然之貌，摟上項少龍肩頭，低聲道：「少龍回來就好了，快進去見上將軍最後一面。」

項少龍恨不得立即把他宰了，想掙開他的摟抱時，呂不韋放開他。

荊俊撲上來，抓著他肩頭，叫了聲「三哥」，忍不住失聲痛哭，聞者心酸。

小盤龍軀一震，別過頭來，見到項少龍，眼中射出深刻的感情，神態卻是出奇的平靜，只緩緩道：「太傅快進來！」

榻上的鹿公「啊」的一聲，醒轉過來。

小盤沉聲道：「扶丹兒小姐出去吧。」

鹿丹兒站起來要抗議時，雙腿一軟，昏倒在兩婦懷內，荊俊忙衝了過去，把她抱離現場。

項少龍移到榻旁，此時房內只剩下小盤和項少龍兩人，由於小盤沒有命令，其他人不敢進來。唯一敢在這情況下闖入去的呂不韋又心中有鬼，選擇留在房外。

鹿公猛一睜目，眼光掃過兩人，臉上現出一片紅暈，竟掙扎要坐起身來。

來。

項少龍和小盤對望一眼，均感不妙，知他因見到項少龍而迴光反照，命難保矣。兩人扶他坐起

鹿公眼角瀉下熱淚，啞聲道：「徐先是否被那奸賊害死的？」

項少龍淒然點頭，熱淚不受控制的淌下來。

鹿公分別緊抓著兩人的手，顫聲在兩人耳邊道：「保儲君，殺奸賊，爲我和徐先報仇，緊記！緊記！」

隨即嚥下最後一口氣，撒手歸天。

第六章　因愛成恨

不見半年，小盤更成熟了，更懂隱藏內心的感情。

離開上將軍府，項少龍隨小盤返回王宮。滕翼和紀嫣然等回到烏府去，至於鹿公的身後事，交由小盤派來的司禮官全權負責。

到書齋內只剩下小盤和項少龍時，小盤一掌拍在几上，狂怒道：「這奸賊萬死不足以辭其咎。」

項少龍頹然在他下首坐下來，沉聲道：「爲何會派徐先到壽春去呢？」

小盤似怕給他責怪地解釋道：「呂不韋力陳必須連楚、齊攻三晉的策略，堅持遣派徐先去與楚人修好，又要我娶楚公主爲后。太后不知是否受嫪毒所惑，與王綰、蔡澤等大力支持呂不韋，我迫於無奈下，只好同意。當時只以爲呂不韋是想把徐先調離咸陽一段時間，使鹿公不敢動他，哪知楚人如此膽大包天，竟敢襲殺代表寡人的使節。」

項少龍首次對朱姬生出怨恨，默然無語。

鹿公、徐先、王齕一向是軍方三大支柱，現在只剩下王齕，此人又傾向呂不韋，辛辛苦苦建立起來的形勢，竟毀於一夜之間。

軍方重臣中，勉強還有個王陵是站在他們的一方。其他的如蒙驁則是呂不韋直系分子，杜璧又心懷叵測，局勢之險，是來秦後從未有過的。

小盤歎道：「現在最令人煩惱的是徐先死後空出來的左丞相一職，呂不韋舉薦王綰，太后亦傾向他的提議，我實在很難反對。論資歷，除蔡澤外，沒有人比王綰更有當左丞相的資格。」

項少龍道：「此事關係重大，無論用上甚麼手段，我們絕不容許左相之位落到呂不韋的人手上，否則秦室不出三年將成呂不韋的囊中之物。」

轉向小盤道：「儲君心中有甚麼人選？」

小盤道：「若任我選擇，我會破格擢陞李斯，此人的才能十倍勝於王綰。」

項少龍搖頭道：「論能力，李斯完全沒有問題，可是他卻非秦人，縱使沒人反對，也不該在你陣腳未穩時如此提拔外人，這只會令秦人離心。」

小盤默然片晌，點頭道：「師父說得對，眼前確不該這麼做，唉！你回來就好了！終有人可為我拿主意。」

項少龍定睛望了小盤一會兒後，道：「你已做得非常好，把事情拖到現在。」

小盤站了起來，來回踱步，可是腦中仍是一片空白，喃喃道：「這個人選，首先須是秦人，且是我們可絕對信任的，另一個條件是他年輕而有大志，不會輕易讓呂不韋收買過去，同時要很清楚我們和呂不韋的關係，又要得到軍方的支持，這個人到哪裡去找呢？」

小盤歎道：「這個人就是師父你，但我卻知道你定會拒絕的。」

項少龍一震道：「我想到了，這人就是昌平君！」

小盤愕然半晌，捧頭道：「他是否嫩了點呢？」

項少龍道：「當然是嫩了點，但這一招卻叫『明修棧道，暗渡陳倉』，明的是昌平君，暗的卻是李斯，昌平君乃王族公卿，王綰很難和他爭持。」

小盤一頭霧水道：「『明修棧道』這詞語我大概明白，『陳倉』卻是甚麼東西？」

項少龍暗罵自己又說錯話，因為這是發生在很多年後的楚漢相爭之事，小盤自然不知道，胡謅道：「那是指一個陳舊空置、不為人所注意的倉庫，總之實際上是由李斯當丞相，昌平君則是站出來當幌子。」

小盤仍在猶豫，苦惱地道：「可是昌平君的寶貝妹子正和管中邪過從甚密，若嬴盈嫁了給管中邪，會否出問題呢？」

項少龍道：「若在以前，多少會有點問題。但只要讓昌平君兄弟知道徐先是被呂不韋害死，那就算管中邪娶了他兄弟的娘都沒有用。」

小盤捧腹苦笑道：「師父莫要逗我，現在實不宜大笑。」

項少龍想起徐先和鹿公，意興索然，肅容道：「這只是第一步，第二步必須把王翦調回來，憑他來對抗王齕、蒙驁和杜璧，我敢斷言他必可成為我大秦軍方的中流砥柱。再配以桓齮，輔以王陵，會比徐先和鹿公更厲害。」

小盤霍然站起來，道：「太后那關怎麼過？她會以昌平君經驗未夠而拒絕此議。」

項少龍呆了頃刻，斷然道：「此事由我親自去和她說。」

小盤搖頭道：「太后已非以前的母后了，嫪毒得到寵遇後，太后對他更是迷戀，又覺得我愈來愈不聽她的話。我看師父對她的影響力已大不如前。而呂不韋現在極力拉攏嫪毒，否則母后不會支持呂不韋。」

項少龍微笑道：「那我便和嫪毒說吧！我才不信他肯讓呂不韋總攬大權，現在我回來了，他再非孤掌難鳴，該有背叛呂不韋的膽量。」

小盤點頭道：「一切照師父的意思去辦，假若所有方法都行不通，索性把呂不韋和管中邪召入宮來，再由師父安排人手把他們用亂箭、快劍一股腦兒殺了，然後隨便派他們一個罪名以收拾殘局。」

項少龍苦笑道：「此乃下下之策，現在大部分兵力集中於蒙驁手上，這麼做誰都不知會惹來甚麼後果，而且宮內處處是呂不韋的眼線，一個不好，吃虧的會是我們。」

小盤歎了一口氣，說不出話來。

項少龍想起太子丹，問起此人的情況。

小盤若無其事道：「呂不韋把他請到新相府去，竟把他扣押起來，現時生死未卜，而他的手下就給軟禁在賓館處，不准踏出大門半步，由管中邪的人負責看管。我覺得這事沒甚麼大不了的，自己要煩的事又太多，所以一直沒有過問。」

項少龍愕然看著他，心底直冒寒氣。

秦始皇畢竟是秦始皇，講功利而淡仁義。只看小盤的神態，知他一點不介意呂不韋殺了太子丹，好除去統一天下的其中一個障礙。

想到這裡，已知若要打動小盤，使他在此事上幫忙，惟動之以利。

想了一會兒後，長歎一聲道：「儲君這樣做，叫『長他人志氣，滅自己威風』呢！」

小盤一呆道：「連這都有問題嗎？」

項少龍正容道：「假若儲君對此事不聞不問，那儲君在田獵和平亂辛辛苦苦建立起來的威望將會盡付東流，使人人知道現在咸陽作主當家的人是那臭仲父呂不韋。所謂『兩國相爭，不斬來使』，人家遠道來弔祭你王父，竟硬給呂不韋把人拿去，罪名卻由你承擔。以後東方六國還肯信你這不守道義的人嗎？」

小盤愕然道：「爲何師父說的話和李斯說的如此近似？看來果然有些道理。但太子丹說不定已給呂不韋殺了哩！」

項少龍搖頭道：「呂不韋怎捨得這麼容易殺死太子丹。此事擺明是針對我而來，另一方面則好讓死鬼田單可對付燕國。」

頓了頓冷哼一聲，道：「莫傲給我當眾弄死，去了老賊的首席軍師，使他顏面受損，以他這麼好勝心重的人，怎嚥得下這一口氣。但又苦無直接對付我的方法，惟有從太子丹處入手，最好是我強闖相府要人，那他就可佈局殺我，又或治我以罪。」

小盤冷靜地道：「但這事實是暗中得到母后的支持，因爲鹿公和徐先曾多次提出異議，都給母后和呂賊壓下去。嘿！我也很難置喙啊！」

項少龍大感頭痛，小盤說得對，不見大半年，看來朱姬眞的變了很多。

小盤道：「由明天開始，師父務要參加每天的早朝。唉！現在愈來愈少人敢反對呂不韋了。」

頓了頓又道：「應否把安谷傒調回來呢？」

項少龍搖頭道：「現在我大秦的重兵全集中在疆界處，七成落到蒙驁、王齕和杜璧的手上，其他則操於王翦和安谷傒之手，假若將兩人全調回來，我們將變得外無援應，故萬萬不可。」

順口問道：「桓齮的應變部隊弄出個甚麼規模呢？」

小盤爽快答道：「桓齮和小賁兩人親自到各地挑選人才，現在已組成近萬人的新軍。李斯給這支軍隊找了個名字，叫作『速援師』，聽起來也過得去吧！」

又冷哼一聲，道：「但呂不韋卻對桓齮諸多留難，表面甚麼都答應，其實卻是陽奉陰違。我想把李斯再陞一級，當軍政院的司馬大夫，卻給太后和呂不韋硬擋著，使寡人動彈不得，師父定要爲我想辦法才行。」

項少龍倍感頭痛，沒有了徐先和鹿公，而對方則有蒙驁和王齕，自己對軍事和施政又一竅不通，怎鬥得過呂不韋？

想到這裡，心中一動，暗忖假若能把蒙驁爭取過來，一切問題可迎刃而解。此事雖是困難，但因呂不韋曾有殺蒙驁兩子之心，所以要策反他並非絕無可能，唯定要由蒙武、蒙恬兩兄弟處入手。觸動靈機，心中已有計較。

項少龍總結道：「暫時當務之急，是要把左相國之位弄到自己人手上，同時把王翦委以重任，以代替蒙驁、王齕兩人，至於太子丹的事交由我處理好了。」

再商量了一些細節，特別是關於太子丹方面的事，項少龍離開小盤的書齋。

踏出齋門，一時間不知該到哪裡去才是。

最渴望的本是返烏府去見趙雅，但道義上則理該去慰問太子丹的手下徐夷則等人，而關鍵上最應見的人卻是嫪毒，好煽動他聯手對付呂不韋。

一顆心七上八落時，李斯的聲音在耳旁響起道：「項大人！」

項少龍回過神來，大喜道：「李兄！」

李斯一把扯著他，由側門步往御園去。

此時是午後時分，天上烏雲密佈，似正醞釀著一場大風雪。

到了一座小亭裡，李斯放開他，頹然道：「呂賊很有手段，幾下手腳，我們又處於下風。嘿！已幹掉田單了嗎？」

項少龍點了點頭。

李斯立即雙目放光，興奮地道：「此事對我大秦統一天下勢將大大有利，而呂不韋再不能與田單互為聲援，以操控東方六國。」

項少龍乘機問道：「現在呂不韋手上除了軍方的蒙驁和王齕外，尚有甚麼實力呢？」

李斯頹然道：「比起上來，軍隊方面反是呂不韋最弱的一環，至少在咸陽城我們的力量便要較他為優。」

項少龍眉頭大皺道：「我對朝廷的機制非常糊塗，李兄可否解釋一二。」

李斯愕然看他好一會兒後，點頭道：「若真要詳說清楚，恐怕項大人今晚不用回家，但簡單來說，最主要可分三個階層，最高層的當然是政儲君，加上像我這般的輔政小臣，成為內廷，嘿！只是內廷已非常複雜。」

項少龍道：「我對內廷反為最清楚，李兄不用解說，儲君以下是右丞相和左丞相，究竟兩人職權上有甚麼分別？」

李斯耐心解釋道：「這要由孝公時商鞅變法說起，當時國君下設庶長和大良造，至惠文王時，商鞅的大良造兼庶長集軍、政大權於一身，功高震主，惠文王忌之，遂將商鞅車裂於市，從此集權於君，再置相以代庶長制，置將以代大良造制，把政、軍分開來。而相則為百官之首，後來又因丞相職務過重，分為右丞相和左丞相，大致上以右丞相管政，左丞相管軍，故前者就像以前的庶長，而後者就是大良造。」

項少龍聽得頭都大起來，問道：「那為何呂不韋總要管軍隊的事？」

李斯苦笑道：「軍、政本就難以分開來，由於左、右丞相直接輔佐國君，所以凡由國君決定的事，自然須徵詢他們的意見，現在政儲君年紀尚幼，太后又臨朝親政，形勢自然更趨複雜。」

項少龍更感頭痛，皺眉道：「這兩個丞相究竟是如何運作？」

李斯從容答道：「左、右丞相是通過四院去管治國家，四院是軍政、司法、稅役和工務，分由司馬、司寇、司徒、司空四位大臣執掌，現時左丞相管的是軍政和工務，右丞相管的是司法和稅役。鹿公本是司馬，現在這位子自是騰空出來。」

項少龍待要再問，一名內侍來到亭外施禮道：「太后有請項大人！」

項少龍和李斯對望一眼，均感不妙。

大雪此時開始飄下來。

太后宮內，朱姬高坐鸞臺之上，四名宮娥、四名內侍立於左右兩後側，而禁衛林列，排至殿門。

項少龍一見這等陣仗，便知不妙。因為朱姬是一方面擺明不肯和他說私話，另一方面則顯示她心向嫪毒，故不願獨會項少龍，免惹嫪毒不快。

果然項少龍施禮平身後，朱姬鳳目生寒，冷喝道：「項大人，你是否不把我這太后放在眼內，一去大半年，回來後也不來向哀家請個安。」

項少龍知道唯一招數就是以柔制剛，苦笑道：「太后息怒。只因……」

朱姬打斷他道：「任你如何解釋，也難以息哀家之怒，項少龍，告訴哀家你和儲君在弄甚麼鬼，甚麼事都鬼鬼祟祟，把哀家蒙在鼓裡。當日田獵高陵君謀反，你們顯然事前早得到消息，爲何不讓哀家知道？」

項少龍這才知道她是要算舊帳，苦笑道：「微臣縱有千言萬語，在這耳目眾多的情況下，也難以向太后一一道來，難道我可直告太后先王怎樣，儲君怎樣，呂相怎樣，徐相怎樣嗎？」

朱姬美目深注地看他好一會兒，軟化下來，歎道：「好吧！所有人給我出去，誰敢偷聽的話，立殺無赦。」

轉眼間，一眾侍從、禁衛走得一乾二淨，還關上所有殿門、側門。

鑾座上的朱姬再歎一口氣，聲音轉柔道：「早知拿你沒法的了，說吧！」

項少龍踏前兩步，把心一橫，索性在階臺邊坐下來，淡淡道：「呂不韋殺死徐相，害了鹿公，假若可再置我於死地，下一個必輪到嫪毒大人。」

朱姬見他竟無禮至背著自己坐在臺階處，本要出言斥責，豈知項少龍語出驚人，劇震道：「你說甚麼？」

項少龍把臉埋入手掌裡，沉聲道：「凡是擋在呂不韋權力之路上的障礙物，早晚要給他一腳踢開。除他自己外，甚麼都可以犧牲，太后該比我更清楚這點。」

朱姬的呼吸沉重起來，好一會兒道：「楚人把春申君的首級送來，爲徐先之死請罪，這事究竟與呂不韋有甚麼關係？你若不說清楚，哀家絕不饒你。」

項少龍大怒而起，猛一旋身，瞪著朱姬道：「殺死徐先對春申君有何好處？若非田單慫恿、呂不韋在背後支持，許以種種好處，楚人哪敢如此膽大妄為？哼！你不饒我嗎？找人來拿我去斬首好了，看看我項少龍會否皺半下眉頭。」

朱姬眼中射出森寒殺機，可是與他目光交鋒不到片刻，立即敗下陣來，垂下目光，輕輕道：「算我說話重了，何用發這麼大的脾氣哩！」

項少龍見好即收，但橫豎說開了頭，斷然道：「現在左丞相一職，人人眼紅，假設再落入呂不韋之手，不單我項少龍死無葬身之地，太后身邊的人也沒多少個可以壽終正寢。」

朱姬柔聲道：「假若少龍肯當左丞相，我會大力支持。」

項少龍回復冷靜，微笑搖頭道：「不是我，而是昌平君。」

朱姬愕然道：「昌平君怎能服眾？為何不考慮王陵？」

項少龍道：「因為我們需要王陵代替鹿公去管軍政院，好駕御王齕、蒙驁、杜璧等人，昌平君雖德、齡都差了點，但他乃王族貴冑，任他為相，實是安定大秦軍心的最佳方法。太后別忘記西秦三虎將已去其二，王齕不但投向呂不韋，目下的聲勢更不及蒙驁，世間每多趨炎附勢之徒，到人人都靠向呂不韋之時，太后和儲君還有立足之地嗎？」

朱姬眼瞪瞪看他好一會兒後，頹然道：「為何我總是說不過你呢？但此事非同小可，我還要考慮一下，你退下吧！」

項少龍知道她要和嫪毒商議，心中暗歎，卻又無可奈何，悵然去了。

第七章　連消帶打

嫪毒的府第位於王宮之旁，對面是宏偉如小王宮、樓閣連綿的呂不韋新賊巢，外牆高厚，入口處是座高達三丈的石牌樓，鐫刻「仲父府」三個大字，只是這種與國君爭輝的霸道氣勢，就像商鞅為惠文王所忌般，犯了小盤這未來秦始皇的大忌，必招損敗無疑，只可惜那是六年以後的事。

要捱過這六個艱危的年頭，就必須與逐漸成「奸型」的嫪毒虛與委蛇。

在那齣「秦始皇」的電影裡，朱姬最後完全站在嫪毒的一邊，不但與呂不韋作對，也密謀推翻自己的兒子嬴政。

電影裡的解釋非常簡單，一切歸究在朱姬對嫪毒的迷戀上。

但項少龍卻知道最少多了兩個原因，就是朱姬分別對他項少龍和小盤的因愛成恨。其原因複雜異常。

他項少龍是因命運的不可抗拒，故意任得朱姬在嫪毒的愛慾操縱下愈陷愈深，終於不能自拔。他由於問心有愧，又明知朱姬再離不開嫪毒，所以下意識地去疏遠朱姬，更添朱姬的怨恨，終落至今日的田地。

小盤則因一向視朱姬為母，自然地把她代替妮夫人，亦希望她像妮夫人般謹守婦道。在深心處，他除莊襄王外，只能接受項少龍做他的父親。現在朱姬不知自愛，戀上聲名狼藉的嫪毒，一下子粉碎了他的美好印象，隨之而來的失望化成深刻的憎厭，故對朱姬不但態度大改，還含有強烈的恨意，使兩人關係日趨惡劣。

在這種情況下，朱姬自然而然地更傾向嫪毐和呂不韋，就像小盤正和項少龍在聯手對付她那樣，這是誰都不能改變的事實和形勢。

項少龍唯一的方法是挑起嫪毐和呂不韋間的衝突和爭端，並使朱姬只站在嫪毐的一方，不再支持呂不韋。

來到嫪毐的內使府，報上名字後，嫪毐聞報，欣然迎出門來。

這狼心狗肺的壞傢伙一身官服，脫胎換骨般神采飛揚，隔遠微笑施禮，道：「聞得項大人遠行歸來，正想登門拜候，怎知大人竟大駕光臨，下官怎擔當得起。」

項少龍暗中罵他的娘，因她竟生了這麼一個喪盡天良的賊種出來。但表面當然做足功夫，迎上去拉著他的手，笑道：「我剛見過太后和儲君，方知咸陽發生這麼多的事。來！我們找個地方仔細談談。」

嫪毐顯然知道他見過太后的事，不以為意地把他引到東廂去，沿途遇上多起婢僕和家將，可見他是如何風光。

兩人坐下後，婢僕退了出去。喝過奉上的茗茶，嫪毐道：「太后和項大人說過甚麼密話呢？」

項少龍知他最忌的是朱姬對自己餘情未了，若不能釋他之疑，休想爭得合作機會，低聲道：「我告訴太后，徐先是春申君奉呂不韋之命刺殺的。」

嫪毐愕然望著他。

項少龍扼要地作了解釋，然後歎道：「若讓左相之位落入呂不韋的人手內，那時儲君和太后都要被他牽著鼻子走。」

嫪毐怔了一怔，沉思起來。

這正是項少龍的高明處，要知嫪毐野心極大，而他的唯一憑藉是朱姬。假若朱姬失勢，他不但權勢盡喪，還得像以前般要仰呂不韋的鼻息做人。

人性就是那樣，未嘗過甜頭還好，嘗過後就很難捨棄。若要嫪毐再做回呂不韋的奴僕，比殺了他更令他難受。

項少龍微笑道：「假若我沒有猜錯，呂不韋和管中邪現在一定用盡方法來籠絡大人，就像他以前籠絡我那樣。」

嫪毐瞅他一眼，道：「請恕嫪某直言，項大人爲何打從開始就對我那麼看重？」

項少龍以最誠懇的表情道：「這原因我只可以告訴嫪兄一人，爲的是太后，我和儲君都希望她不感寂寞，加上我對嫪兄又一見歡喜，這樣說，嫪兄該明白我的心意吧！」

嫪毐忍不住問道：「項兄是否想在下支持你登上左相之位？」

項少龍暗罵他以小人之心度自己君子之腹。臉上卻裝出不甘被誤解的神色，忿然道：「若我要當左丞相，先王在位時早已當了，嫪兄該不會不知道此事吧！」

嫪毐當然知道此事，忙道：「項兄請勿誤會，我只是在想，除了你外，誰還有資格和王綰爭相位呢？」

項少龍知他意動，歎道：「讓我先說幾句題外話，所謂『人非草木，孰能無情』。我項少龍親手把太后和儲君帶到秦國來，本想就此歸隱，與嬌妻美婢們安享田園之福，這可說是我的夢想。豈知呂不韋這老賊多番欲置我於死地，又害得我妻婢慘死，所以我不得不與呂不韋周旋到底。呂賊授首的一天，就是我項少龍離秦之日，若違此誓，天誅地滅，嫪兄可清楚我的心意嗎？」

嫪毐呆看著他一會兒後，伸出手道：「我明白了！」

項少龍知他已被徹底打動，伸手與他相握，沉聲道：「昌平君為左相，王陵代鹿公，嫪兄同意嗎？」

嫪毐失聲道：「甚麼？」

項少龍離開嫪府後，領著十八鐵衛來到門禁森嚴太子丹寄居的行館，十多名都衛立即攔著入門之路，其中領頭的都衛長施禮道：「管大人有命，任何人不得進府。」

項少龍斜睨著他道：「見到我項少龍竟敢無禮攔阻，你叫甚麼名字？」

那都衛長這才知大禍臨頭，惶然下跪道：「小人知罪！小人知罪！一時沒看清楚是項統領。」

在咸陽城內，可說沒有人不知項少龍乃儲君最親近的大紅人，又掌咸陽兵權，要動個小嘍囉，連呂不韋也護不住，嚇得眾衛全跪了下來。

項少龍哪會和他們計較，冷喝道：「給我開門！」

眾都衛豈敢反對，乖乖的把門打了開來，原來府內的廣場另外駐有一營都衛軍。

項少龍跳下馬來，吩咐眾鐵衛把守府門，自己則大模大樣地舉步入宅，都衛懾於他威勢，沒人敢吭聲。

太子丹的大將徐夷則、大夫冷亭、軍師尤之和包括敗於管中邪手上的閻毒在內的十多名高手聽到聲息，齊到主宅大門來迎接他。

見到項少龍，人人現出悲憤神色。

到主廳坐下後，徐夷則憤然道：「項大人要給我們作主。」

還是尤之冷靜，問道：「幹掉田單了嗎？」

項少龍點頭應是。

徐夷則等均鬆了一口氣，要知若田單仍然在世，燕國將大禍臨頭。

尤之冷哼一聲，道：「怎也想不到呂不韋竟敢甘冒天下之大不韙，把太子扣押起來，現在太子生死未卜，害得我們不敢輕舉妄動，否則縱使全體戰死，亦要出這口鳥氣。」

項少龍道：「諸位放心，給個天讓呂不韋作膽，他也不敢傷害太子半根毫毛，否則將失信於天下。我看他只是答應田單要把太子留上一段時間，好讓死鬼田單奸謀得逞吧！這事包在我身上，若不能明逼著他放了太子，我暗裡也要把太子救出來。好了！各位立即收拾好行裝到我烏府去，否則說不定呂賊雖肯放太子回來，卻另使手段殺了各位，那仍是糟透了。」

徐夷則等見項少龍這麼講義氣，完全不介意開罪呂不韋，無不感動，命人立即去收拾行裝。不一會兒百多人集合在廣場上，負責把守的都衛眼睜睜看著，卻沒有人敢上前干涉。

此時蹄聲傳來，一隊人馬旋風般由外大門捲進來，帶頭的自是管中邪。

只見他神色冷然，飛身下馬，來到項少龍身前，昂然道：「項大人且慢，下屬奉有仲父之命，府內之人，不准踏出圍牆半步。」

徐夷則等一齊拔出長劍，刀光劍影下，氣氛立即拉緊。

項少龍哈哈一笑，道：「請問管大人有沒有仲父簽發的手令文書一類東西？」

管中邪愕在當場。

他得手下飛報項少龍闖府的消息後，立即由官署趕來，根本尚未有機會見到呂不韋。強撐道：「下屬奉有仲父口諭，項大人若不相信，可向仲父面詢。」

項少龍「鏘」的一聲拔出長劍，笑道：「那就成了。我也奉有儲君口諭來此把人帶走，管大人如若不信，可面詢儲君。誰若敢阻我，有違君令，立殺無赦。」

眾鐵衛紛紛拔劍，把管中邪和十多名親衛圍個密不通風。

管中邪臉色微變，知道若再出言頂撞或攔阻，立即是血濺當場的結局。又看自己外圍處一眾手下，人人面如土色，噤若寒蟬，動起手來，保證沒人敢上前插手。

再看項少龍，只見他眼露殺機，擺明想趁機把自己除去，君子不吃眼前虧，微笑退往一旁，淡淡道：「項大人誤會了，下屬只是怕大人遠道歸來不明現況，既是如此，此事就由仲父與儲君處置好了。大人請！」

項少龍暗叫可惜，還劍入鞘，微笑道：「那就最好。我還以爲管大人不放儲君在眼內，只忠於仲父一人。」

管中邪心中一懔，想起呂不韋最大的弱點是他終非秦君，所以只要項少龍有儲君支持，除非呂不韋公然造反，否則不得不遵從王命。

徐夷則等和眾鐵衛紛紛收起兵刃，跨上馬背。

項少龍眼尾都不看管中邪，領著眾人馳出府門。心中一動，命烏舒把徐夷則等帶返烏府，立即與其他人直赴王宮，到內廷找到正和李斯議事的小盤，施禮道：「儲君若要一殺呂賊的氣焰，樹立君權，眼前有個千載一時的良機。」

小盤和李斯同感愕然，面面相覷。

儲君出巡聲中，百多騎禁衛在前開路，昌文君、昌平君、項少龍、李斯前後左右簇擁小盤，三百多騎聲勢浩蕩的馳出王宮，往仲父府開去。

剛好呂不韋由管中邪處得悉項少龍帶走太子丹的人，怒氣沖沖奔出仲父府，要到王宮找朱姬算項少龍的帳，豈知在路上與出巡的儲君人馬撞個正著。

管中邪等忙避往道旁跪下，剩下呂不韋一人策馬來到小盤等面前，向小盤施禮，先瞅項少龍一眼，才沉聲道：「未知儲君要到何處巡視？」

小盤暗罵我的事哪到你來管，表面從容道：「正是要到仲父府上去。」

呂不韋愕然道：「儲君找老臣所為何事？」

小盤淡淡道：「聽說丹太子到了仲父府盤桓，寡人忽然很想見他，仲父請立即安排他與我相見。」

呂不韋呆了一呆，眼中閃過森寒殺意，冷然道：「丹太子近日頗有去意，不知是否仍在老臣府內。」別過頭向跪在路旁的管中邪喝道：「管統領還不為儲君去查看一下嗎？」

小盤與項少龍交換個眼色後，冷笑道：「仲父的說話很奇怪，人是否在府上你也不知道嗎？要知丹太子是為弔祭先王遠道來此，乃我大秦貴賓，如果招待不周，寡人也要擔上責任。」

再喝道：「昌平、昌文！你兩人陪管大人去一看究竟！」

呂不韋想不到項少龍回來後，小盤立即變成另一個人般，不但不賣他的帳，還語帶責怪之意。啞口無言下，昌平君和昌文君兩人挾著管中邪去了。

小盤一夾馬腹，往仲父府馳去，大隊人馬繼續前行，呂不韋只好隨在小盤之旁。

項少龍、小盤和李斯三人均心中好笑，呂不韋今次最吃虧的地方，在於道理上站不住腳，所以只好啞子吃黃連，有苦自己知了。

道上人民見到儲君出巡，紛紛拜伏路旁，向這威名日盛的年輕儲君致敬。

尚未抵達仲父府，昌平、昌文君兩人護著臉色蒼白的太子丹由府內出來。

小盤拍馬趨前，哈哈笑道：「丹太子別來無恙，寡人招待不周之處，請太子海量包涵，萬勿見怪！」

太子丹見到項少龍哪還會不知道是甚麼一回事，說了幾句客套話後，向鐵青著臉的呂不韋發話道：「這半年多來得仲父殷勤款待，異日必有回報。」

呂不韋知他在說反話，冷哼一聲，沒有回答，連演戲的興趣都失去。

小盤轉對呂不韋道：「仲父不是要入宮嗎？只不知是要見太后還是想見寡人呢？」

呂不韋差點語塞，想不到小盤這麼厲害，若說要見朱姬，擺明要在朱姬前搬弄儲君的是非，但若說想見他，還有甚麼話好說的？尷尬地道：「老臣只是想與儲君及太后商量一下左相和大司馬兩個職位的人選吧！」

小盤冷然道：「寡人已有主意，明天早朝將有公佈，此事不用再說，仲父請！」

呂不韋愕然望向項少龍。

項少龍微微一笑，沒有說話，一副高深莫測的模樣，心中暗笑呂不韋終領教到未來秦始皇的霸氣。

呂不韋爲之氣結，小盤下令道：「我忽然想起一事，不便久留，丹太子先由少龍替寡人好好款待，我要回宮了。」

策馬便去。

昌平、昌文君、李斯等慌忙伴隨。

項少龍見呂不韋呆看著小盤的背影，淡然道：「仲父請！末將告退！」

再不理呂不韋，領著太子丹和眾鐵衛走了。同時知道從這一刻起，將進入與呂不韋正面對抗的形勢，再沒有別的選擇。

返烏府途中，路經琴清府，差點要溜進去找美麗的寡婦一敘，不過既有太子丹在旁，又記掛著雅夫人和烏廷芳等，只好把這念頭硬壓下去。

第八章　最後一面

項少龍與太子丹回到烏府，徐夷則等造夢都想不到他轉個身便救回主子，無不大喜如狂、感激涕零。

項少龍心懸趙雅、烏廷芳、項寶兒等，告了一聲罪，把招呼太子丹的責任交給陶方和滕翼，忙往內宅走去。遇上的婢僕見他回來，人人神情歡喜，恭敬施禮。

穿過花園的迴廊，竹林後的小亭處傳來男女說話的聲音，卻聽不清晰。

他哪有理會的閒情，走了兩步，腳步聲響，一陣女聲在竹林小徑間嬌呼道：「大爺回來了！」

項少龍別頭望過去，原來是周薇。可能因生活寫意，豐滿了少許，比之前更是迷人，盈盈拜倒地上，俏臉微紅，神情慌張古怪。

項少龍正奇怪她在與誰說話時，人影一閃，往大梁接趙雅回來的烏果由竹林小徑處追出來，還叫道：「小薇薇你……噢！項爺！小人……嘿！」跪倒周薇之旁，神色尷尬。

項少龍心中恍然，知道烏果這傢伙看中周薇，正著力追求。

當日自己曾鼓勵荊俊追求周薇，看來荊俊已把目標轉移到鹿丹兒身上去，給烏果這可愛的傢伙「冷手拿個熱煎堆」，心中大感歡喜。

周薇見烏果差點是肩碰肩地貼著她跪下，先狼狽地瞪烏果一眼，惶恐道：「大爺！小薇……」

項少龍趨前扶起兩人，欣然道：「小薇不用解釋，見到你兩人在一起，我只有歡喜之情，哪有怪責之念。」

周薇俏臉通紅，垂頭道：「大爺！不是那樣哩！」

項少龍見她說話時不敢望自己，哪還不明白她對烏果大有情意，想說話時，烏果跳了起來，歡呼聲中，翻一個觔斗，抓著周薇的玉臂搖晃道：「小薇薇！我說得不錯吧！項爺定不會怪責我們的。」

周薇掙脫他的掌握，大嗔道：「你快給我滾，人家要服侍大爺。」

項少龍哈哈笑道：「小薇不用再服侍我。由今天開始，改由烏果服侍你吧！」

言罷舉步去了，留下烏果向周薇糾纏不清。

快到後宅時，香風撲至，田貞、田鳳兩人直奔出來，投入他懷裡，喜極而泣，像兩隻抖顫的美麗小鳥兒。

項少龍擁緊兩人，進入大廳。

烏廷芳與紀嫣然在談心，快兩歲的項寶兒正依戀在後者的懷內。

烏廷芳見到項少龍，甚麼都忘掉，跳起身往他撲來。

項少龍放開田氏姊妹，把她摟個滿懷。

烏廷芳一邊流淚，一邊怨道：「你這人哪！現在才肯回家！」

項少龍對她又哄又逗，紀嫣然抱著項寶兒過來，交到他臂彎內去。

項寶兒箍著他頸項，以清脆響亮的童音叫了聲：「爹！」喜得項少龍在小臉上吻如雨下，心中塡滿家庭的親情和溫暖。

紀嫣然笑道：「好了！快進房看雅姊吧！她該睡醒哩！」

項少龍知道趙雅沒有睡午覺的習慣，一震道：「雅兒怎樣了？」

紀嫣然神色一黯道：「她身體很虛弱，快去看她！她等得你好苦呢！」

項少龍把項寶兒交還紀嫣然，順口問道：「致致和柔姊呢？」

烏廷芳欣然道：「她們三姊妹相會，甚麼人都不肯理會了。」

項少龍吻了烏廷芳的臉蛋後，田氏姊妹興高采烈地左右扯著他朝東廂走去。到達其中一間幽靜的房內，趙雅仍熟睡未醒，一名俏婢在旁看護。

田氏姊妹識趣地拉走那名俏婢，待房內只剩下他和趙雅，他坐到榻沿旁，心中高燃愛火，仔細打量這多災多難的美人兒。

趙雅明顯地消瘦了，容色帶著不健康的蒼白，少去往日的照人豔光，卻多添三分憔悴的清秀之色，看得他的心扭痛起來。

項少龍伸手撫上她面頰，心痛地叫道：「雅兒！雅兒！」

趙雅緩緩醒轉，張開眼見到是項少龍，一聲嬌吟，掙扎要坐起來。

項少龍把她摟入懷裡，湊上她的香唇，痛吻起來。

趙雅不知哪裡來的氣力，把他摟個結實，熱烈反應，接著仰起俏臉，欣然笑道：「我的男人終於回來，噢！爲甚麼哭了？人家都沒哭嘛！」

項少龍倒在床上，與她相擁而眠，面面相對，一對手愛撫著她，歎道：「雅兒你瘦了！」

趙雅吻他鼻尖，欣然道：「我爲了你那對頑皮的手著想，已每天強迫自己吃東西，還要責怪人家嗎？唔！記著不可翻人家的舊帳，一句都不准說。」

項少龍見她美目異采漣漣，心中歡喜，道：「雅兒你定要康復過來，好陪我去遊山玩水，盡情享受。」

趙雅微笑道：「我的病是不會好的，但只要在最後一段日子能和我最心愛的人在一起，老天爺再不欠我趙雅甚麼了。」

項少龍湧起強烈的不祥感覺，責道：「不准說這種話，你定會痊癒的，我對你的愛就是天下間最好的仙丹妙藥，比甚麼大醫師都要強。」

趙雅「噗哧」嬌笑，俏眼閃亮，再獻上香吻，才道：「扶人家起來吧！睡得人家累死了。」

項少龍事實上捨不得離開舒服得他直沁心脾的榻子，無奈下把她攔腰抱起，並坐床沿。

趙雅勉力摟著他脖子，嬌柔無力道：「到外面走走好嗎？看！下雪哩！」

項少龍望往窗外，果然雪花飄降，不忍拂忤她，找來斗篷厚披風，把她裹個結實，才擁著她往院落間的小亭去，摟著她坐在石凳上，愛憐地道：「雅兒覺得甚麼地方不舒服呢？」

趙雅貼上他臉頰，看著亭外雪白的世界，微笑道：「你是說以前嗎？我感覺自己完全沒有氣力，坐和站都會頭暈，有時想起你，心會痛起來。但現在一切很好，還很想吃東西哩！」

項少龍離開她少許，道：「我教人弄東西給你吃好嗎？愛吃甚麼呢？」

趙雅眼中射出海樣深情，含笑搖頭道：「不！那只是一種感覺，現在我只要你抱著雅兒，讓雅兒知道項少龍仍是那麼疼我，雅兒已心滿意足。」

項少龍細審她的玉容，只見她臉色紅潤起來，一對秀眸閃爍著令人驚心動魄的奇異神采，失去了的豔光似又重現粉臉之上，心中歡喜，一時間說不出話來。

趙雅柔聲道：「趙大他們對雅兒忠心耿耿，你看看有甚麼事適合他們的，讓他們給你效力吧！他們均尚未成家立室，這心願要靠你爲雅兒完成了。」

項少龍終大覺不安，劇震道：「不准說這種話，你很快就會好過來的。」

趙雅淡淡笑道：「看！大雪多麼美麗，把人世間一切醜惡的事都淨化了。雅兒有過很多男人，但眞正愛上的只有少龍一個，其他都忘記了。本來我在大梁早該死去，只是知道還有機會再見你，方能堅持著撐到這一刻，剛才若非你喚我，恐怕再醒不過來。少龍啊！不要哭好嗎？」伸手以衣袖爲他抹拭熱淚。

項少龍全身冰冷，心如刀割，柔腸寸斷，顫聲道：「雅兒不要嚇我，你定要堅持下去，這世間尚有很多美妙的東西，等待你去品嘗享受。」

趙雅柔情似水地微笑道：「美麗的東西總是短暫的。我還記得第一次在邯鄲街頭見到你時，那時你衣衫襤褸，一副落魄模樣，可是那種比任何王侯貴冑更驕傲的爽颯英姿，使雅兒無法按得下心中的情火。」

頓了頓，眼中射出無比熾熱神色，輕吟道：「『金風玉露一相逢，便勝卻人間無數』，記得你在人家小樓說過的兩句美麗的詩文嗎？那是雅兒一生人中聽過最美麗動人的情話。人家之所以狠下心留在大梁，正是因著這兩句話，不過最後仍是忍不住來見你。」

接著死命擁緊他道：「少龍啊！你就是趙雅那滴蜜糖！求你吻吻人家好嗎？」

項少龍的心碎作萬千片，神傷魂斷中，封上她灼熱的香唇。

趙雅熱烈地反應，呼吸出奇的急促。

然後她軟倒項少龍懷裡，唇皮轉冷。

項少龍駭然離開她香唇，發覺她竟斷了氣。可是她嘴角猶掛著幸福滿足的笑意，秀眸輕閉，像只是酣睡了過去。

但他卻知道她永遠不會再醒過來。她能延命到今天，都只靠強撐著見他最後的一面！

趙雅的逝世，使項少龍感到自己在邯鄲的過去也隨之而埋沒在時間的洪流裡。與自己有關係的三位趙國王族美女均先後死去，每一趟都狠狠打擊他，到這刻他已有麻木不仁的感覺，他實在太傷感勞累。

同一天內，他目睹鹿公和趙雅的先後辭世，兩者都是突如其來，教他再受不起精神和肉體的雙重折磨！

把趙雅的後事交給陶方去辦理後，他依趙雅遺命安撫趙大等人，便實在支持不住，躲回房裡痛哭一場，沉沉睡去。

醒來時發覺烏廷芳蜷睡懷內，忙哄她起來，匆匆梳洗後，朝王宮趕去。

滕翼、荊俊、十八鐵衛負責護行。現在與呂不韋的鬥爭愈趨激烈，隨時有被伏擊行刺之險，所以各人每次出入均非常小心。

項少龍尚是首次參加朝會。

在一般的情況下，像他這種守城的武官，根本沒有參加早朝的可能。

禁衛、都騎、都衛三大系統，專責王城安全，在中央集權的情況下，理論上全歸內廷指揮，而嫪毒的內史，則是負責聯絡的中間人，雖非三大軍系的上司，但卻有資格出席朝會。

幸好項少龍另一個身分是太傅，傳統上當儲君尚未成年，太傅在特別欽准下，是可以出席朝會的。

剛進宮門，昌平君和昌文君兄弟把項少龍截著，走到一旁說話。

兩人又驚又喜，顯是知道了在他提議下昌平君被挑作左丞相的候選者。

眾人下馬後，昌平君苦笑道：「我也不知該感激你還是該揍你一頓，儲君昨晚夤夜找我去說話，說你推薦我代徐相。唉！爲何你自己不幹呢？若你肯做左相，我們這批人無不心服口服。」

昌文君更有點懷疑地道：「大哥若把事情弄得一塌糊塗時，那就變成因福得禍。」

滕翼笑道：「想不到你兩個小子平時天不怕地不怕，現在反怕了陞官發財，眞是羡煞旁人。」

荊俊捧腹道：「有儲君和我們在背後撐你們的腰，確是不行時就打回原形好了，有甚麼大不了哩！」

昌平君氣道：「你們倒說得容易，呂不韋現在權傾朝野，人人均趨炎附勢，爭相捧拍和仰他鼻息說話。少龍你自己躲在一旁，卻教我去與他抬槓作對，以後我還有安樂日子過嗎？」

項少龍摟著他肩頭，淡淡道：「天將降大任於斯人也，必先……嘿！甚麼苦其心志，放心吧！有李斯在後面給你打點出主意，呂不韋又沒有了莫傲，還怕他甚麼？來！我們該進去了。」

昌平君懷疑地道：「李斯的公務這麼繁忙，何來時間助我？」

項少龍向滕翼等打個道別的手勢後，扯著昌平君兄弟去了。

百官跪拜行禮中，小盤穩坐王座，朱姬坐於其右後側處。大殿王座的臺階共分兩層，小盤的親衛由昌平君、昌文君兩人統率，自王座下的臺階直排至殿門，氣氛莊嚴肅穆。

除禁衛外，入殿者均不准攜帶兵刃。

七十多個文臣武將，穿上整齊官服，雁列兩旁，右邊以呂不韋為首，接著是王綰、蔡澤、賈公成、雲陽君嬴傲、義渠君嬴樓等一眾文臣，李斯和嫪毒分別排在第十七和第十八位，官職算相當高了。

另一邊則以王陵為首，跟著是王齕、蒙驁、杜璧。

項少龍身為太子太傅，地位尊崇，居於杜璧之下，打後還有近三十人。

小盤首先表示對鹿公的哀悼，宣佈大殮於七日後舉行，當然是由他親自主持。

項少龍見小盤從容自若，隱有未來秦始皇的氣概，心下欣悅。

各人正待稟奏，呂不韋首先發言道：「太后、儲君明鑒，我大秦現今正值多事之秋，先有東郡民變，接著徐相在魏境遇襲身亡，鹿公又因憂憤病故，誠宜立即重整朝政，填補空缺，勵精圖治，再張威德。」

又冷哼一聲，道：「血債必須血償，否則東方小兒會欺我大秦無人矣！」

王齕怒喝道：「楚人實在欺人太甚，以為送上春申君首級，割讓五郡，可以平息我們的怒火，確是太天真了。」

眾臣紛紛附和，聲勢浩蕩。

小盤冷冷審視眾人的反應，淡然道：「是否須向楚人討回血債，因此事內中另有隱情，暫且按下不提。至於徐相和上將軍空出來的兩個遺缺，寡人與太后商量過後，已有主意。」

呂不韋大感愕然，望向朱姬，見後者毫無反應，心知不妙，沉聲道：「徐相遇襲致死一事，連楚人都直認不諱，未知尚有何隱情？請儲君明示。」

小盤不悅道：「寡人剛說過暫把此事擺在一旁，就是擺在一旁，仲父難道聽不清楚嗎？」

這幾句話說得極不客氣，呂不韋臉色微變，向王齕和蒙驁使個眼色，閉口不言。

沒有了朱姬的支持，他哪敢直接頂撞小盤。

王齕等想不到小盤如此強硬，一時間不敢冒失發言。

自商鞅改革秦政後，君主集權力於一身，故若朱姬不反對，小盤確可為所欲為，除非把他推翻，否則他的話就是命令。

小盤卻是暗中稱快，自項少龍離秦後，在朱姬和呂不韋的壓力下，他一直在忍氣吞聲。現在項少龍回來，無論在實質上和心理上，他都感到形勢大改，哪還不乘機伸張君權，藉打擊呂不韋來達到震懾群臣的目的。

他若非這樣的人，日後哪輪得到他來做始皇帝？

大殿內一時靜至落針可聞。

朱姬首次發言道：「軍政院大司馬一位，由王陵大將軍補上，眾卿可有異議？」

項少龍聽得心中暗歎，想到若這番話由小盤這未來秦始皇說出來，哪會徵詢各人意見。

王齕乃王陵同族之人，聞言欣然道：「王陵大將軍確是最佳人選。」

呂不韋本屬意蒙驁，但在這情況下，朱姬既開金口，已是無可奈何，不由狠狠盯項少龍一眼，知道是他從中搗鬼。

蔡澤倚老賣老，躬身道：「左相國之位，事關重大，若非德高望重之人，必不能教人傾服，未知太后和儲君心中的人選是誰呢？」

這回輪到朱姬說不出話來。因爲若說德高望重，何時才輪得到昌平君。

項少龍望向站在階臺上守衛一側的昌平君，只見他垂頭不語，漲紅了臉，顯是心中驚惶，知道若這時不爲他製造點聲勢，待群臣全體附和蔡澤，說不定朱姬會拿不定主意。

哈哈一笑道：「蔡公說得好，不過微臣認爲尚未足夠，愚意以爲有資格補上徐相此位的人，必須符合三個條件。」

接著轉向小盤和朱姬躬身道：「太后、儲君明鑒，可否讓微臣抒陳己見？」

小盤大喜，向朱姬請示後，欣然道：「項太傅請直言，不須有任何顧忌。」

呂不韋等均心叫不好，偏又無法阻止。

杜璧則臉帶冷笑，在他的立場來說，倒寧願左相國之位不是落到呂不韋手下的人去。

王齕雖傾向呂不韋，但終屬秦國軍方本土勢力的中堅人物，對項少龍亦有好感，所以只要項少龍說得合理，他自會支持。

此中形勢，確是非常微妙。眾人眼光全集中到項少龍身上。

項少龍微微一笑，道：「用人惟才，首先此人必須有眞材實學，足以擔當此職。至於德望是培養出來的，在目前反非那麼重要。就以呂相爲例，在任相位之初，大家都知是甚麼一番光景，但現在誰不心服口服，由此可知微臣提出這第一個條件背後的道理。」

眾人均啞口無言，蓋因項少龍硬將此事扯到呂不韋身上，若還出言反對，反變成針對呂不韋。

呂不韋差點氣炸了肺，他最恨人提起他的過去，但這一刻偏是有口難言。

蒙驁臉色沉下來，冷冷道：「請問項大人，另外兩個條件又是怎樣呢？」

項少龍從容道：「左相之位，轄下大部分均為軍政統屬，故此人必須來自軍方將領，且為了穩定軍心，此人須像徐相般乃出身自我大秦本土的軍將，這樣才可教我大秦兵將心悅誠服，此條件至關緊要，絕不可草率視之。」

這麼一說，等若把王綰或蒙驁當左丞相的可能性完全否定。

而完全符合兩個條件的，只有杜璧和王齕，昌平君仍差了一點點。

呂不韋氣得臉色發青，卻又是欲語無言，因為項少龍確佔在道理的一方。

秦國的軍方將領，自王齕以下，無不頷首同意。

小盤拍案道：「說得好！現在連寡人都很想知道第三個條件。」

項少龍先謝了小盤的允同，微笑道：「第三個條件，是此人必須年輕有為，以能陪伴儲君一同成長，藉以保證政策的延續。這立論雖似大膽，但其中自有至理，只要細心一想，便知箇中之妙。」

坦白說，這本是項少龍三個條件中最弱的一環，群臣登時起鬨，議論紛紛。

呂不韋呵呵一笑道：「項太傅這最後一個條件，實大有商榷之餘地，未知太傅心中人選是誰呢？」

小盤哈哈笑道：「項太傅之言，正合寡人之意，昌平君接旨！」

大殿倏地靜下來。

昌平君跑了出來，跪伏龍階之下。

小盤肅容道：「由今天開始，昌平君就是我大秦的左丞相。寡人之意已決，眾卿家不得多言，致另生枝節！」

項少龍心中暗笑，看也不看氣得臉無人色的呂不韋，帶頭跪拜下去。

原本沒有可能的事，就這樣變成事實。

關鍵處自是先取得嫪毐和朱姬的支持，而如此一來，嫪毐和朱姬的一方，亦與呂不韋公然決裂，再沒有轉圜的餘地了。

第九章　懸金市門

就在昌平君成爲左丞相的同一天，太子丹率眾返回燕國，項少龍使劉巢、蒲布兩人率都騎護送，以免呂不韋再使陰謀手段。

與太子丹等依依惜別後，項少龍離城返回牧場去，好安葬趙雅。由於家有喪事，所以依禮沒有參加鹿公葬禮。

至諸事辦妥，已是十天之後。

小盤三次派人來催他回城，項少龍此時逐漸從悲痛中回復過來，決定明早回城。

這天自黃昏開始一直下著大雪，項少龍偕紀嫣然拜祭過趙雅後，並肩歸家。

紀嫣然握緊他的手，柔聲道：「今趟回城，你最好先去看望清姊，否則她會很不高興哩！」

項少龍愕然道：「你見過她嗎？」

紀嫣然點頭道：「見過了！她亦知道雅夫人去世的事，否則早不肯原諒你。」

項少龍苦惱地道：「你不是說過要我不可碰你清姊嗎？爲何現在又似鼓勵我去找她呢？」

紀嫣然幽幽歎道：「或者是因爲出於我對她的敬愛吧！我看她對你是愈來愈沒有自制力，否則不會在你回來後第二天即紆尊降貴前來找你。表面她當然說得像只是來找我，可是當知道你去參加朝會，整個人立即變得沒精打采，唉！我也不知怎麼說才好了。」

此時剛跨進後院，人影一閃，善柔攔在兩人身前，兩人嚇得放開緊牽著的手。

善柔伸手擰一下紀嫣然臉蛋，露出迷人的笑容道：「美人兒！本姑娘要借你的夫君大人一會兒呢！」

紀嫣然想不到給善柔作弄，又好氣又好笑，嗔道：「借便借吧！我紀嫣然稀罕他嗎？」嬌笑著去了。

善柔主動拉起項少龍的手，到達園內的亭子裡，轉身抱緊他，歎道：「項少龍！我要走哩！」

項少龍失聲道：「甚麼？」

善柔推開他，別轉嬌軀，微嗔道：「說得這麼清楚，你還聽不到嗎？我要走了！」

項少龍移前箍著她的小蠻腰，沉聲道：「柔大姊要到哪裡去？」

善柔歎了一口氣，搖頭道：「不要問好嗎？總之我明天就要返齊國去。或者將來某一天，會再來找你也說不定。」

項少龍想起在楚國時她說過的話，當時她雖曾於事後半眞半假的否認過，但照現在的情況看來，說不定是眞的。想到她因某種原因要投進別個男人的懷抱去，不禁大感洩氣，偏又無可奈何，一時說不出話來。

善柔低聲道：「爲甚麼不說話，是否心中惱人家哩！」

項少龍放開箍著她的手，苦笑道：「我哪有資格惱你，柔大姊愛做甚麼就做甚麼吧！哪到我項少龍干涉？」

善柔旋風般別轉身來，雙手纏上他脖子，秀眸射出深刻的感情，以前所未有的溫柔道：「讓致致代表我善柔伺候你好了，但今晚我善柔只屬於你項少龍一人的，只聽你的差遣和吩咐，同時也要你記著善柔永遠都忘不了項少龍，只恨善柔曾對別人許下諾言，細節其實早告訴你。」

項少龍望向亭外漫天飄舞的白雪，想起苦命的趙雅，心中的痛苦掩蓋了對善柔離開而生出的憤怨，點頭道：「我明白的，柔姊放心去做你想做的事吧！人生總不會事事如意，我項少龍只好認命了。」

善柔一言不發，伏入他懷裡，終給項少龍破天荒首次看到在她美眸內滾動的淚光。

翌晨醒來，善柔已悄然去了。

項少龍硬逼自己拋開對她的思念，起身練劍。

紀嫣然興致勃勃地取槍來與他對拆，烏廷芳、田貞姊妹和項寶兒在旁鼓掌喝采，樂也融融。

紀才女的槍法確是了得，施展開來，任項少龍盡展渾身解數，仍無法攻入她槍勢裡，收劍笑道：「本小子甘拜下風。幸好我還有把別人欠我的飛龍槍，待我這兩天到醉風樓向伍孚討回來，再向才女領教。」

紀嫣然橫槍笑道：「家有家規，你若想爲妻陪你度夜，必須擊掉人家手上之槍才行，廷芳等是見證人。」

烏廷芳等拍手叫好，一副惟恐天下不亂的樣子。

項少龍不懷好意地笑道：「若紀才女自問抵擋得爲夫的挑情手段，儘管誇下海口。」

紀嫣然霞燒玉頰，大嗔道：「若項少龍是此等卑鄙小人，我就算身體投降，亦絕不會心服的。」

項少龍知她是一番好意，藉此以激勵自己用功上進，正容道：「放心吧！我只是說笑而已！才女請給我三年時間，我必能把你收伏。」

紀嫣然杏眼圓睜，失聲道：「三年？」

項少龍大笑移前，把她擁入懷裡，安慰道：「三天我也嫌長，怎捨得讓才女作繭自縛，守三年活寡，哈……」

此時荊善來報，烏應元回來了。

項少龍大喜時，烏廷芳早搶先奔出去迎接。

到得主宅大廳，神采飛揚的烏應元正給烏廷芳纏得老懷大慰，陶方則向他匯報最近發生的事情。一番熱鬧擾攘，烏應元抱起項寶兒，坐下來與項少龍和陶方說話，烏廷芳主動爲乃父按摩疲倦的肩肌，洋溢著溫暖的親情。

烏應元誇獎項少龍幾句後，笑道：「我今趟遠赴北疆，看過烏卓所揀的地方，水草豐茂，果然是風水福地、人間勝境。現在烏卓建起一個大牧場，又招納了一些被匈奴人欺壓的弱小民族來歸，聲勢大壯，但也須多些人手調配，否則恐怕應付不了匈奴人。」

項少龍道：「我正有此意，因爲王翦很快會被調回咸陽，若沒了他的支援，一切要靠我們自己了。」

烏應元道：「我和小卓商量過，最少要調二千人給他才行，有問題嗎？」

項少龍道：「沒有問題，就這麼決定。」

烏應元放下心事，轉向陶方道：「陶公你負責安排一下，我想把烏族的人逐步撤離秦境，那裡確是最好的安居之所，我們以後不用看別人的臉色做人。」

三人又商量了些細節後，項少龍偕諸女和鐵衛返咸陽去。

回城後，項少龍第一件事是入宮見小盤。

小盤見項少龍到，大喜過望，如常在書齋見他，坐下後，劈頭便道：「廉頗丟官哩！」

雖說早在算中，項少龍仍湧起難過的感覺，趙國從此變爲郭開和龐煖的天下，只不知李牧的命運又是如何？

小盤顯是對廉頗忌憚非常，如釋重負的道：「沒有廉頗，趙人等若失去半壁江山，若連李牧都給趕走，趙人亦完了。」

項少龍知他對趙人怨恨至深，對此自己亦難以改變，沉聲道：「趙人殺了廉頗嗎？」

小盤淡然道：「廉頗老謀深算，一見勢色不對，立即率族人逃往大梁去，聽說他給氣出病來，唉！他實在太老了，再無復當年之勇。」

項少龍聽得心情沉重。

小盤歎道：「只恨李牧在雁門大破匈奴，看來他還有段風光日子，只要一天有李牧在，我們休想亡趙，現在只好找韓、魏來開刀。」

項少龍想起韓闖、韓非子和龍陽君這群老朋友，心情更是低落。

他最關心的當然是龍陽君，道：「若魏人起用廉頗，恐怕攻魏不是易事。」

小盤誤會他的意思，低笑道：「師父放心好了，這叫『此一時也，彼一時也』。年初時廉頗才率師攻魏，取了魏人的滎陽，魏安釐王對他恨之入骨，今趟他到大梁去，不宰了他來下酒，已是非常客氣，哪還會用他呢？」

項少龍啞口無言時，小盤岔開話題道：「現在呂不韋聘用韓人鄭國來為我大秦築渠，工程開始了年餘，計劃從仲山引涇水至瓠口，使水向東行，入北洛水。此事耗費大量人力物力，使我們暫時無力大舉東進，只有能力對韓人用武，蒙驁現在密鑼緊鼓，徵集新兵，加強實力，但我卻有另一個想法，希望由師父親自帶兵出征，若能立下軍功，就可把蒙驁和王齕等壓下去。」

項少龍暗吃一驚，忙道：「現在尚未是時候，若我走了，說不定呂不韋會弄些甚麼花樣出來，至少要等昌平君站穩陣腳才成。」

小盤歎一口氣，顯是覺得項少龍的話很有道理，不再堅持。旋又興奮起來道：「想想那天早朝我和師父一唱一和，把呂不韋等人壓得抬不起頭來，確是精采絕倫。」

項少龍道：「呂不韋定不會服氣的，這幾天又弄了些甚麼把戲出來？」

小盤苦笑道：「他的手段教人防不勝防，你返牧場的第二天，呂賊懸千金於咸陽市門之上，還誇下海口，說若有人能增損他那娘的《呂氏春秋》一字者，立以千金賞之。使得人人爭相研讀他張貼出來的《呂氏春秋》，師父也知道這部鬼書只是方便他奪我王權的工具吧！真教人氣惱。」

項少龍聽得目瞪口呆，奸賊眞懂得賣廣告宣傳，如此一來，他等若控制了秦人的思想，同時大大損害商鞅改革以來的中央君主集權制。

他來自二十一世紀，比小盤更明白鼓吹思想和主義的厲害。

這招非是動刀使槍可以解決的事，不由想起心愛的紀才女，長身而起道：「儲君不用慌張，我先去打個轉，回來後再把應付的方法告訴儲君。」

小盤大喜道：「我早知師父定有應付的方法。快去！我在這裡等你的好消息。」

項少龍其實是抱著姑且一問的態度，至於聰慧若紀才女是否能有應付良方，實在沒有半分把握，但現在見到未來秦始皇充滿期待的樣子，惟有硬著頭皮答應著去了。

步出書齋，想起李斯，暗忖要應付「呂不韋主義」的散播，此人自然比自己有辦法得多，遂往官署找他。

李斯正埋首案牘，見項少龍來到，欣然把他迎入室內。

項少龍笑道：「你在忙甚麼呢？是否忙昌平君的事？」

李斯拉他憑几坐好，老臉一紅道：「今早忙完他的事，現在卻是忙別的。」

項少龍奇道：「爲何李兄卻像有點不好意思說出來的樣子呢？」

李斯低聲道：「少龍萬勿笑我，這半年來小弟一直在研究商鞅的改革，發覺在官制方面仍有很多破綻和漏洞，所以下了點功夫，草擬出一個更理想的制度，若能施行，必可達致大治。縱使將來一統天下，仍可應付得來。」

項少龍喜道：「快說來聽聽！」

李斯立時雙目放光，精神大振道：「首先就是左、右丞相的問題，現今職權重疊，難以分明，誰人權大，便可管別家的事，像呂不韋專愛管軍政，但若能把他限制在某一範圍之內，他將難以像現在般橫行無忌，亦解決了權臣誤國的問題。」

項少龍拍案道：「我明白了，李兄之意，實是針對《呂氏春秋》而作，對嗎？」

李斯點頭道：「正是如此，只可惜李某識見有限，只能從政體入手，仍未能創宗立派，以抗衡呂不韋集諸家而成的呂氏精神。若撇開敵對的立場，呂不韋確是一代人傑。」

項少龍道：「李兄先說說你的方法。」

李斯欣然道：「我的方法簡單易行，是設立三公九卿之制。所謂三公，是只保留一位丞相，爲百官之長，主掌政務；然後改左丞相爲太尉，專責軍務；再在這兩職之外，設立御史，爲儲君負責往來文書和監察臣下。丞相、太尉、御史，是爲三公，不相統屬，只向儲君負責，最終裁決權全歸於儲君。」

項少龍爲之動容，暗忖三公九卿聽得多了，原來竟是出自李斯的超級腦袋，難怪李斯能名垂千古。同時亦看出李斯的私心，這御史一位，分明是他爲自己度身定造。但想想人不爲己，天誅地滅，心下立告釋然。

李斯續道：「所謂九卿，大部分屬我大秦原有的官職，只不過職權劃分得更清楚。三公只負責匡助政儲君治理國務，各方面的具體工作，則由諸卿分管。例如奉常，是主理宗廟禮儀，下面還有太樂、太祝、太宰、太史、太卜、太醫等六令丞官員；其他郎中令、衛尉、太僕、廷尉、典客、宗正、治粟內史、少府等八卿亦莫不如是。像現在的禁衛、都衛、都騎三個系統，改制後將全歸於衛尉指揮統領，免去現時各系統互相傾軋之弊。」

項少龍當然明白李斯對自己大費唇舌的用心，說到底是想自己把計劃推薦給小盤。他也樂於做這個對小盤有百利而無一害的順水人情，點頭道：「李兄儘管預備得好一點，待會我再入宮時，便和李兄一起向儲君進言。」

李斯大喜道：「項兄確是我李斯的良友和知己，若得儲君採納，也不枉我多年的努力。」

項少龍拍拍他肩頭，欣然而去。

心想自己大可以項上人頭擔保此事必成，否則二十一世紀的中國人就不會對「三公九卿」這名詞耳熟能詳。

第十章　五德終始

路經琴府時，項少龍雖諸事纏身，終抵不住相思之苦，溜進去找府中主人。

把門的家將無不清楚他和琴清的關係，沒有通報就把他迎入府內。

管家方二叔在府門處把他領進主廳，正要去通報琴清，項少龍笑道：「我只是匆匆路過，讓我向琴太傅打個招呼便成。」

問明琴清所在，穿過迴廊，往後廂走去。

幾位俏婢正在園中掃雪為樂，見到項少龍，都交頭接耳、抿嘴偷笑，又為他指點路途。

跨過東廂門檻，只見琴清斜靠臥几，一身素綠裙褂，外加鳳紋紫色披肩，秀髮以一根玉簪固定頭上，有幾絲散垂下來，襯以她的絕世姿容，竟透出平時罕見的嬌冶風情，以項少龍的定力，仍看得呆了起來。

她一手執帛，一手持針，專心刺繡。

琴清哪想得到項少龍會忽然出現眼前，吃了一驚，有點手足無措地伸手掠鬢，坐起來道：「噢！是你！」

項少龍見到她這更添風情的動作，心中一蕩，迅速移前，放肆地坐到臥几邊沿處，差點貼著她的腿側，俯前道：「琴太傅你好！請恕項少龍遲來問候之罪。」

琴清往後稍仰，拉遠兩臉的距離，卻沒有怪他無禮，似嗔非嗔，動人至極點。

項少龍注意到她把手中刺繡，有意無意地收到身後，似是怕給他見到，大奇道：「琴太傅繡的是甚麼圖案紋飾？」

琴清立時玉頰霞燒，低垂螓首，嗔道：「項大人檢點些好嗎？怎可與琴清共坐一席呢？」

項少龍知她臉嫩，暗忖這刺繡可能與自己有關，心甜如蜜，柔聲道：「我只是來打個招呼，立即要走，就算無禮也僅片刻之事，琴太傅可否縱容在下一會兒？」

琴清赧然道：「你這人哩！偏要這麼闖進來，人家又是衣鬢不整的。」

項少龍湊近少許，俾可以享受到她如蘭的芳香氣息，微笑道：「我卻一點不如是想，若非如此，便欣賞不到琴太傅嬌慵動人的姿采。」

琴清回復平常的清冷，只是紅霞仍未盡褪，由另一邊離几而起，把刺繡放到擺在一角的漆盒子裡去，珍而重之地摺疊整齊擺放妥當，剛關上盒蓋，項少龍已來到她旁，學她般跪下再坐到小腿上，柔聲道：「見到我安然回來，心中歡喜嗎？」

在這角度，剛好欣賞到此美女充滿古典和感性美的側面輪廓，項少龍心迷神醉，自然而然說出大有情意的話來。

琴清默然半晌，別過俏臉深深看他一眼，幽幽歎道：「項大人不是還有很多事趕著去辦嗎？莫要把光陰浪費在這裡。」

這兩句話就像是整桶冷水照頭淋下，項少龍立時頭腦清冷，熱情盡退，發了一會兒怔，再忍受不住兩人間那種難堪的沉默，兼之心中有氣，點了點頭，一言不發地站起來，略施禮後，便往門口走去，心中同時發誓永遠不再踏足琴府半步。

尚未跨出門檻，琴清低呼道：「項少龍！」

項少龍停下來，冷冷道：「琴太傅有何指教？」

足音輕響，琴清來到他背後，柔聲道：「你惱了嗎？」

項少龍苦笑道：「若你是我，會高興嗎？」

琴清繞過他，移到他身前，淡淡道：「當然不高興哪！可是你知否剛才的行爲，實在太不尊重人家呢！」

項少龍呆了一呆，自省其身，暗忖若兩人間並無情意，剛才的所爲，對琴清實是無禮之極，但若郎情妾意，則又算甚麼一回事呢？如此推之，琴清看來只把自己當作知己，而非情人，這麼說他和紀嫣然都會錯意了。

想到這裡，不由心灰意冷，兼之想起趙雅和善柔，更是萬念俱灰，頹然道：「是我不對！琴太傅請見諒。」

話畢繞過她，踏出門外。

琴清的聲音在後方響起道：「項少龍，答琴清一個問題好嗎？」

項少龍再次止步，冷淡應道：「琴太傅請下問。」

琴清猶豫半晌，幽幽道：「你究竟使了甚麼手段，使太后同意讓昌平君當上左丞相呢？」

項少龍恍然大悟，原來琴清誤會了自己，由於她在宮內耳目眾多，得知自己與朱姬獨處後立即得到朱姬的支持，以爲自己用的是美男計，故對他心存鄙視，於是變得如斯冷淡。

不由搖頭苦笑道：「琴太傅原來對我項少龍這般沒有信心，罷了！你愛怎猜就怎麼猜，橫豎我也給你誤會慣了。」

再不理琴清的呼喚，迅速離開琴府。

剛與十八鐵衛馳出琴府，迎頭碰上嬴盈和幾位女兒軍的少女，想避都避不了。

兩隊人馬在道旁勒馬停定，嬴盈顯是心中有鬼兼有愧，神情尷尬道：「項大人你好！為何回來這麼多天，仍不來探望人家呢？」

項少龍此時心情大壞，又知嬴盈終日與管中邪鬼混，哪有興趣敷衍她，冷冷道：「嬴大小姐會有空嗎？」

再不理她，拍馬去了。

回到烏府，忙往找紀嫣然。

才女剛做完她最心愛的兩件事，就是小睡醒來、洗個熱水浴，香噴噴的挨在小几上，背靠軟墊，身上還蓋了張薄被，一個人悠然自得地在看簡冊，懷中還擱著一枝晶瑩的玉簫。

這幅動人的絕世佳人休憩圖映入眼簾，項少龍立即忘記了今天的不愉快，毫不客氣地鑽入她的錦被內，埋進她的香懷裡去。

紀嫣然欣然放下簡冊，任由項少龍嗅吸她的體香，徐徐道：「夫君大人是否受到挫折，否則怎會一臉忿然之色？」

項少龍舒適地歎了一口氣，先把呂不韋懸賞市門的事說出來。

紀嫣然蹙起黛眉，交疊雙腿，把幾條垂鬆的秀髮攏拂著，淡然道：「呂不韋這一手非常厲害，把自己塑造成一個新聖人的樣子，但也非全無應付的辦法。噢！不要親人家那裡好嗎？教人怎爲你籌謀呢？」

項少龍把貪婪的大嘴移離她的秀項，不情願地坐起來，細審嬌妻黑白分明的秀眸，喜道：「早知你定有辦法的。」

紀嫣然白他一眼，美眸泛出笑意，悠然道：「我也看過《呂氏春秋》，確是本不朽巨著，但最弱的一環，卻是呂不韋拾人牙慧的理論；比起我乾爹，他是差遠了。最致命處是不合時宜，只要我把乾爹的《五德終始說》搬出來，包保可蓋過他的高調空言。」

項少龍皺眉道：「乾爹的《五德終始說》不是一種預言學嗎？怎派得上用場？」

紀嫣然伏入他懷裡，嬌笑道：「夫君大人糊塗得可愛，呂不韋編纂《呂氏春秋》的目的，是要爲自己的聖人身分造勢，以壓倒秦人的君主集權。只要我們把《五德終始說》活用，例如周得火德，秦得水德，水能剋火，故無所不勝。自然可把儲君塑造成應運而生的聖人，那何時才輪得到呂不韋抬頭？」

項少龍大喜，將散發著浴後體香、嬌慵無力的紀嫣然整個抱起來，哈哈大笑道：「紀才女這就陪我入宮見駕如何？」

紀嫣然抗議道：「人家現在這麼舒服，明天入宮好嗎？」

項少龍笑道：「不！出嫁從夫，紀才女要立即陪我去才行。」

鬧得不可開交之時，田貞來報，琴清來了。

紀嫣然掙脫他的懷抱，親他一口道：「你去招呼清姊，人家換好衣服，再陪你入宮吧！誰教我紀嫣然嫁了給你哩！」

笑著開溜。

項少龍步入主宅的大廳時，琴清正背著他靜觀園內滿鋪白雪的冬景，優美高雅的嬌軀，是那樣實在，帶著說不出來的驕傲，絲毫不受世俗沾染。

來到她身後，項少龍湧起歉意，暗責自己的器量太窄，累得她要紆尊降貴來找自己。輕歎道：「對不起！」

琴清的嬌軀顫抖一下，用力地呼吸兩口氣，似是要竭力壓下波動的情緒，出奇平靜地道：「項少龍！琴清今趟來拜訪，是要和你弄清楚一件事。」

項少龍很想抓著她香肩，把她拉入懷裡，只是琴清那種孤清高絕的美麗，總有種拒人於千里之外的味道，使他不敢造次。

再歎道：「若只是違心之言，就不要說好了，我已不再騙自己，但望琴太傅也向我這好榜樣多多學習，哈！」

琴清轉過嬌軀，秀眸閃著亮光，大嗔道：「琴清何時說過違心之言？」

項少龍知道經過此一誤會，兩人的關係親密了很多，不過由於琴清長期守寡，無論心理和生理都很難接受「得寸進尺」式的冒犯，適可而止道：「那就最好，現在我要和嫣然入宮覲見儲君，琴太傅和我們一道去嗎？」

琴清忘了自己的事，訝道：「甚麼事要勞動我們的紀才女呢？」

紀嫣然這時盛裝而至，三人邊說邊行，坐上馬車入宮去了。

在小盤的書齋內，聚集著小盤的權力集團裡最重要的幾個人物，項少龍、李斯、昌平君、王陵、琴清，與小盤一起聆聽得到鄒衍眞傳的紀才女詳述《五德終始說》。

紀嫣然坐到小盤右方首席處，以她一貫瀟脫恬逸的風姿，娓娓爲各人道來：「五德轉移，治各有宜，而符應若茲。所以能一統天下者，必須得到五行中其中一德才成。五德就是金、水、木、火、土，每德到了一定時期就會衰落，而另一德代之而興。黃帝得的是土德；接著是木剋土，故夏禹得木德；金剋木，商湯得金德；火剋金，周文王得火德；現今周朝衰敗，乘時而起的，該是剋火的水德。」

小盤聽得目射奇光，喃喃唸道：「水剋火！水剋火！」

王陵生性謹愼，道：「老臣知道鄒衍大家學究天人，但終是一家之言，未知是否有任何根據呢？」

紀嫣然美目流轉，登時使室內包括小盤和項少龍在內的男人，無不心迷神醉。淡然自若道：「五行之說，早見於《尙書》之內，所謂『水曰潤下、火曰炎上、木曰曲直，金曰從革，土爰稼穡』是也。自古以來，便有『天有六氣，降生五味，發爲五色，徵爲五聲』之說，五味就是金味辛，木味酸，水味鹹，火味苦，土味甘。故聲有五，是爲宮、商、角、徵、羽；味有酸、苦、甘、辛、鹹；色則爲青、赤、黃、白、黑，均與五行相配合，相生相剋，循環不休。」

坐在她旁的琴清接入道：「孟子也有言：『五百年必有王者興。』故『由堯舜至於湯，五百有餘歲；由湯至於文王，五百有餘歲；由文王至於孔子，五百有餘歲』，正是五德交替的現象。」

李斯哂道：「孔子頂多只是個賢人，哪有資格稱王者，我看該是輪到儲君了。」

小盤大喜，但又有點擔心自己非是這「新聖人」，皺眉道：「誰是孟子口中所指每五百年多便出世的王者，只是空口白話，怎樣方可拿來打擊呂不韋的謬言？」

項少龍笑道：「靠的當然是宣揚的手法和才女乾爹鄒先生的權威，試問誰比鄒先生更有資格判斷誰是新聖人，哪到別人不心服。」

頓了頓肅容道：「我們便利用『五德終始說』，同時推行李大人草議三公九卿的新官制，定可重整朝政，不讓呂不韋肆無忌憚的橫行下去。」

紀嫣然笑道：「這叫『以子之矛，攻子之盾』，因爲《呂氏春秋》採的是各家之言，包括乾爹的『五德終始說』在內，其中的〈應同〉篇便記載了『凡帝王者之將興也，天必先見祥乎下民。黃帝之時，天先見大螾大螻。黃帝曰：「土氣勝。」土氣勝，故其色尙黃，其事則土』等語。又說『代火者必將水，天且先見水氣勝，水氣勝，故其色尙黑，其事則水』，所以只要我們藉呂不韋宏揚《呂氏春秋》之勢，只採其『五德終始說』，明褒實貶，呂不韋只好有苦自己知了。」

小盤拍案叫絕道：「如此就好辦了。」

王陵仍有保留，懷疑地道：「剛才紀才女不是說過五德轉移，新聖人出世時，必有符瑞之應。如黃帝見大螻，文王見火赤鳥銜丹書集於周社，若儲君不得符瑞，恐怕仍不能令天下人心服哩！」

項少龍來自二十一世紀，最清楚這類宣傳和愚民手法；暗想甚麼漢高祖斬白蛇起義，說穿了不過是這類手段，靈機一觸，道：「這事容易之極，只要儲君往祭某河之時，我們使人炮製一條能在河面翻騰的黑龍，像尼斯湖水怪……嘿！沒有甚麼，只要略露背鰭，我們即可指其爲符瑞，那一切不合理的事，都有了支持。」

昌平君皺眉道：「這事說來容易，但假若被人揭穿，豈非是天大笑話。」

項少龍想起周薇的兄長周良這造船專家，又想到紀嫣然的越國巧匠團，笑道：「這事包在我身上，黑龍只要有幾下動作，迅即隱去，我們便大功告成，保證沒人可以看破。」

小盤眉開眼笑道：「這事拜託太傅了。」

轉向紀嫣然道：「寡人若得水德，定須有儀式和各方面的配合才成，請才女爲寡人擬定計劃，以便到時執行。」

旋又肅容道：「此事只限今天與會之人知悉，若寡人發覺任何人漏出消息，必會追究，絕不饒恕。」

眾人俯首領旨。

項少龍又湧起荒謬絕倫的感覺，想不到與呂不韋的鬥爭，竟會轉到宣傳造勢這方面去，這可說是另一場的心理和精神之戰。

第十一章　青樓爭風

歷史性的會議結束後，昌平君硬把項少龍由絕不情願的紀嫣然和琴清兩女手上搶去，到了昌平君在宮內的左丞相官署，昌文君早在恭候他的大駕。

關上門後，昌文君拍案罵道：「管中邪這小子眞是可惡，迷得大妹神魂顚倒，政儲君藉李長史之口知會我們，著我們管束大妹，這事如何是好？」

昌平君伸手摟上項少龍肩頭，笑道：「看來連琴太傅都對少龍你動了春心，區區一個嬴盈你還不是手到拈來，少龍定要給我們由管中邪手上把大妹搶回來。」

善柔的生離，趙雅的死別，加上徐先和鹿公先後過世，對項少龍造成連串的嚴重打擊，此時除了一個琴清外，他對女人確是心如止水。

嬴盈的任性和善變，若放在他剛到這個時代起始的一段時間，會是刺激有趣的事，但自妮夫人香消玉殞和趙雅的背叛後，他需要的只是深厚的感情和信任。此刻聽他們提起嬴盈，心中只覺煩厭，但又不忍心傷害兩位好友，頹然歎道：「此事我實是有心無力，不知管中邪和呂家三小姐娘蓉有甚麼新的發展？」

昌平君道：「聽說呂娘蓉自己堅持要管中邪和你再拚一場，勝了後才肯嫁給他。」

昌文君道：「少龍你怎也要幫我們兄弟這個忙，否則若管中邪將來謀反，恐怕大妹脫不了關係，那可不是說笑的一回事。」

項少龍苦笑道：「這種事可是勉強不來的，你想我怎麼辦呢？」

昌平君道：「現在我們擺明是要和呂不韋對著幹，不若大幹他一場，先挫掉管中邪的威風，大妹怎也不會和敗軍之將相好的，那一切均可迎刃而解。」

項少龍淡淡道：「若要我打敗管中邪而去娶呂娘蓉，我情願輸掉算了。」

昌文君笑道：「放心吧！殺了呂不韋他都不肯把寶貝女兒送你，其實也不用公開和管中邪比武決勝，只要在某方面硬壓下管中邪的氣焰，增加少龍的聲勢，大妹該知誰才是眞正的威風人物。」

昌平君以哀求的語氣道：「現在咸陽最霸道的人，就是仲父府的人，人人敢怒不敢言。少龍順帶一挫他們的威風，也是大快人心的事。事實上我們這批人，無不等待你回來爲我們出一口氣的。」

項少龍勉力振起精神，想了想苦笑道：「好吧！今晚你們給我在醉風樓訂個酒席，指明要單美美和歸燕兩人陪酒，我們就去大鬧他娘的一場，順便討回我應得的飛龍槍。」

兩人大喜，忙去安排一切。

項少龍乘機脫身回府，問起周良，才知他出門尋找心目中的鷹王尙未回來，算算日子，這傢伙去了足有半年多，擔心起來，找周薇來問話。不知是否受到烏果的愛情滋潤，周薇神采飛揚，美豔照人，見到項少龍，頗有點不好意思。

項少龍囑她坐好，問道：「周良兄爲何去了這麼久呢？」

周薇道：「大哥爲了找尋最好的獵鷹，必須遠赴北疆，來回至少四個月，尙要費時尋找，還要看看有沒有運道哩！」

項少龍苦惱道：「我正要找他幫忙，這怎辦才好呢？」

周薇精神一振，道：「家兄曉得的事，小薇亦懂得一二，不知是哪方面的事情呢？」

項少龍懷疑地細察她充滿信心的神情，道：「你懂得造船嗎？但又非是造船那麼簡單，而是……嘿！我不知怎麼說才好了。」

周薇欣然道：「大爺放心說出來，我們周家世代相傳，男女均熟知水性和造船之事，小薇不會差過家兄多少呢！」

這回輪到項少龍精神大振，把製造假黑龍的計劃說出來。

周薇聽得眉頭大皺，好一會兒道：「若是由人在水底操縱，此事並不困難，難就難在如何在水底換氣，若冒出頭來，豈非要立即給人揭穿。」

項少龍道：「我早想過這方面的問題，卻是不難解決，若使操龍的人頭臉全給龍體罩著，只在龍身開個呼吸的氣孔，加上遠離岸邊，任誰都難以識破，但此龍必須有很好的浮力，能在水中組裝和拆除，便可不留痕跡。」

周薇興奮道：「這事就交給小薇去辦吧。啊！真好！小薇終可以爲大爺出力了。」

項少龍欣然道：「烏果不是待你更好嗎？」

周薇玉頰霞飛，跪伏地上，道：「一切全由大爺作主。」

項少龍笑道：「那就成了，烏果好該成家立室。」

回到內堂，向烏廷芳說出烏果和周薇的事，烏廷芳欣然領命，負起安排兩人嫁娶的重任。

項少龍逗著項寶兒玩了一會兒，又去誇獎紀嫣然，才由田氏姊妹伺候沐浴更衣，趕回官署去。

此時都騎軍上下均視項少龍爲英雄偶像，見到他態度極爲恭敬。到了辦公官署，卻見不到荊俊。

滕翼道：「小俊去找鹿丹兒了，噢！差點忘了，小俊央我求你為他說親，今趟看來他是非常認眞哩！」

項少龍喜道：「只要鹿丹兒不反對，一切該沒有問題，不過最好由王陵提親，比由我去說項更適合。」

滕翼道：「鹿丹兒現在愛小俊愛得瘋了，怎會有問題？但我認爲最好由你和王陵一起去向鹿丹兒的父母說，那才給足女家面子。」

項少龍坐下來，點頭答應。

滕翼道：「我給趙大他們安排了優差，昌平君已批下來，幸好是他當左丞相，否則恐怕沒有一件事可以順利獲准。」

項少龍笑道：「我們還有更厲害的手段去削弱呂不韋的權威。」

接著把假黑龍的事說出來。

滕翼讚歎道：「這一著比硬插呂不韋幾刀更厲害，自呂不韋懸金市門，我便擔心他會公然謀反。此事宜早不宜遲，你打算何時進行？」

項少龍道：「一俟黑龍製造的事解決後，立可擇日進行，看來應是春祭最適合，所以定要在兩個月內炮製一條黑龍出來。」

滕翼道：「都衛控制在管中邪手上始終不大妥當，最好能把他掃下來，聽小俊說仲父府的人愈來愈霸道，不時有欺壓良民的事，管中邪當然包庇他們，想想就教人氣憤。」

項少龍想起以前在二十一世紀鬧事打架的日子，笑道：「他們硬嗎？我們比他們更硬！今晚二哥有沒有興趣陪我到醉風樓鬧事？」

滕翼哈哈大笑，欣然道：「我正手癢得很，這半年來我比你勤力多了，正想找管中邪來試劍，只怕他做縮頭烏龜吧！」

項少龍一看天色，道：「一個時辰後，我們在醉風樓見面，現在我想找蒙驁談談心事，只要能令他對呂不韋生出半點懷疑之心，便算成功。」

遣退下人後，蒙驁定神看項少龍一會兒，歎道：「若項大人是來說仲父的不是，最好免了。」頓了一頓，眼中射出歉然神色，淡淡道：「我蒙驁本是齊人，昭王時入秦，一直受秦人排擠，受盡辛酸悲苦。至仲父主事，始有出頭之日，仲父可說待我恩重如山，他縱有百般不是，即使要了我父子三人之命，我蒙驁也絕不會皺半下眉頭。若非念在少龍曾捨命保著武兒和恬兒，我今天絕不肯讓你跨入我將軍府的門檻，但也是最後一次了。」

項少龍愕然道：「大將軍原來早知那件事。」

蒙驁眼中射出悲痛之色，緩緩點頭道：「當日我曾反覆問起武兒和恬兒洛水旁密林遇襲一事，自然知道其中別有隱情，不過事情已成過去，現在亦不願重提，項太傅請便！」

項少龍想不到他對呂不韋愚忠至此，不由心中火發，長身而起，淡淡道：「人各有志，項某人難以相強，只望大將軍分清楚侍秦和侍呂不韋之別，免致禍及子孫親族。告辭了！」

言罷大步往正門走去。

蒙驁暴喝道：「留步！」

項少龍停了下來，冷笑道：「大將軍不是想留下我項少龍頸上的人頭吧！」

蒙驁霍地起立，沉聲道：「我蒙驁一向恩怨分明，更不慣使卑鄙小人的行徑，仲父雖是熱中權利，說到底仍是爲了保命。試看歷代入秦當權之士，誰能有好的下場？仲父只是逼不得已吧！若少龍肯捐棄前嫌，我可代少龍向仲父說項……」

項少龍搖頭苦笑道：「太遲了，自倩公主等給他害死開始，我和他之間只能以鮮血來清洗血債。而他後來毒殺先王，使人害死徐相，氣死鹿公，更與儲君和秦國軍方結下解不開的深仇，蒙大將軍現在只能期望他能成功謀朝篡位，否則將是株連三族的大禍。話至此已盡，本人以後也沒有興趣再提此事。」

蒙驁顯然不知呂不韋毒殺莊襄王和害死徐先的事，色變道：「你說甚麼？」

項少龍哈哈一笑，透出說不盡的悲憤，再不理蒙驁，大步走出廳外。

人影連閃，蒙恬、蒙武兩兄弟左右撲出，跪在他身前，齊聲道：「太傅！」

項少龍愕然道：「你們在門外偷聽嗎？」

兩人雙目通紅，憤然點頭。

項少龍扶起兩人，低聲道：「千萬不要讓你爹知道，遲些來找我。」

這才走了。

項少龍踏入醉風樓，一位風韻猶存的中年美婦在四名俏婢的簇擁下迎上來，諛笑道：「奴家春花，歡迎項大人大駕光臨！」

四婢擁上來，為他脫下外衣，服侍周到。

項少龍淡淡道：「伍樓主是否急病去世，為何見他不到呢？」

春花尷尬道：「伍樓主確有急病，但只是在家中休養，過兩天該沒事的。」

項少龍心中暗笑，知道伍孚故意避開，同時知他必會通知呂不韋，求他保住自己這條小命，轉頭向眾鐵衛道：「今天伍樓主請客，你們可到樓下盡情玩樂，但卻千萬不要吃下有毒的酒菜。」

荊善等哪還不會意，齊聲歡呼，擁入樓內，累得春花慌忙遣人招呼，又惶恐地道：「項大人說笑了，酒菜怎會有毒呢？」

項少龍好整以暇道：「那要問你們的歸燕姑娘才知道，她不也是病了吧？」

春花垂頭低聲道：「管大人包下歸燕姑娘，今晚只陪他一個人，奴家已將此事通知了上頭。」

項少龍微笑道：「那單美美是否由仲父包了呢？」

春花惶然道：「包她的是嫪大人。」

項少龍聽得呆了一呆，冷哼道：「這事我自會問他們兩人，不過你最好與伍樓主說一聲，若我在半個時辰內見不到他，他的醉風樓以後不用開門，而明年今日就是他的忌辰，哼！」

心中暗笑下，大步往前走去。

春花玉容失色，抖顫顫的在前引路。

今趟晚宴的地方，是醉風樓主樓二樓的大廳，也是醉風樓最豪華熱鬧的地方，不像後院獨立的別院，二十多席設於一廳之內，有點像二十一世紀的酒樓，只不過寬敞多了。

項少龍登樓之時，圍坐十多組客人，鬢影衣香，鬧哄哄一片。在廳子四角均設有爐火，室內溫暖如春。

見到項少龍上來，近半人起立向他施禮。

項少龍環目一掃，赫然發覺管中邪和嫪毒均是座上客，而不知有意還是無心，兩席設於昌平君那一席的左右兩旁。

但最令他生氣的是嬴盈竟在管中邪那一席處，與歸燕左右傍著管中邪。

嬴盈顯然想不到會在這種場合遇上項少龍，手足無措地低垂俏臉，不敢看他。

項少龍心中暗恨，知是管中邪故意帶她來，好令昌平君兄弟和自己難堪。

項少龍哈哈一笑，舉手邊向各人打招呼，邊往自己那席走去。此時才看到荊俊也來了，正向他擠眉弄眼。

嫪毒捨下身旁的單美美，迎上項少龍笑道：「稀客稀客！想不到竟會在這裡碰上項大人哩！」

項少龍親熱地抓著他手臂，拉到一角的爐火旁，笑道：「待我先猜猜，嫪大人必是忽然接到單美美的邀請，才到此赴會的，對嗎？」

嫪毒愕然道：「項大人怎會猜到的？」

項少龍輕鬆地道：「怎會猜不到呢？因爲小弟今晚來是要找伍孚晦氣，單美美和歸燕都脫不了關係，自是要找人來護花。假若我和嫪大人公然衝突，就正中隱身單美美幕後的呂不韋下懷，嫪大人明白嗎？」

嫪毒發了一會兒怔後，咬牙切齒道：「美美這臭婆娘竟敢玩我，我定要她好看。」

項少龍拍拍他肩頭道：「切勿動氣，只要嫪大人明白就成，我今晚看在嫪大人臉上，暫不與單美美計較，大人放懷喝酒吧！」

嫪毐感激地點點頭，各自回席。

經過嫪毐那一席之時，單美美螓首低垂，眼角都不敢瞧他。

同席的還有幾個看來是剛加入嫪毐陣營的幕僚食客一類人物，人人擁美而坐，見到項少龍態度非常恭敬，其他姑娘對他更是媚眼亂飛。

項少龍停下來，一一與各人打過招呼，含笑道：「不見半年，原來美美忘掉我哩！」

嫪毐此時一臉不快之色，席地坐回單美美之旁，冷哂道：「美美就是這事不好，記性差透了，所以無論對她做過甚麼好事，她轉眼便忘掉。」

這麼一說，項少龍立知嫪毐不快的原因，主要是因爲單美美把和呂不韋相好的事瞞著他。

單美美嬌軀輕顫，仰起俏臉，悽惶地看項少龍一眼，道：「項大人大人有大量，不要和我這等小女子計較，美美眞箇感恩不盡。」

項少龍雖明知她在演戲，但仍難以明著去欺壓她，瀟灑一笑，往比鄰的己席走去。

管中邪霍地起立，笑道：「項大人怎能厚此薄彼，不來我們處兜個圈兒，閒聊兩句？」

項少龍目光往他那一席掃去，除了嬴盈、歸燕和侍酒的姑娘外，還有荊俊的手下敗將周子桓，另外是魯殘和三個面生的劍手，該是呂不韋這半年招攬回來的新血。

只觀他們氣定神閒的態度和強健的體魄，便知是高手無疑。

嬴盈的頭垂得更低，反而歸燕泛起迷人笑容，一點不似曾向他下過毒手的樣子。

項少龍與滕翼等打了個眼色，來到管中邪一席處。男的全站起來，朝他施禮。

管中邪笑道：「讓我爲項大人引見三位來自各地的著名劍手，這位是許商，來自楚國的上蔡，有『上蔡第一劍手』之稱。」

上蔡乃楚國西北的軍事要塞，能在這種地方稱雄，絕不簡單。項少龍不由留心打量了這年約二十歲間、生得頗爲軒昂英俊的年輕劍手幾眼。

許商抱拳道：「項統領威名聞之久矣，有機會請項統領指點一二。」

另一位矮壯結實、渾身殺氣的粗漢聲如洪鐘地施禮道：「本人連蛟，乃衛國人。」

項少龍淡淡道：「原來是管大人的同鄉。」

連蛟眼中掠過森寒的殺意，冷冷道：「連晉是本人族弟。」

管中邪插言道：「項大人切勿誤會，連蛟雖是連晉族兄，但對項大人劍敗連晉，卻只有尊敬之心。」

項少龍眼中寒芒一閃，掃連蛟一眼，沒有說話。

剩下那貌如猿猴、身形高瘦的人，三人中數他最是沉著，只聽他冷漠地道：「在下趙普，本是齊人，曾在魏國信陵君門下當差，是項大人到大梁後的事。」

歸燕笑道：「項大人爲何不坐下再談呢？好讓歸燕有向大人敬酒的榮幸哩！」

項少龍哈哈笑道：「歸燕姑娘說笑了，所謂『前事不忘，後事之師』，在下怎敢造次。」

轉向管中邪道：「管大人的時間拿捏得很好，一知道在下今晚要踏足醉風樓，立把歸燕姑娘包了下來，不過我看管兄最好擁美歸家，藏於私房，那小弟就眞的爭不過你了。」

以管中邪的深沉、歸燕的演技，聽到項少龍這麼充滿威嚇味道的說話，亦不禁色變。

嬴盈終於覺察到項少龍和管中邪、歸燕間的火藥味，嬌軀劇顫，仰起俏臉往項少龍望來。

項少龍含笑道：「嬴小姐你好！」

嬴盈秀目射出惶然之色，香唇微顫，卻是欲語無言。

項少龍哪有興趣理會她，向管中邪笑道：「爲何不見娘蓉小姐陪在管兄之旁？回來後尚未有機會向三小姐請安問好，惟有請管兄代勞了。」

哈哈一笑，不理嬴盈、管中邪和歸燕的臉色變得多難看，逕自返回昌平君那席去了。

第十二章　再訂戰期

項少龍坐下後，昌平君和昌文君兩人氣得鐵青著臉，一半是為嬴盈的不知自愛，一半是為單美美和歸燕兩人明不給他們面子。

要知兩人均為秦國王族，先不說昌平君剛登上相位，只憑禁衛統領的身分，咸陽便沒有多少人敢開罪他們。

由此可見呂不韋實是權傾咸陽，小盤在朱姬和項少龍支持下，還可在一些人事的聘用上與他唱反調，但在事情的執行上，又或在王宮以外，實在沒有人能把他的氣焰壓下去。

全廳十多席，只他們一席沒有侍酒的姑娘。

春花戰戰兢兢地坐在項少龍身旁道：「奴家喚白蕾和楊豫來伺候各位大人好嗎？」

醉風樓四大紅阿姑中，以單美美居首，其餘三人是歸燕、楊豫和白蕾。

昌平君冷喝道：「你給我滾得遠遠的，今晚若單美美和歸燕不來，其他人也不要來。」

春花嚇得臉無人色，慌忙退下。

滕翼冷冷瞥管中邪那席一眼，沉聲道：「管中邪今晚是有備而來，擺明要和我們對著幹。」

荊俊輕鬆地道：「他們在樓下還有二十多人，全是仲父府家將裡臭名遠播的霸道人物，若我們能狠狠教訓他們一頓，保證咸陽人人拍手叫好。」

項少龍淡淡道：「這個容易，荊善他們正在樓下喝酒，捎個信息給他們就行，要鬧事還不容易嗎？」

荊俊大喜，起身去了。

一陣嘻鬧聲由管中邪那席傳來，各人為之側目，原來管中邪摟著嬴盈灌酒，嬴盈知有項少龍在旁觀看，大窘下怎也不依。

昌平君知管中邪在故意挑惹他們，反沉下氣去。

昌文君卻是忍無可忍，霍地立起，喝道：「大妹！你給為兄到這裡來。」

管中邪放開嬴盈，雙手抱胸，笑而不語。

嬴盈偷瞥項少龍一眼，垂首應道：「有甚麼事呢？回家再說吧！」

昌平君怕鬧成僵局，硬把昌文君拉得坐下來，歎道：「這事真教人頭痛。」

項少龍喝一口酒，懶洋洋地道：「我們愈緊張，管中邪愈得意。不過我曾明言若伍孚半個時辰不來見我，我就拆了他的狗窩，這就是管中邪致命的弱點。」

昌平君和昌文君兩人聞言後，臉色好看了一點。

荊俊這時由樓下回來，瞥嬴盈一眼，低聲道：「丹兒告訴我，其實兩位老兄的寶貝妹子心中非常矛盾和痛苦，因為她真的是歡喜三哥，只因既怕寂寞又愛玩鬧，兼之管中邪這傢伙對女人確有一套厲害手段，才在三哥離去這段時間愈陷愈深。不信你看她現在的表情吧！痛苦比快樂大多了。」

昌平君忿然道：「我昨天和她大吵了一場，嘿！我怎都要當好左丞相的，只要是能令呂不韋不快樂的事，我都要做，看老賊怎樣收場。」

項少龍道：「你辦妥調王翦回來的事嗎？」

昌平君道：「仍是給呂不韋硬壓下去，王陵對呂不韋相當忌憚，又被呂不韋通過蒙驁和王齕向他施壓力，說北方匈奴蠢蠢欲動，故一動不如一靜。太后聽得慌張起來，不敢支持儲君，所以這事仍在拖延著。」

荊俊道：「桓齮更慘！軍餉的發放全操在呂不韋手上，給他左拖右拖，做起事來又礙手礙腳，此事定要爲他解決才行。」

項少龍笑道：「放多點耐性吧！當黑龍出世之日，就是呂賊退敗之時，那時只是嫪毐就可弄得他煩惱纏身。」

昌文君和荊俊並不知黑龍的事，連忙追問。

滕翼道：「回去再說吧！」伸指指往後方，笑道：「三弟的老朋友來哩！」

眾人望去，果然是伍孚來了。

他一邊走來，一邊與客人寒暄，神色如常，沒有半點驚懼之色，顯是因有管中邪做大靠山在庇蔭他。

經過嫪毐那一席，這傢伙特別熱情。當往項少龍這席走來時，隔遠一揖到地，卑聲道：「知項大人召見小人，嚇得病都立即好了，唉！小人實愧見大人，因爲槍、盾均被夜盜偷走，我的病也是因此而起的。」

眾人聽得面面相覷，想不到此人如此無賴，不過亦想到是呂不韋和管中邪的主意，偏不讓飛龍槍、盾落到項少龍手上。否則權衡利害下，伍孚實犯不著在這等小事上堅持。

項少龍淡淡道：「既然寶物失竊，本統領自有責任追查回來，伍樓主請隨我們回官署一行，提供線索，待我都騎兒郎把槍、盾找回來好了。」

伍孚臉色微變，暗忖若到了都騎官署，哪還有命，忙道：「項統領好意心領，我打算不再追究此事，何況那是發生在贈槍的那個晚上，是半年多前的事了。」

荊俊叱喝道：「好膽！槍、盾已屬項統領之物，追究與否，哪到你來決定？你現在擺明不肯合作，若不是有分偷竊，就是縱容盜匪，蓄意瞞騙。」

昌文君冷冷接入道：「根據大秦律法，不告奸者腰斬，伍樓主竟敢視我大秦律法如無物，公然表示縱奸橫行，罪加一等，更是死有餘辜。」

伍孚嚇得臉無人色，雙腿一軟，跪倒地上，眼睛卻往管中邪望去。

管中邪想不到項少龍等拿著伍孚一句話來大做文章，長身而起道：「中邪身爲都衛統領，城內有事，實責無旁貸，請項大人將此事交下屬處理，必有一個圓滿的交代。」

此時廳內各人始察覺到他們間異樣的氣氛，人人停止調笑，靜心聆聽。

樓內寂然無聲，只餘管中邪雄渾的聲音在震盪著。

昌平君微笑道：「從槍、盾失竊的時間，便知此事極有可能是針對項大人而來，且必有內奸，此事可大可小，兼且說不定賊人早把槍、盾運出城外。照本相看，此事應交由項大人親自處理爲宜，管大人不必多事了。」

以管中邪的陰沉，亦不由臉色微變。要知昌平君貴爲左相，比管中邪高上數級，又專管軍政，只要他開了金口，若管中邪還敢抗辯，便可治其以下犯上之罪。

一時間，管中邪有口難言。

伍孚想起腰斬之刑，忍不住牙關打戰，渾身發抖。

贏盈對各人關係一直糊裡糊塗，此刻才發覺管中邪所代表的呂不韋一方，與項少龍和兩位兄長代表的儲君一方，竟是勢成水火，互不相容，自己夾在中間，處境尷尬之極，不由生出後悔之意。

就在此刻，單美美離座而起，來到伍孚之旁跪了下來，嬌聲道：「若說知情不報，本樓所有人均犯下同樣的罪，丞相和項統領就把我們一併治罪好了。」

歸燕忙走過來，跪倒伍孚的另一邊。

這回輪到昌平君等大感頭痛，總不能為失去點東西，小題大做地把整個醉風樓的人問罪。

嫪毐大感尷尬，說到底在此刻單美美總算是他的女人，若給項少龍拿去斬了，他本人亦感面目無光。

管中邪坐回席位去，嘴角帶著一絲冷笑，一副隔岸觀火的神態。

項少龍仍是舒適閒逸的樣子，淡淡道：「冤有頭，債有主，醉風樓內，伍孚乃主事之人，槍、盾既由他送我，若失去了，理應由他通知本人，既是知情不報，現在又不肯合作，當然是犯了縱容盜匪之罪，兩位姑娘硬要置身事內，究竟有何居心？」

單美美和歸燕想不到項少龍詞鋒如此厲害，登時啞口無言。

伍孚心知不妙，失去方寸，顫聲道：「請大人寬限小人一段時間，必可把飛龍槍追尋回來。」

滕翼哈哈大笑道：「這麼說，槍、盾只是給伍樓主藏起來吧！否則怎有把握定可尋回來呢？」

伍孚知說漏了嘴，不斷叩頭道：「小人知罪！小人知罪！」

管中邪等心中暗恨，差點要把伍孚分屍。

嫪毐發言道：「項大人可否把此事交由本官調停，只要伍樓主交出槍、盾，此事就此作罷好嗎？」

項少龍乘機下臺道：「既有嫪大人出面，這事就這麼辦吧！」

嫪毐打個手勢，立有兩名手下走了出來，挾起伍孚去了。

單美美和歸燕似是這時才認識到項少龍的威勢，幽幽地瞥他兩眼，各自歸席。

尚未坐好，樓下傳上來打鬥和杯碟擲地的吵聲。

項少龍等會心微笑，知道荊善等人動手發難。

樓下大堂亂成一團，地蓆上全是翻倒的几子、杯盤、酒菜，狼藉不堪。

十八鐵衛有一半人帶傷，但都是無關大礙，管中邪的人卻慘了，二十三個人全受了傷，過半人爬不起來；雖沒有可致命的傷勢，卻是斷骨折腿，狼狽不堪。這當然是烏言著等人手下留情。

管中邪看到這種情況，怒喝道：「發生甚麼事？」

一名似是那群手下中的帶頭大漢，一手掩著仍不住淌血的鼻子，憤然指著荊善道：「這小子竟敢向我們席上的姑娘眉目傳情，我們便……」

管中邪厲喝道：「閉嘴！」

烏光攤手向項少龍道：「是他們動手在先，我們只是自保吧。」

管中邪雖心知肚明是荊善等故意挑惹，卻是無可奈何，因為先動手的終是自己的人。

嬴盈退到兩位兄長之間，而昌平君兩兄弟卻對她視若無睹，更不和她說話。

管中邪喝令手下將傷者帶走，向項少龍肅容道歉，冷冷道：「上趟田獵之時，中邪與項大人一戰勝負未分，只不知大人何時有閒賜教，以決定三小姐花落誰家？」

鬧哄哄擠滿當事者和旁觀者的大廳，立時靜下來。

人人均知管中邪動了眞火，索性公然向項少龍挑戰。

秦軍本嚴禁私鬥，但因此事牽涉到呂娘蓉的終身，又有先例在前，小盤亦難以阻止。

項少龍微笑道：「管大人請說出時間、地點，縱使立即進行，本人亦樂意奉陪。」

各人目光全集中到管中邪身上。

管中邪尚未有機會說話，嬴盈一聲尖叫，搶了出來，攔在項少龍和管中邪之間，厲聲道：「不要打！」

眾人齊感愕然。

嬴盈在咸陽一向出了名愛逗人比武，又愛看別人比武，她這麼插手阻止，實令人難以理解。

項少龍瀟灑地聳肩道：「此戰進行與否，主動並不在項某人，嬴大小姐若要阻止，可私下向管大人說話，恕項某人難以應承了。」

嬴盈淒然望他一眼，悲切地道：「兩虎相爭，必有一傷，你大可不接受挑戰，誰可以勉強你？偏要對人家說這種風涼話，你今晚還不夠威風嗎？」

項少龍無名火起，冷笑道：「大小姐力圖阻止，是否因我們並非爲你而戰呢？」

嬴盈猛一跺足，「嘩」的一聲哭出來，掩面狂奔奪門而去。

滕翼向荊俊使個眼色，後者忙追著去了。

管中邪神色不變，淡然道：「下月二十日，乃呂相大壽吉日，我們就在席上比武，順便爲壽宴助興。」

腳步聲響，嫪毐的兩名家將把伍孚又押進來，還提著飛龍槍、盾。

項少龍接過槍、盾，哈哈大笑道：「就此一言爲定，到時我或以此槍上陣，讓它們見識一下管大人的絕技。」

圍觀者立時爆起一陣采聲。

管中邪臉色微變，經上次交手，他早摸清楚項少龍的劍路，這半年多來日夕苦修，全是針對項少龍的劍術來施展應付之法。可是項少龍若改劍用槍，立時把他原本的計劃全破壞了。

項少龍卻是心中暗笑，現在離決戰之日仍有個多月，有足夠時間讓他從嫣然處學得她精妙絕倫的槍法。亦只有這種重型攻堅武器，才可不懼管中邪的驚人膂力，這正是戰術的靈活運用。

上趟他靠戰略佔到上風，今趟致勝之法，靠的仍是戰術，再沒有其他方法。

第十三章　直接示愛

翌日起來，項少龍拜祭了鹿公和徐先，又入宮見過小盤，交代要與管中邪決戰的事後，便到琴府去見琴清。

琴清正在園內賞雪，見他到來，神情歡喜，但又含羞答答，不大敢看他，神態動人之極。

兩人並肩在鋪滿積雪的花徑內漫步，雖沒有任何親熱動作，但卻感到比以前接近了很多。

項少龍淡然道：「下個月呂不韋壽宴之時，將是我和管中邪分出生死勝敗的一刻。」

琴清嚇了一跳，嗔道：「你這人哩！怎犯得著和那種人動刀動槍呢？」

項少龍道：「這個人文武兼資，智勇過人，又緊握都衛兵權，若不把他除去，我們始終沒有安樂日子過。」

琴清把斗篷拉下來，停步道：「若你敗了……唉！眞教人擔心。」

項少龍轉過身來，俯頭細審她有傾國傾城之色的玉容，微笑道：「若我項少龍不幸戰死，琴太傅會怎樣呢？」

琴清臉色倏地轉白，顫聲道：「不要這麼說好嗎？你還嚇得人家不夠嗎？」

項少龍堅持道：「琴太傅尚未答我。」

琴清白他一眼，垂首輕輕道：「最多拿琴清的命來陪你吧！滿意了嗎？」

項少龍一震道：「琴太傅！」

琴清搖頭歎道：「想不到我琴清終忍不住要向一個男人說這種話，但我知道你是不會輸的，對嗎？項少龍！」

項少龍微笑道：「當然不會輸啦！假若沒有信心，就索性認輸好了，他能奈我何嗎？」

頓了頓續道：「今天我來，是專程邀請琴太傅到牧場去小住一個月，因爲我定要拋開一切，專心練武，爲下一個月的決戰做好準備。可是我自問拋不開對你的思念，爲免相思之苦，只好來求你陪在我身旁。」

琴清立即連耳根都紅透，垂首大窘道：「項少龍你可知對琴清作出這樣的要求，等若要琴清獻身於你呢？」

項少龍伸手抓著她蓋上雪白毛裘的香肩，柔聲道：「當然知道，請恕項某人不懂僞飾，我除了想得到琴太傅動人的肉體外，還要得到太傅的心，二者缺一，我均不會收貨。」

琴清象徵式地掙扎一下，大嗔道：「你怎可當人家是一件貨物？」

項少龍俯頭在她左右臉蛋各吻一口，徐徐道：「甚麼也好，總之我是要定你了。我們以後不用再自己騙自己，生命有若過眼雲煙，錯過了的事物永遠不能回頭，我想通想透後才來找琴太傅的。」

琴清的秀頷垂得差點碰到胸脯去，以蚊蚋般的聲音道：「你甚麼時候回牧場去？」

項少龍大喜道：「明早立即起程。」

琴清輕輕道：「先放開人家好嗎？」

項少龍愕然鬆手。

琴清一陣風般飄了開去，到離他至少有十步的距離，才正容施禮道：「明天琴清在這裡等候項太傳大駕光臨。項太傅請了！」

橫他千嬌百媚、情深如海的一眼，轉身盈盈去了。

項少龍神魂顛倒地看著她消失在花徑盡處，始能魂魄歸位，返官署去了。

都騎官署門外，一騎橫裡衝出來把他截著，原來是嬴盈，只見她容色憔悴，顯然昨晚沒有睡好，見到項少龍，劈頭道：「項大人，我要和你單獨說幾句話。」

項少龍向琴清正式示愛，又得到妙不可言的答覆，心情轉佳，點頭道：「到裡面說。」

嬴盈倔強地搖頭道：「不！我們到城外走走！」

項少龍生出警戒之心，徐先和鹿公先後身死，現在自己成了呂不韋最渴欲除去的眼中釘，這會否是管中邪透過嬴盈來佈下的陷阱？

旋又推翻這個想法，因為無論嬴盈如何糊塗任性，卻絕不會要害死自己，遂道：「好吧！」

轉頭正要吩咐荊善等自行到官署，烏言著先一步道：「項爺！請恕我等難以從命，眾夫人曾有嚴令，囑我等寸步不離項爺。」

項少龍發了一會兒怔，讓步歎道：「好吧！你們跟在我後面。」

言罷與嬴盈並騎出城。

馳出城門，立即精神一振。

往日草浪起伏的原野變成一片皚皚白雪，無盡的雪原，寧謐無聲，雪光閃耀。

十八鐵衛策馬踏在二百步許的後方，徐徐而行，有種悄悄戒備的意味。

項少龍打量嬴盈，她本已驚心動魄的誘人身材更豐滿了，可見管中邪對她滋潤有功。

不過項少龍聯想到的卻是假若天香國色的琴清受到他本人的滋潤後，又會是怎樣一番情景呢？

當這個念頭湧上心田，項少龍憬然悟到自己對嬴盈只是有興趣而沒有愛意。

嬴盈輕輕道：「項少龍！不要和中邪比武好嗎？只要你肯公開表示因想把呂娘蓉讓給他而拒絕比武，誰都不會因此說你是怕了他。」

項少龍心想這確是個解決的好辦法，由於田獵晚宴的一戰，自己佔了點上風，加上有讓愛作藉口，當然沒有人會因此而認爲自己是怯戰。但問題卻是他和管中邪已到了一山不能藏二虎、勢難兩立的情況。

就像他和呂不韋，只有一個人可以活下去。

嬴盈見他沒有回應，提高聲音怒道：「你根本不歡喜呂娘蓉，爭來幹嘛？」

項少龍正欣賞官道旁樹枝上銀白晶瑩的冰雪樹掛，歎道：「大小姐對管中邪確是用心良苦，這麼處處爲他籌謀著想。」

嬴盈聽出他諷刺之意，氣道：「我難道不爲你著想嗎？半年來你在外朝夕奔波，中邪他卻每天苦練劍法，每天在等待與你決定勝負的一日，你還妄想可穩勝他嗎？」

項少龍不以爲忤，微笑道：「嬴小姐究竟想我和你的中邪誰人勝出呢？」

嬴盈氣得俏臉轉白，惱道：「我希望你兩個都死了就最好。」

項少龍哈哈笑道：「嬴大小姐不如請回城吧！再不用多費唇舌。」

嬴盈勒停駿馬，鐵青著俏臉，怒瞪他好一會兒，反軟化下來，淒然道：「是嬴盈不好，三心兩意，難怪你這樣對我。這件事就當是我求你好嗎？」

項少龍肅容道：「嬴盈你最好理智一點，看清楚眼前殘酷無情的現實，那並非只是個人意氣之爭，而是牽涉到大秦整個權力的鬥爭，外人與本土兩股勢力的傾軋較量，敗的一方將會是抄家誅族的命運。對管中邪來說，你僅是他其中一顆棋子，而你卻仍是只懂得怨你兩位兄長管束你的自由。但你有否爲他們對你的安危擔憂設想過呢？你只是任性地要別人來逢迎你的想法和要求。」

頓了一頓傲然道：「生死勝敗，還要在比武場上見個眞章，呂不韋和管中邪想殺我，並非始於今天，而你則只懂活在自己編織出來的夢想世界裡。但現實卻是事與願違，假若你下嫁管中邪，只好望老天爺保佑呂不韋奪權成功，不過那卻代表你的兩個兄長不得好死。若呂不韋失敗，你或者可以身免，但你爲管中邪所生的子女必無倖理。這就是現實，政儲君也不能改變分毫，而形成現在這種形勢的罪魁禍首，正是呂不韋，管中邪和莫傲則是幫凶。莫傲死了，今次該輪到管中邪，你明白嗎？」

再不理她，掉頭回城去。

尚未回到官署，項少龍的心神早轉到琴清身上，想到明天可奉准對她無禮，心中有若燒起一爐熊熊火炭，恨不得時間走快一點。

返抵官署，滕翼低聲道：「圖先著你申時到老地方見他。」

項少龍喜道：「我正要找他。」

滕翼道：「寒冬一過，蒙驁會對韓人用兵，你的老朋友韓闖慘了。」

項少龍無奈道：「這事誰也沒有辦法，若勢弱的是我們這方，攻來的將是韓人的大軍。不過一天未建成『鄭國渠』，我們恐仍未有能力東侵，頂多再在東方三晉之地增設一、兩個郡縣，到大舉東伐之時，我們早溜到遠方去，眼不見為淨。」

滕翼道：「我知三弟對戰爭沒有一點興趣，但我看遲早你要帶兵出征，此乃無可避免的事。」

項少龍笑道：「那時須靠二哥了，我看你已熟得可把《墨氏補遺》上的兵法倒轉頭唸出來哩。」

滕翼失笑道：「你說話眞誇張。」

項少龍問道：「小俊是否出巡去了？」

滕翼道：「他哪有這麼勤力，只是溜去陪鹿丹兒，我告訴他你肯為他向鹿丹兒的父母提親，這小子高興得不得了，更沒有興趣理會公務。」

項少龍道：「鹿丹兒仍在守孝，這事待我宰了管中邪後再辦吧！明天我回牧場後，二哥有空便來陪我練武。」

滕翼忽記起一事，道：「少龍你還記得渭南武士行館嗎？」

項少龍想了想，才記起武士行館的館主叫邱日昇，當年與陽泉君勾結，還派出三大教席之一的「疤臉」國興伏擊荊俊，把他打傷，後又在街上行刺自己。

點頭道：「怎麼樣？」

滕翼道：「陽泉君被呂不韋弄死後，邱日昇見勢不妙溜到別處去，不知如何最近回來，還得到嫪毒包庇，大展拳腳，招納武士，氣得小俊牙癢癢的，我看終會鬧出事來。」

項少龍早知嫪毒不但不是好人，還是最卑鄙無恥之徒，這種招攬黨羽之舉早在計算中，淡淡道：「二哥一定要阻止小俊，千萬不可輕舉妄動，到黑龍出世，我們站穩陣腳，才和敵人周旋到底。」

滕翼笑道：「這事包在我身上好了，小俊怎都不敢不聽我的話。三弟的眼光真厲害，看出嫪毐不甘蟄伏，如此公然包庇邱日昇，亦等若不給呂不韋面子。」

項少龍點頭道：「只要儲君建立起權力的班底，文的有昌平君和李斯，武的有王翦和桓齮，再加上掌握禁衛、都騎、都衛三軍，我們便可退回牧場，由得嫪毐和呂不韋鬥生鬥死好了。」

滕翼皺眉道：「如此發展下去，終有一天太后和儲君會站在敵對的位置。」

項少龍苦笑道：「這是誰都不能改變的命運，我們能夠做甚麼呢？」

滕翼還要說話時，手下來報，王齕請項少龍到大將軍府見面。

兩人同感愕然，猜不到王齕找項少龍有甚麼事。

項少龍與十八鐵衛抵達大將軍府時，府前的廣場鬧哄哄一片，聚集近百名大漢，在看王齕射箭。

王齕際此天寒地凍之時，仍赤膊上陣，盤馬彎弓，接連三箭命中紅心，惹來轟天采聲。

這西秦三大名將碩果僅存的人物見項少龍到，含笑打過招呼，披上錦袍，精光焯爍的眼神掃視荊善等人，漫不經意道：「聽說少龍這些兒郎人人身手高明，橫豎有閒，不若陪我的人對拆幾招遣興。」

項少龍怎能不給他面子，無奈下答應。

王齕微微一笑，領他進入主宅大廳去。

廳堂寬敞舒適，牆上掛滿獸皮、兵器，頗有殺氣騰騰的感覺。

最奇怪是主家席後橫放著七面大屏風，把後進之路完全擋著，看上去非常怪異。

項少龍不由想起當日在屏風後偷看楚太后李嫣嫣，給她由足印發覺形跡的過程，自然而然往地上望去，立時汗流浹背，手足冰冷。

原來地上隱見無數水痕，顯是有多人剛從外面入廳，躲到屏風後面去，因著鞋底沾了外面的積雪，所以留下水跡，而且是因自己的到來，剛佈置好的。

不用說是不懷好意，只要推倒屏風，十多把弩弓一齊發射，自己休想活命離去。

這時王齕到屏風前的主家席坐下，打手勢請他坐在右下首處，想先發制人的箝制著王齕亦沒有可能了。

項少龍心念電轉，猛一咬牙，坐了下來，暗中抽出五枝飛針，藏在手裡。

從未有一刻，他感到死神是這麼接近他。

王齕最高明處，是不露痕跡的使人牽制著荊善等人，令他變得孤立無援。

王齕爲甚麼想殺死自己呢？

要知王齕並不同於蒙驁，他本身是秦人，不管怎樣欣賞、崇拜呂不韋，最終只會對小盤一人盡忠。

想到這裡，心中現出一線希望。

這時兩名婢女進來奉上香茗，退下後，剩下兩人時，王齕凝望他好一會兒，喟然歎道：「這年來的變化太多了，先有高陵君因亂伏誅，接著徐先、鹿公先後辭世，眞令人難以接受。」

項少龍摸不清他說話背後的目的，遂以不變應萬變，默然不語。

王齕眼中射出傷感的神色，感歎道：「鹿公最希望見到我大秦統一東南六國，豈知就在剛有眉目的時刻，撒手而去，尤令人惋惜不已。」

項少龍忍不住淡淡道：「一天我大秦內部不靖，休想一統天下。」

王齕雙目閃過精芒，沉聲道：「這正是我找少龍來說話的原因，自仲父入秦，先是親滅東周，再遣蒙驁伐韓，建立三川郡，此乃兵家必爭之地，自此我秦界直逼大梁，威懾東方。若非得此據點，我和蒙驁便難以進軍三晉，由趙人手上重奪太原。後來五國聯軍來攻，又得少龍獻策，以反間計逼走信陵君，化危爲安。此後鹿公、蒙驁和老夫先後對三晉用兵，再設東郡，我大秦形勢之佳，確是未之有也。偏在此時，國內動盪，使我等有力難施，少龍教我該如何辦呢？」

項少龍終於明白王齕是希望能化解他和呂不韋間的嫌隙。可知他因終年在外征戰，並不清楚秦國權爭的原因，不過由於他對呂不韋有先入爲主的肯定，要說服他站到自己這一邊來，絕非易事。假設自己仍然堅持，不用說屏風後的狙擊手會立即把自己幹掉。由此亦可看出王齕並非惟呂不韋之命是從的人。

沉吟半晌後，平靜地道：「當今之世，人人說起齊國，只知道有田單此人；說起趙國，則只記得太后韓晶；至於我大秦，不用說只有呂不韋，好像三國根本沒有君主的存在。這叫『木實繁者披其枝，披其枝者傷其心，大其都者危其國，尊其臣者卑其主……』。」最後四句，他是剛由李斯處學來的，在這危急之時，派上用場。

王齕不耐煩地打斷他道：「此爲形勢使然，非人之罪也。主少國疑，若沒有重臣輔政，國家必亂。我大秦歷來廣攬人才，謹遵墨翟尚賢的主張，對賢才高予之爵，重予之祿，任之以事，斷予之令。此乃我大秦一向傳統，故孝公以來，先後有商鞅、張儀、范睢和仲父拜相，若非如此，我大秦何有今日之盛世。」

項少龍這才進一步明白王齕心中想法，正考慮是否該把呂不韋害死莊襄王、徐先的事告訴他，王齕又道：「鹿公和徐先一直懷疑仲父先後毒殺兩位先王，此乃因他們懷疑政儲君實是呂不韋和太后所生的孽種，後既證實政儲君與呂不韋沒有血緣關係，當可知此為空穴來風，必是有心人中傷仲父的謠言吧！」

項少龍聽得目瞪口呆，始知有一利亦有一弊，竟因滴血認不了親，致使王齕再不懷疑呂不韋這大奸賊。而自己反變成王齕欲誅除的罪魁禍首，皆因視他為阻礙大秦一統天下的絆腳石。

王齕歎道：「仲父實為不世之才，只看其《呂氏春秋》即可見一斑，懸千金於市門之上，求改一字至今而不得，我看就算商鞅復生亦難以辦到。」

項少龍豁了出去，哂道：「世上怎會有一字不能易的著作，照我看是人人畏懼仲父的權勢才真。有一事我縱然說出來大將軍亦怕不肯相信，徐先雖死於楚人之手，卻是出於田單的慫恿，而田單為何這樣做？只要想想徐相身死後我大秦的最大得益者是誰？大將軍當知是何人在背後主使。」

王齕劇震道：「這話可有證據？」

項少龍苦笑道：「這種事哪有甚麼證據，鹿公正因此而急怒攻心給氣死，臨死前親口叮囑儲君和我為他報仇。現在形勢明顯，大將軍只可以在對儲君盡忠和臣服於呂不韋兩者間作一選擇。呂不韋於此時宣揚《呂氏春秋》，正是為他書內所說的『禪讓』制度造勢。我項少龍若是為了私利而和呂不韋作對，就不會兩次把相位讓給別人。」

此乃生死關頭，說話再不用藏頭露尾。

王齕臉色數變，眼中透出厲芒，凝望著他。

項少龍冷冷與他對視，不亢不卑，心中卻想著如何翻几擋箭，好逃出生天。

王齕目光上移，望往大宅頂的主樑，眼中露出思索的神色，有點迷失了般道：「我和徐先、鹿公一向都很欣賞少龍，否則今天不會找你來說話。但一時間我仍很難接受你的說法，無論如何，我只會對政儲君一人盡忠，有機會我會親向仲父勸說，希望他不會像商鞅般落得裂屍於市的下場。」

項少龍一呆道：「此事萬萬不可，若大將軍讓呂不韋知道你對他生出疑心，必招大禍。我只希望大將軍能主持公道，凡有利於我大秦的事均一力支持，那將是我大秦之福。」

王齕動容道：「少龍你確非卑鄙小人，若你一意想說服我對付呂不韋，你今天定難生離此處，因爲你今天與蒙驁說的話，已由蒙驁向呂不韋說了，只是以下犯上的誣陷之罪，呂不韋立可把你先斬後奏。」

項少龍抹過一把冷汗，暗責自己輕忽大意，想不到蒙驁竟對呂不韋愚忠至此，而王齕分明是奉呂不韋之命來處決自己的。

此事既由王齕執行，事後小盤和朱姬亦無可奈何，只能不了了之。

王齕苦笑道：「所以我一是殺你，一是和你站在同一陣線，沒有第二個選擇。若我和蒙驁聯手，你那區區都騎軍，根本沒有任何反抗的機會。不過放心吧！至少你沒有試圖煽動我去對付呂不韋，而呂不韋則確是一心想把你除去。但只要我不同意，給個天讓他作膽他仍不敢動手。哼！若我王齕有心防範，呂不韋能奈我何？」

項少龍鬆一口氣後，忍不住道：「大將軍不是剛說過很難接受我的話嗎？爲何忽又改變過來？」

王齕眼中露出笑意，溫和地道：「因爲我忽然想到少龍你毫無戒心的來見我，還侃侃而言，足見皆因問心無愧。而且由先王至乎儲君、徐先、鹿公、王陵，又或昌平君、王翦等人，均對少龍鍾愛信任，正因爲你有這種毫無私心的態度，所以我突然間警醒過來，不致犯下大錯。雖然對少龍的話仍有保留，卻再不會像以前般完全信任呂不韋了。」

項少龍心中一陣激動。在這一刻，他知道因徐先和鹿公之死而被破壞了的均衡，又因王齕的轉變再巧妙地建立起來，否則他根本連保命也辦不到，更不要說對付呂不韋。

王齕放棄殺他的主因，是清楚明白到小盤和呂不韋已到了誓不兩立的境況，而他終選取忠於自己的君主，因爲說到底他仍是秦人，怎能助外人來謀朝篡位呢？

第十四章　驚悉賊蹤

小盤聽畢項少龍述說剛才在王齕府內險死還生的經過後，吁出一口涼氣，道：「好險！」

項少龍已很久沒有見過他像此刻般真情流露的關切表情，歡喜道：「萬事皆有前因，若非徐先和鹿公一向看得起我，王齕怕連說話的機會亦不會予我。兼且秦國軍方一向忠於儲君，所以王齕才能懸崖勒馬，否則呂不韋今趟可全盤致勝。唉！說到底仍是命運。」

小盤點頭道：「黑龍的事，師父該快著手進行，若呂不韋使個藉口調走王齕，只是蒙驁便有足夠力量對付你，唉！師父仍要返回牧場嗎？我怕呂不韋會使人去侵犯牧場呢！只要他命人扮作馬賊，我很難入他以罪。」

項少龍心中懍然，同時下了決定，不但要加強防衛，暫緩分出一半兵力去支援塞外的烏卓，還要特別在偵察和情報上做功夫，否則動輒是家破人亡之局。

小盤苦惱地道：「呂不韋藉口建鄭國渠在在需財，拒而不發糧餉予桓齮的新軍，致使到現在只能徵集到數千人，連武器、盔冑均不完備。否則我可以遣他駐守牧場附近，好和師父有個呼應。」

項少龍笑道：「儲君放心，我有足夠保護自己的力量，有了王齕牽制呂不韋和蒙驁，他們只能做些小動作，總之在『黑龍獻瑞』前，怎也要把王齕留在咸陽，令呂不韋無所施其技。」

小盤歎了一口氣，頗有點無可奈何的神態，岔到新的話題去，道：「太后今早把我召去，訓斥了一頓，責我事事瞞她。真是氣人，她自己其身不正，教我怎樣尊重她呢？這樣的母親不如沒有了更好。」

項少龍知他與朱姬的分歧愈來愈大，也迫使朱姬愈倚賴嫪毒，而其中微妙的原因，是小盤因受妮夫人印象的影響，無法容忍朱姬與嫪毒的姦情，這心態怕只有他項少龍才能明白。

小盤又道：「師父是否準備納琴太傅爲妻？琴太傅剛來向我和太后說，明天要隨你到牧場小住一個月。嘿！我聽後心中很歡喜，若給嫪毒又或呂不韋得到琴太傅，我怕會氣得立即吐血。」

項少龍明白他逐漸將孺慕之情轉移到琴清身上去。妮夫人之死，可說是小盤一生人中最大的遺憾。所以先是朱姬，接著是琴清，都是他希望得到的補償。

小盤又欣然道：「半年多來，嫪毒和呂不韋均在找種種藉口去親近琴太傅，幸好琴太傅從不假他們任何辭色。嘻！琴太傅最歡喜和我談你，說起你時神態不知多麼動人哩！哼！呂不韋不時向我獻上各國美女，都給我一律拒絕，我是不會中他的計的。」

項少龍微笑道：「我若公然娶琴太傅爲妻，不但呂不韋和嫪毒會嫉忌死了，國內亦怕會有很多人不甘心。」

小盤搖頭道：「此一時也，彼一時也，現在師父成爲我大秦英雄的象徵，只要師父能率軍贏他……哈……贏他娘的兩場勝仗，我再封師父做個甚麼君或侯，那時娶琴太傅，亦無人敢說半句話了。」

項少龍失笑道：「儲君的粗話必在心內憋了很久哩！這事遲些再說，假若黑龍面世，我們乘機更換官制，儲君可否擢陞李長史做御史大夫呢？」

小盤沉吟片晌，苦惱道：「我怕太后不肯支持，我心中的人選卻是師父。」

項少龍嚇了一跳，自知難以勝任這類工作，忙道：「我仍是直接領軍較適合。放心吧！黑龍的威勢保證無與倫比。我們已遣人入蜀把鄒衍大師請回咸陽，到時由他的口宣佈天命盡在儲君，挾此威勢，太后也難以阻擋，保證儲君可輕易把權力拿到手上。此後只須以嫪毐加上太后去牽制呂不韋，便一切妥當。到儲君加冕之日，就可一舉將他們全部除去。」

小盤苦笑道：「可是師父那時就要離開我了。」

項少龍正容道：「成大事者，豈能斤斤計較私情，只要儲君重用李斯、王翦，必能一統天下。儲君還要將一切有關與我的事抹去，不留痕跡，那儲君便可完全不受過去的陰影困擾了。」

小盤兩眼一紅，啞聲道：「師父爲甚麼對我這麼好？一點私心都沒有。」

項少龍黯然道：「你自己該最清楚原因。」

小盤感動地道：「我明白！事實上我早把師父視作眞正的父親。」

項少龍湧起想大哭一場的衝動，只要想想小盤由一個藉藉無名的趙國小兒，最後成爲統一天下、建立中國的秦始皇，已是令人心神震盪的一回事，何況自己還與他有這樣親密的關係。

就在此時，內侍來報，太后召見項少龍。

兩人面面相覷，均猜到事情與琴清有關。

朱姬在太后宮的幽靜內軒接見他，下人奉命退出，她站起來走到項少龍身前，目光閃閃打量他好一會兒後，輕柔地道：「項少龍，你坦白給哀家說，我朱姬有哪一方面比不上琴清？」

項少龍心中叫糟，女人妒忌起來最是不可理喻。朱姬愈表現得平靜，心中的憤怨就愈厲害。只好低聲下氣道：「太后切勿誤會，琴太傅是因想有嫣然作伴，才到牧場小住，根本沒有太后所說的那種意思。」

朱姬狠狠瞪他一會兒後，背轉嬌軀，歎道：「少龍還想騙我嗎？女人最知女兒家的心事，只看琴清喜上眉梢的春意神情，明眼人都曉得是甚麼一回事。你和政兒現在都把我當作陌路人，是嗎？」

項少龍湧起要把朱姬豐滿誘人的身體摟入懷裡的強烈衝動，苦苦克制自己後，柔聲道：「太后請勿多心，微臣和政儲君仍是像以前般那麼敬愛你的。」

朱姬淒然搖頭道：「不用騙我！唉！我朱姬究竟犯了甚麼錯，老天爺要這麼懲罰我，所有男人都要離開我，現在連兒子也不把我放在心上。」

項少龍暗忖她的話不無道理，先是呂不韋把她送了給莊襄王，接著是莊襄王給人害死，而在某一情況下又似再由自己把她送予嫪毒，累得小盤再不視她爲母親，所以她現在雖是掌權的太后，心境卻絕不快樂。

他還有甚麼話可說呢？

朱姬猛地轉回身來，臉寒如冰道：「項少龍！我對你已完全絕望，以後休想我再像從前般支持你。」

項少龍暗歎這叫因愛成恨。若非朱姬有嫪毒，她絕不會變得這麼厲害。而且肯定嫪毒表面雖和自己關係良好，其實暗中卻不斷離間他和朱姬。說到底，嫪毒只是個卑鄙小人。

禁不住心中有氣，冷然道：「太后言重了，由邯鄲來此後，我項少龍有哪件事不是爲太后和儲君著想，今天竟換來太后這幾句責備話。」

朱姬勃然大怒，道：「好膽！竟敢挾恩來指責我！」

項少龍亦無名火起，憤然道：「我項少龍何時挾恩要求過太后甚麼事？太后說一件出來給我聽吧！」

朱姬登時語塞，旋又變臉斥責道：「你是甚麼身分，竟敢這樣和哀家說話？」

項少龍氣道：「你是太后，我是臣屬，甚麼身分都沒有，但太后明知我心中對你是怎樣的，只是礙於形勢，又念著先王恩典，故而不敢做出逾越的非分之想，你卻偏要怪我忘情負義，這又算是甚麼呢？」

朱姬怒瞪著他，高聳的胸脯劇烈起伏，顯是心中非常激動。

項少龍一點不讓地回望她，心中更是憤怨難平。

好一會兒後，朱姬平靜下來，垂下頭去，幽幽道：「對不起！我竟會這樣向你大發脾氣，人家心中確是充滿怨恨。」

項少龍亦心生歉疚，不好意思的道：「是我不對和無禮。唉！我眞不明白爲何完全控制不了自己。」

朱姬移前三步，到了和他氣息可聞的距離，仰起俏臉，美目亮閃閃地看著他道：「少龍！我們可否重新開始，你該清楚人家對你的心意。無論你怎樣頂撞我，我始終難對你狠下心來。」

項少龍愕然道：「嫪大人怎辦呢？」

朱姬嬌軀劇震，玉容變色，由美夢和幻想中掉回冷酷的現實裡。

項少龍知她對嫪毒已是泥足深陷，比嬴盈對管中邪的迷戀還要厲害，心中雖有解脫之感，仍湧起一股悵惘無奈的情緒。

朱姬神色數變，最後回復先前冷傲的神色，點了點頭道：「哀家確是失態，聽說你要和管中邪再決勝負，假若勝了，是否打算娶呂娘蓉爲妻？」

項少龍淡淡道：「呂不韋肯把寶貝女兒嫁我嗎？」

朱姬歎了一口氣，徐徐道：「哀家累了，少龍你可退下。」

項少龍離開王宮，馬不停蹄趕回烏府，與十八鐵衛換過衣服，喬裝爲平民百姓，在他們放哨掩護下，神不知鬼不覺地赴圖先之約，不一會兒兩人在那幢房子見面。

圖先欣然道：「少龍你非常本事，莫傲都給你算掉老命，現在呂不韋被迫事事均倚重圖某人，使我更清楚奸賊的部署。」接著神色凝重道：「但少龍最大的失策是找蒙驁說話，今早呂不韋把王齕、王綰和蔡澤都找來商議，看來很快會有所行動，我很爲你擔心。」

項少龍先認了錯，接著把王齕一事說出來。

圖先呆了起來，好一會兒才道：「看來少龍仍是鴻福齊天，這也是一失一得。不過千萬小心，呂不韋的性格囂張衝動，一計不成，必有另一計隨之而來。」

項少龍冷笑道：「只要他不敢公然舉兵，我怕他甚麼？圖管家放心好了。」

事實上，圖先對他非常有信心，話題一轉道：「你自那天在田獵場大挫管中邪的威風，呂娘蓉對管中邪冷淡多了，使呂賊和管中邪均非常苦惱，怕她會歡喜上你。這妮子驕縱慣了，像嬴盈般從不顧大局，少龍可設法利用她，說不定能收奇效。」

項少龍歎道：「管中邪可以不擇手段，我哪有他這種本事？」

圖先肅容道：「對不起！我忘了少龍乃守正不阿的正人君子。」

頓了頓再道：「少龍今趟追殺田單，竟徒勞無功，教人惋惜。」

項少龍搖頭道：「是誰說的？我在楚境追上他，還把他幹掉，過程非常順利。」

圖先愕然道：「怎會是這樣的？昨天田單使人捎信來給呂賊，說他已和旦楚安然返回齊國，與呂賊約定他攻燕之時，呂賊則攻打韓國，使趙、魏難以援燕。」

項少龍立即遍體生寒，想到又給田單算了一著。

田單不愧老奸巨猾，事實上離開壽春時，早和替身掉了包，他自己與旦楚等由陸路溜回齊國，而替身則連楚人都瞞騙，這正是田單突然離開壽春的原因。

這替身不但樣貌像田單，聲音亦沒有破綻，又肯爲田單獻上生命，使自己變了個要把名字倒轉來寫的大傻瓜。

圖先見他神色不對，追問下得知事情的經過，安慰他道：「不可能每事盡如人意的，少龍你破了齊、楚的聯盟，已對田單和呂不韋造成非常沉重的打擊。若李園有見地的話，便會牽制田單，教他不敢攻燕。」

項少龍心中擔心的卻是善柔，一個不好，她說不定會眞的落到田單的魔爪裡。

想到這裡，剛稍微平復的心情又被破壞無遺，還要立即通知小盤等各人，讓他們知道追殺田單的任務，終於徹底失敗。

圖先安慰他幾句，續道：「管中邪這半年多來每天早晚都花上整個時辰練劍，準備洗雪被你逼和之恥，此人心志之堅毅，乃圖某人平生僅見，少龍若沒有把握，索性託詞不想娶呂娘蓉爲妻，放棄與他比武，沒人敢說你半句不是。」

項少龍心中苦笑，圖先和嬴盈說話的口徑如出一轍，顯是管中邪劍術大進，令圖先和嬴盈都怕他不但輸掉這場比武，還要把命賠上。

項少龍雖然知道他兩人的勸告不無道理，但更清楚知道，若因怕輸而不敢應戰，那他以後休想在呂不韋和管中邪面前抬起頭來做人。

想到此處，心中湧起強大的鬥志，微笑道：「不！我一定會贏的！」

第十五章　星河夜話

返抵官署，剛把田單尙未授首一事告訴滕翼，後者爲之色變時，荊俊匆匆來到，劈頭道：「呂不韋準備進攻牧場，正在調動人手。」

兩人再無暇去想田單的事，駭然道：「你怎會知道？」

荊俊坐下道：「剛才小恬偷偷來找我，說他聽到他老爹吩咐一名心腹將領，著他由親兵中調集三千人，與呂老賊的家將組成聯軍，扮作馬賊搶掠牧場，務要將我們殺得一個不剩，哼！想不到蒙驁愚蠢至此，我們不可以放過他。」

滕翼神色凝重道：「這非是愚蠢，而是夠狠夠辣，若讓他們得逞，有呂不韋在隻手遮天，誰能奈得他們何？若連都騎軍也落到呂不韋手上，那時還不是任他們爲所欲爲嗎？幸好我們一直在加強牧場的部署和防衛，他們對我們的眞正實力又一無所知，牧場最近更加建圍牆，所以我們絕非沒有一拚之力。」

項少龍道：「蒙驁深悉兵法，手下盡是能征慣戰之士，呂府家將又達八千之數，如調五千人來，兵力剛好在我們一倍之上。若非有小恬通風報訊，驟然發難，我們說不定會吃大虧，現在情況當然是另一回事。」

滕翼色變道：「不好！蒲布和劉巢兩人今早率領的二千人，剛出發到塞外去，現在我們實力大減，形勢非常不妙。」

項少龍一震道：「甚麼？這麼快就走了？」

滕翼歎道：「是烏大爺的意思，大哥急需援軍，所以匆匆整頓好行裝，立刻上路。」

荊俊道：「不若在都騎或禁衛中秘密抽出人手去幫忙吧！」

項少龍斷然道：「萬萬不可！只要略有異動，定瞞不過呂賊耳目，況且我們的精兵團亦不宜雜有外人，致減低作戰效率。倘若牽連到小恬，就更不妥當。」

荊俊點頭道：「我差點忘了說，小恬只是想我們立即逃命，他根本沒想過我們有能力應付他的老爺子。」

滕翼湧起豪氣，沉聲道：「我現在立即趕返牧場，疏散婦孺，好好部署，三弟和小俊明早裝作若無其事的回來，千萬勿要驚動任何人，更不可不接寡婦清到牧場去。這一仗的勝機全在當敵人認爲他們是以有心算無心，而我們反算他們一著。」

項少龍平靜下來，點頭道：「我明白，今趟我們就讓呂不韋、蒙驁、管中邪一起栽個大觔斗好了。」

項少龍返家後，將田單未死的事和呂不韋先策動王齕來對付自己，又準備偷襲牧場的事告訴三位嬌妻，連紀嫣然都聽得爲之色變。

趙致好夢成空，加上擔心善柔安危，飯都吃不下去，躲入房內垂淚。

項少龍勸慰她一會兒後，出來與紀嫣然及烏廷芳計議。

紀嫣然歎道：「田單的替身太懂作態，音容、神態更是維肖維妙，把我們都騙過。」

烏廷芳苦笑道：「若非幾可亂眞，假田單就絕無可能在田獵時瞞過這麼多人。」

項少龍心中大恨，若比奸謀，自己確遜老賊一籌，不過這招移花接木之計，主要針對的是楚人而不是他，豈知自己卻偏中此一奸計，可見天意難測。

紀嫣然勉強振起精神道：「幸好清叔他們一直在牧場中製造少龍發明的種種兵器，今趟將可試試它們是否有實效。」

項少龍想起那些加了料的兵器和甲冑，爲之精神一振，此時周薇挾著一卷帛圖，容色疲倦，但秀目卻透出興奮之色地來見他。

紀嫣然欣然道：「小薇接到你的指令，日夜不停地去設計假黑龍，看來終於有成績。」

周薇謙虛道：「全賴夫人提點！」

項少龍接過帛圖，打開一看，上面畫滿令人驚歎的設計。

周薇坐下來，解釋道：「這黑龍共分十八截，以牛皮製成，每截藏一人，只要用手拉著，可連成一條黑龍，在水面上載浮載沉，但造出來後，必須經過一番操練，方可不出漏子。」

又解釋道：「在龍脊下藏有氣囊，注滿氣時，可輕易在江面載浮載沉，但若戳破氣囊，便可由水底離開。」

項少龍大喜，與紀嫣然和周薇研究了整整一個時辰，想遍所有可能會出問題的地方，做出改善後，才回房睡覺。

次日醒來，項少龍和荊俊率領都騎內的烏族親衛，連同紀嫣然、烏廷芳、趙致、項寶兒、田氏姊妹等浩浩蕩蕩起程回牧場去，都騎交由烏果負責。

項少龍先行一步，與十八鐵衛往接琴清。

琴清正在府內等候，見他到來，欣然隨他動身起程。

這充盈古典美態的絕世嬌嬈，一身雪白的斗篷毛裘，還掛上擋風的面紗，其風姿綽約處，把荊善等都看呆了眼。

項少龍與她並騎而馳，暫且拋開呂不韋的威脅，笑道：「琴太傅今天特別美呢！」

琴清若無其事道：「儘管向我說輕薄話吧！」

項少龍開懷道：「琴太傅掛上面紗，是否怕給我看到羞紅了的粉臉兒？」

琴清一生貞潔自持，何曾有人這樣直接逗她，大嗔道：「你給我規矩些，否則人家在路上再不肯和你說話。」

項少龍嚇了一跳，連忙把下面的話吞回肚內去。

琴清「噗哧」嬌笑，欣然道：「原來項少龍的膽子並非那麼大的，昨天太后又找你去說些甚麼呢？」

項少龍愕然道：「看來宮內沒有甚麼事能瞞得過你。」

琴清淡淡道：「太后在宮內畢竟時日尚短，宮內大多數仍是華陽夫人的舊人，所以項少龍你若做出口不對心的行爲，定瞞我琴清不過，現在勉強算你及格。」

項少龍悠然笑道：「琴太傅勿要怪我言語冒犯，照我說琴太傅才是口不對心，你那顆芳心其實早繫在項某人身上，偏是小嘴兒卻硬不肯承認。哈！」

琴清絲毫不爲所動，道：「男人總愛自狂自大，項太傅亦未能例外。今趟之行，我只是爲陪嫣然、廷芳和致致，項大人怕是誤會了，才會如此滿口胡言，琴清念在此點，不與你計較，但勿要太過分。」

項少龍失笑道：「看來我是要強來方成。」

琴清嬌嗔道：「你敢！」

項少龍見城門在望，一夾坐騎疾風，增速趨前，大笑道：「原來和琴太傅打情罵俏如此精采，項少龍領教了。」

出到城外，與紀嫣然等全速趕路，到了晚上，揀選一處險要的高地，安營造飯，享受野營的樂趣。

這晚天色極佳，滿天星斗下，雪原閃閃生輝，整個天地神秘不可方物。

琴清顯是心情甚佳，與紀嫣然等喁喁私語，仍不時送來一、兩個動人的眼神，教項少龍全無受到冷落的感覺。

飯後，烏廷芳、趙致兩位做母親的去哄項寶兒睡覺，田貞、田鳳則幫手收拾。

項少龍陪著紀嫣然和琴清到達一處斜坡，鋪上毛氈，安坐後仰觀夜空，徹底迷失在宇宙秘不可測的美麗裡。

項少龍躺下來，紀嫣然在左，琴清在右，芳香盈鼻，一時心神俱醉，只希望時間能永遠停留在這一刻。

好一會兒後，紀嫣然隔著項少龍跟琴清閒聊起來，兩女的聲音像天籟般傳入他耳裡。奇怪地，他一點不知道她們談話的內容，亦不願去聆聽，只在靜心品嘗她們動人悅耳的聲音，像聽立體聲的曼妙音樂般。

明月緩緩升離樹梢，悄悄地把溫柔的月色灑在他們身上，坡頂偶爾傳來戰馬的嘶聲和人聲，一切是如此和平寧靜。

項少龍舒服得歎息一聲。

紀嫣然深情地低下頭來俯視他，柔聲道：「我們的項大人在看甚麼呢？」

項少龍伸展四肢，有意無意地碰到琴清神聖的玉腿，雖忙縮了回來，但後者已嬌軀輕顫，輕輕低呼。

紀嫣然詐作聽不到，微嗔道：「我在和你說話啊！」

項少龍的心差點融掉，伸手輕握紀嫣然的玉手，憧憬地道：「我在想，不若今晚我們三人就睡在這裡，看著無盡無窮的穹蒼，一顆一顆星去數它，累了就睡，看看能否在夢裡探訪天上的星辰？」

琴清大感興趣地道：「穹蒼怎會是沒有窮盡呢？」

項少龍微笑道：「若有窮盡，那界限是甚麼東西哩！若是一堵牆的話，牆後又是甚麼東西？」

紀嫣然秀眸異采閃閃，凝望夜空，輕輕道：「夫君大人這番話發人深省，也使嫣然想糊塗了，乾爹說過，每個人都是天上下凡來的星宿，死後回歸天上去，這個想法眞美。」

項少龍望往琴清，這美女正仰望星空，美麗的輪廓像嵌進天空去，在月色下肌膚如絲綢般潔滑柔亮，心中一熱，忍不住探出另一手，把琴清的纖手也緊緊掌握。

琴清嬌軀再顫，低頭白他一眼，掙扎兩下要把手抽回去，但接著便放棄，整張俏臉火般燃燒起來。

項少龍感覺自己忽然間擁有了整個美麗星夜，一切像夢般實現。

想起初抵戰國時代的慘痛遭遇，受盡趙穆等惡人的欺凌，全賴自強不屈的奮戰精神，不但培育了個秦始皇出來，還得到這時代最美麗的幾位女子的芳心，人生至此，夫復何求。

對二十一世紀認識他項少龍的人來說，他是早已命喪黃泉，誰猜得到他竟在二千多年前的戰國時代享受著另一段生命。

這算否是另一個形式的輪迴呢？或者死後正是這麼在時間和空間中循環往復，只不過他因那時空機器而能保持著身體和記憶的完整吧！

紀嫣然微嗔道：「為何你們兩個人都不說話？」

琴清再掙了一下，知道無法脫離項少龍的魔爪，輕聲道：「不知為甚麼，現在我懶得甚麼都不想說。」

項少龍忍不住衝口而出道：「這叫夜半無人私語時，此時無聲勝有聲。」

兩女同時一震，低下頭來望他。

紀嫣然歎道：「這兩句話的意境真美，很貼合現在的情景，再沒有更美麗的形容。」

琴清顯然動了真情，反手把他抓緊，低聲道：「再作兩句給琴清聽聽好嗎？」

項少龍自知胸中墨水少得可憐，知道的都是從中學國文課本學來的東西，且很多時是硬湊出來，苦笑道：「這只可以是妙手偶得的東西，要特別作出來腦筋便會不靈光。」

琴清動容道：「『妙手偶得』四字已道盡作詩的竅訣，唉！項少龍，你的腦袋怎能這麼與眾不同？」

紀嫣然笑道：「若項少龍平平無奇，清姊也不肯這麼坐在他旁邊，連他邀你陪他共眠賞星，亦沒有怪他冒犯了。」

琴清立時玉頰霞燒，嬌吟道：「嫣然妹你眞是的，誰答應陪他……啊……人家不說了。」

紀嫣然催道：「夫君啊！快多說兩句美麗的情話給清姊聽，我也想看她爲你心動的樣子哩！」

項少龍本想唸出「金風玉露一相逢，便勝卻人間無數」，旋又想起這是趙雅病逝前念念不忘的詩句，立即心如刀割，說不出口來。

琴清正細看他，訝然道：「項太傅是否不舒服？」

項少龍坐起來，大力喘幾口氣，壓下因思憶趙雅而來的悲痛，搖頭道：「沒有甚麼。」

紀嫣然挨貼過來，柔情似水道：「現在除我和清姊外，不准你再想其他東西。」

項少龍腦內一片空白，茫然看著遠近被灑遍銀白月色的山野，點了點頭。

琴清道：「嫣然若有帶那枝玉簫來就好哩！」

紀嫣然笑道：「我現在只想聽項少龍說的迷人詩句，清姊不想聽嗎？」

琴清大窘嗔道：「項少龍欺負得人家仍不夠嗎？還要多了你這可惡的紀才女。」

項少龍心情平復下來，靈光一閃，吟道：「『何處高樓無可醉，誰家紅袖不相憐？』我項少龍何德何能，竟能同得當代兩位才女垂青，故可作此豪言壯語。」

兩女同時動容，眸光像被磁石吸攝般移到他臉上去。

此時荊俊的聲音由後方傳來道：「找到他們了！」

接著是烏廷芳和趙致來尋夫，嚇得琴清忙把手甩開。

那晚項少龍和田貞、田鳳同帳，只是相擁而眠。際此處處危機的時刻，實不宜太過風流。

翌晨天還未亮，項少龍醒了過來，田貞兩女仍熟睡得像兩頭可愛的貓。項少龍小心翼翼離開香熱的被窩，披上外袍，摸黑而出，鑽入琴清的芳帳內。漆黑的帳內，傳來琴清均勻的呼吸聲。

不過項少龍瞬即發覺不妥處，原來腹部抵著一把匕首，耳內傳來紀嫣然的低喝道：「誰？」

琴清的呼吸屏止片刻，顯是給驚醒過來。

項少龍大感尷尬，低聲道：「是我！」

紀嫣然「噗哧」嬌笑，收起匕首，倒入他懷裡，喘著笑道：「對不起！嫣然實罪無可恕，竟破壞夫君大人竊玉偷香的壯舉。」

琴清雖一聲不響，但項少龍卻恨不得打個地洞鑽進去，好永遠躲在裡面。

天剛亮眾人拔營起程。

琴清一路上離得項少龍遠遠的，項少龍心中有愧，與荊俊趕在大隊前方，全速趕路。

午後時分，終抵牧場。只見所有高處和戰略地點，均有堡壘式的暗哨，守衛森嚴。

滕翼正指揮精兵團在各處出入口設置陷阱和障礙，項少龍和荊俊加入他們，紀嫣然和諸女則逕自返回牧場的宅院去。

滕翼領著兩人巡視牧場的防禦佈置，邊策騎徐行，邊道：「由於牧場太大，要防衛這麼長的戰線，根本是沒有可能的事，所以我把力量集中在院落的防守上，因無險可守，只好加強圍牆的堅固度，增設哨樓，和在圍牆外加設陷坑等障礙物，至於畜牲則趕往別處避難，只留下數百頭擺著做個樣子。」

三人馳上一座小丘之頂，俯視廣闊的牧場。

「隱龍別院」坐落牧場院落之內，牧場建築物由最先十八組擴建至六十多組，四周圍以高牆，就像一個具體而微的小城。但若以二千人去防守這條足有兩里長的戰線，實嫌不足。

敵人自是有備而來，到時只要揀一、兩處狂攻猛打，便可輕易攻進來。

項少龍把想到的說出來，最後提議道：「今趟我們必須從《墨子補遺》裡偷師，就給他們來一招『攻守兼資』，若我們在外面佈下奇兵，事起時裡應外合，必教他們措手不及。」

滕翼皺眉道：「我也想過這方面的可能性，問題是若蒙驁親自來攻，此人深悉兵法，必不會把所有兵員全投進攻擊裡，而會把主力佈在高地處，派人輪番進攻，那我們在外的奇兵，反變成孤軍，形勢會更不利。」

項少龍胸有成竹地道：「那高地必就是我們現在立足之處。」回首指著山腳一片廣闊的雪林，道：「若能造一條地道，由樹林通到這裡來，我們可一舉動搖敵人的主力。」

荊俊咋舌道：「沒有一、兩個月的時間，休想可建成這樣的一條地道。」

項少龍暗責自己糊塗，改口道：「那就不如建一個可藏人的地壘好了。」

滕翼苦笑道：「若只藏十來人，根本起不了作用，且以蒙驁的精明，說不定會給他一眼看破。」

項少龍大動腦筋，剛好看到牧場處炊煙裊裊而起，靈光一現，叫道：「我想到哩！」

兩人愕然望向他。

項少龍凝望著炊煙，油然道：「只要我們在丘底處設幾個隱蔽的地坑，裡面堆滿火油柴枝和耐燃的東西，最好能發出惡臭，燃點後釋放出大量濃煙，其中總有幾個會準確地隨風向從下方送上丘頂來，在敵人驚亂下，我們再配合奇兵突襲，保證敵人陣腳大亂，不戰自潰。」

荊俊和滕翼同時動容。

項少龍暗忖這該算是古代的化學戰，續道：「敵人自該於晚上來襲，只要我們的人小心一點，點火後應可趁亂脫身，屆時以濕巾敷面，就可不怕煙嗆。」

荊俊興奮道：「我曾在附近見過一種叫『毒橡』的樹，燒起來會發出很難聞的氣味，現在我立即去砍他娘的一批來！」言罷策馬去了。

滕翼驚異道：「三弟真是智計百出，我們亦可在關鍵處多設幾個……嘿……幾個這種煙霧機關，到時再看風勢該點燃哪幾個好了。現在我立即找人設計機關，你先返別院休息吧！」

當晚吃飯時，滕翼仍在外忙著。

項少龍和烏廷芳到主宅陪烏應元夫婦進膳，琴清則由紀、趙二女相陪於隱龍別院。

項少龍返來時，紀嫣然和琴清正在琴簫合奏，他對音律雖所知有限，仍聽得悠然神往。

紀嫣然忽然提出由項少龍陪琴清到處走走，出乎意料之外，琴清竟然答應。

項少龍大喜過望，知道琴清沒有怪他今早「偷營」之舉，忙伴著佳人出宅門去。

第十六章　牧場之戰

牧場處處燈火通明，二千烏家戰士與牧場的數千烏家牧人，正趕緊修築各項防禦工事，而煙霧陷阱則成為首要的專項。

木欄內的牲口出奇的安靜，一點不知道戰爭正逐漸逼來。

項少龍與琴清沿著貫通牧場各處的碎石路漫步而走，到了一個水井旁，項少龍打一桶水上來，喝了兩口，冰涼得連血脈差點都凝固了。

琴清歎道：「牧野的生活眞動人，住在城內總給人以不眞實和沒有血肉的感覺。」

項少龍在井沿坐下來，拍拍身旁的空位置，笑道：「歇歇腳好嗎？」

琴清柔順地在他身旁坐下，垂下螓首輕輕道：「項太傅知否為何琴清肯陪你單獨出來嗎？」

項少龍湧起不安的感覺，深吸一口氣道：「說吧！甚麼我也可以接受的。」

琴清搖頭道：「並不是你想的那樣壞，我絕沒有絲毫怪責太傅之意。事實上琴清亦是情不自禁，才會隨你到這裡來。正如你所說的，我一直在騙自己，為此受了很多苦，但由今夜開始，琴清再不會這麼愚蠢了。」

項少龍喜出望外，湊過去細看她絕世的姿容，心迷神醉的道：「琴太傅的意思是……」

琴清羞不可抑，微嗔道：「甚麼意思都沒有，這些人為何整天不停工作？是否有人要來襲擊牧場呢？」

項少龍心知若對琴清太過急進，定要被她扣分，最妙無過於是由她自己忍不住投懷送抱，那就精采了。遂耐著性子，把呂不韋的陰謀說出來，然後道：「琴太傅會怪我令你擔驚受險嗎？」

琴清斷然搖頭道：「怎麼會呢？人家只會心中歡喜，因為你終把琴清視為……噢！沒有甚麼。」

項少龍忍不住仰天大笑，道：「琴太傅是否想說我項少龍終把你視為自己的女人呢？」

琴清大窘，嗔道：「哪有這回事，不過腦袋是你的，你愛怎麼想悉隨尊便。」

項少龍伸手過去抓緊她的玉手，拉著她站起來，道：「讓我為琴太傅介紹一下這裡的軍事部署好嗎？免得琴太傅又怨我事事瞞你。」

琴清略掙兩下後，接受了玉手的命運，羞人答答地微一點頭，又為後一句話狠狠橫他一眼，怪他在算舊帳。

項少龍整顆心融化了，強忍吻她、碰她的衝動，領著她夜遊牧場去了。

回到隱龍別院，項寶兒早由奶娘哄了去睡覺，烏廷芳和趙致兩女在下棋，田氏姊妹在旁觀戰，紀嫣然和清叔在研究如何製造周薇設計的假黑龍。

見到項少龍和琴清回來，清叔忙恭敬施禮。

紀嫣然看了琴清神色，向項少龍露出會心微笑，後者惟有聳肩表示甚麼都沒幹過的清白。

琴清見他兩人眉來眼去，目標顯然是自己，赧然回房去了。

項少龍加入討論，到清叔完全掌握他們的需要時，項少龍順口問道：「清叔懂否製造煙花、爆竹那類東西？」

紀嫣然得意洋洋道：「清叔擅長鑄劍，說到煙花爆竹嘛！虛心點向我紀嫣然請教吧！」

項少龍訝然道：「你懂得火藥嗎？」

紀嫣然傲然道：「當然哪！我還懂得很多東西，試試來考考我吧！」

項少龍方知才女之名，非是偶然，正盤算是否該請清叔鑄造一柄原始的手槍來傍身，旋又放下這念頭，因爲如此簡陋的一柄手槍，還及不上弩箭的威力，而且彈藥方面始終有問題，笑道：「我何來資格考你？」

清叔告退後，紀嫣然肅容道：「那就由我來考你，快給我回房睡覺。由明早開始，我負起訓練你成爲用槍高手的責任。在與管中邪決鬥前，夫君大人只准一人獨睡，不准有房事行爲。」

項少龍心叫救命，那豈非空有琴清這鮮美的寶貝在眼前而不能起箸嗎？咕噥道：「據調查報告指出，房事絕不影響運動員的體能。」

紀嫣然黛眉緊蹙道：「你在說甚麼鬼？」

項少龍舉手投降道：「一切謹遵賢妻命令。」苦笑去了。

接著的五天，項少龍每天在雞啼前起來，接受紀嫣然嚴格的訓練，又主動到附近的大河游冬泳，閒來則與琴清和妻婢們騎馬閒遊爲樂，豈知反贏得琴清對他的傾心，覺得項少龍非只是貪她美色，兩人關係更加水乳交融。

滕翼等則努力加強防衛工事，牧場人人士氣高漲，摩拳擦掌，恭候敵人大駕光臨。

到得第六天，又下大雪。探子在五里外的一處密林發現敵人的先頭部隊，氣氛立即緊張起來。

項少龍領著穿上戎裝的三位嬌妻和琴清到城牆上視察，清叔正在城牆上指揮手下安裝固定的重型弩箭機。

這種弩箭機是照項少龍的要求而設計，依據機關槍的原理，可連續發射十二枝弩箭，射程達千多步，比普通手持弩弓的射程遠了近倍，唯一缺點是不便移動，但以之守城卻是最理想不過。

項少龍極目遠眺，四方一片迷濛，正是利攻不利守的天氣。

紀嫣然道：「敵人會趁雪停前來攻，如此匆匆而來，準備與休息當不會充足，兼且蒙鷔為人高傲自負，不會把我們放在眼內，就是他這種輕敵之心，我們將可穩操勝券。」

果然到黃昏時分，探子來報，敵人在東南角出現，人數在萬人之間，卻只有十多輛撞擊城牆、城門的檑木車。

眾人放下心來，進入全面備戰的狀態。

佈在外面的兵員全體撤回城裡，荊俊率領五百精兵團員藏在那座高丘後早建好了的隱蔽地堡裡。餘下的一千五百名精兵團團員則在牆頭枕戈以待。其他三千多牧場的烏家族人，男女老幼全體出動，預備到時擔任救火和支援牆頭的戰士，戰意高昂，更充滿山雨欲來的氣氛。

項少龍向旁邊的琴清問道：「冷嗎？」

琴清搖頭表示不冷，呼出一團白氣，道：「人家還是首次處身戰事裡，或者因有你在身邊的關係，竟沒有半點害怕。」

項少龍想起她的丈夫葬身沙場，順口問道：「琴太傅討厭戰爭嗎？」

琴清沉吟片晌，訝道：「我生平尚是首次聽到有人問這奇怪的問題，在大秦，戰爭乃男兒顯本領、至高無上的光榮事。但細想下，鬥爭仇殺不知令多少人失去家園、父母、丈夫、子女，確使人生出厭倦。項太傅怎麼看待此事？」

項少龍苦笑道：「我雖不想承認，但戰爭似乎是人類的天性，國家和民族間的鬥爭，固是亂事的由來，但人與人間總存在競爭之心，亦造成弱肉強食的原因，那並非只是爭圖利益之心，而是人人都希望把別人踩在腳下，想想也教人心寒。」

烏廷芳移過來，嬌癡地靠入他懷裡，崇慕道：「項郎說得非常透徹。」

紀嫣然點頭道：「這正是乾爹和嫣然一直盼望有新聖人出現的原因，只有在大一統下，才有希望出現止戈息武的局面。」

項少龍默默看著在火光映照中飄飛的雪粉，想起一事，笑道：「諸位賢妻知否我最愛聽琴太傅喚我作項太傅，若她稱我作項統領或項大人時，情況就很不妙。」

琴清大嗔道：「你這人哩！總要記著舊事。」

趙致挽著琴清的玉臂調侃道：「清姊何時改口學我們叫他作項郎又或……嘻……你知我想說甚麼吧！」

琴清大窘，又捨不得責怪她，臉紅如火不知如何是好時，敵人來了。

果如滕翼所料，敵人先在高丘佈陣，然後把檑木衝車和雲梯移至離城牆二千步外，準備攻城。

項少龍等擺出猝不及防的假象，城上士卒奔走，號角驚響，似是措手不及，一片混亂，好引敵人來攻。

紀嫣然笑道：「守城之要，首在上下一心，視死如歸；次則組織得當，人盡其用；三須防備充足；四要糧食無缺。現在我們牧場的圍牆雖不夠堅厚，但勝在城外處處陷坑，可補不足，故四個條件無不兼備，所以此戰定可穩操勝券。」

滕翼此時來了，接口道：「嫣然仍漏掉守城必須謹守的一個至理，此之謂『以攻代守』。」

紀嫣然笑道：「這要看小俊的本領了。」

戰鼓忽起，扮作馬賊的敵人開始移動衝車，分作四組從正面攻來。

滕翼笑道：「蒙驁想欺我乎？正面的攻勢只是在牽引我們的主力，眞正來犯者必是由後而至，我們就陪他們先玩一場好了。」

話猶未已，轟隆一聲，敵方其中一輛衝車掉進陷坑去，一時人仰馬翻，狼狽不堪。

這些陷坑全在弩箭機射程之內，滕翼一聲令下，立時箭如雨發，敵人衝來由千多人組成的先頭部隊，紛紛中箭倒地，旋即又有另一輛衝車翻進佈滿尖刃的陷坑內。

戰鼓再起，左方和後方殺聲震天，敵人終於展開全面的攻城戰。

矢石、火器在空中交飛著。由於弩箭機射程極遠，又是居高臨下之勢，硬把一波一波衝上來的敵人殺退。

整個時辰後，才有兩輛衝車勉強捱到城下，卻給投石機投下巨石，硬生生砸毀。

偶有火箭射進城裡，都給迅速撲滅。

人人均知若給敵人破城而入，將是屠城局面，故而無不用命，殺得敵人血流成河，屍橫遍野。

此時敵人已成功將木板橫過陷坑，以巨盾護身，推著餘下的五輛衝車攻來，聲勢驟盛。

項少龍知是時候，發出命令，號角聲揚。

數十股濃煙立時由煙霧坑內冒出來，順著風勢向城外和丘上的敵人掩去，一時嗆咳之聲大作。

滕翼叱喝督戰，加強反擊。

項少龍分別吻了烏廷芳、趙致的臉蛋，吩咐他們留守城內，最後來到琴清身前。

琴清俏臉通紅，側起臉蛋，含羞待吻。

豈知項少龍伸手逗起她下頜，重重在她唇上吻一口，才笑著與滕翼和紀嫣然兩人下城去了。

此時濃煙漸斂，遠方丘頂處喊殺和箭矢破空之聲卻不絕於耳，顯然是荊俊和手下依計在濃煙外向敵人發動箭攻。

大門處一千烏家戰士早在馬上靜候，到項少龍等三人上馬，一通擂鼓，大軍隊形整齊的殺出城外，依著安全的路線，利刃般直刺入敵陣。

項少龍一手持飛龍盾，一手持飛龍槍，身先士卒，見人便挑，殺得早被煙嗆得失去戰鬥能力的敵人更是潰不成軍。

烏家戰士表現出強大的攻擊力，人人奮不顧身，有若虎入羊群，轉眼間衝破一個大缺口，往丘頂的敵方主力攻去。

此時丘上敵人早因濃煙和荊俊的突襲亂成一團，再給烏家戰士以迅雷不及掩耳的強勢衝擊，哪吃得住，人人均無鬥志，四散逃生。

城門再開，另一隊三百人的烏家戰士在烏言著的領導下衝出來，配合城上的攻勢，殺得敵人狼奔鼠竄，只顧逃命。

項少龍這時與荊俊的軍隊會合，聯手追殺敵人二十餘里，才收兵折返牧場。

此戰大獲全勝，殲敵三千，俘敵二百。己方只死了三十二人，傷者不過二百，雖可說戰績彪炳，但項少龍仍不覺開心，對他這愛好和平的人來說，戰爭傷亡始終不是愉快的事。

天明後，烏族的人走出來收拾殘局。荊俊則負責把俘虜立即押返咸陽，好給呂不韋製造一點煩惱。

滕翼和項少龍巡視戰場後，惋惜道：「只恨拿不著蒙驁和管中邪，否則呂不韋將百辭莫辯。」

項少龍早知小盤登基前，沒有人可以動搖呂不韋的地位，歎息一聲，沒有說話。

滕翼道：「被俘的人不是蒙驁的親兵，就是呂不韋的家將，我很想知道呂不韋可以如何解釋此事。」

項少龍沉聲道：「不要小看呂不韋，我猜他定有應付的方法，此事只能不了了之。」

兩天後，答案回來了。

荊俊派人回報說，當他們剛抵咸陽城，就在城門給管中邪的都衛截著，然後呂不韋親自出馬，把俘虜接收過去，表面當然說會嚴懲犯事者，追究元凶。但際此呂不韋凶焰遮天的時刻，連小盤都難以說話，最後自是不了了之。

荊俊早在項少龍指點下有充分的心理準備，只將由紀才女寫成的報告交給王陵，依足規矩轉交給左丞相昌平君，由他在早朝奏上朱姬和小盤。

這奏章厲害處是沒有一句直接指控呂不韋，但也沒有一句不暗含這意思。無論呂不韋如何膽大包天，短期內休敢派人來犯。

項少龍這天練槍分外精神，因爲琴清特別早起來看他。

「嚦嚦啪啪」聲中，首次把紀嫣然逼得要全力施展，才勉強架得住他。

項少龍見把心愛的紀才女殺得香汗淋漓，哈哈大笑，收槍疾退，倏地立定，威武有若下凡的天將。

烏廷芳、琴清等諸女拍爛手掌聲中，紀嫣然欣然道：「夫君大人眞厲害，只短短數天，便能把握槍法的神髓，嫣然甘拜下風。」

滕翼此時來了，手提清叔剛鑄出來的長刀，哈哈笑道：「二哥來了，好見識一下是你的飛龍槍厲害，還是由清叔依少龍提議設計出來的刀厲害。少龍萬勿掉以輕心，這刀內含有那種叫『鉻』的東西，我試過用它連斷十多把長劍，鋒口竟沒有絲毫破損。」

紀嫣然天生對新事物好奇心重，更兼此乃夫婿設計出來的寶貝，忙向滕翼討過長刀，研究一會兒後歎道：「確是馬戰的好寶貝，眞不明白少龍是怎麼想出來的，若在戰場上，策馬執劍向敵人衝擊時，由於馬速太快，主要靠揮臂劈砍攻擊敵人，而不是用劍向前推刺。這樣一來，尖長的劍鋒作用不大，雖兩側均是鋒刃，卻因劍身狹窄，最厚的地方只能安排在中脊處，鑄製難度既高，砍劈時又容易折斷，現在這把刀只一側有刃口，另一側是厚實的刀脊，不但極難折斷，利於砍劈，而且更好用力。唔！嫣然也要清叔鑄一柄給人家把玩才行。」

項少龍聽得目瞪口呆。他之所以請清叔鑄一把刀出來，主要是因一直很欣賞日本的東洋刀，哪想到竟有這麼一番道理。

烏廷芳由紀嫣然手上接過長刀欣賞，細看後驚異地道：「這把刀鋒沿的紋眞美，噢！刀柄還有名字，叫『百戰』。百戰百勝，意頭眞好！啊！這百戰寶刀很重哩！」

滕翼解釋道：「清叔鍛劍的方法乃越國歐冶子秘傳的『百煉法』，分多次火煉，再重疊反覆鍛打多次，又淬以烈火而成，故遠勝一般兵刃。」

再對紀嫣然笑道：「若嫣然想弄一把這樣的寶刀，恐怕得多等一年才行，但亦未必及得上這把百戰寶刀。這是清叔嘔心瀝血的傑作，一年半來失敗無數次，才忽然老天爺開眼般煉成這麼的一把。好了，少龍來吧！」

眾人大感興奮，退往一旁。

雪花紛飛下，滕翼提刀而立，氣勢不凡。

項少龍大喝一聲，飛龍槍活了過來般彈上半空，靈蛇百頭攢動地籠罩著滕翼胸腹處。

滕翼知他怕因兵器長了一倍，容易錯手傷他，哂道：「竟對二哥沒有信心，快放馬過來。」

烏廷芳等見滕翼說得豪氣，忙對項少龍噓聲四起，連琴清也不例外，可知美人兒已完全投入項少龍的生活去。

項少龍哈哈一笑，沉腰坐馬，長槍閃電般刺向滕翼小腹。亦只有這等長兵器，才可取這麼刁鑽的角度進擊，絲毫不怕敵刃覷上空檔反擊。

滕翼冷哼一聲，百戰寶刀猛劈而下。項少龍改刺爲挑，「噹」的一聲，竟挑不開百戰寶刀，駭然下收槍防身，化作一片槍影時，滕翼衝前搶攻，一時「叮噹」之聲不絕於耳。

每一次刀槍交觸，長槍都給盪開去，若非飛龍槍是全條以精鋼打成，換了一般木槍桿的話，早折斷了十多次。

這時十八鐵衛和善蘭聞聲而至，加入喝采的行列，更添熱鬧。

再一下重擊，兩人分開來，均有力竭之感。

紀嫣然鼓掌道：「這趟可說是平分秋色，但只要二哥來日有時間熟習刀性，敗的必是我們無敵的項少龍無疑。」

項少龍仰天長笑，將飛龍槍隨手拋掉，大喜道，「我都是不用槍哩！下個月就以此百戰寶刀取管中邪的小命。」

滕翼欣然把刀拋給他道：「就此祝少龍百戰百勝，無敵於天下。」

項少龍接過寶刀，揣起放下，秤秤它的斤兩，讚歎道：「這寶貝刀的重量差點比得上我的墨子劍，但外表卻看不出來，必教管中邪大吃一驚，後悔要與我決鬥。」

滕翼笑道：「由今天開始，你的墨子劍是我的了，用過百戰寶刀，其他兵刃除墨子劍外都變得索然無味。」

兩人相視大笑，那邊的紀嫣然剛聽過烏光的報告，奮然叫道：「烏光說拜月峰發現一個大溫泉，我們立即趕去。」

烏廷芳、趙致、田貞、田鳳等齊聲歡呼。

項少龍愕然道：「今天不用練習嗎？」

紀嫣然展露出迷人的甜笑，柔聲道：「有了這把百戰無敵的寶刀，休息一天有甚麼打緊哩！」

項少龍心中湧起強大的信心，說到底，自己之所以能活到現在，皆因多了二千多年的識見，手上這把刀就是最好的明證。

第十七章　宿願得償

熱氣升騰中，整個石池籠罩在熱霧裡，加上從天而降的雪粉，有若人間仙界。

灼熱的泉水由一邊石壁的三個泉眼瀉出來，注入池裡，水滿後，再流往五丈下另一層較小的溫池去，那處則成爲荊善等人的天地。

在拜月峰這人跡難至的深谿內，一切人爲的規限再不復存。

紀嫣然、烏廷芳、趙致、田貞、田鳳等諸女露出凝脂白玉的天體，浸浴在溫泉中，再不肯離開，在沒有電熱水爐的古代，際此冰天雪地的時刻，沒有比這更高的肉體享受。

琴清脫掉鞋子，把纖美的秀足浸在溫泉內，對她來說，已是能做到的極限。

項少龍不好意思與諸女看齊，陪琴清坐在池邊浸腳，笑道：「琴太傅不下池去嗎？我可以避到下面去的。」

琴清抵受著池水的引誘，赧然搖首道：「項太傅自己下池去好了，我這樣已很滿足。」

項少龍見她俏臉微紅，動人至極，心中一蕩，逗她道：「你不怕看到我赤身裸體的無禮樣兒嗎？」

琴清知這小子又在情挑自己，大嗔道：「快滾落池裡去，人家今天再不理睬你，上次還未和你算帳哩！」

項少龍知她指的是吻她香唇一事，湊過去肆無忌憚地吻她的臉蛋，接著把她摟個結實，琴清正要掙扎時，已和項少龍一起掉進溫熱的池水裡。

紀嫣然五條美人魚歡呼著游過來，笑聲、嗔聲和雪粉、熱霧渾融爲一，再無分彼此。

晚膳後，趁琴清和諸女去和項寶兒玩耍，紀嫣然把項少龍拉到園內的小亭欣賞雪景，欣然道：「我從未見過清姊這麼快樂的，你準備好正式迎娶她嗎？」

項少龍沉吟片晌，道：「我看還是留待與管中邪的決鬥後再說。」

紀嫣然道：「我爲你想過這方面的問題，最好待黑龍出世後，也正好是一切均棄舊迎新之時，那縱使清姊的身分有變化，亦不致惹起秦室王族的反感。」

項少龍大喜道：「嫣然很爲我設想，有了清姊後，我再不會有其他妄求了。」

紀嫣然正容道：「要清姊答應嫁你，仍非易事，你最好對她嚴守男女之防，噢！我指的是肉體的關係，因爲清姊最不喜秦國女子婚前苟合的行爲，夫君大人該明白嫣然的意思吧！」

項少龍苦笑道：「現在我連你紀才女也沒有碰，怎會去冒犯琴清？」

紀嫣然媚笑道：「間中碰一次半次，看來該沒有甚麼大礙，只要節制點便成。」

項少龍喜出望外，拉起紀嫣然的玉手，歎道：「你定是知我憋得很辛苦，才肯格外開恩。」

紀嫣然柔聲道：「是那溫泉在作怪，但今晚受你恩寵的卻不該是我，法由嫣然所立，所以我只好做最後的一個。」

大雪飄飛下，項少龍手提百戰寶刀，卓立雪原之上，身後是烏家牧場。

不知是否因新得寶刀，十多天來，他幾乎是刀不離身，設法把墨氏三式融入刀法內。在一輪靜坐後，他心中澎湃如海的情緒，似乎即要參破刀法的奧秘，偏又差一點點才可做出突破。

往事一幕幕掠過腦際，當他想起趙倩等慘遭殺害，熱血沸湧，再按捺不住，揮刀望空猛劈。百戰寶刀破空之聲響個不絕。忽感順手之極，自然而然使出墨子劍法，但卻側重砍劈的招式，不知如何，仍總有差一點點的感覺。

驀地腦際靈光一閃，明白問題所在。

原來他忽然想到墨子劍法是主守不主攻，而百戰寶刀因著刀的特性，卻是主攻不主守。所以若妄圖把全套劍法融入刀法裡，自然不是味道。

想到這裡，忙把整套劍法拋掉，只取其進擊的招數，一時刀芒閃閃，氣勢似雷掣電奔，暢快之極。

刀光倏斂。

項少龍岩石般屹立不動，內心掀起萬丈波濤。

他想到以前曾學習過的空手道和改良了的國術，都是合乎科學原理，例如直線出擊，又或以螺旋的方式增加勁道，更或在適當的距離以拋物線擊出，諸如此類，其實均可融入刀法內。

又想起日本的劍道，來來去去只有幾式，卻是威力無窮。

想到這裡，劍法、刀法豁然而通。

墨子既能自創劍法，自己於吸收他劍法的精粹後，配合自己對各國武術的認識，爲何不能另創一套更適合自己的刀法出來？項少龍只覺心懷倏地擴闊至無限，感動得熱淚盈眶，仰天長嘯，百戰寶刀幻起無數刀影，隨著他的移動在雪花中翻騰不休。

倏地刀影斂去。項少龍毫無花巧地劈出幾刀，竟生出千軍萬馬、縱橫沙場的威猛感覺。

項少龍一震跪下，知道自己已掌握刀法的竅門，目下差的只是經驗和火候。

回到家中，忙把滕翼、紀嫣然拉了去試刀。

紀嫣然手持飛龍槍，見項少龍擺出架勢，大訝道：「夫君大人發生了甚麼事呢？爲何今趟你只是提刀作勢，人家便生出無法進擊的頹喪感覺。」

項少龍大笑道：「這叫信心和氣勢，小乖乖快來，我現在手癢得緊。」

看著他那種天生似的英雄豪氣，琴清等諸女無不露出意亂神迷的神色。

紀嫣然一聲嬌叱，飛龍槍若長江大河般向項少龍攻將過去。

項少龍精神大振，全力封格，手、眼、步配合得無懈可擊，腰扭刀發，每一刀均力貫刀梢，由以前的攻守兼備，轉變成全攻型的打法，一點不因飛龍槍的重量和長度有絲毫畏怯。刀芒到處，飛龍槍節節敗退，紀才女再無反擊之力。

紀嫣然湧起無法匹敵的感覺，長槍一擺，退了開去，大嗔道：「不打了！」旋又喜孜孜道：「項少龍啊！到今天我紀嫣然才對你眞的口服心服。」

滕翼二話不說，撲將出來，墨子劍巨浪驚濤般朝項少龍攻去。

項少龍打得興起，大喝一聲，揮刀疾劈。

這一刀表面看去沒有任何出奇之處，但厲害在刀勢凌厲至極，使人生出難攖其鋒的感覺。以滕翼的驚人膂力和木劍的重量，硬架下仍被他震退半步。

滕翼大感痛快，正要反擊，項少龍「唰唰」劈出兩刀，寒芒閃動下，滕翼竟生出有力難施的感覺，連退五步，勉強應付了他這兩刀。

項少龍得勢不饒人，刀刀搶攻，一時刀光四射，看得諸女和眾鐵衛心膽俱寒。

滕翼終是了得，鏖戰十多招後，才再退兩步。

項少龍收刀後退，隱有君臨天下的威勢。

滕翼哈哈笑道：「若三弟有心取我性命，怕我已非死即傷。」

荊善咋舌道：「這是甚麼劍法？」

項少龍正容道：「這非是劍法，而是刀法！」

紀才女拍手道：「這是項少龍自創的『百戰刀法』，比『墨子劍法』更要厲害，管中邪今趟有難哩！」

歡笑聲中，眾人返宅內去了。

「篤！篤！篤！」

琴清甜美的聲音由房內傳來道：「誰？」

項少龍乾咳一聲，道：「是項少龍，可以進來嗎？」

琴清應道：「可以！噢！不！」

項少龍早啓門而入，奇道：「琴太傅為何先說可以，跟著又說不呢？咦！琴太傅在幹甚麼活兒啦？」

琴清由地蓆上站起來，由於閨房燃著火炕，溫暖如春，身上只是普通絲質白色裙褂，外披一件湖水綠的小背心，配上她典雅的玉容，確是美賽天仙。

地蓆上放滿一片片的甲片，主要是方形、縱長方形和橫長方形，有些下襬呈尖角，邊沿處開有小孔，琴清正以絲索把它們小心地編綴在一起，已做好前幅，但仍有三十多片等待她處理。

琴清俏臉通紅，怨道：「你不是要去射箭嗎？爲甚麼這麼快回來？」

項少龍看著地上的甲片，來到她身旁，微笑道：「是否清叔造的甲片？嘿！琴太傅是爲在下編製鎧甲，對嗎？」

琴清連耳根都紅透了，赧然點頭，還要辯道：「琴清見閒來無事，廷芳和致致又要陪寶兒玩耍，嫣然則爲黑龍的事擬定改革的大綱，我便把工作接過來。唉！不要用那種眼光看人家好嗎？」旋又垂首道：「知否這是琴清的閨房呢？」

項少龍欣然道：「幸好我沒有當這是行人止步的禁地，否則就沒有機會感受到琴太傅對我的心意，異日只要穿上這鎧甲，就若如……嘿！若如琴太傅在……」

琴清跺足道：「求你不要說下去好嗎？」

項少龍湧起甜似蜜糖的感覺，柔聲道：「那天我闖進府內找琴太傅，當時太傅把手中刺繡的衣物藏起來，不知……」

琴清大窘走開去，移到紗窗前背著他，垂首不語，顯然默認是爲項少龍而繡的新衣。

項少龍熱血沸騰，來到她身後，猛下決心，探手抓上她有若刀削的香肩。

琴清嬌軀抖顫一會兒才平靜下來，出奇地沒有掙扎。

項少龍湊前貼上她嫩滑的臉蛋，嗅著她的髮香體香，柔聲道：「還記得第一次見到琴太傅時，是在政儲君的書齋外，當時給太傅你嚴詞斥責，罵得我兩個狗血淋頭，那時我已對琴太傅驚爲天人，心生愛慕。」

琴清給他親熱的廝磨弄得嬌體發軟，往後靠入他懷裡，呻吟道：「你的用詞誇大卻新鮮，甚麼『狗血淋頭』、『驚爲天人』，人家只是照事論事吧！你兩人卻毫不正經，還要惹人發噱，琴清當時差點給你氣死。」

項少龍毫無隔阻地感覺到她背臀的彈性，滿懷芳香，雙目則飽餐她古典美姿的輪廓，想起她的貞潔矜貴，登時湧起銷魂蝕骨的滋味，勇氣倍增道：「琴太傅！嫁給我吧！」

琴清嬌軀劇震，眼中先是射出歡喜的神色，接著神情一黯，搖了搖頭。

項少龍立時手足冰冷，愕然道：「琴太傅原來並不想嫁我嗎？」

琴清吃了一驚道：「不！唉！不要誤會人家好嗎？若不願從你，現在琴清不會任你溫存。琴清只是爲項太傅著想，這些年來，向琴清提親的王族和大臣將領，數都數不清有多少人，均被琴清以心如止水作理由逐一嚴拒。若我忽然改變態度，嫁了給你，必會惹起別人妒忌，就算一時不能拿你怎麼樣，有機會定會害你一把。更可慮是太后，她似乎對我和你的關係非常猜忌哩！」

項少龍鬆了一口氣，傲然道：「別人愛怎麼做就怎麼做吧！我項少龍怕過甚麼人來？」

說時扳轉她的嬌軀，將她擁個結實，使項少龍享到她彈跳柔軟的身軀，銷魂的滋味，確是任何筆墨均不足以形容其萬一。

琴清張開小嘴，急促地呼吸，秀眸半閉，那種不堪情挑的嬌姿美態，有那麼動人就那麼動人。這國色天香的俏佳人勉力睜開眼睛，呻吟道：「項少龍啊！假若你有一天眞要如你說的遠赴塞外，琴清寧死也要陪侍在旁，但卻千萬不要爲琴清致觸犯眾怒。唉！人家肯隨你到這裡來，早把你視爲丈夫，啊！」

項少龍貪婪地品嚐著她的香唇，引導她享受男女親熱那毫無保留的愛戀纏綿，到離開她香唇時，嬌貴自持的美女完全給他融化，玉手主動纏上他粗壯的脖子，身體卻是癱瘓乏力，又是灼熱無比。愛火慾焰熊熊的燃燒著。

琴清在他耳邊呢喃道：「表面我們仍一切保持原狀好嗎？暗裡項郎想怎樣，琴清無不遵從。啊！」

項少龍哪還忍得住，將琴清攔腰抱起，往她香暖的秀榻走去。

項少龍醒過來時，天已入黑。琴清美麗的嬌軀，仍是和他肢體交纏，難分難解。

項少龍忍不住雙手又不規矩起來，琴清悠然醒來，發覺項少龍向她施展怪手，羞得無地自容，不可開交之時，駭然坐起來，露出無限美好的上身，大嗔道：「糟了！都是你害人，連晚膳的時間都錯過，人家怎還有臉見嫣然她們呢？」

項少龍笑嘻嘻坐起來，把她擁入懷內，柔聲道：「男歡女愛乃人倫之常，誰敢笑我們的琴太傅，來！待我爲太傅穿衣。琴太傅的衣服是我脫的，項某人自須有始有終，負上全責。」

琴清雖與他有肉體關係，仍是吃不消，嗔道：「你給人家滾出去，探聽清楚，才准進來報告。」

項少龍一聲領命，跳下榻子，匆匆穿衣，一會兒後返來，琴清正坐在銅鏡前整理秀髮，給項少龍抓著她的手道：「不要梳理了，我最愛看琴太傅秀髮散亂、衣衫不整的誘人樣兒。何況所有人早睡覺去了，只有田貞姊妹仍撐著眼皮在伺候我們。我吩咐她們把晚膳捧進房來，琴太傅可免去見人之窘。」

這時田貞、田鳳兩女嘴角含笑推門進來，爲兩人安放好膳食，退了出去。

琴清「嚶嚀」一聲，倒入項少龍懷裡，嬌吟道：「項少龍啊！人家給你累慘哩！」

項少龍奇道：「我怎樣累慘你呢？」

琴清眼中射出萬縷柔情，含羞道：「還不是累人嗎？以後琴清沒有你在身旁時，日子會很難度過哩！」

項少龍抱起她到了擺滿佳餚美酒的長几前，席地坐下，搖頭道：「小別勝新婚，那才是最精采之處。」

琴清呆了一呆，喃喃唸了「小別勝新婚」後，歎道：「難怪以嫣然之才，對你仍要情不自禁，項郎說的話是世上最動聽的。」

項少龍心叫慚愧，柔聲道：「讓我餵琴太傅吃東西好嗎？」

琴清赧然點頭，接著自是一室皆春，此時眞箇是無聲勝有聲。

接著的十多天，項少龍以最大的自制力，克制情慾，專心刀道，進步更是神速。

這天與十八鐵衛逐一較量，打得他們甘拜下風，紀嫣然神神秘秘的把眾人拉到牧場外的河旁，停下馬來，煞有介事道：「近日河裡出現了一條黑蛟龍，夫君大人敢否入水除害？」

旁邊的滕翼笑道：「假設眞的除去這條蛟龍，看清叔肯否放過你們？」

項少龍大喜道：「黑龍製成了嗎？」

琴清叫道：「看！」

眾人連忙望去，只見一個怪頭驀地由水面冒起來，兩眼生光，接著長達十多丈的龍脊現出龍頭之後，確教人見之心寒。

豈知黑龍的威勢保持不到半刻鐘，尙未游過來，已斷成兩截，潰不成龍。

紀嫣然大嗔道：「沒用的傢伙！」

黑龍分散成十多段，水花四濺中，龍內的人紛紛往岸旁游過來。

烏廷芳等笑得花枝亂顫，差點掉下馬去。

滕翼苦忍著笑道：「不用擔心，只是龍身間的鉤子出了點問題，天氣也冷了點，多練習幾次便成。」

項少龍已大感滿意，誇獎紀嫣然兩句。策馬歸家時歎道：「這一個多月猶如白駒過隙，轉瞬即逝，想到要返去面對那臭仲父，連食慾都要失去。」

滕翼道：「小俊剛好相反，要他留在牧場卻是千萬個不情願。」

烏廷芳笑道：「當然哩！沒有了鹿丹兒，他還有何樂趣哩！」

紀嫣然道：「現在離呂不韋大壽尙有十天，夫君大人準備何時回去？」

項少龍想了想，歎道：「就後天吧！」

琴清道：「小心呂不韋會在路上偷襲我們。」

項少龍道：「這個可能性應該不大，但琴太傅說得對，仍是小心點好。」

滕翼傲然道：「此事我早有安排，今次返咸陽的路線將捨近取遠，事先更會派人探清楚路上的情況，一切包在我身上好了。」

趙致回頭笑道：「今趟我怎也要去看項郎大展神威，把管中邪宰掉。」

烏廷芳拍掌贊成。

紀嫣然皺眉道：「假設呂不韋要把女兒嫁給夫君大人，怎辦才好呢？」

琴清笑道：「這正是呂不韋要遣眾來攻牧場的原因，所謂『不怕一萬，只怕萬一』，呂不韋也怕管中邪會輸的。所以可知儘管項太傅贏了，呂不韋也會想方設法不把女兒許配給項太傅的。」

項少龍拍馬衝出，大笑道：「誰管得那麼多，至緊要先宰了管中邪，其他一切到時再頭痛好哩！」

豪情紛湧中，眾人紛紛拍馬急追，在雪地留下長長的蹄印。

得到百戰寶刀後，項少龍對任何人再一無所懼。

第十八章　太后遷宮

項少龍剛進入城門，接到小盤的諭旨，立即進宮見駕。

小盤在內政廳與呂不韋、昌平君等一眾大臣議事，項少龍在書齋枯等半個時辰，小盤才來見他。

坐下後小盤微笑道：「師父認識馮劫這個人嗎？他是專責我大秦律法的大夫。」

項少龍以微笑回報道：「爲何儲君特別提起這個人來呢？」

小盤淡淡道：「此人頗有風骨，又不畏權勢，連寡人他也敢出言頂撞。只是不知他是否受《呂氏春秋》的影響，竟忽然批評我大秦律法過於嚴苛，殊失聖人教化之義。」

項少龍訝道：「如此說來，儲君理應很不高興才對。爲何說起此人，反有欣然之意？」

小盤哈哈一笑，道：「師父最了解我，只因此人說及一些其他的事情，卻非全無道理。例如他指出各國爲君者，每根據形勢變化，隨時發佈新政策，朝令夕改，使吏不知所守、民不知所趨，犯者則因法出多門而得售其奸，確是正論。所以法令必須一統，捨此再無強國之術。」

項少龍呆望著快滿十八歲的未來秦始皇，心湧敬意，並非因小盤把握到明法制的重要，而是他容納諫言和被批評的胸襟。

小盤低聲道：「我初時還以爲他投向呂不韋，可是見他說話的軒昂神態頗肖師父你，後來又拿著你的盜賊申訴書嚴詞詰問呂不韋，方知他只是像師父你的不怕死。哈！此人雖不宜掌律法，但卻是當御史大夫的好料子。」

項少龍暗吃一驚，如此豈非令李斯好夢成空嗎？忙道：「儲君最好三思，李長史亦是個合適人選。」

小盤搖頭道：「若說合適，最好由師父你來擔任。你聽過李斯正面頂撞過任何人嗎？論識見，李斯十倍勝於馮劫，而其刑名之學，比之商鞅亦有過之而無不及。故他最適合做由他創出來的三公九卿裡廷尉一職，出掌律法。而寡人亦可藉他之學，統一和強化全國律法，為將來一統天下打下堅實的根基。」

項少龍為之啞口無言，說到治理國家，他怎敢和日後統一中國的超卓人物爭辯。幸而廷尉乃九卿之一，李斯該滿足吧！

同時可以看出自己對小盤的影響有多大，小盤只因馮劫語氣、神態酷肖自己，而判別出他仗義執言。

成功非僥倖，正因小盤知人善任，日後的天下才會落入他手內。

小盤忽然興奮起來，壓低聲音道：「小俊已把牧場一戰詳細告訴寡人，過程確是精采絕倫，師父或許比白起還厲害。日後若師父領軍出征，必可戰無不勝。」

項少龍心中苦笑，那可是自己最害怕的事，小盤有此想法，自己定難逃此任，幸好非是迫在眼前的事，岔開話題道：「呂不韋如何推諉罪責？」

小盤眼中閃過冷酷的殺機，沉聲道：「當然是審也不審便全體釋放，再胡亂找些人來殺掉以首級充數，就不用愁我們認出身分來。若非有黑龍這一招，說不定我會召他進來，親手把他幹掉。哼！蒙驁罪該萬死，幸好他還有兩個好兒子。」

再向項少龍道：「黑龍該製成了吧！」

項少龍道出詳情。

小盤歎道：「幸好師父想出此一妙絕天下的計策，否則真不知如何可以壓制呂不韋。嘿！我嬴政之有今日……」

項少龍打斷他道：「不要說這種話，儲君乃上天註定一統天下的人物，微臣充其量只是玉成其事罷了！」

小盤露出感動的神色，好一會兒後，再歎一口氣道：「太后昨天搬往甘泉宮去！」

甘泉宮是坐落城北的王室小行宮，與咸陽宮遙遙相對，朱姬搬到那裡去，離開兒子，自因兩人關係轉趨惡劣。

項少龍皺眉道：「你是否和她爭吵過呢？」

小盤一臉被冤枉的神色，搖頭道：「剛巧相反，近日我照師父吩咐，蓄意與太后修好。她堅持要搬往甘泉宮，我也曾苦苦挽留她，可是她卻沒有半點商量的餘地，就那麼說搬便搬，真是奇怪。嘿！其實她離宮更好，因為寡人可眼不見為淨。」

項少龍知他指的是朱姬和嫪毒的姦情。心中奇怪，照理朱姬若要保持對朝政的影響力，自該以留在宮中最屬明智。為何她要搬離咸陽宮呢？思索至此，心中一動，想到剛和自己發生肉體關係的絕色麗人琴清，憑她的消息靈通，當是暗查此事的最佳人選。

順口問道：「她還有沒有參加早朝會和議事呢？」

小盤苦笑道：「這個她怎肯放手！雖不是常常出席早朝，但事無大小，均要先經她審閱，比以前更難應付。最氣人的仍是嫪毐，這賊種氣焰日張，一副太后代言人的神氣，不但說話多了，還不斷向太后打報告和搬弄是非，眞恨不得把他一刀斬了。」

項少龍默思片晌，微笑道：「既是如此，我們不若來招順水推舟，把嫪毐變成太后的代言人。以這傢伙的狼子野心，必會與呂不韋爭權爭個焦頭爛額，我們便可坐山觀虎鬥。」

小盤憤然道：「可是我只要見到嫪毐，立即無名火起……」

項少龍笑著打斷他道：「若要成大事，必須有非常胸襟和手段，能人所不能。說到底，嫪毐僅是個小角色，頂多是結黨營私，禍害遠及不上呂不韋。只是有太后爲他撐腰，才能攪風攪雨，且因他在別人眼中，始終是呂不韋一黨，他若弄至神憎鬼厭，於呂不韋更無好處。儲君還是多忍耐他幾年吧！」

小盤頹然道：「師父說得對。一天我未正式登位，仍要看太后臉色做人。嘿！太后離宮前要我把嫪毐封侯，我當時婉言拒絕。豈知太后由那天開始，便不肯在我簽發的政令上加蓋璽章，累得文牘積壓。唉！看來只好如她所願。」

項少龍道：「這叫『識時務者爲俊傑』，儲君可向太后進言，待春祭之後，萬象更新，方爲嫪毐封侯賜爵。」

小盤苦惱道：「事情仍非這麼簡單，太后還要把嫪毐的幾個奸黨擢陞要職。例如內史之位，嫪毐要由他的族人嫪肆接任。此外還有令齊、韓竭兩人，一文一武，都是嫪毐新結的黨羽，太后著我許他們出掌要職，想想便教人頭痛。」

項少龍早知事情會是如此，而若非這樣，將來嫪毐亦沒有造反的能力。安慰道：「無論他如何擴張勢力，始終難成氣候。爲得到太后支持，儲君只好忍一時之氣。何況！呂不韋要比儲君的頭更痛哩！」

小盤想了想，笑起來道：「不知爲何，任何事落到師父手上，總變得輕輕鬆鬆的。師父的話，我當然言聽計從。」

兩人再商量一會兒，項少龍離開王宮，往找琴清。

琴清見分手不久項少龍便來找她，神情歡喜，在內軒見他。

兩人自那天發生關係後，因項少龍專志練刀，再沒有做行雲佈雨之事。此刻在琴清府內相見，不禁生出既親密又陌生的微妙感覺，對新的關係有種既新鮮又不知如何自處的動人情況。

還是由項少龍拉起她的玉手，步出後庭詢問道：「太后搬到甘泉宮一事，琴太傅聽說了嗎？」

琴清黛眉緊蹙，低聲道：「我剛回府便知道，但因這趟太后帶往甘泉宮的人，全是她的親信，故少龍若要人家去調查，恐怕要教少龍失望了。」

項少龍拉著她走上一道小橋，在橋欄坐下來，另一手摟緊她的小蠻腰，苦惱道：「太后搬離王宮必有原因，眞令人費解。」

琴清給他一摟，立時嬌柔無力，半邊身挨往他，雖際此冰天雪地之時，俏臉仍紅如夏日的豔陽，半喜半嗔道：「項大人檢點些好嗎？下人會看見哩！」

項少龍哈哈一笑，將她擁坐腿上。

琴清驚呼一聲，失去平衡，斜仰起嬌軀，香唇早給封貼。

一陣銷魂蝕骨的纏綿後，項少龍意足志滿道：「這是懲戒你又喚我作項大人，琴太傅甘願領罰嗎？」

琴清既甜蜜又羞不可抑，風情萬種地白他一眼，嗔道：「眞霸道！」

項少龍給她的媚態弄得三魂七魄無不離位。暗忖只恨自己來到這時代，不知如何竟失去令女人懷孕的能力，否則若能弄大了像琴清又或紀才女她們的肚子，必是很幸福美滿的一回事，想到這裡，虎軀劇震。

琴清見他臉色大變，駭然道：「甚麼事？」

項少龍兩眼直勾勾看著前方，微呻道：「糟了！我想太后是有身孕哩！」

踏入府門，便聽得鄒衍回來，項少龍大喜，問得鄒衍正在內堂由紀才女親自招呼，忙趕去見面。

鄒衍神采如昔，見到項少龍，自有一番歡喜之情。

此時紀嫣然已把請他老人家回來一事的背後原因詳細說與他知。晚飯後，鄒衍與項少龍到園中小亭說話，相伴的當然少不了紀才女，燈火映照下，雨雪飄飛，別有一番滋味。

項少龍先不好意思道：「爲了我們的俗事，竟要勞動乾爹仙駕，我們這些小輩眞……」

鄒衍灑然一笑，打斷他道：「少龍爲何變得這麼客氣，更不用心中過意不去，因爲老夫久靜思動，正要返齊一行，好看望那群稷下舊友。」

項少龍想起善柔，正要說話，紀嫣然已道：「你不用說，嫣然早請乾爹代我們尋找柔姊，憑乾爹在齊國的人脈關係，該是輕而易舉的事。」

項少龍正爲善柔擔心，聞言喜出望外，心想善柔的劍術出自稷下，鄒衍找她自該是水到渠成之事。

鄒衍在石凳坐下來，雙目異采漣漣，沉聲道：「想不到我鄒衍在風燭之年，仍可製造個新聖人出來，世事之出人意表者，莫過於此。」

紀嫣然輕輕向項少龍道：「乾爹已完成了他的不世傑作《五德終始說》，還把它賜給我代他暫作保管。」

項少龍心中泛起奇異的感覺，隱隱明白到鄒衍透視未來，知道將來天下必由小盤統一，故把嘔心瀝血的傑作留在秦國，否則說不定會毀於戰火。

心中一動道：「乾爹想怎樣處理《五德終始說》，儘管吩咐下來。」

鄒衍雙目射出欣悅之色，微笑道：「將來黑龍出世之時，少龍你負責把此書獻上給政儲君，那比由老夫親說更有力百倍。」

紀嫣然愕然道：「乾爹不準備留到黑龍出世後才走嗎？」

鄒衍搖頭歎道：「天數有定，乾爹恐怕不能等那麼久。今趟就算你們不來找我，我也會回來探看你們，然後順道返齊。」

紀嫣然臉色立變，悽惶地看項少龍一眼後，駭然道：「乾爹！」

鄒衍哈哈一笑，灑脫道：「春去夏來，此乃天理常規，人生無常，仍只是自然之象，嫣然難道還看不通嗎？」

紀嫣然畢竟是非常人，強擠出笑容道：「乾爹責怪得好！嫣然受教了。」

項少龍點了點頭，衝口而出，引用宋代大家蘇軾的名句道：「『人有悲歡離合，月有陰晴圓缺』，乾爹說得對。」

鄒衍目露訝色，與紀才女一起瞪他好一會兒後，讚歎道：「少龍比老夫看得更透徹。」頓了頓續道：「呂不韋仍有點氣運，在儲君加冕前，少龍至緊要忍讓一點，避免與他正面交鋒，那老夫就放心哩！」

項少龍打從眞心露出敬意，鄒衍可說是當代最具明見的人。但亦只有他項少龍才眞正明白這宗師級人物洞識天機的智慧，難怪他的《五德終始說》影響如此深遠，廣及政治和學術文化的不同層面。

鄒衍仰望茫茫雪夜，沉吟不語。

紀嫣然柔聲道：「乾爹啊！我們這樣製造一條黑龍出來，是否有點像在騙老天爺呢？」

鄒衍啞然失笑道：「確是有點取巧，但天命已明，新聖人正是由少龍一手培養出來的政儲君。現在東方六國雖仍有點聲勢，卻是不知自愛，只懂互相攻訐，日後只要政儲君大權在握，六國滅亡之日，已是屈指可數。」

項少龍訝道：「說到底乾爹身爲齊人，爲何卻一點不爲己國的命運擔心？」

鄒衍從容道：「齊國只是老夫出生之地，老夫放眼卻是統一後的天下。兼之現今齊襄王昏庸誤國，只要想到他老夫就心中有氣。」

紀嫣然接言道：「乾爹和嫣然都有同一看法，就是只有天下歸於一主，人民方有和平安樂的日子。不過只要想起少龍說過『絕對的權力，使人絕對的腐化』兩句話，就怕政儲君將來會變質，再不若現在的知人善任、俯察下情。」

項少龍忍不住洩露天機道：「只有當由人民推舉領袖的制度出現後，情況才可以眞箇改變過來，不過那可是二千多年後的事。」

鄒衍和紀嫣然聽得面面相覷，後者大奇道：「怎可能有這樣的制度？夫君大人爲何敢肯定是二千年後的事呢？」

項少龍心中大罵自己，搔頭尷尬道：「我只是隨便猜估吧！」

鄒衍微笑道：「少龍常有驚人之語，蓋因你非是普通人也，否則我這乖女兒不會對你死心塌地了。」

再望往不見星月只見雪花的天空，語帶蒼涼道：「夜了！我也要早點休息，明天我便動程往齊國去。」

項少龍與紀嫣然對望一眼，均明白這貫通天人之學的大師，知道自己陽壽將盡。今次是他們最後一次的相聚。

第十九章　奸談滔天

翌晨，項少龍、紀嫣然等把鄒衍送出城外，陪他走了十多里，才依依道別。

鄒衍哈哈一笑，領著百多家將，在烏果的一千都騎護翼下，灑然去了。

項少龍返回咸陽，已是黃昏時分。

昨晚停下的雨雪又灑下來。項少龍想起等若永訣的別離，禁不住黯然神傷。與這位開創整個中國術數之學先河的大宗師的交往，令他心中百感交集。若非是這鄒大宗師，他不但不會得到紀才女，可能早在大梁便送掉小命。

踏入府門，陶方迎上來，道：「嬴盈在東廂等待你足有半個時辰。」

項少龍聽得眉頭大皺，向眾嬌妻告罪，來到東廂。

嬴盈正等得不耐煩，見了他便怨道：「你究竟到哪裡去呢？」

項少龍心中閃過明悟，知道縱使嬴盈回心轉意，他再也不會接受她，這並非她曾是管中邪的女人，因爲對來自二十一世紀的他來說，女子的貞操根本不放在心上。

他以前起過追求嬴盈的心，主要是礙於昌平君兄弟的情面，亦有點貪她美色。可是經過多番接觸，對這美女僅燃起的一點愛火，已因她反覆善變、不分輕重和是非的性格而熄滅。

現在就算有人拿刀架在他脖子上，他都不肯沾惹嬴盈。

有了這清晰的明悟後，項少龍客氣地請她坐下，道：「嬴小姐找項某人有甚麼事？」

嬴盈聽出他語氣中的冷淡和距離，愣了好一陣子後，垂首淒然道：「人家知你心中惱恨，唉！嬴盈不知該怎麼說。三天後是你和中邪決戰的日子，眞爲你擔心哩！」

項少龍見她不是來勸自己罷鬥，稍生好感。想起百戰寶刀和新悟出來集古今大成的百戰刀法，微笑道：「多謝小姐關心，人生總是充滿大大小小的挑戰，如此生命方可顯出動人的姿采。」

說眞的，若不是有管中邪的壓力，恐怕逼不出這套百戰刀法來。

嬴盈微抬俏臉，秀目射出茫然之色，輕輕道：「我不知爲甚麼要來找你，中邪每天不斷練劍，已研究出種種破槍之法，唉！人人知你根本不擅用槍，故縱有飛龍槍，恐怕……唉……人家很擔心哩！」

項少龍淡淡道：「你難道不擔心管中邪嗎？」

嬴盈淒然點頭，低聲道：「最好當然不用比武，但我知道沒有人可以改變你們的決定。」又垂下頭去，幽幽道：「很多謝那天你對我說的那番話，我想了多時後，答應了楊端和的婚事，不過尙未告訴大兄和二兄，你們決戰後，端和會正式提親。」

項少龍大感愕然，也放下心事。

楊端和是王齕手下最年輕有爲的將領，很得鹿公、徐先的器重，只不知原來他在追求嬴盈。眼下之勢，誰娶得嬴盈，對仕途均大有裨益，只有管中邪是例外。

嬴盈有點惶然地偷瞥他一眼，試探道：「你是否心中不高興？」

項少龍怎敢表露出如釋重負的心情，同時想到她眞的曾對管中邪生出愛意，所以即使不嫁給他，亦不願入自己之門。

肅容道：「這是個明智的抉擇，楊端和會是位很好的夫婿。」

嬴盈幽怨地瞧著他，沒有說話。

項少龍苦笑道：「小姐既決定了終身，絕不可三心兩意。」

嬴盈淒然道：「你不怪我嗎？」

項少龍歎道：「你要我說甚麼好呢？」

這句話顯是恰到好處，嬴盈平靜下來，想了想道：「你得小心點！」俏立而起。

項少龍把她送出府門，臨別時，嬴盈低聲道：「若我可以選擇，我會希望你贏，這不但是為自己，也為了我們大秦，嬴盈終於想通了。」

話尚未說完，熱淚早奪眶而出，淒然無奈地瞧他一眼，掩面飛身上馬，放蹄去了。

項少龍呆望風雪中的咸陽，想著這突然終結的一段情，暗下決心，以後再不招惹任何美女。

不過回心一想，又知這麼想是一回事，命運的安排卻又是另一回事。

莊夫人和李嫣嫣，不正是兩個好例子嗎？

項少龍返回內宅，與項寶兒玩耍一會兒，滕翼和荊俊兩人回來，前者容色嚴峻，後者則一臉憤然。紀嫣然看出不對勁，出言相詢。

滕翼坐下後，拍几罵道：「我已千叮萬囑要這小子忍一時之氣，不可招惹國興，哪知他仍是忍不住一見面就動手。」

項少龍笑道：「二哥且莫動氣，小俊你來告訴我是甚麼一回事。」

眾人見項少龍若無其事的樣子，無不大訝，荊俊也愕然道：「三哥最明白我了。唉！我並非說二哥不明白我，只是兩種明白是不同的。」

滕翼啞口失笑，烏廷芳忍不住「噗哧」笑道：「不要吞吞吐吐，快說吧！」

荊俊做個無辜的可憐模樣，攤手道：「今趟惹事的絕不是我，剛才我到醉風樓逛逛，剛巧撞著渭南武士行館那批奸賊，當然少不了『疤臉』國興。我本打定主意對他們視若無睹，豈知他們故意說些冷言冷語給我聽，還辱及三哥，那些話我不想重複，總之他們恃著嫪毒在背後撐腰，一點顧忌都沒有。我甚麼都可以忍，但就是不能忍受他們散播損害三哥清譽的謠言。」

趙致皺眉道：「他們究竟說了些甚麼話？」

滕翼沉聲道：「那些人確是過分，說三弟是呂不韋的男寵，嘿！真虧他們說出口來。」

紀嫣然秀眸厲芒閃動，冷然道：「若給嫣然聽到，必會立即取他們狗命。」

烏廷芳憤然道：「小俊你怎樣教訓他們？」

荊俊苦笑道：「我們只有八個人，他們卻有十多個，國興的劍法又非常高明，所以我們佔不了多少便宜，還給他們打傷兩個人。剛巧嫪毒來到，把他們喝退，只是敷衍的叫他們道歉了事。我遵照二哥的吩咐，避開和嫪毒衝突，忍氣走了，二哥還要怪我。」

滕翼氣道：「我是怎麼吩咐你的，早叫你不要去逛青樓，偏不聽教。」

項少龍反是心平氣和，因早預了嫪毒會愈來愈囂張的。

想了一會兒，問道：「渭南武士行館究竟有些甚麼人物？」

荊俊搶著道：「最有本領的當然是館主邱日昇，我朝有不少將領均是出於他門下，接著是包括國興在內的三大教席，另兩人一名常傑，一叫安金良，都是咸陽有名的劍手。嫪毒籠絡他們，等若多了數百名親將，這些人都希望通過嫪毒的關係搭通太后，好能入朝任職。聽說呂不韋對渭南武士行館重開一事亦很不滿，只是礙於太后，沒話可說罷了！」

滕翼補充道：「渭南武士行館有很多從各國來的劍手，良莠不齊，但其中卻不乏好手，現在人人都以少龍你爲假想敵，因爲若勝過你，立時可成大秦第一劍手，聲價百倍。唉！這些人總以爲少龍之所以能成爲儲君身旁的第一紅人，全因劍法高強所致。」

項少龍暗忖這就是武俠小說裡成爲天下第一高手的無謂煩惱，若非由於自己有官職在身，出入又有大批親衛護持，恐怕早有人攔路搦戰。

點了點頭道：「他們愛怎麼想、怎麼說由得他們，清者自清。但若他們太過分，我們亦不宜忍讓，一切該待與管中邪決戰之後。除非不動手，若是動手，就要教邱日昇永不超生。」

雙目寒芒一閃，朝著荊俊道：「你已有了鹿丹兒，好該修心養性，勤力習武，否則異日對著渭南武士行館的高手時，只會丟我們的臉，清楚嗎？」

項少龍少有這麼對荊俊疾言厲色，嚇得他汗流浹背，俯首應是。

項少龍目光掃過眾人，哈哈笑道：「找一日我們索性摸上行館去，既可讓他們嘗嘗二哥的墨子劍、嫣然的飛龍槍，也讓他們見識一下甚麼叫作百戰刀法。」

翌日清晨。

項少龍展開百戰刀法，一時丈許方圓之地盡是寒芒閃閃，威猛無匹，即使以滕翼的本事，亦施展不開墨子劍法。不過墨子劍主守，故仍能憑著強大的臂力和重木劍，堅守著一個極狹小的圈子，苦擋著似從四方八面進擊而來、精芒四射的百戰寶刀。

首次見識到百戰刀法的荊俊、陶方等看得目瞪口呆，想不到竟有這麼可怕的兵器和凌厲迅捷的刀法。

刀劍相交時，總發出一下下響亮的金木鳴聲，更添激烈之勢。

自項少龍出刀以來，兩人鏖戰數百回合，滕翼仍找不到百戰刀法的破綻，予以反擊。

項少龍卻是暢快之極，由於利用了二十一世紀武術那種吻合物理科學的自然之法，再配合寶刀善於砍劈的特性，利用百戰寶刀本身的重量和腰步的輔助，故使起刀來耗力極少，如此猛烈的攻勢，就像可以無限期的持續下去，造成對方心理上難以抵抗的感覺。故以滕翼之能，仍要處於完全的下風。

驀地烏廷芳尖叫道：「住手！」

項少龍不明就裡，聞言收刀後退。

眾人愕然往她望去。

烏廷芳俏臉微紅，尷尬地道：「不要這麼看人家嘛！我眞怕項郎當二哥是管中邪哩！」

項少龍與滕翼對望一眼，哈哈大笑起來。

滕翼看著自己正因力竭抖顫的右手，喘著氣道：「廷芳叫停叫得非常合時，否則說不定我要當場出醜，百戰寶刀固是厲害，但眞正厲害的卻是三弟的刀法，來來去去只是直砍、斜劈、橫掃的幾式，卻變化無窮，角度刁鑽，如有神助，不愧百戰之名。」

項少龍向荊俊笑道：「小俊要不要來玩上兩手？」

荊俊苦笑道：「明天好嗎？現在我看寒了膽，連動手的念頭都起不了。」

眾人少有見到荊俊這麼謙讓，登時爆出一陣哄笑。

陶方道：「看過少龍的威勢，現在我反恨不得即可見到少龍與管中邪的決鬥。」

烏光走到項少龍身旁，低聲說了兩句話，項少龍把百戰寶刀交給趙致，向滕翼、荊俊和各嬌妻告罪一聲，朝內堂走去。

滕翼追上他，問道：「甚麼事？」

項少龍低聲道：「小武和小恬偷偷的來了。」

施禮坐好後，蒙武心悅誠服道：「項大人用兵如神，湯毅乃我爹手下第一勇將，又佔上壓倒性的優勢，竟仍給你們殺得大敗而回。」

蒙恬接著道：「爹氣得大發雷霆，卻又無可奈何，不過我們最清楚爹的脾性，他是絕不肯就此罷休的。」

三人交換了眼色，這才知道原來蒙驁沒有以身犯險，親自帶兵。

蒙武苦惱道：「到現在我們仍不明白為何爹對呂不韋這老賊如此死心塌地。」

蒙恬憤然道：「定是呂不韋送來那個婆娘媚惑阿爹，使爹連娘的話都不肯聽。娘親多次叮囑我們，呂不韋豺狼成性，絕不會有好下場。爹雖糊塗，但我們卻不會學他那樣的。唉！」

項少龍等開始明白兩人這麼靠向他們，除了有一段共歷患難的交往和曾受呂不韋的迫害外，還牽涉到家庭的內部糾紛。

荊俊與他們最是相得，拍胸道：「儲君已知你們兩人的忠義，無論你爹做下甚麼錯事，都不會累及你們的。」

項少龍點頭道：「小俊沒有說錯，我已將你們的事坦白說了給儲君知道，他會破格重用你們。而你們現在最關緊要的事，就是不讓你爹識破你兩兄弟存有異心，將來可以接掌你爹麾下的人。」

兩人又喜又驚，蒙武淒然道：「儲君是否要對付爹呢？」

項少龍暗忖現在呂不韋最大的助力來自蒙驁，所以能支撐到小盤加冕後才敗亡，如此推之，蒙驁這幾年應該沒有問題，遂道：「你爹在儲君加冕前該沒有甚麼事的，你們只要在未來五年多好好帶兵，做好本分，將來儲君加冕後一切難題自會迎刃而解。我會請儲君看在你兩兄弟分上，不會太過難爲你爹的。」

兩人感激涕零，跪下叩頭。

項少龍搶前扶起兩人，想起蒙恬乃王翦後秦國威望最高的大將，心中充滿憐惜和奇異的滋味。又叮囑兩人一番，這才著他們離開。

走到府門時，蒙武擔心地道：「項大人後天對著管中邪時要小心點，昨天他到我們處找人試劍，我們兄弟先後下場，卻只有捱揍的分兒，他比田獵時厲害多了。」

蒙恬插言道：「項大人能否不給管中邪扳平的機會呢？那可硬生生把他和呂老賊氣死了。」

荊俊笑道：「放心好了，我三哥乃天神降世，管中邪就算長了三頭六臂出來，也難逃敗局。」

兩兄弟懷疑地瞪著項少龍。

滕翼摟著兩人，笑道：「小俊今趟非是像平時般大吹牛皮，你們的項叔叔現在連我也要俯首稱臣，你們等著看一場精采的比拚吧！」

兩人自知滕翼的厲害和不作誑語，稍稍放下心事。

蒙恬忽地雙目轉紅，垂頭道：「今趟我們不肯站在爹的一邊，除了因呂老賊想殺我們和娘的吩咐外，更因我們也要為倩公主和春盈姊她們報仇，將來對付老賊時，定要算上我們兄弟的一份。」

項少龍想起當日他兩兄弟和諸女間的融洽之情，心中劇痛，搖頭苦歎。

滕翼和荊俊知他被勾起傷心往事，知機地送走兩人。

接著三人返回官署，吃午飯時，王齕來了，項少龍放下箸子，到大堂會他。

項少龍請王齕在上位坐下，道：「大將軍何用紆尊降貴到這裡來？只要吩咐一聲，少龍自會到大將軍府受教。」

王齕微笑道：「你不怕我忽然改變主意，又佈局坑你嗎？」

項少龍灑然笑道：「大將軍若想要我項少龍的小命，只是舉手之勞吧！」

王齕搖頭道：「你的小命並非那麼易取，至少呂不韋和蒙驁便為你鬧了個灰頭土臉、焦頭爛額。」

頓了頓眉頭深鎖，肅容道：「呂不韋確有謀反之心，藉口動用軍隊修築鄭國渠，向儲君和太后取得兵符，調動兵員，若非我力阻他動用我的人，恐怕現在咸陽已落入他和蒙驁手上。可是我遲早都要領兵出征，那時鞭長莫及，儲君的形勢會凶險非常，少龍可有甚麼對策？」

項少龍很想告訴他這情況只要捱到黑龍出世便可以改變，但感到此事愈少人知道愈好，反口問道：「大將軍有甚麼提點？」

王齕沉吟片晌後，歎道：「因爲我拒絕殺你，和呂不韋鬧得很不開心。你該知若田單攻燕，呂不韋定會遣我和蒙驁攻打三晉，那將是呂不韋造反的好時機，只要咸陽的守軍全換上他的人，太后和儲君只有任他魚肉了。」

項少龍鬆了一口氣，道：「那至少是明年春暖花開的事，燕國處於偏北之地，冬季嚴寒，田單又須時間預備，所以我們仍有一段緩衝的日子。」

王齕不屑道：「齊自以管仲爲相，變革圖強，本大有可爲，豈知齊人只愛空談，不修武備，還妄稱東帝，卻給個小小燕國差點滅掉，雖說出了個田單，保命尚可，哪有回天之力？若非有趙國給他們擋著我大秦的軍隊，齊國早給蕩平。」

項少龍順口道：「現在趙國沒有廉頗，趙人仍足懼嗎？」

王齕露出凝重之色，歎道：「說到兵精將良，天下莫過於趙，若非孝成王昏庸，錯用趙括，白起亦難有長平之勝。廉頗雖去，還有李牧在，此人在兵法上有鬼神莫測之機，比趙武靈王更精於用騎兵，神出鬼沒，令人防不勝防，異日若少龍遇上此人，千萬勿輕敵，否則必吃大虧。」

項少龍心中祈求勿要發生此事，同時湧起對這位連敵人也要折服的絕代名將由衷的敬意。想起他當日豪氣干雲贈自己以血浪劍，還囑他逃到這裡來，並表明異日若在沙場相見，大家絕不要容情。那種心胸氣魄，豈是他人能及。

王齕喟然道：「一天有李牧在，我們大秦休想亡趙。」

兩人各想各的，都是唏噓不已，反忘了迫在眼前的凶險形勢。

王齕忽然道：「少龍知否成蟜被封於長安後，不但與趙將龐煖暗通款曲，又在杜璧的協助下，秘密招兵買馬。所以只要咸陽有事，他必會回來搶奪王位，由於支持成蟜的人仍有很多，此事不可不防。」

項少龍大感頭痛，原來小盤這秦始皇是在如此艱難的情況下產生出來的。點頭表示知道，道：「這事呂不韋該比我們著急，杜璧和成蟜要殺的第一個人是呂不韋，至少要再殺幾個人才輪得到我，呂不韋必不會坐視不理的。」

王齕苦笑道：「說到玩權謀，我和你均非呂不韋的對手，這幾天我每晚找王陵喝酒，提起此事，老陵說呂不韋是故意縱容杜璧和成蟜，好存此威脅，迫使太后和儲君不得不倚重他。」

項少龍早猜到這點，問道：「杜璧和秀麗夫人究竟是甚麼關係？」

秀麗夫人是莊襄王另一寵妃、成蟜的母親。

王齕道：「他們是堂兄妹，但我們都猜他倆有不可告人的關係。」

頓了一頓，顯是覺得岔得太遠，正容道：「我有一個想法，聽說你現在和楚人關係轉佳，可否設法說服李園，向他指出若田單亡燕，下一個就會向楚人開刀這一利害關係，使楚人陳兵齊國邊境，那可包保田單不敢貿然攻燕。」

項少龍爲之拍案叫絕，薑畢竟是老的辣，這等若圍魏救趙的翻版，妙在李園最忌的是田單，皆因秦國被東三郡的事給三晉緊緊牽制，無暇理會楚國。何況李園亦非善男信女，自然對齊國亦有土地上的野心，所以這一著確是妙不可言。

點頭應道：「這個容易，我立即修……嘿！找人修書一封，送予李園，此事應該沒有問題。」

王齕正容道：「事關重大，少龍千萬別以爲可純憑私情打動李園。」

項少龍恭敬受教道：「少龍曉得了。」

王齕欣然道：「只要能暫緩齊、燕之爭，待王翦回朝，桓齮和小賁又練成他們的速援部隊，老夫就可以放心出征了。」

項少龍得到最少掌握秦國四分一兵力的當權大將的支持，整個人輕鬆起來，記起荊俊的事，懇詞說了起來。

王齕哈哈笑道：「怎會有問題？今天我便找王陵一起到鹿府說親，你等待我們的好消息吧！」

旋又神情一黯，顯是想起鹿公和徐先。

好一會兒後，喟然道：「少龍知否鹿公原不性鹿，只因他田獵時獵鹿最多，先王戲稱他爲『鹿王』，於是他改姓爲鹿，封邑也叫鹿邑。自那時開始，人人叫他做『鹿王』，後來才改稱『鹿公』吧！」

項少龍苦笑道：「大將軍可知我現在也不應叫項少龍，而應叫『龍少項』，因我曾誇下海口，若讓田單逃回齊境，須把名字倒轉來寫。」

王齕呆了一呆，接著哈哈大笑去了。

第二十章　勢不兩立

王齕走後，項少龍把荊俊喚來，告訴他王齕答應與王陵去爲他向鹿府提親，喜得小子連翻幾個觔斗，呼躍去了。

項少龍與滕翼兩個當兄長的，欣然相視而笑。

滕翼眼中射出思憶的神情，項少龍見他虎目內隱見淚光，知這鐵漢又想起慘死的妻兒、親族，也覺淒然。

滕翼歎道：「若非當日之禍，小俊亦沒有今天的風光，老天爺的意旨令人無從測度。但無論如何，我們五兄弟之情，確可比照日月。」

項少龍暗忖或者老天爺並非無從測度，只是沒法改變吧！自己現在便是活在絕對宿命的過去歷史裡，但卻半點不明白爲何會是這樣的。

滕翼忽道：「三弟還是回家休息吧！這裡的事有我打點就成，咸陽除仲父府的人愛鬧事外，治安一向都算好的了。」

項少龍記起周良兄妹在市場內被人追打，搖頭歎道：「管中邪其身不正，如何治好下面的人，待本大人後天把他順手革職，由你或小俊去管都衛，那就真的天下太平。」

滕翼失笑道：「若讓那些認定你會輸給管中邪的人聽到這番話，保證他們會聽得目瞪口呆，以爲三弟大言不慚，只有我這領教過你那把百戰寶刀的人，才明白你是如何謙虛。」

項少龍想不到滕翼這麼富幽默感，大笑而起，道：「要在世上愉快點做人，少做點功夫都不行，到目前爲止，先後有與連晉和王翦的兩次比武，每次都改變了我的生命，只不知後天的決戰，又會爲我帶來怎麼樣的命運？」

滕翼站起來，陪他步往署門，邊走邊道：「該說少點智慧都不成，眞不明白少龍怎能設計出這樣可怕的兵器來。在牧場的時候，那天你自己去了外面練刀，我和嫣然、琴清她們談起你，均覺得你深不可測，似有透視未來的能力。記得那晚到琴府的事嗎？琴清只說了呂不韋因嫪毐對她無禮要處罰他，你竟一語道破呂不韋的陰謀，那根本是沒有可能猜得出來的。」

項少龍心叫慚愧，苦笑道：「只是靈機一觸吧！二哥莫要當作是甚麼一回事了。」

到了署門，項少龍一拍滕翼肩頭，笑道：「多謝二哥提醒，我現在先去琴清的香懷內打個轉，際此冰天雪地的日子，沒有比美女的懷抱更溫暖的地方。」

荊善等早牽來疾風，在大笑聲中，項少龍翻身上馬，迎著北風，馳上行人稀少、鋪滿積雪的大道，往琴府的方向馳去。

滕翼看著項少龍遠去的背影，心中湧起奇異的感覺。這個肝膽相照的好兄弟，不但改變了周遭所有人的命運，還正在改變著整個天下的大勢。

見到琴清，後者神色凝重道：「太后身懷嫪毐孽種一事，恐怕項太傅是不幸言中，昨天太后遣人往雍都，據說太后準備搬到那處的大鄭宮去，不用說是怕將來給人看破秘密。」

猜想歸猜想，事實歸事實。當想法間接被證實時，項少龍心神劇顫，頹然坐了下來。

這時代的婦女，若不想爲男人生兒育女，會藉山草藥的土法避孕，所以朱姬在邯鄲這麼多年，終日應付趙穆、郭開等人，仍無所出。現在她竟心甘情願爲嫪毒生子，可知她完全被這奸賊操縱。也可說她已斷了對小盤的母子之情，以後將一力扶持嫪毒，希望他取小盤而代之。

琴清知他心情，默默在他身旁坐下。

項少龍沉聲道：「雍都在哪裡？」

琴清答道：「雍都乃我大秦舊都，與咸陽同在渭水之北，位於咸陽上游百里許處，船程三天可達。雍都極具規模，城內有大鄭宮和蘄年宮，更是宗廟所在之地。」

項少龍倒入琴清懷裡，頭枕上她動人的玉腿，仰望絕世佳人典雅秀逸的臉龐，歎道：「嫪毒怕快要變成另一個呂不韋了。」

琴清怨道：「這不是你一手促成的嗎？」

項少龍滿肚子苦水。試問他怎可告訴琴清，因爲早知命運如此，所以只有順水推舟，任由嫪毒坐大，好像歷史所記載般牽制呂不韋呢？

事情確由他一手造成，一切進行得很理想，但由於他對朱姬深厚的感情和歉疚，感覺卻絕不好受。

一時間他欲語無言。

反是琴清安慰道：「對不起！我語氣太重，說到底並不關你的事，你只是因勢乘便。若嫪毒事事聽從呂不韋吩咐，那包括你在內的很多人早送掉性命。」

項少龍伸手勾著琴清粉頸，逼得她俯下俏臉，享受她香唇甜吻後，伸個懶腰道：「今晚我在這裡不走哩！」

琴清正羞不可抑，聞言嚇了一跳道：「這怎行呢？」

項少龍早知她不肯如此明目張膽，只是開她玩笑，聞言坐起來，抱著她柔聲道：「不是說過任我爲所欲爲嗎？」

琴清赧然道：「至少也該待項大人決戰之後嘛！否則嫣然她們會怪我哩！」

項少龍喜道：「就此一言爲定，若琴太傅到時食言，莫怪我給你一招『霸王硬上弓』。」

琴清訝道：「霸王硬上弓！噢！你這人壞透了！快滾！我不再和你說話了。」

看到她既窘且喜的動人神態，項少龍陰霾盡去，再佔她一番便宜後，神舒意暢的走了。

離開琴府，見天色尚早，順道入宮找李斯，把小盤欽定他做九卿之一的廷尉這消息告訴他。

本以爲他會失望，豈知李斯臉露喜色，道：「小弟其實心中本渴望當此一職，但卻怕爭不過馮劫，現既如此當更理想。」

項少龍自知很難明白這類有關官職權力的事，但總知道李斯將來是秦始皇統一天下的大功臣，所以理該官運亨通。

李斯感激地道：「李斯之有今天，全拜項兄所賜，我不知該說些甚麼，方可表達出心中感激之情。」

項少龍謙虛道：「珍珠無論到哪裡都是那麼光亮，我充其量只是把蓋著珍珠的禾草挪開，而李兄正是這麼的一顆珍珠，將來儲君一統天下，正因有李兄之助。」

李斯苦笑道：「項兄太抬舉李斯了，我大秦自簡公推行租禾之政，獻公行改革，孝公用商鞅變法，惠文王再加鞏固，大秦無論政治、經濟、軍事和文化均有長足發展。際此天下久亂思治的時刻，我們實比以前任何時間更有統一天下的機會，唯一的障礙是儲君尚未眞正掌權，事事均要太后蓋璽允准。但只待儲君行了加冕典禮正式登基，以儲君氣吞山河的雄才大略，必可完成史無前例的壯舉，李斯只是給儲君提提鞋兒，牽牽衣袂吧！項兄休要捧我了。」

項少龍歎道：「只是李兄不居功的態度，難怪可以得儲君器重。」

說到這裡，忽有所覺，轉頭往入門處望去，赫然見到昌平君正陪著小盤站在那裡，後者雙目異采連閃，顯是聽到李斯這番話。兩人嚇得下跪施禮。

小盤大步走進來，扶起李斯，感動地道：「李卿勿怪寡人不請自來，若非如此，便聽不到李卿的肺腑之言，李卿只要盡力辦事，寡人定不會薄待你。」

李斯卻是汗流浹背，若剛才錯說半句話，就一切都完蛋。

項少龍與昌平君一道離宮，均讚歎李斯鴻運當頭，這麼一番話，將使小盤對他推心置腹，而項少龍更從歷史中知道，小盤這秦始皇一生人均對李斯言聽計從，原因說不定就因這十來二十句話。

兩人並騎馳出宮門，轉入咸陽大道，過了宮牆護河，兩旁盡是王侯、公卿、將官的巍峨大宅，其氣勢確非諸國能及。

不禁歎了口氣。

昌平君油然道：「少龍剛到過楚國，應知該地的情況，南方富饒，更勝我大秦，若非我們得到巴蜀之地，根本沒有比較的資格，但亦正是楚國之『富』，害死楚人。」

項少龍聽得大感興趣，放緩馬速，訝道：「富總好過貧，爲何偏是禍而非福？」

昌平君惋惜地道：「楚人既得海鹽、銅礦之利和雲夢之饒，又有皮革、鮑、竹、金、珠璣、犀、玳瑁、果、布之富，且因地廣人稀，飯稻羹魚，或火耕而水耨，果墮蠃蛤，不待賈而足，地沃饒食，無飢饉之患，故人人耽於安逸，欠積聚而多貧乏。遇上戰爭，兵無戀戰之心，故勢大而不強，否則天下早是他們的。」

項少龍心下同意，李園便是文采風流的人物，卻絕非刻苦耐戰之士。順口問起自己最熟悉的趙國。

自己當年曾以南馬、北馬對楚、趙作出生動的比較。

不知爲了甚麼原因，昌平君心情頗佳，侃侃而談，道：「趙國土地亦廣，但山多地高，北部近林胡，民多強悍，像定襄、雲中、五原，本是由戎狄搶回來的土地，人民好射獵而不事農商。至於位於原晉國的邯鄲、太原、上黨等地，又多舊晉的公族子孫，愛以詐力相傾，矜誇功名，生活奢靡。像趙君的後宮妃嬪以百數計，婢妾被綺縠，酒肉有餘，而民則褐衣不完，糟糠不厭。故雖有天下無敵之精兵，上卻無懂得運用之人，又妒嫉人才，否則就不會有趙括代廉頗而引來的長平之失。」

項少龍想不到昌平君如此有識見，刮目相看，道：「這番話對趙人確是一針見血，其他列國的形勢又如何？」

昌平君得項少龍稱許，意氣飛揚，道：「燕國地處東北，窮山僻壤，僅薊都似點樣子，可以撇開不論。韓國環境惡劣，人民大多居於山區，想積點糧貨也有心無力，若非有趙、魏在背後支持，早給我們亡掉。」

項少龍未去過燕、韓都城，不知詳情，但想起韓非當年到大梁借糧一事，知昌平君非是虛語。

昌平君續道：「魏國一向是我大秦的勁敵，當年起用吳起為河西郡守，我們只有吃敗仗的分兒。又廣泛結盟，硬阻我們東進。到遷都大梁，已擁地千里，帶甲三十餘萬。幸好魏人給勝利沖昏頭腦，竟恃強拔邯鄲，遂與趙人交惡，更犯眾怒，致有桂陵之敗，連大將龐涓都給俘擄，自此一蹶不振，否則現在當非這番局面。」

項少龍記起趙人間流傳「魏人最不可靠」之語，又想到魏安釐王派人假扮馬賊，肆虐趙境，暗忖魏人之敗，實是咎由自取。

點頭道：「東方諸國給君上道盡虛實，只剩下齊國了。」

昌平君想了半晌，故作神秘地道：「少龍知否齊人除了荒誕空談外，最流行的是甚麼東西？」

項少龍哂道：「我怎會知道呢？說吧！」

昌平君笑道：「我雖當了左丞相，卻半點威嚴都沒有，人人均像你這般對待我，哈！但我卻歡喜這個樣子。」

項少龍知他生性隨和，啞然失笑。

昌平君道：「現在臨淄最盛行的是高利貸，最富有的是一個放高利貸叫仲孫龍的大奸商，他比以前的呂不韋還要富有，看來沒有多少人能和他比身家。由此可知齊人是多麼驕奢淫逸，上面的人終日吹竽鼓瑟，鬥雞賽狗；下面卻是生活困苦，流亡者眾。否則以齊人漁鹽之利，商賈之盛，怎會給燕人差點亡掉。若非出了個田單，齊國更是不堪。」

項少龍衷心道：「這叫『與君一席話，勝讀十年書』，揀了你這小子做左丞相，看來是誤打誤撞碰對了。」

昌平君大笑道：「少龍竟來耍我，不過知道大妹因你一番話肯嫁給楊端和，就算你揍我幾拳，我也只好乖乖消受。」

項少龍終明白他爲何心情大佳，正要說話，道旁忽地一陣混亂，行人爭相走避，原來竟有兩幫人持劍追鬥。

昌平君大喝道：「給我把人拿下！」

十八鐵衛和昌平君的三十多名親兵紛紛下馬，蜂擁而去。

打鬥的兩幫人，人數相差頗遠，一邊是三十多人，另一邊只有五個人，但教人看得目瞪口呆的是佔上風的竟是那五個人。

而他們之能逼得對手狼奔鼠竄的原因，皆因其中一名大漢身手驚人。

此人年約二十五、六歲，長得高大俊朗，閃移時步法如風，劍法狠辣，幾乎每一出劍，對手不是兵器被磕飛，就是中劍負傷。這種對手如何可以對抗？殺得人數較多的那方大漢狼狽不堪，只有逃命的分兒。

而那五人卻不肯放過對方，咬著尾巴追擊敵人。不過他們下手頗有分寸，敵人中劍者只是倒地受傷，失去移動的能力。

長街上兩組人且戰且走，街上留下一個個倒地呻吟的大漢。

荊善等搶到纏戰處，那五個人傲然收劍，雖見到來的是軍兵，卻是夷然無懼。另一邊尚未倒下的十多人聚在一處，人人雙目噴火，怒瞪著那五人。

項少龍和昌平君對望一眼，均看出對方心中駭然之意。

看人多那邊的人的衣著服色，知是仲父府的家將，那五人究竟有何所恃，竟不畏懼仲父府的權勢？

昌平君凝望身手最厲害的俊朗漢子，吁出一口涼氣，道：「此人劍法，怕可與管中邪一較短長。」

項少龍微一點頭，策馬衝前，喝道：「當街廝鬥，王法何在，給本統領報上名來。」

俊朗大漢卓立如山，自具不可一世的高手氣勢，向項少龍微微施禮，顯示出他並不把項少龍放在眼內，淡然自若道：「本人韓竭，乃內史府的人，這批人公然打著仲父府旗號，在酒樓上強迫賣唱女陪酒，本人看不過眼，故出手教訓。」

荊善等見他神情倨傲，本要喝令他跪下，但聽到是嫪毒的人，忙把話吞回肚內去。

昌平君來到項少龍旁，低聲道：「這韓竭來自韓國，是嫪毒在韓時的朋友，有『韓地第一高手』之稱，果是名不虛傳。」

項少龍亦醒起小盤曾提過此人的名字，與另一個叫令齊的一武一文，均是朱姬要舉薦爲官的人。

仲父府家將裡走了個帶頭的出來，眼閃怨毒之色，卻連禮都免了，昂然道：「項大人和左相明鑒，韓竭只是胡言亂語，我等兄弟正喝酒取樂，他們內史府的人卻來橫加干涉，此事我等必會奏與管爺，由他主持公道。」

韓竭冷哼一聲，寒聲道：「手下敗將，何足言勇，我們走著瞧吧！」

再向項少龍兩人微一躬身，掉頭走了。

仲父府那群大漢像鬥敗公雞般，扶起傷者，垂頭喪氣地離開。

荊善等人你眼望我眼，呆立一旁，皆因項少龍和昌平君兩人沒有發出指令。

項少龍首次嘗到呂不韋和嫪毒兩人府將的目中無人和霸道，卻是無可奈何，惟有耐心等候黑龍出世的一天。

但亦心中暗喜，呂不韋和嫪毒的對抗，終至勢不兩立的地步。

怕自己都該有些安樂日子過吧！

第二十一章　廣佈臥底

這晚的月亮又大又圓，項少龍與嬌妻愛婢到園內賞月，荊善等生起爐火，燒烤美食，充滿野火會的氣氛。

項寶兒已懂得走路，由於步履未穩，每有失足，惹得眾人喝采嘻笑，非常熱鬧。善蘭、滕翼和愛兒也來參加，兩個小子自是玩在一塊兒。

滕翼和項少龍坐在小亭裡，看著兒子們玩鬧，心中湧起滿足和幸福的感覺。同時想到眼前的安逸，是他們以血和汗換回來的。以前是如此，以後亦會是如此。

滕翼有點感觸地道：「再過兩晚，就是你和管中邪決戰的時刻，那傢伙這些天來足不出戶，更沒有到醉風樓去，可知他是志在必勝。」

項少龍想起韓竭，順口問道：「二哥原居韓國，又曾參軍，可有聽過韓竭嗎？」

滕翼眼中精芒一閃，訝道：「三弟為何會知道有此人？」

項少龍把今天的事說出來，滕翼露出凝重神色，道：「當今之世，若論劍術，無人之名可過於有『稷下劍聖』之稱、自號『忘憂先生』的曹秋道大宗師。據說他的劍法臻達出神入化之境，能不戰而屈人之兵。今趟鄒先生到齊國去，主要是為見他一面。善柔正是他的關門弟子。」

項少龍早由趙致之口聽過這位近乎神話的人物，奇道：「曹秋道和韓竭有甚麼關係？難道韓竭又是他的弟子嗎？那韓竭豈不是柔姊的師兄？」

滕翼道：「曹秋道雖在稷下開設道場，但收徒極嚴，所以徒弟不出百人之數，而據說他曾告訴齊王，在他收的徒弟裡，只有三人得他眞傳，其中一個就是韓竭，可知這人絕不簡單。」

項少龍想起他那柄沒有人是他一合之將、鬼神莫測的劍，駭然道：「曹秋道今年多大年紀？」

滕翼道：「據說他最善養生練氣之道，所以看來遠比眞實年紀輕，他成名時我剛懂事，這麼推斷，他至少該有五十歲。」

項少龍想起武俠小說裡的天下第一高手，悠然神往道：「眞希望可去向他請安問好，只恨田單不會歡迎我。」

滕翼訝然失笑道：「看來你對曹秋道的興趣，比對韓竭大多了。不過曹秋道似乎對徒弟的品格不大介意，韓竭此人在韓國聲名狼藉，動輒殺人，恃著自己是王族，曾壞過不少良家婦女名節，與嫪毒屬一丘之貉。今次來秦投靠嫪毒，說不定是因走投無路，惟有離國避難。」

項少龍笑道：「愈多又壞又高明的對手，我的百戰寶刀愈不感孤單，二哥你也該手癢哩！」

滕翼笑道：「若你不宰掉管中邪，他們兩人首先會鬥上一場，管中邪和連晉的師父照劍齋曾由衛國往齊國挑戰曹秋道，給斬斷尾指。兩派人自此勢成水火。」

項少龍失笑道：「怎會有人叫作照劍齋呢？是否故弄玄虛。」

紀才女的聲音傳來道：「以齋爲號，照劍齋非是第一人，夫君大人萬勿掉以輕心，若論劍名，忘憂先生之下就要數他，否則教不出管中邪這徒弟來。」

項少龍笑道：「還有個叫連蛟的，剛抵咸陽，擺明是來找碴子的。」

紀嫣然移至兩人身後，倚欄斜挨，仰頭看著天上明月，柔聲道：「嫣然才眞的手癢，嫁予你這夫君後，甚麼都給你先架住了，眞不公平。」

項少龍和滕翼聽得面面相覷時，紀嫣然油然道：「可以想像後天晚上，就是呂不韋、嫪毒和我們項大人三大勢力的正面交鋒，秦人以勇力爲貴，誰派勝出，勢將聲望大增，至少對一般士卒來說，實情確是如此。」

滕翼心中一動，道：「雖說不大可能，但呂不韋會否鋌而走險，索性在壽宴上設局一舉殲滅所有反對他的人？只要蒙驁能緊握兵權，挾持儲君和太后雖會大亂一場，卻非是全無機會。」

項少龍皺眉想了想，道：「除非他得到王齕支持，否則呂不韋絕不敢如此孤注一擲。自商鞅變法以來，沒有一個國家的將士比秦軍更忠於王室，只要禁衛和都騎嚴陣以待，呂不韋絕不敢輕舉妄動。但不怕一萬，只怕萬一，明天我和昌平君及王齕研究一下，以策安全。」

紀嫣然道：「夫君大人後天須讓我們出席，好看看你如何大展神威。」

項少龍笑道：「怎敢不帶我們的紀才女去呢？」

旋又歎道：「眞想到齊國一遊，一方面可以探望柔姊，另一方面則可見識一下天下第一名劍究竟厲害至何等程度。」

滕翼道：「想想就可以，若你離秦，定瞞不過呂不韋，他甚至會猜出你說不定是到齊國行刺田單，那時齊人還不佈下天羅地網等你去嗎？」

項少龍知他非是虛言，苦笑搖頭。

紀嫣然忽然道：「清秀夫人到秦國來哩！」

項少龍一時想不起清秀夫人是誰，愕然望向她。

滕翼更是一頭霧水，問道：「誰是清秀夫人？」

紀嫣然道：「清秀夫人是楚國大將斗介的原配夫人，由於斗介要了大夫成素寧的小妾，她一怒下離開斗介，立誓若斗介踏入她隱居處一步，立即自盡，記得嗎？」

項少龍這才恍然，原來是華陽夫人美麗的姪女，當年華陽夫人還託自己帶禮物給她，只是自己有負所託。

滕翼道：「她來這裡做甚麼？」

紀嫣然道：「當然是李嫣嫣派她來的，希望能憑著她和華陽夫人的關係，緩和秦人因徐相被殺而仇楚的情緒，亦想順道把楚國的小公主迎回楚國。」

滕翼道：「此一時彼一時也，華陽夫人現在對秦廷還有甚麼影響力？」

紀嫣然含笑橫項少龍一眼，別有深意道：「怎會沒有影響力？別忘記我們的琴太傅是華陽夫人一系的人，而她至少可以影響我們的項統領項大人。清秀夫人現在寄居清姊家中，剛才清姊使人來請她的項太傅明天到她家去見清秀夫人哩！夫君你怎都不可推託呀！」

項少龍苦惱道：「你清姊沒告訴她我早盡了力，儲君不會因此事對楚用兵的。」

滕翼笑道：「一個盡說甚麼你的琴太傅，一個卻開口閉口都是你的清姊，這究竟是甚麼一回事？」

項少龍與紀嫣然對望一眼，笑了起來。

紀嫣然離去前，微嗔道：「不理你們哩，夠膽便違背清姊的吩咐吧！」

次日，項少龍參與早朝。

朱姬仍有出席，也看不出甚麼異樣之處，可見應只是剛有身孕，加上袍服的掩飾，幾個月內不怕會給人看破。

百官集中討論鄭國渠和因而牽連到的種種問題，特別是財力和人力上的調動，更有數千民戶受到影響，須安排遷徙。

項少龍對此一竅不通，聽得頭昏腦脹，更不要說插嘴。

好不容易捱過後，退朝時王齕和王陵把項少龍拉到一邊說話，前者欣然道：「幸不辱命，明天喪期過後，少龍可帶小俊親到鹿府拜會鹿大夫，詳談聘禮及婚娶細節。」

王陵道：「眞是巧合得教人心寒，鹿公喪期剛好在呂不韋壽辰同一日滿了。」

項少龍也覺毛骨悚然。

王齕道：「昌平君告訴我，昨天你們見到仲父府和內史府的人當街惡鬥，是嗎？」

項少龍點頭道：「兩邊的人均視我們如無物，眞恨不得下手宰了他們。」

王陵道：「這個都衛統領之職怎也要搶回我們手上，不過卻不容易。」

王齕皺眉道：「此事遲些再說，少龍那封信送出了嗎？」

項少龍道：「昨天已派人送往楚國。」

王陵道：「嫪毐現正招兵買馬，又派人往東方各地招募劍手，因有太后爲他撐腰，我們都不敢說話。這假太監很多言行舉動比呂不韋更要使人生厭，最近便因要擴建內史府，硬把鄰宅的土地收歸己有，教人氣憤。」

項少龍歎道：「現在儲君由於事事均須太后支持，所以怎也要多忍一會兒。」

此時瞥見李斯在遠處向他打出小盤召見他的手勢，再謝過兩人後，順帶說出滕翼昨天怕呂不韋會乘機發難的疑慮，匆匆見小盤去。

書齋內除了小盤外，尚有昌平君；項少龍和李斯施禮坐在下首，小盤欣然道：「寡人先讓三位卿家見一個人。」

項少龍等三人大感愕然。

小盤傳令下去，不半晌有人進入書齋，到小盤座前施禮，再站起來時，只見此人年約四十歲，身形頎長，留著濃密的山羊鬚，似屬智士謀臣一類的人物。

小盤客氣道：「先生請坐。」

眾人自是一頭霧水，小盤介紹項少龍諸人後，解釋道：「這位是齊國稷下名士茅焦先生，乃嫪毒遣人由齊國請來咸陽，至於茅先生為何來此，寡人請先生親自道來。」

茅焦淡淡笑道：「茅某今趟來秦，非是鬧事卑鄙之徒，而是想看看大秦的威勢，為何能震懾東方。」

李斯大感興趣道：「不知先生有何看法？」

茅焦冷然道：「茅某和政儲君暢談半天，仍是一句話，一天呂不韋、嫪毒不除，秦室休想一統天下。」

小盤笑道：「寡人本想請先生任職朝廷，但回心一想，若先生肯屈就嫪毒，更能發揮作用，難得先生一口答應。」

項少龍心中叫妙，呂不韋府已有圖先做內應，現在若再有這看來比圖先更狡猾多智的茅焦做臥底，嫪毒還能飛出他和小盤的掌心嗎？

同時看到小盤日漸成熟，開始懂得用計。

李斯和昌平君拍案叫絕，各人仔細商量妥聯絡之法後，茅焦這才退下去。

項少龍記起蒙武、蒙恬，把他們的事說出來，明示他們只忠於儲君。

小盤幼時曾與他們一起習武，頗有交情，現在得項少龍保薦，哪會有問題，但想了半晌，卻找不到適合他們的職位。

項少龍靈機一觸，道：「假若明晚我幹掉管中邪，都衛統領一缺自是空了出來，無論我們提出任何人選，看來呂不韋都不肯接受，甚至嫪毒亦不希望都城軍三大派系盡入我們掌握之內，惟有在蒙武、蒙恬中選其一人，才不會遭到反對，另一人由他隨老爹作戰，那麼有任何風吹草動，都瞞不過我們了。」

今次輪到小盤拍案叫絕，向昌平君道：「左相設法安排兩個小子來見寡人，待寡人好好鼓勵，以安他們之心。」

項少龍離開王宮，記起清秀夫人的事，忙趕往琴府去。

琴清正和清秀夫人在廳內閒聊，見他依召而來，欣然介紹兩人相識。

清秀夫人身穿項少龍最欣賞的楚式袍服，寬袍大袖，花紋華美，最引人是綴滿寶石的束腰寬帶，閃閃生輝，說不出的惹人遐想。

不知是否項少龍來得突然，清秀夫人沒有戴上覆臉的輕紗，終給項少龍看到她嬌美的玉容。可能因婚姻的不如意，她的容色有點不健康的素淡，但卻一點沒有損害她秀麗的氣質，反使她的風姿有點與眾不同。

她的眼神寧恬清澈，使人感到她是莊重自持、謹守禮法的女子。

三人分賓主坐好，清秀夫人以她悅耳的柔細聲音說了幾句禮貌的開場白後，感激地道：「琴太傅把現時的情況告訴了妾身，幸好有項大人爲我們在儲君面前說項，使秦、楚不因此妄興干戈，妾身謹代表敝國感謝項大人的濃情厚誼。」

項少龍心中嘀咕，既是如此，爲何還要我來見你？表面當然謙讓一番。

清秀夫人淡淡道：「事實上我們早見過面，是嗎？」

項少龍暗忖此事極端秘密，該不會是李嫣嫣又或李園透露給她知道，訝然道：「夫人何有此言？」

清秀夫人仍是那種淡然自若的神態，道：「今趟請得項大人大駕來見妾身，固是妾身要親自向大人道謝，還有是順帶把太后和秀兒夫人囑妾身帶來的兩份禮物交給大人。因曾聽琴太傅所言，項大人剛由壽春回來不久，現在見到大人，妾身自可把大人認出來了。」

項少龍頗感尷尬，偷偷望向琴清，幸好她只是白他一眼，並沒有怪他到處留情，放下心事，道：「既給夫人認出來，項某人怎會否認。嘿！夫人的慧眼眞厲害，當時似乎正眼都沒有看我，竟就認出是我項少龍。」

清秀夫人露出一絲動人但冷漠的笑意，伸手召來女侍，捧出兩個錦盒，道：「妾身起程前，太后把妾身召進宮去，千叮萬囑不可讓人知道此事，希望項大人諒解。」

由於李嫣嫣和郭秀兒的身分地位，她們只好把感情藏在內心深處，實在令人惆悵。驀地警覺到身前兩女正仔細端詳自己的反應和表情，忙岔開話題道：「李相國近況如何？」

清秀夫人似是不願談李園，輕描淡寫地道：「尚算託福，李相請項大人若有空閒，可到壽春探他，必竭誠以待。」

項少龍對著這似乎事事漠不關心、口氣冷淡的美女，再找不到任何可說的話，打響退堂鼓道：「夫人準備何時回楚？」

清秀夫人道：「今晚見過姬太后，明天立即動程回楚，妾身不大習慣這裡的天氣。且妾身知項大人貴人事忙，不敢再留項大人。」

項少龍暗忖美人兒你眞懂得甚麼叫合作愉快，偷偷向琴清打了個眼色，施禮離去。

第二十二章　大戰前夕

項少龍帶著兩個錦盒回到官署，進入靜室，打開一看，原來是兩件刺繡精美的袍服，心中湧起溫馨旖旎的感覺。

在這以男性爲中心的社會，女子要幸福快樂眞不容易。郭秀兒和李嫣嫣是兩個明顯的例子，她們雖身分尊貴，但都不能隨心所欲地去追尋嚮往的事物。

她們的命運，仍是操縱在男人的手上。

百感交集之時，滕翼使人來喚他。

項少龍收拾情懷，到大堂去。

滕翼道：「又出事了，剛才在城門處因渭南武士行館的人由外地運兵器回來，給守城的軍官詰問，一言不合，竟打傷那軍官，給管中邪逮著，但嫪毒出面，管中邪被迫放人，可見呂不韋現在仍苦忍嫪毒。」

項少龍笑道：「倒要看他能忍多久。是了！找個機會通知小俊，他和鹿丹兒的婚事該沒有問題，與管中邪決鬥後，我們就正式去提親下聘。」

滕翼大喜，忙遣人去通知荊俊。

項少龍道：「有了鹿丹兒，他好該心滿意足。二哥最好管得更緊一點，不要讓他涉足風月場所。現在咸陽龍蛇混雜，呂、嫪兩黨的人鬥爭益烈，我們最好避免牽涉在內。」

滕翼苦笑道：「我對他不知說盡了多少話，這小子天性風流愛熱鬧，兼之交遊廣闊，要他待在家中，除非打斷他的腿吧！」

項少龍歎了一口氣，苦笑乏言。

荊俊早晚會鬧出事來，但只要沒有傷殘殞命的情況，其他事自己該可擔當得起，點頭道：「那只好加強他護從的實力，有起事來不致吃上大虧。」

滕翼道：「若他成爲鹿家之婿，地位立時不同。要知鹿公在朝臣和軍方皆有極大的影響力，當今秦室有點名堂的將領，誰不出於他帳下，荊俊做了鹿公的孫女婿，任何人想動他，都要好好想想才行。」

項少龍暗忖若鹿公仍在，說不定會反對這門親事，說到底荊俊仍非秦人。

滕翼續道：「只要小俊不踏足醉風樓，該可無事，現在嫪毒和呂不韋正明裡暗裡以醉風樓作爲較量的場所，那伍孚慘透了。」

項少龍想起單美美和呂、嫪兩人糾纏不清的關係。

單美美確是琴清和紀嫣然外咸陽最美的女人，姿色尤在嬴盈、鹿丹兒，甚或烏廷芳和趙致之上。如此尤物，縱然沒有呂不韋和嫪毒，亦是人人想收歸私房的寶貝。

但不知如何，自己對她卻一點好感都沒有。可能是受過趙雅、平原夫人或晶王后的教訓，最怕口不對心的美女。

滕翼一拍額頭，道：「我差點忘記圖管家著你申時末到老地方見面，他該有重要消息告訴你。」

項少龍點頭道：「呂不韋怕是要謀反了。」

一個時辰後，項少龍與圖先在老巢見面，後者額際處的髮腳花白斑駁，而這變化只是最近幾個月的事，可見他活在很沉重的壓力下。

兩人坐好後，圖先豎起拇指讚道：「少龍眞厲害，打得蒙驁和呂不韋的人大敗而回，今趟最失面子的是蒙驁，呂不韋卻不敢怪責他，亦把呂不韋的大計部署全打亂。」

項少龍知自己猜得不錯，呂不韋性情暴躁，並非有耐性之人，怎肯坐看小盤權勢愈來愈大？笑道：「他是否準備造反？」

圖先冷笑道：「造反他仍未夠斤兩，奪權卻是遊刃有餘，本來他已牢牢抓緊軍、政兩方面的大權，只要除去你，其他如嫪毒這種假太監能成甚麼氣候？王翦和安谷傒又遠戍邊防。可是他卻偏奈何不了你，連王齕現在都靠往你那邊去。昨晚他在管中邪和蒙驁前大罵你和王齕，非常激動。此人豺狼成性，一點都記不起自己做過多少傷天害理的事。」

項少龍想起一事，問道：「王齕究竟有沒有告訴他，鹿公等曾對他和儲君滴血認親，確定儲君和他並沒有父子關係？」

圖先還是首次聽到此事，問清楚詳情後，色變道：「少龍你眞大膽，連我都不敢確定儲君究竟是異人還是呂不韋的兒子，你卻敢去賭這一注。若眞是呂不韋的兒子，豈非把以前贏回來的全賠掉嗎？」

項少龍當然不會告訴他其中眞相，歎道：「若我諸多推搪，豈非更使鹿公等肯定儲君是呂賊的孽種？今趟總算押對了。」

圖先仍是猶有餘悸，好一會兒才道：「王齕該仍沒有將此事告訴呂不韋，因為每次受氣回來，他都是罵朱姬多一點，可見他恨的是朱姬沒有把他乃真正父親一事告訴儲君。真奇怪，以呂不韋的精明，該不會連自己是否儲君的父親都不知道？而且在他把朱姬送給異人前，早處心積慮要讓自己的兒子成為大秦之主，那又怎會弄錯？當年他曾親口告訴我儲君是他的兒子。」

項少龍忍不住道：「朱姬卻親口告訴我，她弄不清楚儲君是出自先王還是呂不韋。」

圖先哂道：「即使心知肚明，這有野心的女人怎都不會把真相說出來，若非儲君遠她而近你，她亦不會像現在般縱容嫪毐，說到底仍是權力作祟。」

項少龍心中一震，首次從另一個角度去看朱姬。

若這話是其他人說出來，他定不會像現在般放在心上，但圖先早在她仍是呂府歌姬時便認識她。朱姬名字裡的「姬」字，指的正是她這身分，所以有人稱她作趙姬，意思即趙國的歌姬。

當年莊襄王在位之時，她能安守婦道，自是知道只有這樣才可享受富貴和權力，何況異日自己的兒子就是秦王，更是心安理得。

到呂不韋害死莊襄王，她看穿若靠向呂不韋，充其量只是呂不韋的一只棋子，故希望籠絡他項少龍，但卻發覺他只忠於小盤和先王，所以與嫪毐混在一起，既貪他的男色，亦希望藉嫪毐培植自己的勢力。

到最近發覺自己的兒子疏遠她，遂把心一橫，全面投向嫪毐，又暗地為他生兒子，說到底，正是不肯放棄權力。

想到凡此種種，登時輕鬆起來，心中對朱姬的歉疚之情大大減少。

至此心情轉佳，問道：「現在呂不韋有甚麼打算？」

圖先道：「一天有你在，呂不韋仍不敢輕舉妄動。加上現在王齕擺明靠向你和儲君，蒙驁也沒把握成事。不過當有一天他同時調走王齕和蒙驁，我們便要小心。蒙驁去了可以回來，兼且手握兵符，呂不韋又有家將八千，隨便找個藉口，就可殺盡所有反對的人，我想對此事少龍該心中有數。」

項少龍微笑點頭。

圖先續道：「現在呂不韋和蒙驁把所有希望寄託在管中邪明晚和你的比武上，可以說若管中邪得勝，少龍你必死無疑，少龍你要三思才好。」

項少龍哈哈笑道：「希望愈大，失望也愈大。」

圖先仍不放心，歎道：「請恕圖某直言，管中邪半年來日夕苦修，無論體能、劍術均處於巔峰狀態，少龍實犯不著拿性命來和他賭博，此戰成敗的影響太大。」

項少龍知道老朋友關心自己，抓著他肩頭道：「請對我有信心一點，明天等著看好戲了。」

順口問道：「三小姐的情況如何？」

圖先歎道：「呂府內，我唯一尙有點感情的就是她，她對我也顯得比別人好，只可惜她錯生爲呂賊的女兒。這些天來，她一直心事重重，我看她還是心向管中邪多過向你。我起先還相信是她堅持要你們兩人再鬥一場的，最近才知根本是呂不韋和管中邪的詭計。那次田獵比劍，表面你雖似佔在上風，但管中邪卻指出皆因他不願殺你，才讓你得逞，否則你必敗無疑。嘿！所以我對你屢次相勸，可以不動手，最好不動手。」

項少龍低聲道：「坦白告訴你，那天我是保留起實力，管中邪才得以身免，明天我將不會那麼客氣。」

圖先愕然道：「眞的？」

項少龍爲安他的心，胡謅道：「當然！否則後來我爲甚麼只守不攻？」

圖先半信半疑地瞪他好一會兒後，道：「現在呂不韋和嫪毐均競賽似的從各地招攬頂尖好手來加強家將的陣容，嫪毒方面除拉攏渭南武士行館，還多了個叫韓竭的人，此人得『稷下劍聖』曹秋道的眞傳，管中邪對他頗爲忌憚，少龍你須留意此人。據說他精擅刺殺之道，燕國有幾個權貴命喪於他之手。」

項少龍見過韓竭的劍法，確可與自己或管中邪爭一日之短長。

圖先道：「呂不韋新招攬的人中，以許商、連蛟和趙普三人最出色，其中最厲害是有『上蔡第一劍手』之稱的許商，此人現在是管中邪練劍的對手，看來並不比管中邪遜色多少。只是膂力及不上管中邪，但其劍法的靈巧，卻可補這方面的不足。呂不韋有意讓他補上都衛副統領的空缺。」

項少龍笑道：「呂不韋當然有他的如意算盤，不過我倒不信他打得響。是了！還有沒有肖老的消息？」

圖先欣然道：「人才去到哪裡都是人才，現在月潭在韓國頗爲得意，化名邊談，當上韓相的幕僚，我也爲他高興。」

兩人再聊一會兒，先後離開。

那晚項少龍和滕、荊兩位兄弟在官署吃飯，荊俊得知說成婚事，自是眉飛色舞，得意洋洋。

項少龍趁機道：「以後沒有甚麼事不要到醉風樓去，現在呂不韋和嫪毒爭單美美爭得焦頭爛額，我們犯不著蹚這渾水。」

荊俊呆了一呆，尷尬道：「今晚剛巧給昌文君約了到那裡喝酒聽樂，還有楊端和與白充。唉！頂多我怎麼都忍了他，保證不會犯事。」

滕翼淡淡道：「你不去惹人，人家不會來惹你嗎？莫忘記田獵時你折辱過周子桓，呂家的人無不含恨在心，摩拳擦掌要挫你威風。加上國興等人又恨你入骨，現在更有嫪毒撐腰，若非你身居要職，早給他們宰了。自己仍不懂檢點嗎？」

荊俊不敢和滕翼爭拗，求情的目光移注項少龍。

項少龍念他仍是年輕，心中一軟道：「橫豎沒有甚麼事，不若我們也去湊湊興，好看看那裡的情況。」

滕翼愕然道：「三弟莫忘了明晚要和管中邪動手，今晚若仍去胡混，嫣然等肯放過你嗎？」

項少龍笑道：「我正想讓管中邪知道我並不把明天的比武放在眼內，還可使他掉以輕心，以爲可穩操勝券。只要早點押小俊回家，該沒有甚麼問題。否則只是擔心這小子，我就要睡不著。」

荊俊感動地道：「三哥對我眞好！嘿！不！二哥對我當然也很好。」

接著興奮得跳起來，嚷道：「我要找昌平君，知道二哥、三哥去而不喚他，他必會怪我。」

看著荊俊旋風般走了，兩人只好對視苦笑。

兩人談了一會兒，遣人通知紀嫣然等須晚點回家，正要出門，桓齮來了。

這年輕有爲的新任將軍雖是滿臉風塵，精神卻比前更好，顯是因大有作爲，故心境愉快。

桓齮一見兩人，拜了下去。兩人忙把他扶起來。

滕翼奇道：「小齮你不是正忙於訓練速援師嗎？爲何連夜趕回咸陽？」

桓齮道：「有小賁看著，有甚麼放不下心的。至緊要是回來爲項大人明天之戰搖旗吶喊、喝采助威。唉！我不知費了多少唇舌才勸得小賁留下。我回來的事，已得左相批准，沒有犯規。」

滕翼笑道：「這也難怪，聽說很多有身分地位的人不惜遠道而來，還千方百計託人關照，好能參與明天的壽宴。」

桓齮道：「剛才在路上碰上屯留的名人蒲鶮，他的陣仗才厲害，只是家將多達五百人，還帶來大批歌姬，我卻很不歡喜這個人。」

昌平君的聲音響起道：「我也不歡喜這個人，這或者就是是英雄所見略同了。」

此時三人正在大門處說話，回頭看去，竟是昌平君和李斯聯袂而至，隨護的人比平時多上三倍。

桓齮並不像對項少龍和滕翼般與昌平君言語不禁、無拘禮節，慌忙施禮。

擾攘客套一番後，李斯歎道：「想起項大人明晚之戰，儲君和我均無心政事，忽然小俊來找昌平君說你要約他到醉風樓去預祝明天的勝利，我正悶得發慌，所以也來湊興。」

接著壓低聲音道：「儲君也來了！」

項少龍、滕翼和桓齮齊齊嚇了一大跳，往那隊仍高踞馬上的衛從望去，才見到昌文君和荊俊伴著小盤，而這未來的秦始皇在下頷黏上一撮假鬍子，換上普通武士服，正向三人微笑點頭。

項少龍和滕翼仍未及反應，桓齮已跪叩下去，給昌平君一把撈起，道：「儲君有令，不須遵君臣之禮，否則若讓人知道，必不輕饒。」

桓齮忙站了起來。

小盤策馬而出，哈哈笑道：「時候不早，我們立即動程吧。」

項少龍等連忙飛身上馬，伴著小盤馳上華燈初上的大道，朝醉風樓進發。

眾人中只有項少龍敢與小盤並騎而馳。

小盤顯是心情大佳，笑吟吟道：「師父不會怪我當上了儲君，仍愛胡鬧吧？」

項少龍怎忍掃他的興，笑道：「就算正式登了基，有時也須輕鬆一下的。」

小盤目下唯一怕的人是他，見他不怪責，欣然道：「聽得師父決戰前夕仍要去花天酒地，寡……嘿！我只有高興之心，這才是眞正的英雄好漢。太后剛才還找我去說話，要我阻止這場比武，說你贏面不高。哼！天下間只有寡……不！只有我知道沒有人可勝過師父。」

項少龍知他自小崇拜自己，而他項少龍無敵於天下的形象，早深植他心內，誰都改變不了。幸好自己新得百戰寶刀，兼悟出百戰刀法，否則現在的壓力會大得吃不消，淡然道：「看來儲……嘿……究竟我該叫你作甚麼好呢？否則說不定待會露出馬腳。」

小盤興致盎然地看著街上的行人和房舍，悠然道：「不若叫秦始吧！秦當然是我大秦國，師父曾說我將來一統天下後該稱作始皇帝，所以叫秦始好了！哈！這名字相當不錯。」

項少龍聽得目瞪口呆時，小盤召來昌平君，著他通知各人他新起的名字。

小盤又別過頭來道：「師父剛才想說甚麼？」

項少龍壓下因聽到「秦始」兩字而生的荒誕情緒，想了想才記起想詢問甚麼，道：「我想問你明晚是否會到呂不韋的壽宴去？」

小盤奇道：「這個還用問嗎？我此刻恨不得可立即到了明晚，太后也會去呢！現在咸陽誰都不肯錯過這機會。聽說還有人開出賭盤來賭你們勝負。哼！據昌文君調查回來的報告，大多人都認爲由於管中邪準備充足，必可一雪前恥，只有我敢肯定勝的必然是師父你。」

項少龍心中好笑，暗忖這個「賭」字必是自有文字以來就存在，因爲那似是人類天性的一個主要成分。

此時醉風樓的大招牌已然在望，小盤興奮地左看右看，又道：「剛才桓齮說的蒲鶮是屯留的首富，有人更說他是我大秦除你烏家外最富有的人，專做鹽鐵生意，還做得很大。此人野心極大，以前是陽泉君的人，現在則和杜璧很親近，我們對他要留神。」

昌平君此時趨前道：「儲……嘿！不！秦兄，我們究竟要去清靜點的別院，還是到大堂湊熱鬧？」

小盤理所當然道：「當然是到大堂去，我還要叫齊『醉風四花』來陪酒，看看她們究竟有何姿色絕藝，竟可迷倒這麼多人。」

此語一出，項少龍和昌平君登時面面相覷，暗忖今晚想低調點都不行。

第二十三章　風虎雲龍

醉風樓今晚分外熱鬧，大門外車馬絡繹不絕，人們要排著隊進去。

項少龍和小盤研究過後，決定只帶十八鐵衛和另外十八名御前高手入內，免致人們只看陣勢，便知有異平常。

好不容易進入高牆內，這未來秦始皇見到偌大的主樓和別院群無不燈火輝煌，一片盛世之象，登時心花怒放，與眾人指指點點，好不高興。

剛巧一座別院處正有姑娘和客人在放煙花取樂，弄得滿天斑爛彩花、色光迷人，更添熾熱的氣氛。

樓主伍孚正在大堂入門處迎賓，見來的竟是昌平君和項少龍等人，雖是分身不暇，仍抽身迎上，一揖到地道：「大人莫記小人過，小人有時雖是口不對心，只因身不由己，請左相、項大人和諸位達官貴人，原諒則個。」

項少龍等心中叫絕，伍孚這麼來個「坦誠相對」，他們難道還要和他計較嗎？

此時十多名姿色可人的俏婢簇擁上來，笑語盈盈中，爲眾人脫去禦寒的外衣，又奉上熱巾拭臉抹手，服侍周到。

趁此空檔，伍孚謙卑地逐一招呼拜見。

此人顯是對朝廷人事瞭如指掌，聽到李斯、桓齮之名，立即肅然起敬，說了番得體的場面話。

項少龍介紹小盤時，這傢伙聽到「秦始」之名，顯是一頭霧水，摸不著腦袋。不過見他既能與昌平君和項少龍等權貴一起來尋歡作樂，眾人又對他態度恭敬，兼之這突然冒出來的人樣貌雖老嫩難分，不算英俊，但方面大耳，自具一股威懾眾生的氣度，且雙目瞪來，自己立即湧起下拜的衝動，哪敢怠慢，忙恭敬道：「秦大官人一表人才，世所罕見，必非池中之物，請多多關照小人。」

這幾下馬屁拍得恰到好處，小盤本對他只有惡意而無好感，聞言立即改觀，哈哈一笑道：「伍樓主客氣，今晚寡……哈！今晚秦某遠道而來，正是要見識一下貴樓『醉風四花』的色藝，樓主給我好好安排吧！」

他們說話處乃醉風樓的迎客大堂，由於項少龍等人多勢眾，十八鐵衛和十八名貼身保護小盤的御衛又散佈開來，形成了個保護罩，登時佔去半個大廳。

剛進來的客人，見到是項少龍、昌平君這些當權的猛人，大多「安守本分」，悄悄繞道而行。只有一群驃悍武士進來後，見到伍孚只顧伺候眾人，停了下來，臉現不滿之色。

十八鐵衛還好一點，十八名御衛一向服侍的是秦國之主，哪會把任何人放在眼內，均虎視眈眈，對這十來個武士毫不客氣。

伍孚聽到小盤的要求，臉露難色，可是小盤自有種教人不得不聽從他那種理所當然的說話威勢，忙不迭道：「這事有點困難，待小人安排一下，怎也設法讓她們抽身來侍奉各位大人一會兒。」

荊俊瞥了那群武士一眼，心中大樂，湊近項少龍道：「『疤臉』國興來了，還有常傑。哈！這群混蛋定是活得不耐煩，竟在睜眉怒目呢！」

項少龍回頭望去，首先認出國興，當然因他額角和面額均有疤痕，而事實上他亦生得比其他人壯碩，氣度沉凝，一看便知不是好惹的傢伙。國興雖與俊俏無緣，卻頗有男性魅力。國興等顯亦認得項少龍，見到是他，均感意外，仍毫不畏懼地與他對望。

小盤感到氣氛有異，別過頭來朝他們望去，見到國興等囂張的態度，冷哼一聲，道：「這些是甚麼人物？」

昌平君忙恭敬道：「是渭南武士行館的教席國興和常傑。」

伍孚何曾見過昌平君對人說話恭敬至此，眼中閃過驚異之色。

小盤正要使人把他們拿下來，項少龍湊到他耳旁道：「今晚是來作樂啊！」

小盤驚醒過來，他仍有點小孩心性，哈哈笑道：「對！對！我們進去玩耍。」尚未舉步。

把門的唱喏道：「屯留蒲大爺到！」

項少龍、小盤等興趣大生，立時停下腳步，回頭往入門處望去。

開道的是十二名同樣裝束的軒昂武士，接著是個高冠博帶的中年漢子，這人比常人足足高出一個頭有餘，及得上項少龍的高度，寬大的錦袍襯托出他不凡的氣勢。最出色是他一對眼睛，淡淡掃視大堂，便似成竹在胸，對一切有會於心。

他不但沒有半分商家的俗氣，相貌還高古清奇，只是神情倨傲，對正在旁相迎獻媚的鴇婆春花愛理不理的。

伴著他的尚有兩名衣服華美的年輕武士，看來均是第一流的劍手。

伍孚大感為難，這蒲鶮乃秦國東方舉足輕重的地方名人大豪，一時間可不知逢迎招呼哪一方才好，何況還有正等他等得不耐煩的國興等人。

項少龍乃挑通眼眉之人，笑道：「伍樓主儘管去招呼貴賓，我們自行上樓便成。」

這番話怕只有項少龍敢說出來，換了即使貴為左相的昌平君，仍不敢讓伍孚不招待儲君而去伺候其他人。

伍孚如獲王恩大赦，一邊打恭作揖，一邊召來另一手下，引領眾人上樓。

項少龍等舉步往內進走去，準備登樓時，國興排眾而出，大步追來道：「諸位大人請留步！」

小盤雙目厲芒一閃，掠過殺機，停下步時，項少龍伸手過來輕拍他一下，示意他勿要動怒，才與眾人轉過身來，面向正大步走過來的國興。

眾御衛一字排開，阻止他走得太近。

遠處則是伍孚殷勤地招呼蒲鶮。

國興停下來，施禮道：「小人謹在此預祝項大人明晚旗開得勝、盛名不墜。」

項少龍知道這只是開場白，冷冷道：「國兄有何指教？」

國興掃了攔在身前的眾衛一眼，臉容上怒意一現即收，昂然道：「敝館上下對項大人的劍術非常欽佩，若改天大人有空，請到敝館一行，好讓小人們有機會受大人指點。」

項少龍暗忖這等若公然搦戰，只不知是否出自嫪毒意思，還是渭南武士行館館主邱日昇想把領導地位爭取回來的私下行為。

昌平君等無不冷哼連聲，表示不悅。

「疤臉」國興卻是一無所懼，眉頭不動半下，一派硬漢本色，靜待項少龍的答覆。

項少龍淡淡笑道：「貴館一向這麼關心我項少龍，我早想登門拜訪，這樣吧！看看我的心情哪一天比較壞一點，就來找你們見識見識。」

國興聽他說得這麼不留情面，雙目閃過森寒的殺氣，小盤鼓掌道：「說得好！到時項大人勿漏了我。」

國興愕然望向小盤，當然不知他是何方神聖，厲喝道：「閣下何人？」

「鏘！」

十八御衛一起拔劍，卻只發出一下聲響，可知這些人能榮任貼身御衛，不但武技高強，還訓練有素。

其中一御衛冷喝道：「竟敢對……嘿！對公子無禮，給我跪下。」

那群武士行館的人見勢不妙，擁了過來，幸好國興知道除那「公子」不知是甚麼人外，其他人都是惹不起的，忙把眾人攔著。

蒲鶮和伍孚等均愕然瞧來。

項少龍哈哈笑道：「秦兄何須爲這等人敗了雅興，我們還是尋樂去吧！」

再不理氣得變色的國興等人，引著小盤登樓而去。

同時心中暗笑，他等若救了國興等人的小命，否則縱是嫪毒親來，朱姬駕到，他們也難逃斬首之厄。

步入樓上寬敞的大廳，眾人顯是早得風聲，知項少龍仍有閒情來喝酒，一時全場肅靜，所有目光均集中在這明天即要決戰管中邪的人身上去。

小盤怕給人認出，於是走在眾人中間，由滕翼和桓齮等擋著他人視線。

楊端和、白充兩人早到了，一時仍未看到小盤，欣然起迎，頻說「稀客」。

換了任何人，明天對著管中邪那樣的可怕對手，今晚豈敢出來胡混？

荊俊先一步搶前，低聲告訴他們儲君來了，但千萬不要下跪見禮，兩人臉上的肌肉完全不受控制的透露驚愕神色，手足無措，一副不知如何是好的模樣。

他們的席位設於大廳一邊臨窗處，只有十個席位，小盤含笑親切地與楊端和等兩名將領打過招呼後，背廳而坐，免得給人看到他的臉孔。

眾人紛紛坐下。

由於今晚特別熱鬧，座無虛席，先前又想不到小盤會來，三十六個鐵衛、御衛都沒有坐位。幸好席間極爲寬敞，趕上來的春花早得伍孚授以竭力相待、盡心服侍的吩咐，忙急就章的使人在旁加設兩席，擾攘一番後，才回復先前熱鬧酣暢的氣氛。

侍女穿花蝴蝶的上來奉上美酒。

小盤點了菜餚後，笑道：「各位兄臺隨便談笑，像平時那樣。」

話雖如此，卻沒有人敢透出一口大氣，情況異樣之極。

項少龍見狀笑道：「楊將軍和白將軍早來了，爲何卻不喚姑娘陪酒？」

楊端和乾咳一聲，尷尬地道：「項大人上來前，酒樓內人人均在談論大人明天一戰的勝負，有人甚至吵得面紅耳赤，我們聽得入神，其他的事都忘了。」

白充垂頭不敢看小盤，低聲道：「當有人傳來項大人已抵迎客廳的消息，廳內便哄動起來，有人說項大人必是穩操勝券，又有人說項大人不知……嘿不知……唉！都是不說了，總之現在沒有人敢再說半句話。」

滕翼笑道：「是否不知自愛呢？」

白充不好意思地點了點頭。

項少龍正遊目四顧，發現幾席熟人，一席是呂府的著名高手，除了周子桓、魯殘外，新來的許商、連蛟和趙普都在，出奇的竟是圖先陪著他們。

許商、趙普、圖先見項少龍往他們瞧來，含笑打招呼，但周子桓、魯殘兩個舊人和連蛟這個連晉的族兄兼師兄，均表現出不屑理會的神態。

他們身旁各有一名姑娘侍酒，卻沒有像單美美、楊豫、歸燕、白蕾那種頂級的紅阿姑。

另一席是嫪毒的人，離他們只隔三席，除英偉軒昂的韓竭外，還有兩個人，經荊俊指點，才知是嫪毒最得力的嫪肆和令齊。

嫪肆外型和嫪毒差遠了，又矮又肥，不過雙目靈動，顯是狡猾多智的人物。

令齊則一表人才，外貌儒雅風流，是個典型的謀士類型。

此時國興等走上來，加入到他們那一席去。

小盤亦在偷偷巡視廳內諸人，見到一些平時道貌岸然的大官，正擁美調笑，大感有趣，對眾人道：「各位可隨便召姑娘陪酒，不要因我而掃興。」

風流如荊俊也惟有報以苦笑，有小盤在，能呼吸暢順已是本事，誰還敢召妓相陪？若那些不知情的美人兒爆出自己平日的風流行徑，那才累事呢！

伍孚此時登上樓來，顯是親自招呼蒲鶮到其中一所別院去，一路和各席客人打哈哈，直走過來，畢恭畢敬道：「楊豫姑娘唱畢一曲，立即過來相伴，她聽到項大人來，其他客人都忘記了。」

項少龍暗忖這等小人，憎厭他都屬浪費精神，遂拋開舊事，笑道：「今晚主客是遠道而來的秦公子，楊豫是來陪他，而非陪我。」

伍孚拍馬屁拍到馬腿上，哈哈笑道：「大人放心，小人已分別通知美美、小蕾和燕燕，她們可以分身之時，立即來見秦公子，任公子罰酒罰唱。」

伍孚不愧歡場中吃得開、撐得住場面的人，這麼一說，眾人都不好怪他。

驀地一聲冷哼來自國興那席，只聽有人冷言冷語道：「官當得大確是不同凡響，無論多紅的姑娘都要委屈相從。」

這句話明顯是針對眾人而來，各人無不色變。看來嫪毒的人要比呂不韋的人更有所恃，囂張得教人難以置信。

要知項少龍此席他們認識的無一不是當朝紅人，昌平君更貴爲左相國，比嫪毒高了數級，而他們仍敢出言嘲諷，自是由於有朱姬做他們的大靠山之故。

眾御衛人人手按劍柄，只等小盤一聲令下，立即過去拿人。

小盤終親身體會到嫪毒黨羽的氣焰，龍顏寒若冰雪，兩眼厲芒閃爍，看得眾人和伍孚心生寒意。

在這劍拔弩張、千鈞一髮的時刻，李斯含笑站起來，朝韓竭、國興那席走過去。

全場靜了下來，觀望雙方形勢的發展。

不但國興等不知李斯過來幹甚麼，連小盤和項少龍等亦大惑不解。

李斯直抵國興一席，俯身低聲說了一番話後，只見國興、韓竭等人人色變，噤若寒蟬，才瀟瀟灑灑地走回來。

廳內立時響起嗡嗡細語，當然是各人均在猜測李斯究竟變了個甚麼把戲，竟能使氣焰沖天的嫪毒黨羽立即收斂。

李斯坐下後，在眾人詢問眼光中，若無其事的道：「在下只是如實告訴他們，儲君下了嚴令，在決戰前誰若斗膽干擾項大人，立斬無赦，故特別派出御衛貼身守護，負責執行命令。」

伍孚也在俯身聆聽，聞言與眾人一起拍案叫絕，他尚以爲李斯只是假傳聖旨。

小盤龍顏大悅，一方面是李斯急智過人，更因國興等終懾於他的威勢不敢逾越。

就在此時，有人隔遠笑道：「本來還不相信，原來眞是少龍來了，我們兩個老傢伙沒有白走一趟。」

眾人望去，原來到的是王齕和王陵，顯是正在其中一所別院作樂，現在聞風而至。

眾人暗呼不好，兩個秦國重將來至近前，一見小盤，同時失聲道：「儲君！」

第二十四章　巔峰狀態

當全場聞得「儲君」而往他們望來時，一直半聲不吭的桓齮霍地起立大聲道：「兩位大將軍說得對，正是儲君著我等陪項大人來散心，兩位大將軍請坐。」

眾人一聽原來是這麼一回事，頓時爲之釋然。

王齕和王陵此時注意到小盤下頷那撮假鬚，又見他穿的是一般貴族的武士服，醒悟過來，入席坐下。

忽聞牙關打顫之音，原來伍孚臉青唇白，不知應否下跪才好，顯是看穿小盤是誰。

眾人又叫不妙，伍孚雙腿一軟，跪了下來。

滕翼人急智生，一手探出，就在他雙膝著地前，扯得他側坐到身旁來，像是坐入席內的姿態。

昌平君湊到他耳旁道：「若伍樓主外尙有人知道儲君來此之事，我就把你的醉風樓封了，再抄你的家，清楚嗎？哼！不准叩頭。」

伍孚嚇得手軟腳軟，連點頭的力氣都消失了。

小盤輕聲讚歎道：「只看眾位臨危不亂，應變有方，便知我大秦之興，指日可待。」

項少龍知有伍孚在，不便說話，溫和地道：「伍樓主只要依命行事，我項少龍可擔保你沒有麻煩，還不去打點一切，記得絕不可暗中通知四位姑娘。」

伍孚勉強爬起來，打恭作揖後，滾著去了。

王齕舉杯想向小盤敬酒，記起一事道：「這些酒驗過沒有？」

坐在他身後那席的御衛道：「報告大將軍，全檢驗過了。」

王齕這才向小盤敬酒。

眾人均不敢舉杯，到小盤示意各人，才轟然痛飲。

經過剛才一番「驚險」，氣氛又熱烈起來。

小盤順口問起，才知王齕和王陵均是應蒲鶮之邀來見面的。

王陵冷哼一聲，道：「這蒲鶮心懷叵測，甫坐下便批評朝政，盡說呂不韋的不是，又隱隱牽連到太后。話不投機半句多，後來我們見伍孚前來通知侍酒的白蕾和楊豫說項大人來了，要召她們去，我們乘機告退。」

小盤冷哼一聲，沒有說話。

王齕笑道：「少龍的魅力真大，兩位姑娘聽到被召，均恨不得立即溜走，卻給伍孚阻止，只許輪流來此。目下楊豫回去更衣，該快到哩！」

小盤訝道：「兩位大將軍是否看錯，她們不是呂不韋的人嗎？」

王齕道：「說到底，她們只是無主之花，誰的權勢大，便依附誰人。但姐兒愛俏，少龍現在又是我大秦的英雄人物，更得紀才女委身下嫁，天下女子，誰不希望與他親近？」

小盤欣然舉杯向項少龍勸飲，後者慌忙喝了，眾人均對小盤的風度暗暗心折。

環珮聲響，在伍孚親自引路下，兩名小婢伴著盛裝的楊豫到來，玉步輕移下，確是婀娜多姿，綽約動人。

小盤大樂道：「果然名不虛傳！」

忽然有人嚷道：「豫姑娘請留步！」

眾人愕然望去，原來是有「上蔡第一劍手」之稱、年輕英俊的呂府新人許商發話。

只見他一臉不悅之色，走了過來。

楊豫停下步來，蹙起黛眉，看看項少龍這邊，又瞧瞧正大步走來的許商，有點不知如何是好的神態。

最焦急的是伍孚，向兩婢示意，要她們把楊豫拉到小盤那席去，卻給楊豫揮開兩婢。

反是小盤大覺有趣，笑道：「難怪這麼多人到青樓來，正因有這種你爭我奪的樂趣。」

許商臉上像樓外的大地般覆上一層寒霜，先冷冷對伍孚道：「伍樓主剛才不是說豫姑娘早給杜將軍預訂了，為何現在又可出來侍酒？」

楊豫顯然對許商頗有好感，湊到許商旁說了幾句話，又指點項少龍這一席，說的當然是好話。

王齕乃秦室軍方現時的重量級人物，冷哼一聲，道：「這小子是誰？是否活得不耐煩了，儘管呂不韋來，也不敢不給我面子。」

項少龍笑道：「大將軍莫要為這種人動氣，呂不韋的人一向橫行慣了，遲些我們才和他們一起算帳。」

王齕悶哼一聲，沒再說話。

伍孚再匆匆走來請罪，尚未說話，小盤已道：「此事與樓主無關，樓主不用自責，豫姑娘愛來便來，不來就算了。」

伍孚哪想得到秦國之主如此好相與，大感愕然。

昌平君拉他說了幾句話，伍孚又匆匆去了。

許商此時似仍欲要往他們走來，卻給楊豫扯著，隱隱中聽她提及王齕之名。

楊端和乃王齕手下第一號大將，勃然色變，霍地起立，正要喝罵，給另一邊的李斯扯得坐下來，後者笑道：「楊將軍何用與這種人一般見識？」

此時許商狠狠瞪項少龍一眼，返回己席去，楊豫則盈盈而至，未語先笑，登時沖淡不少劍拔弩張的氣氛。

楊豫在項少龍指示下，一頭霧水地坐到小盤之旁，雖然只知小盤姓秦名始，卻不知是何方神聖，但總知此人能令昌平君、王齕、項少龍等對他恭恭敬敬，剛才伍孚又千叮萬囑她要悉心服侍，自是不敢怠慢。

施展渾身解數，敬酒陪笑，口角生風，不半晌服侍得小盤妥妥貼貼，氣氛融洽熱鬧，就像沒有發生過任何事般。

不一會兒歸燕也來了，場中其他賓客不感意外，只是王齕一人，便有足夠資格要兩位紅阿姑來伺候。

歸燕親熱地坐到項少龍之旁，先敬過各人，最後敬項少龍時，低語道：「項大人大人有大量，再不要與小女子計較好嗎？」

項少龍暗忖就算以兵刃架頸，再不敢輕信她，表面當然客客氣氣的接受。

此時楊豫告辭離去，臨行時大有深意幽幽的瞧項少龍一眼，不一會兒換了白蕾來，但四花之首的單美美仍是芳蹤杳然。

四女中，以白蕾與項少龍等最沒有過節，對小盤逢迎周到，使氣氛更是融洽。

歸燕湊到項少龍耳旁道：「項大人今晚留下來好嗎？讓奴家盡心伺候。」又飛他一個媚眼。

項少龍心想人說「家花不及野花香」，老子的感覺卻剛好相反，而且哪知你會否再來害我，婉言拒絕。

歸燕難掩失望之色，伍孚一臉苦惱回來，欲言又止道：「美美怕不能來了。」

昌平君皺眉道：「美美竟敢不給我們面子嗎？」

伍孚大吃一驚，搖手道：「不！只是她被召了到仲父府去，我三次派人去請，都給趕出來。唉！我又不能說出……嘿！沒有甚麼。」

眾人均感意興索然。

小盤雙目寒芒一閃，道：「這事就此作罷，今晚亦到此爲止。哈！很不錯的一晚哩！」

伍孚放下心來，歸燕和白蕾卻是連聲不依，媚態畢呈。

豈知這些對任何男人均有效的招數，到小盤身上卻一點都派不上用場，這未來的秦始皇淡淡一笑，站了起來，負手便去，眾人慌忙追隨左右。

項少龍勾著歸燕的脖子，吻她臉蛋，柔聲道：「美人兒若想幸福快樂，安享大好年華，要好自爲之了。」

歸燕神色一黯，垂首道：「燕燕定會謹遵大人之命，只望大人能有三分憐惜之意，燕燕已感恩不盡。」

項少龍向另一邊的白蕾含笑回禮，這才灑然而去。

回到家中，荊俊仍非常興奮，甫進大廳，便扯著正想各自溜回嬌妻處的項少龍和滕翼道：「伍孚這混蛋眞懂看風使帆，見到王齕、王陵等擁戴儲君，出門時竟偷偷對我說，遲些要親來拜候三哥，哈！這混蛋眞行。」

滕翼哂道：「我卻看他是夾在呂不韋和嫪毒之間，兩邊都不敢開罪，故苦不堪言，剛才白充告訴我，呂不韋有意收單美美爲妾，伍孚自是非常苦惱。」

項少龍笑道：「今晚似乎是胡混了一場，其實卻是意義深遠。首先儲君清楚了解到呂、嫪兩黨的鬥爭，其次是無意間知道蒲鶮正和杜璧圖謀不軌。另外還有三個得益之人，二哥不慕富貴，可以不論。李斯和桓齮剛才表現出來的急智，深得儲君之心，於他們的官運勢將大有裨益。」

再談片刻，項少龍酒意上湧，支持不住，回房睡覺去也。

眾嬌妻愛婢不免責他幾句，糊裡糊塗間，醒來已是日上三竿。

田貞、田鳳服侍他起床穿衣。

項少龍取出百戰寶刀，找滕翼鬆了筋骨後，只覺氣爽神清，充滿活力。

紀嫣然訝道：「爲何夫君昨夜才花天酒地，酩酊而回，今天卻是神采飛揚，尤勝往昔，眞不合常理。」

項少龍一擺百戰寶刀，笑道：「若說我不把管中邪和今晚勝敗放在心上，就是騙你，但昨晚這一醉卻恰到好處，使我忘卻一切，因而得到這些天來難得的鬆弛，又睡得比平時多點，現在自是狀態不差。」

滕翼咕噥道：「還說只是不差，劈得我差點連墨子劍都丟掉。」

眾女齊聲嬌笑，喜形於色。

談笑間，陶方和荊俊陪著烏應元到來。

喜氣洋洋下，眾人共進早膳，一點沒有山雨欲來前的緊張氣氛。

荊俊和滕翼兩人返回官署治事。

項少龍陪著岳丈在廳中閒聊，談起烏卓在塞外建立的大牧場，聽得項少龍心嚮神往，恨不得明天便是小盤加冕之日，後天就可去過自己的新生活。

說著說著，項少龍竟然就在地蓆上睡著了。

他發了個奇怪的夢，夢見趙雅、趙倩和春盈等四婢，齊向他殷勤勸酒，預祝他旗開得勝，大敗管中邪，正陶醉其中，又隱隱知道是在造夢，給烏廷芳拍醒他。

項少龍愕然坐起來，烏廷芳道：「儲君派人來召你進宮，不知甚麼事呢？他該讓你多點時間養精蓄銳才對。」

趙倩過世後，烏廷芳是滕翼外唯一知道小盤身世的人，說話間對小盤自沒有其他人般尊重。

項少龍伸個懶腰，只覺精神和體能均處於最巔峰的狀態，暗奇自己大戰當前，竟仍能入睡。不過已無暇多想，匆匆沐浴更衣，入宮見駕。

小盤照常在書齋接見，另外還有昌平君和李斯兩人。

小盤道：「五日後為立春，寡人決定是日到渭水春祭，項太傅那條黑龍沒有問題吧！」

項少龍道：「一切準備就緒，只要清楚知道祭河的地點，可預作安排。」

小盤雙目亮起來，旋又歎道：「始終仍有太后那關最難闖過，看來不和她做點交易是不成的。」

李斯道：「最緊要是抓牢軍權，其他的讓她一步半步，該無大礙。」

小盤苦惱道：「只要想起要給那假太監封侯賜爵，寡人心中便首先不服氣，現今太后到了甘泉宮，寡人對她和嫪毒間的事一無所知。」

昌平君安慰道：「嫪毒若有異動，茅焦自會暗通消息，儲君請放心。」

小盤怒道：「試問寡人怎能放得下心來？現在朝廷奸黨處處，人人各懷異心，若非還有這條黑龍，索性把他們全召進宮來，一股腦兒殺了，然後再想辦法收拾殘局。」

昌平君見他氣在頭上，哪敢說話。

項少龍笑道：「儲君息怒，別忘了今晚尚有場精采表演，只要斬掉管中邪，就可重新安排都衛的統領人選。」

小盤這才消氣，又商量了黑龍一事的細節後，各人先後告辭。

項少龍和昌平君離開之時，均感到不斷成長的小儲君威嚴日增，自具不怒而威的氣勢，發起怒來當然更使人心寒膽戰。連項少龍這「看著他長大」的人都有此感覺，其他人的感受更是可以想見。

剛步出書齋，一位俏宮娥截著項少龍，報上琴太傅有請。

昌平君一臉羨慕，識趣地走先一步。

項少龍隨宮娥穿廊過殿，暗忖朱姬搬往甘泉宮，小盤則尚未立后，宮內最具影響力的自然是琴清。

來到後宮一座幽雅的四合院前，宮娥跪下道：「項太傅請進。」

項少龍欣然入內，只見琴清正倚門待他，哪還客氣，擁到懷裡纏綿一番，琴清掙著仰後嬌軀，仔細端詳他好一會兒，欣然道：「算你吧！精神很好！你這人呢，昨晚仍要到醉風樓鬼混，弄得全城皆知。」

項少龍早知她耳目靈通，挽著她的小蠻腰，到一旁坐下，琴清服侍他脫去外衣，又爲他按摩肩頭的肌肉。

項少龍舒服得有若飄搖雲端，暗忖有了肉體關係後，享受與前確有天淵之別，以前想碰碰她的小手已是難得，現在她的小手卻是自動送上門來。

琴清輕責道：「千萬不要輕敵啊！與管中邪接近的人都說他的劍法又更上一層樓，劍法差點的人只要見他擺出架式，便心志被奪，不敢進擊。少龍雖得百戰寶刀，又練成絕世刀法，但若輕忽大意，說不定也會失手哩！」

項少龍心想自己確有點輕敵，不過亦正是因爲不大在意，才可以像目下般輕輕鬆鬆、氣定神閒。欣然受教道：「多謝琴太傅提醒，項少龍不會掉以輕心。」

琴清見他聽教聽話，喜孜孜道：「琴清沒有挑錯情郎，大多男人得到我們弱質女流的身心後，都像變了個人似的呼呼喝喝、頤指氣使，只有項郎永遠是謙謙君子。」

項少龍笑道：「琴太傅對這種事似乎見多識廣哩！」

琴清嗔道：「你想到甚麼？人家只是聽得多嘛！」

項少龍慌忙道歉，琴清這才回嗔作喜，道：「今晚的咸陽城，上至儲君，下至庶民，無不翹首苦待你和管中邪一戰的戰果。很多本來買你勝出的人，知你昨晚仍到醉風樓喝酒召妓，都轉過來賭管中邪勝呢！」

項少龍呼冤道：「喝酒是眞的，至於召妓只是儲君要見識一下『醉風四花』的姿色，喚到席上來亮相吧！」

琴清笑道：「人家可不是這麼想，況且傳言總是誇大的，街頭巷尾都有人傳你先來一場與『醉風四花』的大戰，看你還敢不檢點自己的行爲？」

項少龍忍不住哈哈大笑。

琴清又道：「現在開出的賭盤，賭管中邪勝是三賠一，可知他的行情比你看漲多了。」

項少龍失聲道：「甚麼？」

琴清笑得伏在他虎背上，嬌歎道：「若琴清是好財貨的人，定要落重注在你身上，好大大賺上一筆。」

項少龍道：「究竟是何人在主持賭局，沒有點本錢和信譽，誰會信他？」

琴清道：「你聽過蒲鶮這人嗎？他在屯留有幾間大賭場，若非咸陽禁賭，他早來開設賭場，現在便是他在此暗中主持賭局。」

項少龍訝道：「他不是昨天才到咸陽嗎？」

琴清道：「他是昨天才到，但他的手下三句之前便來這裡開賭局，說到賺錢，沒有人比他更本事。」

項少龍好奇心起，問道：「蒲鶮究竟是何等樣人？」

琴清道：「我不大清楚，只知他在東三郡很有影響力，與杜璧和趙將龐煖有很深的交情，今趟他到咸陽來，四處活動送禮，是為給長安君成蟜造勢疏通。」

項少龍沉吟半晌，啞然失笑道：「好不好讓我們先賺他一大筆呢？說到財力，我烏家絕不比任何人差。若他不敢接受賭注，登時威望盡失。哼！一賠三，我看他怎賠得起。」

琴清忽然情動起來，從後把他抱個結實，嗲聲道：「項少龍啊！你的信心是否天生出來的呢？似是從沒想過自己會敗北的。」

項少龍把她摟到身前，一輪熱吻後，才依依不捨地離開。

回到家中，把賭賽一事告訴烏應元，後者大感興趣，去找陶方商議。而項少龍則返回後堂爭取休息的時間，與眾女、愛兒調笑耍樂，不一會兒已是黃昏時分。

桓齮、昌平君、荊俊、滕翼、李斯、楊端和、白充等人不約而同齊集烏府，好與他一起赴會，以壯聲勢。

項少龍沐浴更衣，換上琴清親手為他縫造的武士服，內加護甲，確是雄姿英發，神采飛揚。

他使人把百戰寶刀和飛龍槍用布包著，交由荊善等運送，以惑呂府之人的耳目。

一切妥當下，領著三位嬌妻，還破例把田貞、田鳳帶在身邊，在眾好友前呼後擁下，朝仲父府出發，烏應元和陶方自然也在大隊之中。

走進燈火特別輝煌、兩邊盡是王族公侯大宅的咸陽大道時，項少龍感慨萬千。

當初孑然一身來到這時代，哪想得到有今天的風光。

可是他同時看穿繁華背後那殘酷無情的特質，即使小盤將來亦會因絕對的權力帶來絕對的專制。任何事往某一理想邁進，就是最動人的時刻。但成功之後，爲了繼續保持權勢和利益，在那種情況下，感情再無容身之地。

至少他知道日後的李斯會變得比任何人更厲害，而他最不願見到是這些令人痛心的變化。就在此刻，他再下決心，只要鏟除嫪毒和呂不韋後，立即悄然引退，絕不遲疑。

宏偉的仲父府終於在望，斜對面則是嫪毒的內史府。這兩處地方代表著小盤登基前的兩大勢力。而他將是在這兩大勢力間暢游的得水魚兒。

想到這裡，雄心奮起，差點要仰天嘯叫，才可洩出滿懷豪情壯氣。

第二十五章　壽筵喜慶

新近建成的仲父府，乃咸陽宮外最宏偉的建築組群，規模尤勝朱姬新遷往的甘泉宮。

仲父府遙對王宮，四周有高牆，進入大門後，是可容千人操練的大廣場，三座威嚴肅穆的主宅由長廊貫通，並排而立，坐北向南，土木結構，大屋頂，四面坡，雙楹柱，氣勢懾人。

主宅組群接著就是呂族的祖廟，由此以祖廟的前、後門作中軸，近三十組庭院依次分佈，左右對稱，佈局完整。

主宅組群和祖廟間置有廣闊園林，環境優美，顯是出於名家設計，亦可見呂不韋的物力、財力如何雄厚。

這晚咸陽城有頭有臉的人全來了，加上知道項少龍和管中邪兩個頂級劍手惡鬥難免，人人都抱著看好戲的心情，更是氣氛熱烈。

仲父府燃起數以萬計的大紅燈籠，大門處和園內更裝設賀壽的燈飾，一片喜慶的景象。

數十名家將穿上一式的整齊武士服，把守大門，防止閒人混進去看比武。

入門後，則有專收取和登記賀禮的接待處，佈置周詳，故賓客雖魚貫不絕，一切均井井有條，沒有混亂的情況。

一主、二輔三座大堂，全開放了來接待賓客，當然以正中一座最大，擺下可容千人的席位，另兩座作輔翼的，亦設下五百人之席。

被安排到輔宅者都是無可奈何，但又自知斤兩，到時只好看看如何挨往主宅觀戰。

項少龍等到達時，賓客尚未正式入席，分散在宅內、宅外和中庭處閒聊敘舊，鬧哄哄的聲音直沖霄漢。

今晚天公造美，不但沒有下雪，還星月交輝，兼之尚有五日就是立春，天氣回暖，使這盛大的壽宴更是錦上添花。

不過知情者均曉得在融洽熱鬧的煙幕後，正醞釀著大秦國史無前例的激烈鬥爭。而項少龍更清楚鬥爭的成敗，不但主宰戰國七雄的命運，還決定了中國以後的歷史。

他項少龍正是處身鬥爭核心的關鍵人物。

項少龍等大隊人馬馳入仲父府的大外門時，立時惹起一陣轟動，人人爭著來睹他的風采。

昌平君策馬來到項少龍旁，笑語道：「賭你輸的人，聽得你昨晚大戰『醉風四花』，現在仍能穩坐馬上，必是大大失望。」

項少龍啞然失笑道：「今晚我若輸了，恐怕以後休想踏進烏家之門，因為岳丈大人在我身上押下重注，假如累他輸錢，你說會有甚麼後果？」

昌平君愕然道：「原來貴丈人也愛豪賭。」

項少龍壓低聲音道：「不是愛賭，而是愛看蒲鶮輸得損手爛腳，看他還憑甚麼去籠絡那些貪財的王親國戚、公卿大臣。」

昌平君哈哈大笑，跳下馬來。

負責迎賓的圖先迎了上來，一邊吩咐下人牽馬，同時低聲向項少龍道：「那小子身內暗穿來自越國巧匠的軟甲，最好攻他頭臉，否則拚著捱你一槍，他就可置你於死地。」

項少龍低聲道：「我今晚何來甚麼槍呢？」

圖先愕了一愕，似明非明，不過因有其他人靠近過來，只好悶在肚子裡，改說其他場面話。

此時中宅處隱有鼓樂聲傳來，應是剛有重要人物進宅去了。

陶方等忙於送上賀禮時，眾人都不願這麼快進宅去見呂不韋，留在擠滿一群群賓客的廣場上閒談，順便欣賞燈飾和晴明的夜空。

琴清剛剛抵達，加入紀嫣然等諸女那一群去，還有幾位王族公卿家的貴婦貴女，傳出陣陣嬌笑，惹得人人頻頻注目，一方面因她們的美色，更奇怪是明知項少龍要與管中邪進行決戰，仍能那麼從容自在，談笑風生。

秦人風氣開放，遇上這種場合，最愛鬧就是像嬴盈、鹿丹兒那種出身尊貴的美少女，也是年輕一族求偶的最佳時光。箇中美景，實難以盡述。

項少龍與眾人笑談有關蒲鶮帶來咸陽的賭風時，鹿丹兒不知從哪裡鑽出來，隔遠勾著手指示意荊俊過去。

剛好一群穿上新衣的男女小孩提著燈籠在他們與鹿丹兒間走過，荊俊沒注意到這美少女，卻給項少龍瞥見，頑皮心起，走過去故作嚴肅道：「快嫁人哩！見到長輩，卻不來恭敬行禮請安，成甚麼體統？」

鹿丹兒兩手扠腰，大嗔道：「哼！你是誰的長輩，我嫁不嫁人關你甚麼事？咦！」

她這才記起項少龍乃荊俊的三哥，立時滿面飛紅，跺足不依道：「你壞死了！竟欺負我。」

項少龍哈哈大笑，把剛滾過來的荊俊推給鹿丹兒，得意洋洋地道：「好丹兒！我項少龍等著喝你那杯跪著奉上來的喜酒呢！」

鹿丹兒落在下風，不敢辯駁，扯著荊俊溜掉。

項少龍搖頭歎息時，嬴盈的聲音在旁響起，道：「項大人！」

項少龍別頭一看，嚇了一跳，道：「你的臉色為何這麼難看？」

嬴盈苦笑道：「幾晚睡得不好，唉！事到如此，我還有甚麼話好說呢？」

項少龍淡淡道：「今晚無論發生甚麼事，對你而言都應該是告一段落，以後你心中只該有端和兄，好好相夫教子，安分守己做個賢妻良母吧！」

嬴盈靠近少許，輕輕道：「告訴我，若沒有管中邪，你是否會娶我呢？」

項少龍苦笑道：「到了此時此刻，我們似乎不應再說這種話吧！」

嬴盈堅持道：「不！我若不問個清楚，絕不甘心。」

項少龍迫於無奈，道：「我確曾歡喜過你。」

嬴盈黯然垂首，低聲道：「今晚若你有不測，我會為你守……噢！我不說了。啊！」

看著她掩面疾走，項少龍搖頭苦笑，看來嬴盈是認定自己必敗無疑。

項少龍自然不會把她的想法放在心上，回到昌平君、滕翼等人處，昌平君問道：「大妹說甚麼？」

項少龍道：「沒有甚麼。」

昌平君冷哼道：「怎會沒有甚麼？她雖說肯嫁給端和，但對管中邪仍是難捨難離，又說你非是他對手，眞氣死人。」

此時賓客開始進入一主、二輔的三座巨宅，烏應元不好意思留在外面這麼久，過來招呼各人隨他入內。

既是他老人家的意思，各人自然遵從。

呂不韋、呂娘蓉和呂不韋幾個兒子均在大門迎賓，賀喜之聲不絕於耳。

昌平君可能是大秦開國以來最沒有架子和派頭的左丞相，像根本不知自己身分般和項少龍並肩隨在烏應元之後，向呂不韋道賀。

烏應元乃交際老手，漫不經意便說出一大堆祝頌之詞。

項少龍想起烏家以前和呂不韋的關係，比對起現在大家口蜜腹劍、勢成水火，頗為感觸。

呂不韋不知是以爲項少龍今晚必死無疑，還是人逢喜事精神爽，光輝盈臉，談笑顧盼間自有不可一世的氣魄，當他目光落到項少龍身上時，立時亮起來，捨下其他人，迎過來道：「今夜我呂不韋可算雙喜臨門，既賀壽誕，又將得佳婿，人生至此，尚有何憾？」

項少龍心道你最大的遺憾，是當不上秦國之君，表面當然做足功夫，與眾人同向他賀壽。

在呂不韋尚未有機會說下去，項少龍反手在背後打個手號，眾人立即呼嘯而過，免去做戲之苦。

走不了幾步，人影一閃，呂娘蓉攔在項少龍身前，臉帶寒霜道：「項大人，娘蓉有幾句私話和你說。」

桓齮、滕翼等自然識趣，逕自隨領路入席的府僕去了。

呂娘蓉淡淡道：「項大人請隨我來！」

項少龍知她不會有甚麼好說話，深具戒心，隨她穿過酒席，由一處側門到達中庭的園林，停下來道：「在這裡說好嗎？否則恐怕會惹人閒言。」

荊善等十八鐵衛，亦步亦趨跟在他背後，此刻散往四方，防止有人接近。

呂娘蓉回轉身來，冷冷道：「項少龍的膽子何時變得這麼小，竟會怕惹閒言，何況今晚項大人若有命在，娘蓉就是你的人，還有甚麼好顧忌的。」

項少龍聽她語帶嘲諷，雖心中有氣，亦犯不著和她針鋒相對，微笑道：「三小姐喚在下來此，應不會只是揶揄一番吧！」

呂娘蓉美目厲芒一閃，沉聲道：「當然！本小姐並沒有那種心情，只是想問項大人兩句話，你既然對娘蓉沒有意思，為何卻要接受中邪的挑戰？」

項少龍忍無可忍，冷笑道：「待會只要三小姐當眾宣佈只願下嫁管大人，那我項少龍無論如何厚顏無恥，也不致於仍要堅持動手比試吧！」

呂娘蓉玉容轉冷，狠狠瞪他好一會兒後，緩緩點頭道：「好！就讓我呂娘蓉看看今晚你怎樣收場。」

猛一跺足，逕自回大堂去了。

香風過後，項少龍心中暗歎。

說到底呂娘蓉雖神色不善，卻是一番好意，想勸自己放棄比武，因為她也像嬴盈般以為自己必敗無疑。但為殺死管中邪，只好不理她的好意。

回到大堂，大多數人已入席坐好，人人交頭接耳，見到他的都如獲至寶地指指點點，看來話題均離不開他和管中邪轟動咸陽的一戰。

由於人多的關係，除向南一端的三圍主席外，其他坐席佈在兩邊，分內、外四重，共四百席之多，每席四位，均面向大堂騰出的廣闊空地而坐，方便觀看歌舞表演和劍鬥。

項少龍和荊善等正找尋該坐的席位時，一名府僕迎上來，領他們入席。

項少龍的一席居於右首第八席。

首席自然是昌平君，接著是王陵、王齕等大將。對面坐首席則是王綰，跟著是蔡澤、嫪毐、呂族和仲父府中有身分地位的人，卻沒有見到管中邪。

項少龍在滕翼、荊俊、烏應元旁坐下時，發覺三位嬌妻與琴清居於上首一席，正甜甜的向他送上迷人的笑容，不禁心懷大放。目光移後，便是因模樣兒相同，又是同樣美麗和惹人注目的田氏姊妹花，不知為何陶方竟坐到她們那席去。

十八鐵衛自是居於後席。

項少龍與烏應元閒話兩句，朝大門望去。門旁兩邊那隊近三十人的樂隊，停止奏樂，而呂不韋、呂娘蓉等卻不見蹤影，只有圖先在打點。

忽地烏應元暗裡推了他一把，項少龍醒覺望去，原來對面的杜璧和蒲鵠正離席往他們走過來，項少龍、滕翼、荊俊三人只好隨烏應元站起來施禮。

蒲鵠目不邪視，杜璧卻狠狠盯了紀嫣然和琴清幾眼，射出熾熱之色，他雖裝作只是隨意看望，卻瞞不過擅於觀察的項少龍。

兩邊的人隔著酒席，做了介紹和見面的禮數後，蒲鵠精明的目光上下仔細打量項少龍，呵呵笑道：「項大人果是威武不凡，天下罕有，難怪烏爺敢在你身上押下重注。若站在朋友立場，自是希望大人旗開得勝，但若以做生意的立場，卻是另一番盤算，蒲某心中矛盾得要命呢！」

項少龍開始有點明白爲何桓齮不歡喜他了，因爲這人說話的神態和內容，都有種拿別人做生意財貨的感覺，看人的目光，更有這種味道。

烏應元乃交際應對的老手，笑道：「蒲爺言重，烏某區區賭注，怎會放在蒲爺眼內，當然也不會因財失義，忘記朋友的立場。」

項少龍和兩旁側耳傾聽的紀嫣然等諸女，均聽得心中叫絕。

杜璧笑道：「烏大爺詞鋒凌厲，若項大人的劍也是這麼了得，今晚必可穩勝無疑，那時蒲爺恐怕要把田地賣了，才能償還賭債。」

項少龍失笑道：「到今晚才知大將軍這麼愛說笑，蒲爺富甲天下，只要隨便往囊中一探，已夠我等晚晚到醉風樓做大豪客。」

眾人聽他說得誇張，無不捧腹。紀嫣然等更是花枝亂顫，看得遠近留意她們的人眼都呆了。

此時門官唱喏道：「太后、儲君聖駕到！」

接著鼓樂聲喧天而起。

正穿花蝴蝶般來回酒席間侍奉客人的過百美婢和府僕首先跪下來。

蒲鶮和杜璧施禮別過，回席去了。

場內過千人紛紛下跪迎駕。

荊俊不忘提醒項少龍道：「坐在嫪毒和韓竭間那人，就是渭南武士行館的館主邱日昇。」

項少龍朝斜對面嫪毐那席望去，找到邱日昇。剛巧邱日昇和韓竭均往他瞧來，眼光相觸，大家都感到有點尷尬。

項少龍今趟是第二次見邱日昇，第一次是在與王翦比武之時，隔遠一瞥，印象不深，今趟留上了心，只見這在咸陽有宗師級地位的劍手相貌清奇，手足均比一般人修長和予人靈活敏捷的感覺，年紀在三十五、六歲間，一對眼炯炯有神，氣度不凡，只是外表，便使他感到此人是個可怕的對手，難怪嫪毐刻意籠絡他。

他還看到茅焦這被小盤安排到嫪黨的大臥底，與令齊、國興等居於後席，身分仍及不上邱日昇、韓竭和另一坐在前席的嫪肆。

門官又再唱喏，鼓樂聲更加緊湊，十六名御衛在前方兩旁側身俯首開道，朱姬、小盤和呂不韋並排步入大堂。

後面跟隨的是昌文君和另十六名御衛，接著是呂府包括呂娘蓉在內諸人，管中邪赫然亦在其中。不見多時，管中邪變得更可怕了，穩定的步履顯示出強大的自信，顧盼間雙目神光電射，懾人之極，在一眾家將裡，除了不遜色於他的上蔡劍手許商外，其他人都給他比下去。

項少龍的眼光找到他時，管中邪的目光亦尋上他，兩人目光一觸，有若閃電交擊，好一會兒才分開。

由於呂不韋乃今晚的主角，兼又貴爲仲父，朱姬和小盤爲表尊敬，堅持讓他居於中席。呂不韋作狀推讓一番後，終坐了下來，管中邪等紛紛入席。

眾人平身坐好，注意力不由集中到管中邪身上。

氣人的是呂娘蓉竟就坐在管中邪之旁，擺明呂不韋一點不給項少龍面子，還隱然有管中邪必得美人歸之意。

管中邪的席位於嫪毒之下，同席的還有連蛟和趙普兩大劍手，而魯殘和周子桓這些舊人，只能居於後席，可見由於在田獵時不能爲呂不韋吐氣揚眉，已失愛寵，被這些新人取代昔日的地位。

呂不韋正是這種不念舊情的人。

小盤循例說了一番口不對心頌揚呂不韋功德的話，壽宴終在熱烈和期待的氣氛下開始。

第二十六章　菜前美點

呂府歌舞姬團充滿挑逗性的大型歌舞表演過後，在蒙驁、王綰和蔡澤的領頭下，眾賓客輪番向呂不韋祝酒賀壽，把宴會的氣氛推上熾烈的高峰。

接著呂不韋在管中邪、呂娘蓉等人簇擁中，到兩邊輔宅接受其他賓客祝賀。

由於小盤和朱姬仍在，雖上千人的宴堂，仍不覺喧譁嘈吵，只是紛紛交頭接耳，話題均以項、管兩人即將來臨的比武為主。

對面的嫪毒向項少龍舉杯示意，預祝他勝利，項少龍含笑回應，當然是淺嚐即止，做個樣兒。

忽然烏廷芳打手勢召他過去，項少龍心中奇怪，移到嬌妻旁，低聲問道：「甚麼事？」

紀嫣然湊過少許，沉聲道：「呂不韋眞是卑鄙，剛才小恬經過我們身邊時，匆匆說出『烏府門前有齊人伏兵』，可知呂不韋今晚是不惜代價、不擇手段都要把夫君大人除去。若管中邪殺不了你，就由其他人下手，只是我也弄不清楚為何會是齊人。」

有伏兵狙擊自己毫不稀奇，此乃呂不韋一貫慣於冒險和膽大包天的手段，但對為何會是齊人的伏兵，項少龍亦是一頭霧水。

想與另一邊的琴清調笑兩句，見朱姬正注視他們，嚇得把到口的話吞回肚子內，返席低聲通知滕翼和荊俊。

滕翼冷哼一聲，到後席找荊善等人說話，片刻後烏言著離開宴堂，佈置一切。

鼓樂聲再次喧天而起，呂不韋人未到洪鐘般笑聲先至，在管中邪一眾簇擁下，由大門眾星拱月地昂然而入。眾人紛紛起立致禮。

呂不韋得意之極，倏地立定堂心，由從人斟滿杯子後，舉杯遙向朱姬和小盤高聲道：「先敬太后、儲君一杯。」

項少龍旁的烏應元冷哼道：「我看這無情無義的賊子能得意到何時？」

項少龍冷眼看著小盤、朱姬與呂不韋舉杯互祝，心中豈無感慨。

這刻可說是呂不韋最得意的時刻，可是當待會欲殺他項少龍而不得，之後又有黑龍出世，改朝換制，粉碎呂不韋禪讓奪權的美夢後，他的權力將被逐步削弱，其中一個因素自是嫪毒勢力的膨脹。

此時呂不韋等來至他們席前，管中邪從祝酒的大隊中移過來，舉杯朝項少龍道：「今晚不論勝敗，我管中邪對項大人仍是打從心底裡敬服，其他多餘話不說哩！」

項少龍看著頑強的敵手，微笑回禮。

兩人都是淺嚐即止。

待所有人重歸己席時，呂不韋站起來宣佈，道：「齊相田單今趟特別派遣一個雜耍團來給我賀壽，團內無一不是奇人異士，保證各位大開眼界。」

眾人本以為他宣佈的是項、管兩人的比武，微感失望中，一隊百多人的雜耍團，聲勢浩大的擁進來，把他們的注意力吸引開去，惹來熱烈的掌聲和喝采聲。

項少龍等心下恍然，齊人的伏兵，指的該就是眼前的雜耍團。

這雜耍團甫進場已先聲奪人，外排各十多個壯漢大翻觔斗，一組由三十多人疊羅漢而成的人陣，輕鬆地在一名動作詼諧的侏儒生動的引領下，像一堵牆般跑了進來。

最精采是除底層的八名力士外，接著三層的全是性感的美女，最頂處那齊女更是美賽天仙，雖及不上紀嫣然等那種絕色，已屬不可多得的美人兒。

其他繞著羅漢陣的團員則邊行邊表演各種難度極高的動作。

在樂隊起勁的吹奏裡，賓客的采聲、笑聲中，羅漢陣花朵般撒往地上，四名力士滾往四方之際，上面三層的十一位美人流水般灑下來，或臥或坐，表演柔若無骨又充滿挑逗意味的誘人姿態。

那高立羅漢陣之頂，最美的齊女翻下來後，再幾個翻騰直抵呂不韋席前，獻上一個以黃金打製而成的壽果。

負責小盤和朱姬安全的昌文君最是緊張，與眾御衛對這批雜耍員虎視眈眈，防止有人心懷不軌。

項少龍和滕翼等聚精會神觀察待會將伏擊他們的敵人，見他們不論男女都身手不凡，均心生戒懼。

若非有蒙恬通風報訊，猝不及防下，說不定要吃上大虧。

種種表演中，最逗笑的是那個詐作四處佔女人便宜，但總是犯錯被打的侏儒。

十一位美女在八名有若崇山的力士襯托對比下，施展柔骨絕技和精采的舞姿，引得全場歡聲雷動。

雜耍團退下後，眾賓客仍是議論紛紛，對這批軟骨美人讚歎不已。

呂不韋再次站起來的時候，眾人知道好戲來了，倏地靜下來。

大堂內近千對眼睛，全集中到這權傾一時的冒險家身上。

呂不韋乾咳一聲，正要說話，嫪毒含笑而起，向呂不韋遙遙施禮，眾人正大惑不解，嫪毒已微笑道：「若下官猜得不錯，仲父是否要宣佈項、管兩位大人的比武爭美呢？」

呂不韋呵呵笑道：「嫪大人眞懂揣摩別人心意，事實正是如此，不知嫪大人是否另有高見？」

他語帶嘲諷，暗指嫪毒擅於逢迎朱姬，頗爲陰損抵死。

嫪毒就算不高興，亦不會表露出來，淡淡道：「好事成雙，主菜上席前，也該有些可口小點。不若先由下官家將與仲父手下高人來一場點綴助興，趁趁熱鬧，仲父意下如何？」

眾賓客哪想得到會橫裡殺了個嫪毒出來，公然向呂不韋挑戰。秦人好武，宴會比武乃家常便飯，好事者紛紛喝采叫好。

小盤見嫪毒說話前沒有先向自己請示，知他恃著朱姬，並不把自己放在眼內，比呂不韋更囂張狂妄，心中暗怒。

這邊的烏應元向項少龍低聲道：「嫪毒是不甘寂寞了。」

項少龍含笑點頭，他當然明白烏應元意之所指。

自周室式微，諸侯稱霸，各國權貴均盛行養士之風，這不單是搜羅人才，以爲己用，更是身分地位的象徵。

權貴間家將、卿士的比武，代表著門客實力的較量。

嫪毒得太后朱姬支持，勢力日增，自是希望趁此機會揚威立萬，一顯威風，假若他派出的門客高手勝過呂不韋的人，不但勝出的手下聲價百倍，還可突顯出他嫪毒現時的權勢地位，一舉兩得。

在某一程度上，項、管之戰中嫪毒可能仍是看好管中邪，所以若能先勝上一場，那就算管中邪擊敗項少龍這西秦第一劍手，管中邪仍未可算無敵，因爲嫪毒尙擁有一位勝利者，不讓呂不韋專美。

項少龍目光掃過嫪毒手下門客，見那令齊臉有得色，立知此計必是出於此君腦袋，遂對此人留上了心。

呂不韋呵呵再笑，顯是看穿嫪毒心意，別轉身來，向小盤恭敬道：「比武助興，既可增添熱鬧，更可顯揚我大秦武風，請儲君示准。」

嫪毒和朱姬同時臉色微變，知道呂不韋故示尊重小盤意見的姿態，自是用心不良，冀圖加深朱姬、嫪毒方面和小盤的分歧，裝出好像只有他才懂尊重小盤的樣子。

整個大堂肅靜無聲，千百道目光全集中到這未來秦始皇的身上去。

小盤也是了得，像絲毫不明白呂不韋的暗示般，含笑對嫪毒道：「嫪卿家會派出哪位劍手來讓我們一開眼界？」

韓竭由嫪毒旁霍地立起，大步走到堂心，下跪道：「內史府客卿韓竭，請太后、儲君賜准獻技。」

這番話既自負又倨傲，特別強調要得到朱姬的允准，擺明針對呂不韋剛才沒有把朱姬這太后放在心上。

近月來韓竭在咸陽聲名大噪，直逼項少龍和管中邪兩大頂尖劍手，各人見嫪毒派的人竟然是他，登時興奮起鬨。

呂不韋微微一笑，坐了下來。

小盤笑向朱姬道：「一切由太后作主。」

這麼一說，眾人更是興奮，此一道主菜前的美點，已是勢在必行，難道朱姬會和深得她恩寵的嫪毒抬槓嗎？

果然朱姬輕柔地道：「韓竭乃有『稷下劍聖』之稱的忘憂先生曹秋道的得意門生，劍法超群，不過仲父手下能人無數，必可派出人選，好逼得韓先生抖出絕藝，讓我等見識一二。」

滕翼見朱姬擺明捧嫪毒壓呂不韋，雖對後者絕無好感，仍忍不住低聲對項少龍等道：「眞想去把韓竭的龜卵子捏他娘的出來。」

項少龍聽得好笑，回答道：「二哥總有機會的，何不現在藉呂不韋的人，看看這龜卵子有何本領。」

荊俊肯定地道：「呂賊必會派許商出來，除他和管中邪外，怕沒有人是這龜卵子的對手。」

事實上除他們外，堂內人人都在猜測呂不韋會派何人出來應戰。此等勝敗關乎到呂不韋的面子和榮辱，呂不韋自不敢輕忽對待。

呂不韋的目光果然落到許商身上，豈知就在此時，與韓竭有師門之辱的連蛟冷哼一聲站起來，恭身道：「請仲父允許連蛟出戰。」

連蛟亦是當今咸陽炙手可熱的劍手，曾多次在宴會場合顯露身手，眾人見他自動請纓，登時鼓掌喝采。

呂不韋顯然對他頗有信心，呵呵笑道：「好！記著點到即止。」

只有管中邪和許商同時皺起眉頭，顯然並不看好連蛟。

鼓聲轟然響起，眾人均知好戲立即開場。

兩人隔開丈許，並排面向主席位的小盤、呂不韋和朱姬，先致以武士敬禮，隨即轉身面向對手，四目交投。

韓竭平時雖予人倨傲無禮的印象，這時卻像變成另外一個人般，非常沉著，全神貫注打量對手，沒有半點輕敵或疏忽大意。

他右手握劍柄，穩定而輕鬆，兩腳微分，不動如山，雖沒有擺出架勢，卻比任何姿態更有震懾人心的高手風範，項少龍和滕翼等也暗暗爲他喝采。

他的眼神變得劍般銳利，沒有透露出分毫心中的情緒，使人覺得他深不可測，難以猜度。

大堂內鴉雀無聲，人人屏息靜氣，絲毫沒有不耐煩的感覺，非是各人今晚特別有耐性，而是沒有甚麼特別大動作的韓竭，已足以生出強凝的氣勢，鎮懾全場。

最令人透不過氣來的是他竟清楚傳達出一種訊息，就是他不出手則已，否則必是石破天驚的攻勢。

滕翼在烏應元後側俯身過來奇道：「這小子與善柔同出一門，爲何劍路上卻完全不同呢？」

項少龍剛和紀嫣然交換個心生驚異的眼神，聞言道：「只從曹秋道能調教出兩個不同的徒弟出來，可知曹秋道確已達大宗師級的境界。」

滕翼點頭同意。

要知若是一般下乘劍匠，只知照本宣科地把自身技藝授與徒兒，很容易培養出另一個自己來。只有博通劍術的宗師級人物，才懂得因材施教，令徒兒發揮出本身的優點和特長。

善柔以快爲主，劍走飄靈。韓竭則以穩爲重，劍法求勢求狠。只從兩者的分別，便可推測出曹秋道的成就。

另一邊的連蛟雖一向狂妄囂張，但際此生榮死辱的關鍵時刻，也變得氣度沉凝，嚴陣以待。

表面上一點看不出他落在下風，還拔出長劍，橫在胸前，威勢十足，可是眾人總有他給劍尚未出鞘的韓竭比下去的感覺。

兩人對峙了半盞熱茶的工夫，韓竭忽地微微俯前，像隻尋到獵物弱點的斑豹般，雙目厲芒遽盛，凝注對手。

事實上兩人的距離沒有絲毫改變，但眾人卻猛地感到韓竭已主動出擊，箇中情勢，確是難以言喻。

果然身在局內的連蛟在對方驚人的氣勢壓迫下，不得不立即發難，爆出震撼全場的一聲咆吼，手中劍化長虹，在暗含奧理的步法配合下，越過近丈的距離。長劍變化了幾次，最後才斜挑韓竭握住劍柄的手。

明眼者知他劍勢的每一個變化，不但可迷惑敵人，還藉之加速增勁，使攻至敵人時，氣勢、力道均臻達最巔峰的一刻。

而他直取對方握劍的手，更是厲害，務令韓竭不能全面發揮劍招。縱使傷不到人，但高手交戰，只要一旦失勢，絕難平反敗局，所以無論在劍術上或戰略上，連蛟無疑已可躋身第一流劍客的行列。

這時包括項少龍等人在內，都覺得韓竭過於托大，暗叫可惜。

「鏘！」

韓竭右腳移前，身子奇異扭側，寒光閃閃的劍滑了一截出來，在燈光照耀下爆起一團耀人眼目的異芒，一分不誤地只憑露出半截鞘的劍刃硬擋連蛟迅若閃電、厲若雷霆的一劍。

連蛟想不到對方膽大至此，已來不及變招。

韓竭再踏前一步，右肩一聳，往連蛟胸口撞去，右手同時用力把劍推回鞘內，神乎其技地夾著連蛟的少許刃鋒。

全場各人無不動容，如此劍法，確是世所罕見。這樣當然鎖不死連蛟的長劍，但已足使他劍勢頓挫，若被對方肩頭撞上胸口，更要當場出醜，駭然下連蛟抽劍猛退。

驚天動地的攻擊，立時冰消瓦解，還慘失主動之勢。

「鏘！」

韓竭那把光華流動得有若幻象的寶刃，終於出鞘。

只要不是瞎子，該知是把不可多得的利刃。

項少龍自問下亦知韓竭的劍更勝李牧贈給他的血浪。

滕翼歎道：「連蛟完了！」

「停手！」

眾人齊感愕然。

韓竭的寶劍本要乘勢追擊，聞言只好倏然立定，劍回鞘內。

連蛟仍被韓竭氣勢所懾，雖未露敗象，但只看他連退七步，當知他形勢不妙之極。

眾人定過神來，循聲望去，發話者原來是管中邪。

管中邪哈哈一笑，道：「敢問韓兄，這把寶劍出自何人之手，叫甚麼名字？」

若換了別個人說這番話，必會惹得全場起鬨，怪其取巧爲己方的連蛟解困，可是管中邪自有一股理所當然的風度，教人不敢妄評他在施展詭計。

韓竭剛好面對管中邪的一方，微微一笑，劍再離鞘，出乎所有人意料之外，竟甩手擲出，旋風般向管中邪旋去，由於運勁巧妙，長劍到達管中邪身前三尺許時，剛好是劍柄的一方向著管中邪。

眾人目瞪口呆，管中邪輕輕鬆鬆、漫不經意的探出巨手，指曲成虎爪，拇指在下，準確無誤地捨劍柄而捏著刃身。

時間似若停頓下來，本是狂旋的寶劍餘勢全消，乖乖的給鎖死在管中邪的五指關內。

管中邪橫劍眼前，嘖嘖稱善。

韓竭見管中邪露這一手，像其他人般爲之動容，再微笑道：「劍名『破軍』，乃敝師珍藏七大名劍之一，出自歐冶子之手。」

全場立時起鬨。

歐冶子乃鑄劍大師，古今除干將、莫邪夫婦外無人能及，只此一劍，隨便可換來足夠普通人一世用之不盡的錢財。

最尷尬的是連蛟，呆立堂心，進退不得。

管中邪又欣賞半晌後，將劍拋還韓竭，笑道：「劍好人更好，這一仗是敝師弟輸了，異日若有機會，必向韓兄請教高明。」

眾人掌聲轟起，卻非爲韓竭的絕世劍術，而是對管中邪的風度心折。

嫪毐等自然不大是味道。

項少龍等卻是心中佩服，管中邪耍出漂亮的一手，既技驚四座，救回連蛟，更壓下了韓竭的鋒頭，一舉三得，眞虧他有這種應變能力。

眾人望望管中邪，又瞧瞧項少龍，顯都感到管中邪的鋒芒，突然間把項少龍全蓋過去。

呂不韋顯然對得力手下應變避辱的手段非常欣賞，舉杯道：「來！讓我們爲這場別開生面的比試喝一杯！」

眾人歡呼聲中，舉杯回敬。

連蛟一言不發，返席去了。

韓竭則接過僕人遞上的美酒，飲勝後施施然回席，擺出勝利者的姿態。

呂不韋再要說話時，嫪毒後席的國興忽然站起來，先向小盤等施禮，大聲道：「剛才一戰，雖是精采，卻未能盡興，小人斗膽，想請一位高人下場陪小人玩上一場，以竟餘興，請太后、儲君和仲父賜准。」

此語一出，頓時全場肅然，暗猜他欲挑戰何人。

嫪毒也皺起眉頭，顯是此事並未先得他同意。

只有邱日昇等渭南武士行館諸人，人人臉有得色，不用說是早有預謀，想藉此機會，重振行館在咸陽的聲威。

項少龍腦際靈光一現，已知道國興要挑戰的人。

第二十七章　以德服怨

在嫪黨之中，以邱日昇爲首的渭南武士行館中人，實與嫪毒門下其他客卿有顯而易見的分別，因爲他們並不須倚賴嫪毒而存在，而是秦國本土的一股勢力。

邱日昇等現在須依附嫪毒，皆因開罪呂不韋，故一旦陽泉君失勢，他們只好偃旗息鼓，躲了起來。可是本身仍是一股不可輕侮的勢力，與秦國軍方有千絲萬縷的關係。

在利害關係下，他們借助嫪毒的蔭庇重開場館，而嫪毒亦因他們而實力倍增。這只是一種利益的結合，不存在誰是主子的問題。

故現在國興出場欲藉比武重新樹立行館的威望，雖是早有預謀，卻連嫪毒在這刻之前仍給蒙在鼓裡。

項少龍只憑嫪毒和邱日昇截然不同的兩個表情，立時推斷出所有這些事來。

聽得國興擺明要挑戰某人，呂不韋還以爲又是針對他旗下的人，心中暗喜，打定主意，無論他說出的是何許人，亦要以劍術能與管中邪並駕齊驅的「上蔡第一劍手」許商上陣，好大挫嫪毒和邱日昇的氣焰。

急不及待下，哪還有閒情向朱姬或小盤請示，哈哈笑道：「國先生確是豪氣干雲，只不知所說高人，指的是哪一位？」

國興再一施禮，目光掃視全場，最後落到荊俊臉上，冷然道：「國興藉此良機，願請荊副統領指教。」

此語一出，登時全場起鬨。

荊俊先是呆了一呆，接著喜上眉梢，正欲大聲答應，一陣比天籟仙樂還好聽的女聲響起道：「不行！這場比試該是我的。」

眾人循聲望去，包括國興在內，無不愕然以對。

原來說此豪語者，竟是與琴清以色藝冠絕當代、美豔不可方物的才女紀嫣然。

眾人雖知紀嫣然武技高強，可是知道儘管知道，總是難以相信如此美麗嬌柔的尤物，會是赳赳男兒的對手。

國興乃渭南武士行館館主邱日昇之下最著名的人物，向負盛名，無論嬌滴滴的才女如何高明，體能、氣力各方面理該難以和這種頂級的劍手比較，故驟聽下全都呆了。

荊俊自不能讓嫂子冒險，欲反對時，卻給旁邊的滕翼制止。

國興則頗感尷尬，呆望紀嫣然好半晌，才說話困難地道：「唉！紀才女身嬌肉貴，小人怎敢冒犯不敬，更沒有這個膽量，嘿！」

項少龍對紀嫣然要出手並不大感意外，因爲日前當好嬌妻聞知國興言語中傷他項少龍時，曾大發雷霆，表示要教訓國興，現今有這麼千載一時的良機，豈肯錯過。

他同時注意到朱姬正狠狠盯著紀嫣然，眼中射出包括嫉忌在內的複雜神色。

此時廳內人人默然無聲，靜觀事情的發展。

紀嫣然仍是那副嬌慵倦懶的動人樣兒，一點不像即赴戰場的女武士，先向項少龍甜甜淺笑，才盈盈而起，走出席位，來到大堂中央處。

平時眾人望她，均須遮遮掩掩，今趟有此機會，無不狠盯著她，飽餐秀色。

紀嫣然先向主家席的小盤、呂不韋和朱姬致禮，忽然解下華美的外袍，隨手揮送地上，露出一身把她山巒起伏、美不勝收的體態表露無遺的緊身白色武士服，全場登時響起歎為觀止的歎息聲。

項少龍想起當日杜璧派人追殺他們，曾意圖活捉紀嫣然，不由乘機朝他瞧去，只見杜璧固是目不轉睛，他旁邊的蒲鶮更是瞳仁差點瞪得掉下來，垂涎欲滴，登時恍然大悟。

場內不論男女，均被紀嫣然傾國傾城的豔色震懾。

只聽她口吐仙音道：「國先生請勿小覷我們女兒家，否則若吃大虧，莫怪嫣然沒有預先警告。給我拿槍來。」

負責掌管飛龍槍的烏光，連忙解囊取槍，忙個不停。

國興給紀嫣然妙目一掃，登時失魂落魄，渾身發軟，歎道：「這場算小人輸了吧！國興實無法興起與才女動劍弄槍之念。」

紀嫣然一把接過烏光跪獻的飛龍槍，先不理國興，揚槍灑出一片槍影，再收窄槍圈，登時滾滾槍影，在嬌軀四周煙花般爍動不停，好一會兒變回橫槍胸前的靜態。

喝采聲宛若雷震，小盤和呂不韋都報以熱烈掌聲。

國興臉上首次露出凝重神色，耳聞哪若眼見，此時才知紀嫣然之能名震大梁，自有真材實學。

邱日昇等行館之人均面面相覷，自問若設身處地，亦不知該如何應付這種驚心動魄的槍法。

驀地一聲長笑，轉移了眾人注意力，蒲鶮撚鬚笑道：「無論換哪一個人下場，此仗必敗無疑，試問誰可狠下心腸，冒犯我們的紀才女哩！」

掌聲再起，顯示各人贊同蒲鶮的話。

紀嫣然微微一笑，眼尾都不掃向得意洋洋的蒲鶮，欣然道：「既是如此！便請國先生擋嫣然十槍，若嫣然無功而還，就算國先生勝出。」

事實上在場諸人無不希望她顯露一下身手，但又不希望她有任何損傷，聞此解決方法，登時采聲四起。

滕翼低笑道：「國興今天有難哩！」

項少龍暗忖即使換了自己，若是只守不攻的話，恐怕三數槍便要吃不消，點頭同意。

國興尚未有機會回答，小盤冷然道：「國先生搦戰在先，現在有人應戰，自不許臨陣退縮。爲免國先生故意落敗，若先生擋不了這十槍，國先生將永不被寡人錄用，國先生好自爲之。」

邱日昇等無不聞言色變。要知加入武士行館的人，最終目標均是藉此階梯，晉升軍隊士官級的職位，假若國興永不被錄用，那他的前途立即完蛋。

各人此時均知小盤對國興公然向項少龍方面的人挑戰一事動了眞怒，同時也感受到未來秦始皇不可一世的霸氣。

嫪毒和朱姬隔遠交換個眼神，互相看出對方的驚駭和怒火。

因著嫪毒的關係，朱姬和小盤的分歧愈來愈大。

不過今次嫪毒完全是無妄之災，站在他的立場，現下最大的敵人乃呂不韋而非項少龍，說他不惱邱日昇等，就是騙人的。

這些資料和分析全給冷眼旁觀的項少龍一一收進腦袋，好尋找可瓦解武士行館和嫪毒的夥伴關係的計策。

國興施禮後，「鏘」的一聲拔出佩劍，向紀嫣然敬禮道：「嫣然小姐請賜教。」

紀嫣然淡淡道：「嫣然這十槍只攻先生手中之劍，保證不會傷及先生身體，先生可拋開所有顧慮，全力防守。」

在場之人，包括國興在內，均聽得先是怔在當場，旋又心中折服，感受到這美麗才女高尚的情操。

只要是有眼睛的人，即可看出紀嫣然的槍法已臻出神入化的境界，而長槍本就是遠距離的攻擊武器，如果以劍對槍，任由長槍把利於強攻的特性發揮殆盡，想不落敗只是天方夜譚。

國興雖是紀嫣然心中因其言語辱及夫君而痛恨的敵人，但因事情牽涉到國興畢生的榮辱前途，所以她故意放他一馬，令國興能放手抵擋，不用因要顧著防護要害，致處處受制。由此衍生的利害優劣，實有天壤雲泥之別。

而在另一方面，紀嫣然並沒有順應小盤的指示，乘勢使國興顏面盡失，永不超生。可見才女特立獨行，絕不會因任何人的影響而失去本身行事的原則。

說到底，國興他們並沒有如呂不韋般與項少龍方面有解不開的仇恨。

席內的邱日昇卻臉色陰沉，冷哼一聲，絲毫不領情。

反是國興露出感激之色，深深向紀嫣然鞠躬致敬，然後擺開架式斜挺長劍，道：「請小姐賜教！」

宴堂上鴉雀無聲，等待才女出手。

另兩個輔廳擁至愈來愈多的賓客，擠得席位外圍處水洩不通，插針難下。

今夜事情的發展，在在出人料外，教人無法猜估下一刻會發生甚麼事。

紀嫣然雖有點「違背君意」，可是由於紀嫣然乃項少龍嬌妻，又是小盤最欣賞的美女之一，這大秦國儲君一點不以為忤，趣味盎然地全神觀戰。

朱姬眼內嫉忌之色更濃了。

近墨者黑，朱姬與卑鄙小人嫪毒混在一起，性情在不知不覺間起了不良的變化。

呂不韋卻是更恨國興。

剛才管中邪耍了無比漂亮的一手，把劣局平反過來，壓下嫪毒的威勢，本是非常圓滿，只要管中邪能再擊殺項少龍，今晚便是大獲全勝。

豈知給國興這麼出來亂搞一通，惹出紀才女，項少龍方面立時聲威大振，把他和嫪毒全比下去。

坐在管中邪旁的呂娘蓉呆瞪著紀嫣然，透射出茫然之色，忽然几下管中邪穩定有力的手探過來，抓起她的柔荑。

呂娘蓉芳心抖顫，想起或者就是這隻手把項少龍殺死，不由朝對面的項少龍望去。只見他深情地凝望著有若天仙下凡的紀嫣然，半點沒留心自己，心中湧起一陣失落的感覺，忙把管中邪的手緊緊回握。

「噹！」

槍劍交擊，響震全場。

紀才女終於出手。長槍由紀嫣然手中電疾射出，看似飆刺國興面門，其實取點卻是稍高一些，斜掠國興紮著武士巾的髮髻，揭開此戰的序幕。

若要國興去猜紀嫣然的第一槍會是如何使出，他定會猜這武技高明的俏佳人以其靈活的槍法，虛虛實實的惑他耳目，使他在難以封格下，退而避之，失去憑膂力一出手便壓制長槍的機會。

事實上剛才紀嫣然示威性的槍法表演，早把這印象鑄刻在國興的腦海裡，故這看似簡單直接的一槍，確是大出他意表。

紀嫣然這把飛龍槍，與一般長槍的最大分別是罕有的全鋼槍，沒有木桿槍剛柔兼備的特性，分量沉重多了，更不虞會被削斷，飆刺時不但速度特快，亦佔了本身重量的便宜，力道非是一般木桿槍可比。且由於國興惑於先入爲主的印象，想不到對手捨巧取拙，故到發覺她棄繁取簡的一槍攻來，登時失去預算，倉卒間只好沉腰坐馬，揮劍挑格，與飛龍槍毫無花假地硬拚一記。

管中邪卻是心中暗喜，全神留意飛龍槍的特性和槍法。

誰都知項少龍不擅用槍，若要以槍來對付管中邪，自須向以用槍名著天下的紀才女取經。故管中邪愈能在這難得的機會上把握她的槍法戰術，等若先觀項少龍預演一場，識破敵手的虛實，更能勝券在握。

國興的劍格上長槍時，雖發出一下脆響，但卻駭然發覺飛龍槍的力道並非想像般的狂猛，還有種似無實質的感覺，使他感到難以發力。

這是完全不合情理的事，但卻又是最合情理的。

長槍應劍往上彈起來。在這樣的情況下，國興自應乘勢搶往紀嫣然近處，發劍進擊，以近身肉搏的方式，瓦解對手長兵器的優勢，可是因爲國興可守而不可攻，故縱然對方有此破綻，他亦惟有坐失良機。

在千百對眼睛注視下，紀嫣然踏著奇異的步法，纖腰一扭，把飛龍槍單手拖回來，再雙手握槍，藉腰馬之力又把飛龍槍送出去。

國興因剛才錯估紀嫣然的力道，長劍多往上移近尺後，才能回收，就是這麼的慢了一線，飛龍槍像條活過來的毒蛇，閃電般直擊他掛在右腰的劍鞘。

國興至此才親身體會到紀嫣然槍法的厲害，迫於無奈下後退橫移。

全場立時采聲雷動，除行館和嫪黨的人保持沉默外，人人均爲紀嫣然打氣，荊俊、烏光、昌平君等屬項少龍方的人，更是叫得喉嚨差點破了。

項少龍看著美賽天仙、靈動如神的絕世佳人，想起自己正是擁有她的男人，心中那種志得意滿的感覺，更是令他心醉神迷。

連他也想不到只是第二槍，紀嫣然就把國興逼得倉皇退避。

紀嫣然嘴角逸出一絲無比動人的笑意，令人感到她仍是遊刃有餘。但她手中的槍卻一點沒有閒著，在迅快的步法下，直刺的槍改變角度，電射往移退後國興右方的空檔處。

包括國興在內，眾人均爲之愕然，不明白刺空的一槍能對國興構成甚麼威脅。豈知紀嫣然嬌軀行雲流水般飄前兩步，槍桿變得緊貼腰身的一刻，身子急旋，藉轉動之力，飛龍槍由直刺變成橫掃，取的仍是國興的劍鞘。

國興若給掃中，保證要橫跌地上，但卻不會傷到他的身體，因而沒有違背她許下的諾言。

眾人看得如癡如醉，傾倒不已。

紀嫣然每一槍都是那麼出人意表，但又是那麼動人悅目。

尤其是她嬌軀在動作時表現出的活力，令人更是心弦震動，歎爲觀止。

國興先失兩著，本打定主意怎也要貨眞價實地與紀嫣然硬拚一招，憑男性比女性更強的體能瓦解她一槍比一槍厲害、綿延不絕的驚人槍法。

可是面對紀嫣然藉整個身體的旋動力量掃過來的一槍，國興只好打消原有主意，使出卸勁，長劍斜斜由上劈往飛龍槍，同時往後再退一步。

就在劍、槍快要交觸，飛龍槍閃動如神蹟般往上跳起，幻出漫空槍影，晃動跳躍間，長江大河般往國興面門湧過去。

如此槍法，即使管中邪這種高手亦看得心中歎服，其他人更是瘋狂吶喊，爲她助威，一時堂內沸騰著掌聲、人聲，把氣氛推上熾熱的高峰。

「噹！」

國興也是了得，竟在重重槍影中找到眞槍所在，但因變招倉卒，力道不足，清音激響後，不由再退一步，手臂給震得又痠又麻。

至此紀嫣然總共擊出四槍，而國興則連連失利，認眞來說半槍都守不住，雖未可算敗，已大失面子。

國興暗忖如此下去，恐怕再擋兩槍，保證劍刃脫手，猛一咬牙，往大堂進口一方的廣闊空間疾退開去。

堂內立即噓聲四起，但這確是沒有辦法中的辦法。

紀嫣然已絕對地掌握主動之勢，把國興戲弄於股掌之上，唯一扳回劣勢的方法，是離開飛龍槍所籠罩的勢力範圍，好能重整旗鼓、站穩陣腳，同時讓被飛龍槍折磨得苦不堪言的手臂爭取復元的空隙。

紀嫣然嬌叱一聲，竟滾往地上，左手緊握在飛龍槍槍尾處，借勢下槍頭先撞地面，然後彈起來，如影附形的趕上急退的國興，挑向他的鞘底。

高手如管中邪、韓竭和許商等此時無不敬服，此槍最巧妙處是借拍地的力道，使不可能的事變成可能。

這一槍絕傷不了國興，但只要觸及國興劍鞘，當然該算他輸了。

國興更是魂飛魄散，也虧他了得，硬是順勢一個觔斗，翻騰往後。

但眾人均知他已輸了，當紀嫣然再由地上彈起來時，陣腳大亂的國興更加不濟，除飲恨槍下外，再無其他結局。

邱日昇等均露出不忍卒睹的表情，今趟武士行館勢將顏面無存，以後還憑甚麼作爲大秦訓練劍手的最高機構？

國興心叫「完了」時，紀嫣然彈立而起，槍收背後，含笑而立，那種由極動轉爲極靜的對比，配合上她一貫嬌慵俏逸的從容風姿，看得所有人全呆了眼。

國興落地後踉蹌再退三步，橫劍胸前，胸口急劇起伏，訝然望著這最美麗誘人的對手。

聞名天下的才女仍是氣定神閒，盈盈淺笑道：「嫣然攻了五槍，先生擋過五槍，而嫣然之所以能著著領先，皆因先生遵諾只守不攻，不若就此作罷，算我們不分勝負。」

小盤鼓掌站起來，大笑道：「好一位紀才女，誰能不心悅誠服，由今天開始，才女就是寡人的太傅。」

再轉向國興道：「國先生能緊守寡人之命，只守不攻，亦是難得，就賜你爲都騎第三副統領之職，歸項統領管轄。」

紀嫣然喜孜孜的和臉有愧色的國興下跪謝恩。

項少龍心中生出既奇異又欣慰的感覺。

小盤終於長大成人，不但識破武士行館和嫪毐間只是利益的結合，還壓下心中的喜惡，以非常的手段把國興收納過來，這豈是一般凡夫俗子能有的心胸氣魄。

誰都估不到此事會以喜劇收場，一時采聲四起，但都是爲紀嫣然歡呼。

「才女」之聲，喊個不絕。

只有邱日昇仍是臉寒如冰，眼露凶芒，一言不發。

呂不韋也恨得牙癢起來，暗忖只要幹掉項少龍，其他人還何足道哉，倏地起立，大笑道：「怕該是主菜上席的時候了。」

坐著、立著的逾千賓客，立時靜下來，目光全集中到這權傾大秦的人物身上去。

第二十八章　龍虎爭鋒

呂不韋正躊躇滿志，準備宣判項少龍的死期般頒佈兩人的決戰時，呂娘蓉倏地站起來，斬釘截鐵地道：「不用比武了，女兒決定嫁給中邪，只好辜負項大人的美意。」

此語一出，呂不韋的笑容立即凝固，呆在當場。

管中邪則雄軀一震，眼中厲芒閃閃，朝正愕然向呂娘蓉瞧來的項少龍望去，誰都知道這一向沉穩冷狠的人失去方寸。

其他人更無不面面相覷。如此一來，這場萬眾期待的一戰，豈非就此告吹。

杜璧、嫪毒等更難掩失望之色，因爲兩人中無論誰飲恨收場，對他們均是有利無害。

而嬴盈、昌平君、王齕等卻是如釋重負，鬆了一口氣。

秦國一向嚴禁將士私鬥，項少龍和管中邪同爲軍方將領，苦無藉口下，縱是恨不得項少龍殺死管中邪的小盤，亦不能自壞規矩，硬要他們鬥上一場，否則法何以立？

宴堂肅默無聲。

呂娘蓉坐回去，低垂螓首，酥胸高低起伏，處於激動的情緒裡。

項少龍凝神瞧呂娘蓉好一會兒後，不知該好氣還是好笑，暗忖剛才因開罪了她，所以她才故意在眾人前掃落他的面子，籌碼則是她的終身大事。

但說到底，呂娘蓉便像嬴盈般，還是較傾向管中邪。

呂不韋氣得臉都紅了，狠狠盯了呂娘蓉幾眼後，眼珠一轉，呵呵一笑坐下來，向右邊的小盤笑道：「小孩子總是拿不定主意，不過本仲父既有言在先，此事理該由老夫作主，否則豈非失信於天下，儲君意下如何？」

呂娘蓉嬌軀猛顫，抬起頭來，正要說話，管中邪在几下握緊她的手，湊近沉聲耳語道：「娘蓉切勿再令仲父難堪。」

呂娘蓉呆了一呆，偷瞥項少龍一眼，又垂下俏臉。

小盤好整以暇道：「仲父言之成理，何況比武挑婿，我大秦自古已有此風尚，故假若仲父認為這場比武不宜取消，太后又沒有意見，寡人自然全力支持。」

眾人的目光全轉移到朱姬處，候她出言，氣氛緊張得像拉滿的強弓。

這握有實權的大秦太后一對美眸射出複雜難明的情緒，先深深瞥嫪毒一眼，再朝項少龍望去，忽然俏臉血色盡褪，口唇微顫下嬌喝道：「項、管兩位卿家的比武，就如仲父所請，如期舉行。」

采聲震天而起，整個華堂沸騰起來。

項少龍的心卻像給利刃狠狠割了一下，知道在嫪毒和他之間，朱姬已選擇毫無保留地投向嫪毒。

現在凡是深悉管中邪實力的人，均認定他項少龍必敗無疑，朱姬的支持比武，正代表她希望自己給管中邪殺死，好一了百了。

自己和朱姬的關係發展到這個地步，只有歎一句「造化弄人」，除此還有何話可說？

呂不韋雄壯嘹亮的笑聲再次響起，大喝道：「少龍、中邪之戰，立即開始！」

這宣佈又惹來另一陣高潮的采聲。

鼓聲喧天而起，更添熱烈的情緒。

管中邪低聲安慰呂娘蓉兩句，長身而起，全場立即靜下去。

這聲名直逼項少龍的超級劍手只是隨便一站，便有種睥睨當世的氣概，教人心生敬畏。

管中邪步出席外，含笑接受眾人的喝采，當到達大堂中心空地處，從容立定，向主家三席敬禮，道：「能得太后、儲君和仲父恩准與項大人比武較技，實中邪生平快事，微臣死而無憾。」

眾人聽他說得豪氣，又隱含分出生死始肯罷休之意，情緒再高漲起來，拍得手掌都爛了，吶喊得聲音也嘶啞了。

項少龍的臉色卻頗為難看，當然不是為比武一事，而是對朱姬的轉變感到無比痛心。

眾人卻以為他是怯戰，大感奇怪。

項少龍深吸一口氣，壓下洶湧波動的情緒，站了起來。

就在此刻，他知道自己已被朱姬的絕情深深地傷害了。

項少龍生性重情重義，為了朋友，完全置自身的安危、榮辱於不顧，所以贏得像李園、龍陽君、韓闖、圖先等人生死與共的交情。

他對朱姬更是情深義重，豈知最終卻換來這等對待，哪能不心生怨悵。

在萬眾注目中，他來到管中邪旁丈許處立定，施禮後目光落在朱姬臉上。

兩人目光一觸，朱姬立即垂下頭去。

項少龍化悲痛為力量，哈哈一笑，道：「拿刀來！」

眾人聞「刀」而愕然時，管中邪虎軀一震，眼中厲芒爍閃，往他望去。

荊善走了出來，跪地奉上仍插在鞘內的百戰寶刀。

項少龍接過百戰寶刀，交往左手拿著。

訝異之聲四起，人人的目光都集中到這式樣奇怪的兵器上去。

小盤禁不住大奇道：「項卿家手上兵器，究竟是甚麼東西？」

項少龍手握寶刀，立有神采煥然的感覺，因朱姬而來的慘淡情緒一掃而空，萬丈豪情由心內湧起，朗聲答道：「此乃微臣親自設計的兵器，稱之為『長刀』，名曰『百戰』，取的是孫子兵法中『百戰不殆』之意。」

眾人交頭接耳，議論紛紛，恨不得他立即把百戰寶刀拔出鞘來一看，偏是項少龍毫無此意。

呂不韋驚異不定道：「少龍不是說過要以飛龍槍應戰嗎？為何出爾反爾？」

昌平君哈哈笑道：「仲父此言差矣，兵家之道，正在於詭變無常，教人揣摩不定，少龍明是槍、暗實刀，深合兵家之旨，為何仲父反有出爾反爾之責？」

昌平君這幾句毫不客氣的反駁話一出，眾人均泛起非常特別的感覺。

昌平君雖當上左相，但由於德望未足，故一直受人輕視，而他本身也如履薄冰，戰戰兢兢，頗為低姿態。現在他侃侃而言，主動為項少龍辯護，可知他已逐漸建立起當左相的信心和地位，敢與呂不韋爭一日之短長。

對昌平君，小盤自是全力支持，微笑道：「左相國之言有理，項卿家能設計出這種史無先例的奇異兵器，更使人急不及待，好一睹百戰寶刀的威力，若仲父再無說話，寡人便宣佈比武開始。」

呂不韋壓下心中怒火，暗忖待收拾了項少龍後，才來慢慢整治你昌平君，肅容道：「請儲君宣佈！」

小盤目光落在項少龍握於左手仍深藏鞘內的百戰寶刀，欣然道：「比武開始！」

鼓聲再次驟起，把各人的心弦全拉緊了。

支持項少龍而又不知百戰寶刀威力的人，一顆心都提到喉嚨頂。

一來他們對新鮮出爐的怪異兵器毫無信心，二來更由於項少龍向以劍法稱雄，忽然換了柄從未上場的新穎兵器，火候和技法方面均會有問題，實是不智之極。

最高興的卻是蒲鶮，若比武不成，他最多是把原銀奉還各大小賭客，但假若項少龍得勝，由於有烏應元的賭注，將使他損失慘重。現在見項少龍竟以這麼一把不稱手的怪傢伙應戰，自是喜形於色。

自古以來，劍在所有人心目中早建立起至高無上的地位，乃近身格鬥的王者，隨之而來的是源遠流長的劍術文化，一時間誰都不能扭轉本是根深柢固的想法。

除紀嫣然等知情者外，只有小盤對項少龍最有信心。那來自孩提時對項少龍的崇拜，沒有任何力量可轉移他這種心態。

另一個不敢小覷百戰寶刀的人是項少龍的對手管中邪。

基於一流劍手的敏銳直覺，他首當其衝地感受到項少龍握上百戰寶刀時立即隨之而來的強凝氣勢和信心，故一點不敢學其他人般生出輕視之心。

鼓聲倏歇。

宴堂內聲息全消，有的只是沉重的呼吸聲和間中響起的咳嗽聲。

此時所有人全擁到宴堂內，連席位間都插滿全神觀戰的人。

兩人緩緩轉身，面面相對。

管中邪左手握在長擊刃的劍把上，躬身施禮道：「項大人行事每每出人意表，令人驚喜無窮，不論勝敗，下屬仍是眞心折服。」

項少龍感受著刀鞘傳來奇異的感覺。

這載著中國第一把長刀的鞘子絕非凡鞘，而是由清叔以鉻混合鐵等物料後製成的鋼鞘，質地遠勝一般劍鞘，又不會像當時劍鞘般容易生鏽，本身亦可作擋格的武器，此事管中邪當然不會知道，但他卻沒打算瞞他，以微笑回報道：「管大人留心，我這把百戰寶刀的鞘子也可當作武器般使用的。」

管中邪眼中閃過複雜的神色，點頭道：「多謝項大人提點，請大人賜教。」

項少龍嘴角飄出一絲笑意，虎目掃過正目不轉睛看他們的嫪毒等人，其中的韓竭更專注得像是他上場那樣。

過兩席的呂娘蓉則花容失色，茫然望著兩人，接觸到項少龍眼睛時，櫻唇輕顫，卻沒有躲避他的目光。

項少龍的目光最後回到管中邪身上，從容笑道：「管大人準備好了嗎？」

管中邪退後三步，「鏘」的一聲拔出長擊刃，擺開架勢，刃尖斜舉胸前，遙指項少龍。

一股凜冽的殺氣立時瀰漫全場，生出凶險無匹的可怕感覺。

項少龍微俯往前，虎目神光電射，凝視對手，同時把百戰寶刀抽出少許，立時光芒爍現，生出另一股強大氣勢，堪堪罩著對手。

所有人立時呼吸頓止，靜待隨時展開的惡戰。

項少龍道：「管大人請！」

管中邪雙目厲芒亮起，肅然道：「項大人請。」

外人還以爲管中邪故作謙讓，只有項少龍知他因未能摸透百戰寶刀的虛實，故採守勢，以靜制動。

項少龍低吟道：「百戰寶刀，戰無不勝，管大人小心了。」

「鏘！」

百戰寶刀終離鞘而出，卻沒多少人能清楚看到這寶貝的樣兒，更沒有人可想像得到百戰寶刀會是如此霸道。

即使曾試過寶刀厲害的滕翼等人，亦想不到在實戰時毫無保留的情況下，百戰寶刀有如此威力。

萬眾期待中，百戰寶刀像陽光、長虹般由鞘內拔出來，隨項少龍前衝的勢子，化爲迅雷急電，劃過兩人間丈許的空間，往嚴陣以待的管中邪劈去。

觀者人人張口瞠目，卻沒有人能叫出聲來。

管中邪也吃了一驚，想不到項少龍一出手就是捨身猛攻的姿態，忙橫移一步，沉腰坐馬，運劍擋格。

「噹！」

一聲激響，震懾全場。

先是刀風破空的急嘯聲，牽引所有人的聽覺，到刀劍交鋒時，管中邪隨著響音，虎軀劇震，雖化解了項少龍凶厲無匹的一刀，但絕非輕鬆容易。

這一刀因全無留手，故能造成如此可怕的威勢，但弊處卻是後著難繼。

項少龍心中驚懍，本以爲這一刀至少可把管中邪劈退半步，豈知對方的腳像生了根的硬生生把驚天動地的一刀擋格過去。

管中邪武功確是大有進步，難怪熟悉管中邪情況的人都不看好他項少龍。

像管中邪這種高手，已臻達人類體能極限所能攀上的巔峰狀態，要進步談何容易。目下他這近乎奇蹟的更上一層樓，項少龍正是大功臣。若沒有他作爲激勵管中邪的目標和對象，管中邪絕難臻目下的境界。

管中邪竭盡全身之力，硬架項少龍這一刀，心想若讓對方展開刀法，那還得了，覷準他舊力衰竭、新力未生的一刻，藉身子前衝之力，長擊刃逼壓著百戰寶刀不放，強往項少龍推去。

「喳！」

刀劍摩擦下，發出一聲難聽之極的聲響。

項少龍力道始終及不上管中邪，給他推得倒退兩步。

紀嫣然等立時花容失色，果然管中邪把握得時機，長擊刃迴旋而出，藉身體的橫移，避過百戰寶刀籠罩的空間，由項少龍左側飆刺他脅下露出的破綻。

更因管中邪使的是左手劍，這一著無論在角度、速度和機會的拿捏上，均到了妙若天成的至境。

就在愛護項少龍的人慘不忍睹，而恨他者或買他輸者大喜若狂時，「鏘」的一聲，項少龍左手刀鞘以一招「以守代攻」，硬架管中邪必殺的一劍，還餘勢未盡，逼得管中邪於駭然中急退開去。

全場各方人等，無不爲項少龍這出人意表的一招目瞪口呆。

以劍鞘禦敵並非甚麼奇事，但像項少龍般能以左手運鞘像正常兵器般使出完整精采的招數，卻是未曾有之了。

這正是項少龍暗中想出來的奇技，以補百戰寶刀攻強守弱的弊病。當然，若對手非是管中邪，只是百戰寶刀長江大河的攻勢，足可教對方落敗身亡，但若似剛才的情況，百戰刀鞘就有救命的妙用。

尤其墨子劍法乃天下最厲害的守勢劍術，棄之不用實在可惜，這方面的長處，就由百戰刀鞘繼承。

若非百戰刀鞘因混了鉻而堅硬難毀，亦擔當不了如此重任。

種種條件加起來，就是項少龍此刻的百戰刀法。

管中邪生平所遇劍手中，惟有項少龍在先後兩趟比武均可硬生生把他逼退，心中叫糟，眼前電光疾閃，刀氣滾騰，百戰寶刀已如驚濤駭浪般乘勢攻來。

「噹噹」之聲不絕於耳。

項少龍展開領悟得來的刀法，在眨幾下眼的工夫下向管中邪連劈七刀，每一刀所取角度均是刁鑽無倫，像一道道的激電閃劈而來，在刺耳的刀風呼嘯中，刀劍不住交觸，以管中邪之能，初遇這種糅合了科學原理和武學精華、史無先例的刀法，亦給殺得只有招架之力，不住後退。

此時眾人才懂得狂嘶猛叫。

叫得最厲害的是田貞兩姊妹和十八鐵衛，如癡如狂。

高手如韓竭、許商之輩，亦爲項少龍威勢所懾，臉色大變。

最慘的是蒲鶮，哪想得到項少龍比傳說中的他還要高明百倍。

每次百戰寶刀劈中管中邪，長擊刃都崩開一個小缺口，而它的主人卻軀體劇震，有如被裂岸的驚濤拍擊，震得東歪西倒。

管中邪到擋第七劍時，已約略摸清楚項少龍的百戰刀法，只覺每一刀劈來雖有破綻，但由於刀法太凶猛、太凌厲，加上沒有一定的成法，根本是無從反擊。

這亦是刀劍之別。

一般劍法中的擋格招數，遇上以砍劈爲主的刀，更由於這是剛發明的兵器，措手不及下，即使管中邪這種級數的劍手，也要大大吃虧。

百戰寶刀就像變成急電和疾雷，滔滔不絕的化成一道道芒光，劃過兩人間的空間，每一刀都從意想不到的角度劈往管中邪。

項少龍則變成充滿懾人力量的天神，把領悟出來的百戰刀法發揮殆盡，著著搶攻，既不用留手，更不須防範對方的進擊。

管中邪偶有還手機會，百戰刀鞘就會使出墨子劍法，把破綻縫補得無隙可尋。

觀者只覺項少龍的刀法有若羚羊掛角，去留無跡，完全把握不到刀勢的取點和下著。

身在局內的管中邪更是苦不堪言。

「噹」的一聲巨響，管中邪雖展盡渾身解數，再擋他一擊，可是終吃不消這暗合物理動力學一刀的衝擊，給劈得連人帶劍跌退兩步，步法紊亂。

項少龍知是機會來臨，大喝一聲，如影附形搶前三步，百戰寶刀高舉過頭，當踏出第三步時，寶刀由上疾劈而下，猛砍往管中邪額頭正中處。

管中邪臨危不亂，這時退已不及，除了運劍硬格，別無他法。

「噹！」

刀劍交擊。

不堪砍劈的長擊刃當中折斷，就在百戰寶刀破額而入前，管中邪表現出他驚人的身手，閃退尺許。

項少龍心中一歎，收刀而立，並不進擊。

管中邪再踉蹌退了一步，握著只剩下半截的長擊刃，額際現出一道淡淡的血痕，只是被刀氣所傷。喝叫打氣之聲，倏地消去。

兩人目光交擊，天地似若剎停下來。

片晌後，管中邪露出一絲苦澀笑意，拋開手中斷劍，躬身道：「項大人的百戰寶刀確是厲害，下屬甘拜下風。」

他不說項少龍武技高強，只讚他的百戰寶刀，表明敗因只在對方手中兵刃，故並非完全心服，而事實確是如此。

歡聲雷動中，小盤等無不暗叫可惜，若非管中邪長擊刃斷成兩截，包保管中邪已變成躺在血泊內的死屍。

呂不韋鐵青著臉，一言不發。

呂娘蓉的俏臉再無半點血色，茫然看著場內兩人。

小盤偷瞥神情木然的朱姬一眼後，笑道：「此戰確是精采絕倫，項太傅自創的寶刀和刀法，使人歎爲觀止。」

項少龍和管中邪忙向小盤敬禮。

眾人眼光不約而同集中往呂不韋身上，看他會否即場宣佈把呂娘蓉許配給項少龍。

在呂不韋不知如何應付時，朱姬乾咳一聲，冷冷道：「此戰雖藉娘蓉之名，其實卻非爲她而戰，故婚約之事，大可取消，少龍可有異議？」

項少龍當然不會反對，點頭應道：「一切由太后作主。」

王齕長身而起，走了出來，到項少龍前，接過百戰寶刀，把弄半晌後，轉身朝小盤道：「少龍創出此種教人膽喪的兵器，實是非同小可，若用於馬戰衝刺戰術，將大大加強我大秦軍旅近身馬戰的威力，功勞之大，比之攻城佔地更是影響深遠，已等似立下軍功。故老將提議擢陞少龍爲大將軍，負責訓練三軍，同時統率禁衛、都騎、都衛三軍，保衛朝廷，名爲都統大將軍，請儲君恩准。」

呂不韋和嫪毒等的臉色同時變得難看之極，偏是別無他法，因爲以王齕的身分說出這麼一番言之成理的話來，確教人無從反駁。

小盤心中大喜，差點要抱著王齕吻上兩口，讚他識得體察龍心，欣然道：「大將軍所說正合寡人之意，請太后賜示！」

朱姬方寸大亂，朝嫪毒望去，猛一咬牙，沉聲道：「陞少龍爲大將軍，確是實至名歸，至於都統一職，牽涉到都城兵制改變，事關重大，還應從長計議。」

小盤心中大罵，蓋王齕提議最厲害處，是把咸陽守軍的兵權全歸於項少龍直接管轄之下。朱姬這麼來一記避重就輕，只讓項少龍陞爲大將軍，小盤雖恨在心頭，卻又是無可奈何，惟有只宣佈陞任項少龍為大將軍。

壽宴至此人人意興闌珊，輸得損手爛腳的蒲鶮更是空有滿席佳餚，也難以下嚥。

項少龍接受眾人祝賀後，小盤當眾宣佈五日後到渭水旁主持春祭，沖淡因比武勝敗而引來的敗興氣氛。

項少龍見對面的蒲鶮臉無人色的頻頻與杜璧交頭接耳，忍不住問岳丈烏應元，究竟在自己身上押下多少賭注。

烏應元忍著笑，先欣賞蒲鶮這大輸家的表情後，低聲道：「只不過三千鎰黃金吧！」

項少龍聽得目瞪口呆。

對一般人來說，百鎰黃金該可闔家人優哉游哉活過這輩子，三千鎰黃金實屬天文數字，再加上蒲鶮以一賠三輸掉的數目，難怪大富豪也要消受不起。

此時宴會結束，呂不韋親把小盤和朱姬送往大門，其他人輕鬆起來，紛紛過來向項少龍道賀，管中邪和呂娘蓉則雙雙悄悄溜走。

滕翼和荊俊趁機先行一步，準備應付齊人的伏兵。

賓客逐漸散去，項少龍在烏應元、王齕、王陵、昌平君、桓齮等人的簇擁下，往大門走去，紀嫣然、琴清等諸女隨行在後。

昌平君笑道：「照我看由今天開始，再沒有多少人敢正式向少龍挑戰。」

項少龍心中苦笑，二十一世紀所有武俠小說、電影或電視連續劇中的第一高手，無不周身煩惱，只希望自己是例外的一個就好了。

第二十九章　星夜刺客

項少龍與紀嫣然等策馬馳至離烏府幾個街口的通衢處，滕翼和數十名精兵團的戰士正在等候他們。

眾人紛紛下馬。

滕翼走到項少龍旁，低聲道：「我們的人比這批田單派來的死士更先一步進入隱蔽的戰略要點，所以現在對敵人的形勢瞭若指掌，只不知少龍想把來人全部殲殺，還是要盡量生擒敵人？」

項少龍凝望著長街黑沉沉的另一段街道，其中一截在到達府門前的路上，由於兩邊都是參天古樹，故特別幽暗，正是敵人伏擊他們的最佳地點。

沉聲道：「二哥有甚麼主意？」

滕翼道：「要生擒敵人，自是要多費手腳，但由於我們人數比他們多上數倍，故可在他們驚覺事敗逃走時佈下天羅地網擒捕他們，小俊已把城內駐紮的一團五百人都騎軍調來助陣，保證沒有人能溜掉。」

項少龍點頭道：「一切照二哥意思辦，田單這老狐狸真厲害，甫回齊國，便派了這麼一個暗殺團到咸陽來，而因有呂不韋的掩護，我們直至壽宴時，始知道有這麼一個雜耍團的存在，亦可見我們的情報網上有著致命的漏洞，此事之後，必須設法補救。」

滕翼點頭答應，道：「我們去吧！」

項少龍、紀嫣然、十八鐵衛隨著滕翼和他的人，沿長街燈火不及的暗影迅速而行，不一會兒到達那截藏有伏兵的路段外。

除了烏府門前兩盞大風燈，整段路沐浴在星月黯淡的光暈裡，有種荒涼淒美的感覺。

項少龍湊到紀嫣然的小耳旁，道：「才女今晚顯盡威風哩！」

紀嫣然把香噴噴的玉臉貼上他的大嘴，喜孜孜道：「哪及得上夫君大人？不過百戰寶刀厲害得過了分，否則管中邪就老命難保，這是否叫過猶不及呢？」

滕翼也覺好笑，道：「怎會有厲害得過分這回事，應是管中邪氣數未盡、命不該絕。不過這人也實在身手驚人，竟能在劍斷的一刻避過百戰寶刀的疾劈。」

此時十八鐵衛等五十多人分散到各戰略要點，甚至攀往附近房舍、樹木的制高點，把這端路段完全封鎖。

項少龍沉聲道：「事後我回想起來，管中邪是故意讓我砍在缺口上，好斷劍保命，此人的智計確是驚人。」

滕翼和紀嫣然同時倒抽一口涼氣，在那種情況下，管中邪仍能臨危不亂，以這種駭人聽聞的方法保命逃生，確是了得。

此時有人來報，一切預備妥當，隨時可以動手。

眾人均等待項少龍的指令。

項少龍微笑道：「敵人現在銳氣正盛，我們索性等他一個、半個時辰，到他們驚疑不定、心慌意亂時，就是我們出手的好時機。」

滕翼和紀嫣然齊聲叫絕，前者道：「既是如此，我就使人去張羅一些網索之類的東西，好擒拿敵人。」

滕翼行事去後，項少龍與紀嫣然到一棵大樹下坐好，笑道：「今晚確是充滿刺激和驚險的一夜，以呂不韋的性格，如此大失面子，可能更激起他謀朝篡位之心，幸好我們還有黑龍這著絕活，否則就眞頭痛了。」

紀嫣然仰望星空，眼中閃耀幸福的光華，挨緊他昵聲道：「有夫君大人在，呂不韋能有甚麼作爲？若說行軍打仗，王齕比徐先和鹿公兩人更厲害，只要保住他不被呂不韋害死，呂不韋和蒙驁便一天難以公然舉兵，且秦人的忠君愛國，天下知名，哪到呂不韋隨意操縱。我反更擔心杜壁和蒲鶮，他們既有長安君成蟜這張可拿出來與儲君抗衡的好牌，又可利用秦人反呂不韋的情緒，加上地方勢力和東方三郡的人心不穩，兼與趙人勾通，除非不發動，一發動必釀成大禍，故不可不防。」

項少龍對愛妻的識見一向佩服得五體投地，點頭受教，道：「多謝才女提醒，明天我入宮和儲君、李斯、昌平君等商量，免致有起事來，猝不及防，慌了手腳。」

紀嫣然悠然輕歎，把頭枕到他寬肩上，夢囈般道：「嫣然一生人中最感激老天爺的事，是嫁得項少龍爲夫婿，自國破家亡，每逢失意之時，總不時想到了結沒有意義的生命，幸好沒有那麼做，否則就不會有今夜既凶險又美麗的一刻。」

項少龍伸手環抱她香肩，感動地道：「才女垂青我項少龍，該是我感激涕零才對。」

紀嫣然坐直嬌軀，喜上眉梢，道：「這正是我們夫君大人獨特之處，從沒有像其他男人般視自己的女人爲奴爲婢。唔！清姊在此刻定是和廷芳、致致和小貞、小鳳秉燭夜談，說的必離開不了你。」

項少龍正想說話時，「砰」的一聲，在那截路的上空爆開一朵煙花，照亮了昏黯的街道。

在這古代的照明彈下，隱見十多人正沿街狂奔過來。

兩人站了起來，發出命令，戰爭開始了。

一時殺聲貫耳，戰事轉瞬變成你逐我走的追捕戰。

在項少龍方面張開的天羅地網下，敵人不死即傷，又或當場被擒。

附近居民被驚醒過來，當然沒有人敢出來觀看。

蹄聲、人聲，粉碎這地區的安寧。

當項少龍回到烏府門外，被擒下的齊人全體五花大綁，集中在主宅前的廣場處。

荊俊報告道：「殺了二十五人，生擒六十七人。嘿！看來那最美的軟骨女和侏儒都沒有參與行動，唉！事實上裡面沒有半個是我們曾見過的齊人。」

項少龍馳入府門，只見被擒者雖疲倦沮喪，但人人臉帶寧死不屈的神色，不禁心中暗歎。

自己該怎樣處置他們？

正躊躇間，蹄聲由遠而近，管中邪領著一隊人旋風般衝進來，施禮道：「下屬來遲一步，請項大人恕罪。」

項少龍等自知來者不善，氣氛頓時緊張起來。

項少龍跳下馬來，淡淡道：「沒有甚麼大不了的事，只是一群小賊陰謀不軌，管大人儘管把他們帶走，如何發落，就由管大人呈交報告，希望以後不要再發生這種事便好。」

不但是管中邪，連滕翼、荊俊和紀嫣然也感愕然。

誰都知項少龍不會這麼好相與，只是不知他葫蘆裡賣甚麼藥。

管中邪呆了半晌，正想說話，項少龍不耐煩地揮手道：「把人帶走吧！明早給我一份報告，好讓我知道是否有人在背後指使和清楚這批人的來歷。」

管中邪雖驚疑不定，但還有甚麼話好說的，立即指揮手下把人押走，連屍體都不放過。

項少龍與滕翼等步入大廳，荊俊奇道：「三哥為何無端端放過扳倒呂不韋的大好機會？」

項少龍笑道：「這批人沒有一個曾在今晚的雜耍表演中現身，可知呂賊早有佈置，即使這些人給我們逮著，也不會洩出呂賊與此事有關。」

紀嫣然點頭道：「若非如此，呂不韋就是大笨蛋，上次牧場之戰，事後的餘波弄得呂不韋一身麻煩，今次自然要學乖了。」

滕翼皺眉道：「可是三弟也不須將人交給管中邪，只要我們嚴刑拷問，至少可套出這批人如何進入咸陽，從而發現可尋之跡，讓呂不韋頭痛一下也是好的。」

四人此時在大廳坐下，侍女奉上熱茶，眾鐵衛守護四方。

項少龍微笑道：「今次讓管中邪收押凶徒，目的是要釣他這條大魚，可以想像在明天的報告裡，呂不韋必會諉過別人，這是他們早擬好的策略，好能在除去我後，仍可藉此打擊別人。」

紀嫣然恍然道：「那定是杜璧了！」

滕翼拍案叫絕，道：「我明白了，管中邪任由這麼多人進入咸陽，自是有虧職守，我看他怎保得住都衛統領之職。」

項少龍淡淡道：「若沒有蒙武、蒙恬兩只妙棋，恐怕仍動不了管中邪，但現在有小武或小恬去當都衛統領，呂不韋哪犯得著堅持下去。從明天開始，都城三大軍系全落在我們手上，呂不韋想造反就更困難了。」

紀嫣然讚歎道：「夫君大人算無遺策，但卻要防嫪毒要爭奪這位子，在太后支持下，他非是全無機會的。」

滕翼笑道：「那就由呂不韋去和他爭個焦頭爛額好了。」

此時遠處隱隱傳來車馬之聲，紀嫣然欣然俏立而起，道：「定是廷芳等回來了。」言罷朝大門走去。

荊俊神情興奮起來，低聲道：「三哥不是說過要去武士行館找邱日昇的晦氣嗎？今晚天色這麼好，明天定是風和日麗，我們千萬不要浪費這麼好的日子。」

項少龍和滕翼同時啞然失笑。

滕翼抓著荊俊的肩膊道：「莫忘記我們的項大將軍明天要帶你這小子到鹿府正式提親，你竟只想到打打殺殺。」

荊俊喜形於色，自刮了一巴掌後，赧然應是。

此時一名侍女來到項少龍旁，低聲道：「大人喝茶。」

項少龍沒有留心，隨手接過她遞過來的茶杯。

驀地刀光一閃，侍女右手一翻，纖腰猛扭，手上現出一把寒氣森森的匕首，閃電抹往項少龍咽喉處。

完全出於本能的反應，項少龍仰跌向後，避過致命的一擊，茶杯同時拋往後方。

滕翼和荊俊同時大喝跳起來，荊善等大駭撲至。

那侍女一個翻騰，射出手中匕首，同時往側門處逸去，身手之快捷靈活，教人歎爲觀止。

項少龍剛躍起來，匕首插胸而入，慘叫一聲，倒回地上去。

滕、荊兩人魂飛魄散，齊往項少龍撲去。

眾鐵衛此時已把刺客截著，激戰起來。

滕翼和荊俊扶起項少龍，撕開匕首插中處的衣衫，只見內裡穿上由清叔打製、琴清縫紉的護身甲冑，匕首只能透穿少許，登時鬆一口氣。

項少龍透出一口氣，驚魂未定，道：「不要殺她！」

滕翼大喝道：「項爺沒事，生擒她好了！」

一聲尖叫，侍女被烏光撲倒地上。

項少龍把匕首拔出來，鋒尖只沾了少許刺破皮肉的鮮血。

鐵衛把侍女押到三人身前。項少龍定睛一看，赫然是雜耍團的臺柱，最美麗的柔骨美妞兒。

第三十章　後患無窮

縱是在眾多如狼似虎的鐵衛挾持下，這嬌滴滴的柔骨齊女仍是毫無懼色，以帶點不屑的神態看著項少龍，冷笑道：「原來項大人內穿不畏兵刃的甲冑，難怪這麼奮不顧身，力克強敵了。」

不知為何，項少龍升起很不妥當的感覺，一時又想不出問題的所在。

由於荊善和烏光兩人分別抓著她柔軟的胳膊和以另一手鎖緊她的肩胛骨，照理她該再難有任何作爲。

滕翼顯然亦有他那種異常感覺，這鐵漢並不像荊俊和其他鐵衛般，眼睛只忙於向她因雙臂被扭而特別顯露的高挺酥胸梭巡，冷喝道：「跪下！」

荊善和烏光用力一按，柔骨美女哪吃得住，跪了下去，連僅能活動的美腿也失去作用和威脅性。

大門處人聲響起，紀嫣然等進入廳內。

就在這剎那間，項少龍靈光一閃，想到問題所在。

她實不應這麼容易被擒拿的，以她早先在呂不韋壽筵上表現出來的身手，眾人要活捉她絕非易事。且她剛才已先一步逸往窗門，怎會如此輕易給鐵衛們手到擒來？其中當然有詐。

原因是她見項少龍未死，又聽到自己命人不要對她下殺手，遂故意被人擒回來，好進行再一次的刺殺。

此時眾人均自然地別頭朝大門處望去。

項少龍詐作分神。

果然柔骨女檀口忽張，一縷光影立即激射而出，朝項少龍臉龐奔來。

滕翼等驚覺過來，同時駭然大震。

項少龍從容一閃，避過暗器，柔骨女的身體奇異地扭了幾下，竟像一條滑不溜手的魚兒般，由荊善和烏光兩人的鐵爪下溜出來，再泥鰍般由兩人間滾身到眾人的包圍圈外，身手之迅捷滑溜，教人歎爲觀止。

眾人驚喝怒罵中，柔骨女手捧雙膝，曲成一團，像個大皮球般眨眼間滾至大廳一側的窗臺下，在眾人截上她前，彈了起來，穿窗去了。

眾鐵衛大失面子，狂追而去。

項少龍等面面相覷，均想不到柔骨女如此了得。

接著昌平君、昌文君、桓齮等聞風而至，一時府內、府外鬧哄哄一片。

項少龍一覺醒來，只覺精滿神足，昨夜的勞累一掃而空。

他坐起身來時，一向貪睡的紀嫣然給他弄醒，慵懶地撲入他懷裡，撒嬌道：「天還未亮嘛！陪人家多睡一會兒好嗎？」

項少龍把她摟緊，輕憐蜜愛一番，柔聲道：「由今天開始，每天我都要在雞啼日出前起來苦練百戰刀法和拳腳功夫，只看昨晚那柔骨女刺客，可知天下間能人無數，一不小心，就會吃大虧。」

紀嫣然想起昨晚由女刺客吐出來的牛毛針，猶有餘悸道：「眞是駭人，將這麼一枝針藏在口裡，仍可從容說話，教人絲毫不起提防之心。」

項少龍大力打她一記粉臀，笑道：「好嬌妻你再睡一會兒吧！」

紀嫣然一臉嬌嗔地坐起來，怨道：「給你這麼打了，甚麼睡意都不翼而飛哩！」

項少龍目光自然投往她因衣襟敞開而顯露的春色，只覺觸目動心，差點要把這誘人的美女按回床上，忙暗自警惕，勉力離開她。

不由記起李牧的警告，自己只要一不小心，耽於男女之慾，便有負趙國絕代名將的期望。

紀嫣然跳下榻來，笑靨如花地欣然道：「讓小女子服侍項大將軍梳洗更衣好嗎？」

天空露出曙光之際，項少龍趕進王宮。

小盤正在吃早點，見他來到，邀他共膳。聽到他說出昨晚發生的事後，龍顏震怒，道：「呂不韋這狗賊，寡人將來必教他死無葬身之地。明知師父你是寡人最敬重的人，仍敢如此膽大妄爲。」

項少龍笑道：「儲君非是第一天知道他這種心術吧！生氣只是白生氣，今趟幸虧有小恬報訊，不過那女刺客確是第一流的高手。」

小盤呆了半晌，忽然失笑道：「若這番話出自別人之口，寡人必會氣上加氣。但由師父說出來，寡……嘿！我只覺心中暖融融的，非常受用。哈！我這番話確是沒話找話來說。不過我仍不明白爲何師父把那批人交給管中邪？」

項少龍當然不會告訴他因明知未來數年扳不倒呂不韋，所以不做無謂的事。淡淡道：「城內發生這種事，自該有負責的人。我們不是苦於無法弄個要職給小武和小恬嗎？」

小盤龍軀一震，眼射喜色，叫絕道：「師父這一著確是厲害，尤其昨夜管中邪在師父劍……嘿……不是劍下，而是師父刀下俯首稱臣，聲望大跌，這該叫……叫甚麼才好呢？」

項少龍知他心情興奮，所以說起話來有點詞難達意，接口道：「該叫『趁他病，取他命』！」

小盤一拍長几，道：「正是趁他病，取他命。只要都衛落進我們手內，那任由呂不韋和嫪毒長出三頭六臂，也難有作爲。」

此時內侍到來奏報，早朝的時間到了。

兩人對視一笑，上朝去也。

大殿內氣氛莊嚴肅穆。

咸陽城昨夜的風風雨雨，多少有點傳進眾人耳內，均知此事難以善罷。

項少龍被封爲大將軍，地位大是不同，位列於王陵、王齕、蒙驁和杜璧四人之後，穩坐軍方的第五把交椅。

現在秦國名列大將者，除他們五人外，就只有王翦和安谷傒。

高踞於層層升起的龍階上的三個人，以小盤精神最好，側坐左右兩旁的朱姬和呂不韋均容色疲倦，顯是昨夜睡得不好。

朝禮過後，小盤首先發難，向項少龍問起昨夜的事。

項少龍有條不紊地把整件事述說出來，向管中邪道：「請管大人呈上有關審訊凶徒們的報告。」

立於桓齮下方的管中邪踏前半步，躬身奏報道：「這批凶徒全體毒發身亡，事後發現他們人人口內暗藏毒丸，咬破後毒藥流入肚內，到我們發覺時已救之不及。」

這番話立時惹起一陣哄動。

項少龍當然不會相信，這擺明是呂不韋殺人滅口的手法。

不過不用他說話，站於斜對面的嫪毒肅容道：「儲君明鑒，都城之內，竟然混入大批凶徒行刺大臣，分明是早有預謀，行事周密，故絕不可輕忽處理。我們不但要緝拿背後元凶，更重要是徹查都城防衛出了甚麼漏子，否則怎會讓這麼多人潛進城內，而我們仍懵然不知呢？」

眾人紛紛點頭同意，項少龍和小盤心叫不妙。

看嫪毒這種借題發揮、大興問罪之師的態度，知他和朱姬已有默契，要把都衛統領一職搶到手中。

呂不韋、管中邪和蒙驁也看穿他心意，同時色變。

昌平君一時卻未想到這麼遠，質問管中邪道：「管大人難道對這批人的來歷沒有半點頭緒嗎？」

管中邪淡淡道：「臣下曾向仲父請示，由於內情異常複雜，故仲父指示須待調查清楚後，再向儲君報告。」

杜璧冷哼一聲，道：「管大人忙了整夜，竟得這麼一句無可奉告嗎？其實只是從他們所用兵器，又或衣著裝備，該足以推斷出他們的身分來歷，把背後指使的元凶找出來。」

呂不韋哈哈一笑道：「杜大將軍說得好，刺客所用兵器，均來自屯留蒲鶮的兵器鑄造廠，老臣因見太過沒有道理，怕是有人栽贓嫁禍，才著中邪再作深入調查。若杜大將軍認爲這便算證據確鑿，可請儲君下令，把蒲鶮立即處以極刑。」

杜璧勃然色變，大怒道：「呂相太過分了！」

轉向小盤，正要說話，小盤從容道：「杜大將軍不須爲此動氣，寡人自知此乃有人故意要嫁禍蒲先生哩！」

杜璧這才容色稍緩，只是狠狠盯呂不韋幾眼，再不說話。

小盤當然不是對杜璧或蒲鶮有甚麼好感，而是在現今的情勢下，怎也要待黑龍出世，站穩陣腳，才可以對付杜璧和蒲鶮一黨。否則亂事一起，呂不韋會乘亂再擴大勢力，甚或趁亂奪權，那就得不償失。

以成蟜爲中心，杜璧和蒲鶮作爲代表人物的軍事集團，主要的基地是民心不穩的東三郡，若再勾結趙人，驟然有起事來絕不容易應付。

呂不韋搶著發言道：「今趟有賊子潛進城來攪風攪雨，當然是有人掩護，故過得城門關防。所以目下要追究的，並非誰人該負上責任，而是誰是背後的主謀者。像田獵時高陵君的叛兵能遠道潛來謀反，其中必有人沿途掩護接應。項大將軍奉命調查，只不知有何成果呢？」

這幾著連消帶打，確是厲害，忽然又把矛頭改爲指向項少龍。

項少龍不由心中暗恨昨夜沒有抓著那柔骨美女，不然現在看呂不韋如何對答，正要說話，小盤冷然道：「項大將軍奉寡人之命作調查，豈知途中被人狙擊，以致迷失路途，寡人正在查究此事，應該快有結果。」

小盤把事情攬到身上，呂不韋只好乾笑兩聲，沒再說話。

氣氛忽地變得尷尬僵持，若有任何人仍苦苦要在誰該負上責任一事繼續糾纏，等若明著要和呂不韋過不去。

項少龍雖和呂不韋壁壘分明，仍不願弄至這等田地。

一直沒有發言的朱姬柔聲道：「仲父既然認爲不須苦苦追究責任，哀家自然尊重仲父意見。但加強城防，卻是當務之急，且任務繁重，恐非管卿家一人應付得了，故都衛副統領一職，實不宜懸空，嫪卿家身爲內史，最熟悉城防方面種種問題，未知心中可有適當人選？」

小盤、項少龍、昌平君一方和呂不韋一方各人同呼不好，朱姬這麼叫嫪毒選人，豈非擺明要他任用私人，以削管中邪之權？

朱姬已開金口，即使小盤和呂不韋也不敢反對。

果然嫪毒打蛇隨棍上，欣然道：「微臣的客卿韓竭，來我大秦前曾參與韓都城防事務，乃難得人才，若說都衛副統領人選，沒有人比他更適合。」

朱姬喜道：「嫪卿家的提議，甚合哀家之意，眾卿若無異議，就這麼決定。」

呂不韋沉聲道：「現時都騎有副統領三人，都衛亦宜增設副統領一人，好與韓竭共輔中邪，老臣心中亦有適當人選，就是來自上蔡的許商，得他輔翼，都城防務可萬無一失。」

項少龍、小盤、李斯、昌平君等面面相覷，誰都預估不到事情會發展到這般田地。

幸好禁衛軍的要職一向只委任王族的人，否則恐怕嫪毒和呂不韋也要分上一杯羹，那就更令人頭痛了。

王綰、蔡澤和蒙驁立時同聲附和。

嫪毒既推薦了韓竭，這時亦難再和呂不韋爭此要職。

項少龍等苦在不能主動推薦蒙武或蒙恬，否則必引起呂不韋疑心，那就等若因加得減。最後結果仍是由韓竭、許商當選，項少龍惟有大歎倒楣，但已是米已成炊之局。

今趟不但扳不倒管中邪，還增添呂不韋和嫪毒的勢力，眞是偷雞不著蝕把米。

有了副統領的官銜，在嫪毒和呂不韋的分別支持下，韓竭與許商大有陞上軍方要職的機會，那時更是後患無窮。

早朝後，項少龍心情大壞，匆匆離宮，經過琴府時，心中一動，往找琴清。

這俏佳人正在園內修花，際此冬去春來之際，風和日麗，天氣回暖，正在生氣勃勃的花樹間工作的琴清，素淨的裙褂襯托著如花玉容，另有一番引人之處。

琴清見項少龍百忙中仍抽空來看她，喜出望外，拋下手中工作，與他攜手漫步園林。

項少龍愛憐地握著她柔荑，歎道：「在下今次來此，是要謝過琴太傅救命之恩。」

琴清微笑道：「你總是語不驚人死不休，人家何時曾救你一命呢？」

項少龍把昨夜得她縫製的護甲擋了行刺一事說出來，聽得琴清花容失色，道：「天下間竟有這麼可怕的女刺客，連荊善身手如此了得的人都拿她不住，唉！少龍啊！眞要教人家擔心死了！」

項少龍笑道：「不用擔心，女刺客所以能逃掉，故因身具奇技，但更重要的原因是凡男人都好色，又慣於小覷女人，才予她有可乘之機。若換過是男刺客，荊善那班傢伙早饗以老拳，把他打得像個腫豬頭，渾身癱軟，哪輪得到他連番出手行刺。」

琴清聽他說來有趣，笑得花枝亂顫，伏到他肩頭上去，良久歎道：「有你在身旁，琴清總要笑個不停，唉！你這人哩！把人家的魂魄都勾了去。」

項少龍還是首次聽到琴清不顧矜持的心底話，心中一熱，把她擁入懷裡，大喜道：「琴太傅切莫忘記曾答應過我的話。」

琴清仰起嬌豔欲滴的俏臉，奇道：「我曾答應過你……噢……人家不和你說了。快放開我，給人見到成何體統。」

項少龍心情轉佳，看著她欲拒還迎的動人情態，笑道：「琴太傅終記起曾答應在我與老管之戰後，任我胡爲的承諾。嘿！今天天氣這麼好，不若我們……」

琴清大窘，猛力一掙，脫出他的魔爪，跺足嗔道：「不准你再說下去，否則我使人將你逐出門外。」

項少龍哈哈大笑，樂不可支，張開雙臂，道：「我的小乖乖，快到我懷裡來吧！」

琴清連耳朵都燒紅了，又喜又嗔，當然奈何不了他。秀眸一轉，柔聲道：「春祭後琴清才陪你好嗎？咦！你今天不是要陪小俊去鹿府提親嗎？爲何卻盡在這兒磨蹭？」

項少龍這才記起荊俊正在官署苦候，只好把她拉入懷裡，廝磨一番後，告辭離去。

回到官署，荊俊正等得坐立不安，昌平君和桓齮都來了，項少龍還想坐下喝杯熱茶，已給荊俊扯了起來，於是大隊人馬打道往鹿府而去。

街上人潮熙來攘往，熱鬧昇平。

項少龍已是咸陽城中街知巷聞的人物，秦人一向崇拜英雄，知他昨晚大勝管中邪，見到他無不欣然指點，當他禮貌地向一群追著來看他的少女展露笑容時，迷得她們差點昏倒過去。

昌平君雖身爲左相，但風頭仍遠及不上他，大爲豔羨，道：「少龍昨夜一戰，威震咸陽，我等與有榮焉。昨晚回家後，嬴盈對你讚不絕口，眞怕她改變心意來纏你，不肯嫁給端和。」

項少龍心裡大感欣慰，總算幫上好朋友的一個大忙。順口問另一邊的桓齮道：「小齮何時返回營地？」

桓齮恭敬答道：「儲君著我春祭後才回去，唉！現在我的速援師裝備不齊，糧餉不足，很多事均有心無力。今早朝會後，呂不韋找我去說話，希望把蒙武和蒙恬安排到我軍內去當副將，但我怎能答應呢？」

項少龍等無不精神一振。

昌平君低笑道：「怕甚麼呢？儘管應承他好了！」

桓齮愕然望向昌平君。

項少龍低聲道：「左相的話沒錯，小恬和小武實是我們的人。」

桓齮大喜道：「那我的速援師有救哩！」

後面的滕翼大笑道：「還不快去應諾！」

桓齮正要離隊，給昌平君一把扯住，吩咐道：「小齮你若能扮作向呂不韋屈服投靠的樣兒，儲君會更爲高興。」

桓齮乃不善作僞的人，聞言臉現難色。

項少龍道：「小齮只要照自己一向的行事作風辦就成，太過分反會招呂賊之疑，明白嗎？」

桓齮點頭受教，欣然去了。

轉過街口，鹿府在望，荊俊反心怯起來，躲到眾人背後。

眾人大笑聲中，項少龍一馬當先，進府而去。

能為自己兄弟締造幸福美滿的將來，實是人生最大樂事。

第三十一章　煮酒論酒

是夜烏府大排筵席，慶祝荊俊說成婚事。順帶恭賀項少龍一戰成功，狠狠挫敗呂不韋的詭謀。除己方的人和琴清外，外人有昌平君兄弟、王齕、王陵、桓齮、李斯、楊端和等人。最妙是鹿丹兒偷偷溜來參加，自然成爲眾人調笑的對象，倍添熱鬧。

酒酣耳熱之際，烏應元欣然道：「最近老夫贏了一筆大錢，對怎樣花掉它頗爲頭痛，各位有何提議？」

王齕笑道：「這是所有賭徒的煩惱，有錢時只想怎樣花錢，囊裡欠金時卻又要苦苦張羅，當然哪！烏爺富可敵國，自是只有前一項的煩惱。」

眾人哄然大笑，只有桓齮抿嘴不笑。

項少龍見狀心中一動，道：「不若把這筆錢花在小齮的速援師上去吧！」

眾人齊聲叫好，又覺得有點不妥當。

昌平君問道：「小齮尚未有機會說出見呂不韋的經過呢！」

桓齮歎道：「說到玩手段，我哪是這老奸巨猾的對手。我雖應允他明早朝會時提出須增添兩名副將，他仍藉口爲建鄭國渠，只允逐步增加速援師的經費，擺明是要留難和控制我。」

眾人大感頭痛，由於呂不韋抓緊財政開支，等若間接把軍隊控制在他手上，任何軍隊的增添裝備或遠程調動，沒有他點頭，就難以實現。

李斯最熟悉國家的財務，提議道：「烏爺不若把這筆贏來的大財獻給儲君，再由儲君納於廷庫之內，那麼有甚麼特別開支，就可以不經呂不韋而直接應付各種需求。」

烏應元豪氣干雲，道：「這個容易，我還可另外捐獻一筆錢財，那廷庫就相當可觀。只要能令呂不韋奸謀難逞，我烏應元是絕不會吝嗇的。」

眾人齊聲叫好。

再商量妥當行事的細節，興高采烈時，王齕歎道：「我王齕一生只佩服三個人，就是白起、廉頗和李牧。白起狠辣奇詭，廉頗穩重深沉，但若說到用兵如神、高深難測者，仍以李牧為首，趙國縱去了廉頗，但一天有李牧此人在，我大秦仍未可輕言亡趙。」

王陵奇道：「今晚晚宴人人興高采烈，老齕你為何忽然生出如斯感歎？」

王齕在眾人好奇的目光下，苦笑道：「因為我剛收到由魏國傳來的消息，安釐王病倒了，故聯想到廉頗時日無多，才心生感觸。」

荊俊不解道：「聽說安釐王一直不肯起用廉頗，若他去世，對廉頗該是有利無害才對，為何他反變為時日無多？」

陶方亦訝道：「廉頗現正寄居信陵君府內，顯然與無忌公子關係密切。安釐王若去，信陵君便成為魏國最有影響力的人，水漲船高下，廉頗的行情只有向好而不會變壞，為何大將軍竟有此言？」

王齕見眾人一頭霧水，惟紀嫣然若有所思，秀眸射出黯然之色，喟然道：「人說物傷其類，我與廉頗雖屢屢對陣沙場，仍對他落得如此收場心中惋惜。至於我為何有此看法，紀才女必已有悟於心，有請才女代為說出來吧！」

人人均知紀嫣然曾在大梁長居過一段時間，深悉大梁情況，目光都轉到她身上去。

這名著天下的才女美目泛起淒迷之色，香唇輕吐道：「安釐王若病危，信陵君亦命不久矣。廉頗既失靠山，惟有離魏投楚。楚人雖有李園，卻慣戀偏安之局，故廉頗再難有作為了。」

眾人這才恍然而悟。

以魏安釐王的性格，必會在病逝前施辣手先逼死信陵君，否則就怕魏太子王位難保。這種權力、王位之爭，絕沒有人情可講的餘地。

項少龍想起龍陽君，他是太子增的一黨，可想而知因安釐之病，使龍陽君正陷身激烈的鬥爭中，那是全勝或是全敗之局，其中沒有絲毫轉圜的餘地。

桓齮正容向王齕請教，道：「王老將軍剛才說白起比李牧尚差少許，不知為何會有此看法。要知白起一生戰無不勝，三十七年揚威沙場，攻取城池七十有餘，料敵應變，層出不窮，未嘗一敗，長平一戰，採取後退誘敵、分割圍殲的策略，更是一戰功成，使趙人由強轉弱，何人尚能與其爭一日之短長？」

桓齮顯然對白起這前輩名將非常崇拜，故忍不住出言為其爭辯。

王齕眼中射出緬懷之色，徐徐道：「當年長平之戰，白起為主將，我王齕為裨將，此事在當時乃最高機密，其時先王有令：『有敢泄武安君將者斬。』故趙人初時並不知主持大局者，實是武安君，此正為白起一向慣用的手段，為求成功，不擇手段。」

項少龍心中生出頗為特別的感覺。以一個二十一世紀的人，來到古戰國時代裡，聽著王齕此一代名將娓娓敘述那最關鍵性和最慘烈的一場攻防戰，這種滋味，確是難以言宣。

長平之戰可說是當時最爲人討論的話題，除趙人不願提起此傷心往事外，其他人反而樂此不疲。但耳聽王齕這位當年曾參與其事的秦方大將親口說出來，眾人的感受更大是不同，既心生敬畏，又是意趣盎然。

王齕歎道：「廉頗確是老而彌堅，知道我強他弱，稍一失利，立採築壘固守、疲憊我軍的戰略，看似保守，其實卻是明智之舉。要知長平坐擁天險，實是無可比擬的堅固要衝。在長平一戰前，白起和老夫定下策略，先攻韓國，由白起攻佔韓、魏交界的軍事重鎭野王，老夫則北向攻擊上黨一帶，貼逼長平，而在此時坐鎭長平的廉頗已有先見之明，下令構築防禦工事，準備充足的兵力和糧草，要和我們打一場持久戰。」

王陵點頭道：「廉頗確是有謀略的人，弄到我方大軍不但面對堅城而無用武之地，還因其不斷派人擾亂我們的糧援部隊，使我方出現軍需補給困難的危機，當時就是由我負補給後援之責。反之廉頗卻是以逸待勞，在長平城東側建立了一個非常堅固的陣地，鞏固防軍和首都邯鄲的聯絡，使我們陷於非常不利的境地。若非趙孝成王年輕氣盛，以爲廉頗老而怯戰，遂中了武安君反間之計，改以魯莽輕敵、高傲自恃的趙括代廉頗，敗的大有可能是我們。所以長平之勝，敗因在於趙孝成王陣前換將的錯著，武安君的運籌帷幄只屬次要。」

王齕解釋道：「老夫對白大將軍也非常欽佩，但有名主始有名臣，當年先王打從開始便破格重用白起，由左庶長起，隔兩年已陞爲大良造，而武安君亦沒有令先王失望，領軍的第二年，在伊闕之戰中，以他名震天下的鐵騎衝鋒軍，憑不到三分一的兵力，一舉攻破韓、魏二十四萬聯軍，擒殺其帥公孫喜，使魏國西方五鎭全部淪陷，接著的一年更連續攻佔魏人舊都安邑和附近六十一座城池，至此本是最強大的魏國只落得苟延殘喘的分兒。」

昌文君雙目射出崇敬之色，歎道：「如此功業，世所罕有，爲何仍及不上李牧？」

王齕搖頭苦笑道：「武安君之所以有此史無前例的戰果，皆因手段之殘酷亦是史無前例，每次戰勝，必盡屠對方降軍，以削弱對方實力。這雖是最有效的方法，卻非其他人辦得到，且有傷天和，遠及不上李牧之從容大度，故比起上來，仍是差了一點。」

眾人這才明白爲何在王齕心中，白起仍比不上李牧。而李牧能使敵方大將折服，亦可知他是如何了得了。

李斯歎道：「長平一戰，實是我大秦強弱的轉捩點，誰想得到當年曾大破我軍的趙奢之子，竟是如此不濟。趙奢那一戰該是武安君唯一的敗績。」

桓齮赧然道：「我一直沒有把該戰當是白起的敗仗。」

王齕向項少龍語重心長地道：「老夫今趟向儲君提議陞少龍做大將軍，就是針對李牧而發，眼下環顧我大秦諸將，只有你和王翦可與李牧爭一日之短長，我和蒙驁名分雖高，卻缺乏了你那種能使將士效死命的本領。」

項少龍心中苦笑，對著其他人還可說，若對的是李牧，縱使能硬著心腸，怕也難以討好。可恨這卻是早晚會發生的事。

昌平君點頭道：「大將軍的話非是無的放矢，李牧最近殲滅匈奴十餘萬騎兵，又降服東胡、林胡多個部落，趕得匈奴王單于狼狽北竄，短期內再無力犯趙，際此天下大亂的時刻，無論晶王后和郭開如何猜忌李牧，亦逼得要把他調回來守衛西疆。」

李斯淡淡道：「本來趙國除李牧外，尚有司馬尙和龐煖兩大主將，故現時郭開雖全力壓制李牧，可是當司馬尙和龐煖兩人都吃敗仗時，應是李牧出馬的時刻了。」

項少龍深心中愈發景仰李牧，只要看看王齕這等猛將，說起他時仍頗有談虎色變之感，可見他確是英勇不凡。

各人再談一會兒後，興盡而散。

次晨醒來，項少龍先苦練一輪刀法，才與紀嫣然一起出門，後者是領人到春祭的渭水河段，為黑龍出世預做安排工作和預演，否則若出了差錯，將會變成天下間最大的笑話。

由於早有李斯通知小盤關於烏應元獻金和桓齮的速援師須做財政和人事上的安排，所以他不用先見小盤，而是直接往赴朝會，省掉不少時間。

項少龍忽然感到無比的輕鬆，自莊襄王被害死後，先是田獵，接著是到楚國去，還有前日的決戰，好事壞事，一波接一波地洶湧過來，教他應接不暇，連喘口氣也有困難。但在這一刻，壓力大大減輕。

至少在可見的將來，沒有甚麼特別傷腦筋的事。

自己也算可憐，除了初來甫到時與美蠶娘一起過的那段日子，他從未試過全心全意去享受在這古時代裡那種奇異的生活。

正胡思亂想間，後方蹄聲驟響。

項少龍和十八鐵衛同時回頭望去，原來是嫪毐來了，後面跟著韓竭、令齊兩人和大群前後開道的親隨。

只論氣派，項少龍確是瞠乎其後。

嫪毐轉瞬來到他旁，笑道：「項大人昨晚設宴歡飲，為何竟然漏了小弟呢？」

項少龍大感尷尬，藉與韓竭和令齊打招呼，爭取到少許緩衝時間，匆匆想好答案，微笑道：「那算甚麼宴會，只是昌平君臨時要為我弄個祝捷宴，還把兩位王大將軍似拉伕般拉來，吃的卻是由我提供的酒菜，佔盡便宜，所以嫪大人勿要怪我，要怪就怪左相那小子吧！」

嫪毐、韓竭、令齊和其他人聽他說得有趣，都大聲哄笑起來，氣氛至少在表面上融洽了很多。

嫪毐停不了笑地喘著氣道：「項大人的詞鋒可比得上蘇秦和張儀，教小弟再難興問罪之師。順道向項大人道個歉，前晚邱日昇膽大妄為，自作主張，已給小弟嚴責，希望項大人不要放在心上。」

項少龍暗中叫好，知道嫪毐因認定呂不韋是頭號敵人，所以才這麼卑躬屈膝地來向自己修好，笑道：「下邊的人有時是不會那麼聽話的，對了！為何仍未見國興來向我報到呢？」

後側的韓竭笑道：「這事問我就最清楚，沒有十天半月，休想做好官服、印綬等物，他怎敢妄去報到呢？」

此時宮門在望，嫪毐出其不意地道：「長話短說，醉風樓最近來了個集天下美色的歌舞姬團，項大人今晚定要和我到醉風樓歡醉一宵，若是推搪就不當我嫪毐是朋友了。」

項少龍心中暗道老子從沒把你當過是朋友。當然不會表露心聲，苦笑道：「若項某人的嬌妻因在下夜歸而揍我一頓，要惟內史大人是問了。」

嫪毐啞然失笑道：「原來項大人說話這般風趣，唉！真恨不得快點入夜，好能與項大人把盞言歡，今晚黃昏小弟在醉風樓恭候大駕。」

項少龍暗叫倒楣，他的希望剛好和嫪毒相反，是希望永遠是白天，那就不用和嫪毒虛情假意地磨它整個晚上。

第三十二章　再來毒計

桓齮的速援部隊，在咸陽王族和權臣的鬥爭中實是關鍵所在，若給小盤掌握著這麼一支精兵，那任何人生出異心時，都要顧慮到他們的存在。

由於速援部隊的兵員是從外地挑選而來，集中訓練，自成體系，絕不像禁衛、都衛或都騎般易於被人收買或滲透。

所以呂不韋千方百計，軟硬兼施，也要把人安插到速援部隊內去。

幸好他揀的是蒙武和蒙恬兩人，其中亦包含討好他們老子蒙驁的心意，小盤和項少龍等自然是正中下懷。

當桓齮在殿上提議須增添兩名副將時，呂不韋一黨的人立即大力舉薦蒙氏兄弟，小盤裝模作樣，磨蹭一番後才「無奈」的答應。

嫪毒措手不及下，一時難以找到資歷和軍功比兩人更好的手下，只好大歎失著，更加深他對呂不韋的嫌忌。

項少龍自是暗中偷笑，現在他的唯一願望，是在黑龍出世後，能過幾年太平安樂的日子，等到小盤登基，呂不韋氣數已盡，一舉把呂、嫪兩黨掃平，然後飄然引退。

他去志之所以如此堅決，除了源出於對戰爭的厭倦，不忍見大秦覆亡六國的情景，更有一個連自己都不願清清楚楚去思索的原因，那就是小盤的變質。

在歷史上的秦始皇，種種作爲既專制殘暴，又是窮奢極侈，假若他仍留在小盤身旁，試問怎忍受得了，所以唯一方法是眼不見爲淨。

他在影響歷史，而歷史亦正在影響著他，其中的因果關係，恐怕老天爺出頭仍弄不清楚。

早朝後，呂黨固是喜氣洋洋，小盤等亦是暗暗歡喜。

項少龍被小盤召到書齋去，與昌平君、李斯等研究黑龍出世的行事細節後，離開王宮。

經過琴府時，忍不住又溜進去找琴清，豈知琴清正在指示下人收拾行囊，見他來到，拉他往一旁含淚道：「我正要使人找你，華陽夫人病倒，我要立刻趕往巴蜀，唉！」

項少龍方寸大亂，道：「你竟這麼急就要走了？」

琴清靠入他懷裡道：「夫人待我恩重如山，近年來她身體日漸衰弱，能撐到現在已是難得。所以琴清須在她這最後一段日子，陪在她身旁。諸事一了，我會回到你身邊來，不要再說使人家更難過的話好嗎？」

項少龍平復過來，問道：「儲君知道嗎？」

琴清道：「剛使人通知他和太后。」

項少龍還有甚麼話好說。千叮萬囑下，親自送她上路，到了城外十多里處，依依惜別，返回咸陽城時已是華燈初上的時刻，想起嫪毒的約會，無奈下歎了一口氣，匆匆赴約去。

踏入醉風樓，伍孚迎了上來，親自領他往嫪毒訂下的別院，恭敬道：「內史大人早來了。」

項少龍順口問道：「還有甚麼人？」

伍孚道：「大都是內史大人的常客，只有蒲鄗教人有點意外。」

項少龍愕然止步，失聲道：「蒲鄗竟來了？」

此時兩人仍在園林內的小徑上，不時有侍女和客人經過，伍孚把項少龍扯到林內，見左右除鐵衛外再無其他人後，低聲道：「大將軍可否聽伍孚說幾句肺腑之言？」

項少龍心中暗罵，肯信伍孚這種人有肺腑之言的若不是蠢蛋就是白癡。表面當然裝作動容的道：「伍樓主請放心直言。」同時打出手勢，命荊善等監察四周動靜。

伍孚忽然跪伏地上，叩頭道：「伍孚願追隨大人，以後只向大人效忠。」

項少龍只感啼笑皆非，說到底伍孚亦算有頭有臉的人，乃咸陽最大青樓的大老闆，這般卑躬屈膝的向自己投誠，確教人不知如何是好。

忙把他扶起來，道：「伍樓主萬勿如此！」

豈知伍孚硬是賴著不肯爬起來，這傢伙演技了得，聲淚俱下，道：「伍孚對於曾加害項大將軍，現已後悔莫及，希望以後爲項大人盡心盡力做點事。若大人不答應，就不若乾脆一……嘿！一刀把小人殺掉算了。」

項少龍哪還不明白他的心意。像伍孚這種小人，如牆頭長出來的小草，哪股風大，就被吹向哪一方。

以前伍孚以爲眞命天子是呂不韋，於是依附其下來陷害他項少龍，但現在逐漸察覺項少龍的不好惹，到前數天更忽然發覺到他和儲君竟親密至齊逛青樓，又得王齕、王陵一眾重臣大將的支持，兼之更挫敗管中邪，榮陞大將軍，這麼下去，到呂不韋敗亡之時，他伍孚輕則被趕離咸陽，重則株連親族，在這種情況下，唯一方法就是向項少龍表態效忠，亦可看出伍孚買的是以小盤爲中心的政軍團體最終可獲得勝利。

所以伍孚雖只是個從市井崛起的人，但卻比很多人有遠見。

項少龍沉吟片晌，正容道：「若要我項少龍把樓主視爲自己人，樓主必須以行動來證明你的誠意，而且以後要全無異心，否則我絕不會放過你。」

伍孚叩頭道：「大將軍請放心，說到底我伍孚仍是秦人，當日只是一時糊塗，以爲仲父乃儲君寵信的人，而大將軍卻是……卻是……」

項少龍已不知給人騙過多少次，怎會三言兩語立即相信他，心中煩厭，喝道：「給我站起來再說！」

伍孚仍是叩頭道：「今趟小人甘冒殺身之險，要向大將軍揭破嫪毒的陰謀。」

項少龍早知他手上必有籌碼，才會這樣來向自己投誠，但仍猜不到關係到嫪毒，半信半疑道：「嫪毒若有陰謀，怎會教你知曉？」

伍孚道：「此事請容小人一一道來。」

項少龍低喝道：「你若再不站起來，我立刻掉頭走。」

伍孚嚇得跳起來。

項少龍拉他到園心一座小橋的橋欄坐下，道：「說吧！不許有一字謊言，否則你將不會見到明天的太陽。」

伍孚羞慚道：「小人還怎敢欺騙大人……大將軍。」

頓了頓後，續道：「內史府最近來了個叫茅焦的齊人，此人聲名極盛，尤以用藥之學名著當世。」

項少龍嚇了一跳，茅焦豈非小盤的御用內奸嗎？為何竟會牽連到他身上去呢？難道竟是個反間諜。

伍孚見他沉吟不語，哪猜得到箇中原因，以為他不相信，加強語氣道：「此人曾當過齊王御醫，乃有眞材實學的人。」

項少龍眉頭大皺道：「嫪毒要他用藥來害我嗎？那可能比行刺我更困難。」

伍孚沉聲道：「嫪毒要害的是儲君。」

項少龍失聲道：「甚麼？」

伍孚恭謹地道：「自那天見過儲君，我一直忘不了儲君那種隱具天下霸主的氣概，儲君那對眼睛掃過小人，小人便好像甚麼都瞞他不過似的。最難得是他面對美色時，絕不像呂不韋、嫪毒等人的急色失態。所以當昨晚美美伺候嫪毒回來後，得意洋洋地告訴小人，嫪毒不久可取呂不韋而代之，雖再無其他話，但我已留上心。」

項少龍感到正逐漸被這個一向為自己卑視的人說服。

唯一的疑點，是嫪毒羽翼未豐，此時若害死小盤，對他和朱姬並無好處，於呂不韋更是不利。無論呂不韋或朱姬，權力的來源始終是小盤。

項少龍淡淡道：「嫪毒若要幹這種罪誅三族的事，怎會輕易告訴任何人？」

伍孚道：「美美和嫪毒關係匪淺，已相好多年，但是礙於有呂不韋在，以前只可偷偷摸摸，現在嫪毒當上內史，仍鬥不過呂不韋，加上最近呂不韋有納美美為妾之意，嫪毒著急起來，向她透露點秘密，亦是理所當然。」

項少龍早聞得嫪毒和單美美間的關係，心底又多相信幾成。皺眉道：「害死儲君，對嫪毒有甚麼好處？」

伍孚肅容道：「要害死儲君，根本不須用到茅焦這種用藥高手，儲君身邊有很多內侍都是嫪毒的人，而妙在儲君若發生甚麼事，所有人都會把帳算到呂不韋身上去。」

項少龍點頭道：「情況確是如此。」

伍孚見項少龍開始相信他，興奮起來，卻把聲音盡量壓低道：「美美說完那番惹起小人疑心的話後，就回小樓去。小人知她一向藏不住心事，必會找她的心腹小婢秀菊密談，於是偷聽整晚，終於找到了點蛛絲馬跡。」

見到項少龍瞧他的那對眼不住瞪大，伍孚尷尬地補充道：「項大人請勿見怪，在紅阿姑的房中暗設監聽的銅管，乃青樓慣技，且都不為她們知道。也幸好如此，小人才能查悉嫪毒卑鄙的陰謀。」

項少龍聽得目瞪口呆，若非伍孚親口說出來，哪猜得到在與「醉風四花」顛鸞倒鳳之際，可能會有人在洗耳恭聽。

伍孚續道：「美美告訴秀菊，嫪毒找著茅焦配出一種藥物，只要連續服用多次，人會變得癡癡呆呆，終日昏沉欲睡，時好時壞，若給儲君用上幾服，儲君將難以處理朝政，那時太后大權在握，嫪毒還不要風得風、要雨得雨嗎？」

項少龍登時汗流浹背。

科。

這條計策確是狠絕非常，最微妙是縱有人生疑，也只會疑心到呂不韋身上去，皆因呂不韋早有前科。

正心驚膽戰時，伍孚又道：「其實美美對大人也有點意思，只因大人對她毫不動心，她方轉愛為恨。她是小人養大的，自小就心高氣傲，等閒人均不放在眼內，別人要給她贖身都不肯，但現在看來她應是對嫪毐死心塌地。」

項少龍哪還有心情理會單美美對自己有意還是無情。順口問道：「楊豫是否和許商纏上？她不是管中邪的女人嗎？」

伍孚冷笑道：「管中邪從來只把女人當作洩慾的工具，哪有閒情去管楊豫。小豫一向多情，小人看她對大人比對許商更有意思呢！若大人有興趣，小人可把她送給大人，這四個女兒除歸燕外，都很聽小人的話。」

項少龍失笑道：「不要故意說些話來哄我開心，為何獨是歸燕敢違抗樓主的命令？」

伍孚苦笑道：「這個女兒一向任性，自莫傲死後性情大變，終日想著向大人報復，連我多次規勸她也不肯聽，望大人勿與她計較就好。」

項少龍想不到伍孚有慈悲的一面，微笑道：「放心吧！要計較早計較了。」

想到不宜逗留太久，正容道：「此事我會如實報上儲君，異日嫪毐授首之時，必不會漏了樓主這份天大的功勞。」

伍孚千恩萬謝的拜倒地上。

項少龍把他扯起來，繼續朝嫪毐等候他的別院走去。

心內不由百感交集，嫪毒這麼做，勢須先得朱姬首肯。人說虎毒不食兒，想不到朱姬竟爲了情夫，狠下心腸去害自己的「親生兒子」。

由這刻起，他再不用對朱姬存有歉疚之心。

抵達別院，項少龍著荊善等在外進小廳等候，與伍孚舉步進入大堂裡。

六個几席分設大堂兩邊，見項少龍駕到，嫪毒露出欣悅之色，領著蒲鶮、韓竭、令齊、嫪肆等起立施禮，陪侍的姑娘則拜伏地上，執禮隆重周到。

項少龍還禮的當兒，虎目一掃，發覺「醉風四花」全在場，陪蒲鶮的是白蕾，單美美和楊豫均在嫪毒的一席，歸燕則坐在嫪肆之旁，韓竭和令齊各有另一名姑娘侍酒，雖比不上白蕾等諸女，也已是中上之姿。

項少龍見他們仍未舉箸，知在等候自己，歉然道：「請恕小弟遲來之罪，但千萬莫要罰酒，否則小弟不但遲來，還要早退。」

眾人聽他妙語如珠，哄然大笑，柔美的女聲夾雜在男性粗豪的笑語裡，自有一番難以替代的風流韻味。

後側的伍孚引領項少龍坐入嫪毒右方上席時，嫪毒欣然笑道：「只要一向不好逛青樓的項大將軍肯賞臉光臨，我們這群好色之徒已感不勝榮幸，哪還敢計較大將軍是早退還是遲到。」

項少龍坐了下來，剛好面對大奸商蒲鶮，後者舉杯道：「這杯並非罰酒，而是賀酒，那晚我輸得連老爹姓甚麼都忘了，竟忘記向大將軍祝賀，就以此杯作補償。」

眾人轟然舉杯勸飲。

項少龍沾唇即止，蓋因想起茅焦，若說沒有戒心，就是欺騙自己。

伍孚見狀俯身低聲道：「酒沒有問題，全是新開的。」這才退了出去。

不知是否心理作用，項少龍感到楊豫和單美美看他的眼光，與以前稍有不同，似乎並非只有恨而無愛。

嫪毒放下酒杯，先介紹韓竭身旁的姑娘丹霞和令齊身旁的花玲，繼而笑道：「項大人莫要怪我多情不專，下官身旁兩位美人兒，其中之一是專程來伺候大人的。我只是代爲照顧，以免美人寂寞，現在物歸原主，任大人挑選。」

項少龍當然不會把女人當作貨物，不過這可是此時代人人習慣的看法，有主之花固是男人的私產，無主之花更是可供買賣送贈的財貨。所以單美美和楊豫均欣然受之，不以爲忤，還目光漣漣地含笑看著項少龍，有點爭競意味的等候項少龍選擇。

項少龍糊塗起來，不聽伍孚的話還好，有了他那番話入耳，再分不清楚自己對兩女應持的態度。幸好他清楚知道雖未至於要對她們「如避蛇蠍」，但仍以「敬而遠之」最是妥當，從容笑道：「項某怎敢奪嫪大人所好，大人兼收並蓄才是美事，項某不若另召姑娘吧！」

兩女立即既作狀不依，又向嫪毒撒嬌，弄得滿堂春意，恰到好處。同時討好嫪毒和項少龍，不愧歡場紅人。

蒲鶮大笑道：「項大人確有本事，輕耍一招，便避過開罪我們其中一位美人兒之失。蒲某若早點知道大人的本領，就不會因大人在比武前仍來玩樂而錯下判斷，累得囊空如洗，要靠嫪大人接濟才能與我的乖小蕾親熱親熱。」

言罷摟著白蕾當眾親個嘴兒。

白蕾欲拒還迎後狠狠在蒲鶮大腿捏了一記，惹來眾男的邪笑。

不知是否因知悉嫪毒陰謀的緣故，項少龍發覺自己完全投入不到現場的情緒和氣氛去。想起曾在二十一世紀花天酒地的自己，才驀然知道自己變得多麼厲害。

到此刻他仍弄不清楚蒲鶮和嫪毒的關係，照理蒲鶮既是杜壁的一黨，自是擁護成蟜的一派，支持的是秀麗夫人，與嫪毒的太后派該是勢成水火，但偏偏卻在這裡大作老友狀，教人費解。

而且看蒲鶮的眼神模樣，在在顯示他乃深沉多智、有野心而敢作敢爲的人。但擺出來讓人看的樣子，卻只是個耽於酒色財氣的商家，只從這點，便知此人殊不簡單。

坐在蒲鶮下首的令齊笑語道：「蒲老闆最懂說笑，誰不知道大老闆的生意橫跨秦、趙，愈做愈大。」

蒲鶮歎道：「說到做生意，怎及得上大將軍的岳丈大人，現在關中、巴蜀和河東盡成他囊中之物，就算不計畜牧，只是桑、蠶、麻、魚、鹽、銅、鐵等貿易往來，賺頭已大得嚇人，怎是我這種苦苦經營的小商賈所能比較。」

嫪毒失笑道：「蒲爺不是想博取同情，要項大人勸烏爺把贏了的錢歸還給你吧！」

今趟連項少龍都失笑起來，這蒲鶮自有一套引人的魅力。

令齊淡淡道：「蒲爺的大本營，只論三川，自古就是帝王之州，其他太原、上黨都是中原要地，又是東西要道，物產豐饒，商賈往來販運，經濟發達。蒲爺竟有此說，是否有似『妻妾總是人家的好』呢！」

這番話登時又惹起哄堂大笑。

項少龍暗中對嫪毒的謀士留上了心，雖只區區幾句話，足看出令齊是個有見識的人。

小盤欽定的內鬼茅焦沒有出現，可能是因時日尙淺，仍未能打入嫪黨權力的小圈子內。待他害小盤的陰謀得逞，情況才會改變。

此時陪嫪肆的歸燕發出一聲尖叫，原來是嫪肆忍不住對她動起手腳來。

「醉風四花」是當今咸陽最紅的名妓，身家地位稍差點的人，想沾根手指都難比登天。儘管權貴如呂不韋、嫪毒之流，也要落點功夫方能一親芳澤，而這亦是顯出她們身價不凡的地方。現在嫪肆如此急色，可進而推知此君只是俗物一件，全憑嫪毒的親族關係，才有望進窺高位。

嫪毒和嫪肆，就像呂不韋和被罷職的呂雄，可見任用親人，古今如一，卻每是破敗之由。

忽然間項少龍後悔起來。當年因貪一時之快扳倒呂雄，實屬不智。若任他留在都衛裡，便可藉以牽制管中邪。

想到這裡，打定主意無論如何都要在嫪毒坍臺前好好的「善待」嫪肆。

嫪毒狠狠瞪嫪肆一眼後，舉杯向歸燕謝罪。這個痛恨項少龍的美女才回嗔作喜，雖然事後必會在姊妹間臭罵嫪肆。

項少龍又聯想起有法寶可偷聽這類對話的伍孚，覺得既荒謬又好笑。

蒲鶮爲了緩和氣氛，歎道：「若說做生意，仲父才是高手，只看他《呂氏春秋》內對農耕技術的記述，廣及辨識土性、改造土壤、因地制宜，又重視間苗、除草、治蟲、施肥、深耕細作、生產季節等，便知他識見確是過人。」

韓竭冷笑道：「若我韓竭有他的財力權勢，也可編纂一部《韓氏春秋》過過癮兒。現在大秦人才鼎盛，甚麼東西弄不出來？」

項少龍自然知道蒲鶮存心不良，好加深嫪、呂兩黨的嫌隙，卻不禁暗裡出了一身冷汗。

自想到以《五德終始說》對抗《呂氏春秋》後，他便把《呂氏春秋》擱在一旁。其實這本劃時代的鉅著正深深影響當代的知識分子，那是一種思想的轉移，大概可稱之爲「呂氏主義」。所以縱使嫪毒奸謀得逞，得益的最有可能仍非是嫪毒而是呂不韋。

在朝野的擁戴下，呂不韋可輕易製造聲勢，蓋過朱姬。當他正式登上攝政大臣的寶座，憑他在文武兩方面的實力，他項少龍和嫪毒將大禍臨頭。

在神思恍惚、魂遊太虛間，嚦嚦鶯聲響起，道：「項大將軍神不守舍，又酒不沾唇，是否貴體欠安？」

項少龍驚醒過來，見眾人眼光集中到自己身上，而關心自己的正是伍孚形容爲多情的楊豫，順水推舟道：「昨晚多喝兩杯，醒來後仍是有些頭昏腦脹、腳步飄飄的……嘿！」

正想乘機藉詞溜掉，嫪毒已搶著道：「倘茅先生非是被儲君召了入宮看病，就可著他來看看項大人。茅先生向以醫道名著當世，保證藥到醉除。」

項少龍登時再出一身冷汗。

小盤召茅焦到宮內去，自是藉診病爲名，問取情報爲實，但弊在茅焦是嫪毒陰謀的施行者，倘以花言巧語，又或暗做手腳，騙得小盤服下毒藥，豈非大禍立至。

但想想小盤既是秦始皇，自不應會被人害得變成白癡，只是世事難測，怎能心安，想到這裡，立時心焦如焚，霍地起立，施禮道：「請各位見諒，項某忽然記起一件急事，必須立刻前去處理。」

眾人無不愕然朝他望來。

第三十三章　正面挑戰

嫪毐皺眉道：「究竟是甚麼急事？可否派遣下人去做？眼下餚饌還未陳上，何況還有我特別爲大人安排的歌舞表演呢！」

蒲鶮也道：「項大人身子尚未坐暖就趕著要走，我們怎都不會放過你的。」

項少龍暗罵自己糊塗，這事確可差人去辦，烏言著是最佳人選，只要由他通知滕翼，再由滕翼找昌平君商議便成。陪笑道：「是我一時急得糊塗，這就去吩咐下人，請各位原諒。」

嫪毐等釋然，放他離去。

項少龍步出大堂，來到外進的小廳堂，荊善等正在大吃大喝，又與伺候他們的俏妓打情罵俏，樂不可支，偏是見不到烏言著。

問起烏言著，烏光惶恐道：「言著大哥溜了去找他的老相好，項爺莫要怪他。」

項少龍怎會見怪他，本想改派荊善，但想起可趁機到外面鬆弛一下，問明烏言著要去的地點，正要出去時，眾衛慌忙站了起來。

項少龍早厭倦終日有人跟在身後，又見他們正吃喝得不亦樂乎，制止他們，一個人溜了出去。

踏步林中幽徑，立時精神一振，想起家有嬌妻愛兒，卻要在這種勾心鬥角的場合與人虛與委蛇，大歎何苦來由。

不一會兒轉上通往主樓的大道，一來夜幕低垂，二來他是孤身一人，故雖不時碰上提燈往其他別院去的婢僕客人，都以為他是一般家將、從衛之類的人物，沒對他特別留心。

快到主樓時，忽然見到伍孚匆匆趕出來，沒有提燈，就在他身旁不遠處低頭擦身而過，轉入一條小路去，一點不知他的存在。

項少龍心中一動，閃入林裡，遠遠躡在他身後。

若非見伍孚是朝「醉風四花」居住的那片竹林奔去，他絕不會生出跟蹤的興趣。因為四花現在全體出席嫪毒的晚宴，伍孚又該忙於招呼賓客，實在沒有到那裡去的理由，除非是有人在等候他。

能在任何一花的閨閣等候伍孚去說話的，若不是呂黨就是嫪黨的人，其他人怎敢和這兩黨的人爭競。

眼下嫪毒等在別院裡，豈非是呂不韋方面的人在那裡等候嗎？

項少龍展開特種部隊的身手，緊躡在伍孚身後，不片晌抵達竹林。

只見入口處人影幢幢，把伍孚迎了進去。

項少龍生出望洋興歎的頹喪感覺，上次是因有韓闖掩護，故能潛入咸陽所有好色男人都渴望能留宿一宵的「竹林藏幽」內，現在自己連一條攀爬的鉤索都沒有，要潛進去只是癡人說夢。

正想離開時，腦際靈光一閃。伍孚不是說過可以偷聽「醉風四花」的說話，而她們卻懵然不知嗎？想來這該不會是假話，因為只要自己加以查證，立可揭破伍孚是在說謊。

這種監聽工具，極可能是像在信陵君臥房裡那條能監聽地道內聲息的銅管一類的設備，自不應裝在林內四座小樓任何一幢裡，否則早給揭破。但亦該裝設在附近，否則距離過遠，傳真度會大打折扣。

項少龍哪還遲疑，沿竹林搜尋過去，不一會兒在竹林另一方發現一排四間擺放雜物的小屋，後面是高起的外牆。

忙打亮火熠子，逐屋搜尋起來，不一會兒發現其中一間的內進特別乾淨，裝設四個大櫃，與其他三間堆放雜物的有種格格不入的感覺，而且還全上了鎖。項少龍急忙取出飛針，不片刻把其中一個簡陋的鎖頭弄開來，拉開櫃門，忍不住歡呼起來。

只見一根銅管由地上延伸上來，尾端像個小喇叭，剛好讓人站著時可把耳朵湊上去。總算伍孚這小子沒有在此裝設上欺騙他。

不過這根銅管顯然不是通往伍孚要到的那座小樓去，因爲聽不到半點聲音。項少龍再試著弄開其他櫃門，到第三個時，其中一根隱聞聲響，忙把耳朵湊上去。

聲響傳來，似乎是酒杯相碰的聲音。好一會兒後，一把男人的笑聲響起來。由於人聲通過長達十多丈的銅管，不但聲音變質，還不大清晰，所以一時無法辨認出是伍孚還是其他人。

一個男人說話道：「仲父的妙計眞厲害，項少龍雖然其奸似鬼，仍給小人騙得深信不疑。」

項少龍哪還認不出伍孚在說話，恨得牙都癢了起來。

另一把男聲笑道：「主要還是靠伍樓主的本領，仲父這條連環妙計方可派上用場，異日儲君若出事，誰都不會懷疑到我們身上去。」

只聽語氣，便知說話的是管中邪。

項少龍暗叫好險，若非神差鬼使，教自己聽到他們的說話，這個觔斗就栽得重了，可能會永不超生。

由此可見小盤確是眞命天子秦始皇，故能鴻福齊天。而呂不韋輸的卻是運氣，又或可能存在於虛緲中的天命。

同時感心中煩厭，呂不韋的陰謀毒計不但層出不窮，還要接踵而來，自己何時才能有點安閒日子可過？惟有寄望黑龍的出世。

呂不韋的聲音由銅管傳入他耳內道：「美美仍在陪反骨賊子嗎？」

伍孚答道：「仲父請放心，項少龍給我嚇得三魂不聚，很快會找藉口離開，好去通知儲君。而且小人早告訴嫪毒，美美今晚只可留到戌時末，屆時小人會去把美美接回來的。」

呂不韋冷哼一聲，不屑地道：「這假閹賊竟敢和我呂不韋爭女人，敢情是活得不耐煩了。」

項少龍聽了一會兒，知道再聽不到甚麼特別東西，把櫃鎖還原，匆匆溜走。

回到嫪毒等所在的別院，赫然見到邱日昇和渭南武士行館的三大教席，國興、安金良、常傑全來了，坐在新設的四席處，同時多了四位陪酒的美妓，姿色又稍遜於伺候韓竭和令齊的丹霞和花玲。見項少龍回來，首先發難的是楊豫和單美美，嫪毒和蒲鶮等同聲附和，責他藉詞逃席，否則怎會這麼久才回來。

項少龍比之剛才可說是判若兩人，心情大異。先與邱日昇等客氣打招呼，接著灑然自罰一杯，終平息「公憤」。

邱日昇與他對飲的神態出奇地冷淡，安金良和常傑則仍帶有敵意，反是國興這既得利益者執足下屬之禮，雖仍稍欠熱情，但項少龍已感覺到他有感激之心。

嫪毒對邱日昇等人的態度顯然並不滿意，頻頻以眼色示意，邱日昇卻裝作看不見，氣氛登時異樣起來。

項少龍又發覺單美美看自己時俏目隱含深刻的仇恨和憎惡，暗忖心理的影響竟是如斯厲害，因再不相信伍孚的話，所以觀感完全改變過來。

現時大堂八個酒席，就只項少龍一人沒有侍酒的姑娘。

餚饌此時開始端上，用的是銀筷子，以防有人下毒。

嫪毒笑道：「蒲爺一向不會空手訪友，今趟來咸陽，帶來個集天下美色的歌舞姬團，以供我等大開眼界，其臺柱『三絕女』石素芳，更是聲、色、藝三絕，顛倒眾生。」

項少龍心中大訝，聽嫪毒這麼說，那顯然是個職業的巡迴歌舞團，並不附屬於任何權貴。在此處處強權當道的時代，石素芳如何仍能保持自由之身，可以隨處表演呢？

於古戰國時代裡，無論個人或團體，除一般平民百姓外，都含有某種政治意味或目的。照理歌舞姬團亦不例外，只就它與蒲鵠拉上關係，便大不簡單。

蒲鵠得意洋洋道：「本人費了兩個月時間，親到邯鄲找到團主金老大，甘詞厚幣，始說得動他帶團到咸陽來，已安排好在春祭晚宴上表演助興，今晚可說是先來一場預演。」

邱日昇插言道：「聽說『三絕女』石素芳與那晚在仲父府技懾全場的齊國『柔骨美人』蘭宮媛，以及燕國有『玲瓏燕』之稱的鳳菲，合稱三大名姬，想不到今天的咸陽一舉來了兩姬，我等確是眼福不淺。」

項少龍這才知道那晚行刺自己的柔骨女名叫蘭宮媛。三大名姬內，至少有一個是出色當行的女刺客。其他兩個又如何？

項少龍不禁生出好奇之心。

嫪肆邪笑道：「仲父想必嘗過柔骨美人的滋味，不知蒲爺可曾試過石素芳的房內三絕，又能否可透露一二？」

所有男人都笑起來，眾女則嬌嗔笑罵，她們都習慣了男人這類露骨言詞，亦知道怎樣做出恰當的反應。

項少龍卻是心中暗笑，嫪毐重用這種只懂風月之徒，實已種下敗亡之因。

蒲鶮先陪眾人笑了一會兒，道：「假若這麼容易可一親香澤，石素芳恐怕已給人收於私房。石素芳每到一地，均要有人保證不會被迫賣身，今趟的保家是蒲某人，試問蒲某豈能做監守自盜的卑鄙之徒？」

坐在邱國昇下席的安金良正嚼著一片雞肉，含糊不清地咕噥道：「那就太過可惜哩！」

登時又惹起一陣哄笑。

楊豫此時站起來，提著酒壺來到項少龍旁，雙膝先觸地，然後坐到小腿上，笑靨如花道：「項大人，讓奴家敬你一杯！」

項少龍瀟灑舉杯，讓她斟酒。

嫪毐笑道：「豫姑娘既對項大人有意，項大人不若把她接收過去吧！保證她的榻上三絕，不會比石素芳遜色。」

眾人再次起鬨，推波助瀾，只有邱日昇等臉露不屑之色，對項少龍仍是心存芥蒂。

項少龍見這風韻迷人的美女赧然垂首，不勝嬌柔，就算當作她是在演戲，仍感一陣強烈的衝動。這是男人與生俱來對美女的正常反應，尤其想到她可能毒如蛇蠍，更添另一番玩火般危險刺激的滋味。

哄笑聲中，楊豫仰臉橫他千嬌百媚的一眼，旋又垂下螓首，櫻唇輕吐道：「若項大人能騰出少許空閒，楊豫願薦枕席。」

這兩句話，由於音量極細，只有項少龍得以耳聞，倍增暗通款曲的纏綿滋味。

項少龍目光落在她起伏有致的酥胸上，差點脫口答應。幸好最近每天雞鳴前起來練劍，把意志練得無比堅毅。咬牙低聲道：「心結難解，請豫姑娘見諒。」

楊豫以幽怨得可把他燒熔的眸子瞅他一眼後，退回嫪毒一席去。

項少龍主動舉起酒杯，向各人勸飲，眾人哄然舉杯，邱日昇方面除國興外，其他人的神態勉強多了，只是敷衍了事，不帶熱情。

接著邱日昇和蒲鶮對飲一杯。

項少龍正奇怪爲何嫪毒似乎一點都控制不了邱日昇時，剛巧見到蒲、邱兩人交換個大有深意的會心微笑，靈光一閃，想通嫪毒和邱日昇的關係。

邱日昇以前是陽泉君的人，傾向小盤之「弟」成蟜。現在他仍是成蟜派系，但卻改爲與杜壁和蒲鶮勾結。

杜壁和蒲鶮勢力雖大，卻是集中於東三郡方面，那亦成了成蟜的根據地。

這是呂不韋一手造成，故意留下這條尾巴，使朱姬和小盤不得不倚仗他去應付。但杜璧等亦希望插足到咸陽來，於是才有邱日昇詐作投靠嫪毒，使呂不韋亦礙著朱姬奈何不了他們，奇怪複雜的關係便如此形成了。

他當然不會把觀察得來的寶貴資料透露給嫪毒知道。呂不韋在玩權力平衡的遊戲，他只好奉陪。有了新的體會後，項少龍登時知道自己成了蒲鶮、杜璧和邱日昇一方首要攻擊的對象。若能除去他項少龍，便可立即破壞咸陽各大勢力已是險象環生的均衡局面。對蒲、杜等人來說，自然是愈亂愈好。

現在秦國軍方反對呂不韋的人絕非少數，只要杜璧能聯結其中最大的幾股力量，例如王齕、王陵、王翦，又或昌平君、安谷傒等，成蟜便大有把握與呂不韋表面支持的小盤爭一日之短長。只要去掉小盤這最大障礙，成蟜便是大秦的當然繼位者。而首要之務是幹掉他項少龍，使咸陽陷進亂局中，他們可混水摸了小盤這條大魚。

就在此時，他看到邱日昇頻頻用眼色向國興示意，好一會兒後，國興不大情願地道：「大將軍這兩天不知是否有閒情到我們行館表演一次刀法，讓我們大開眼界呢？」

同樣意思的話，比起決戰前那晚國興在醉風樓說出來的，已完全沒有了那種劍拔弩張的味道。可知紀嫣然的感之以義，小盤的誘之以利，大大的打動他。

說到底，以小盤爲首的政治集團，始終是當時得令，國興以前因先依附陽泉君，苦無門路加入項少龍的一方。現在得此良機，要他再爲邱日昇犧牲實是何其難矣。

項少龍尚未說話，嫪毒故作訝然道：「大將軍如有神助的刀法，國大人不是曾親眼目睹嗎？爲何仍要多此一舉，再見識多一次呢？」

這幾句話極不客氣，顯示嫪毐非常不高興。

邱日昇哈哈一笑，道：「正因爲項大人刀法如神，我等才要請大人到行館指點一下手下兒郎，內史大人誤會了。」

項少龍微微一笑，道：「若邱館主答應明天親自下場，我項少龍怎也會到行館去領略教益。」

此語一出，包括蒲鶮在內，眾人同時色變。

這幾句話雖是客客氣氣道出來，但擺明項少龍有殺死邱日昇之心，而且事後誰也不敢追究，因是邱日昇咎由自取的。

蒲鶮和邱日昇色變的原因，是感到項少龍已看穿他們和嫪毐的眞正關係，才如此不留情面。嫪毐等色變的原因，是項少龍此語既出，以邱日昇的身分地位，就算明知必敗，也只有挺身應戰，再無轉圜餘地。

單美美等諸女卻是被項少龍不可一世的英雄氣概震撼，芳心悸動。

果然邱日昇仰天長笑，豪氣干雲地道：「近年來從沒有人像項大人般肯與本館主玩上兩手，明天午時，邱某人就在館內恭候大駕。」

話畢霍地站起來，向蒲鶮和嫪毐等人略一施禮，拂袖去了。

國興等只好匆匆施禮，隨他離去。

大堂的氣氛一時尷尬之極。

眾人面面相覷，想不到邱日昇氣量如此淺窄時，伍孚一臉疑惑地走進來，還頻頻回頭朝邱日昇消失的方向望去。

項少龍笑道：「伍樓主是否要來接美美去與仲父相見呢？」

嫪毐和伍孚同時劇震變色。

第三十四章　三絕美人

伍孚雙膝一軟，跪了下來。

事實上，他一時之間仍弄不清楚眼前究竟發生甚麼事，只知自己心中想著的事，被項少龍一口揭破而作賊心虛。那有點像一個以爲把自己包藏在密封厚衣內的人，忽然發覺自己赤身裸體地讓人一覽無遺。

項少龍看穿的雖只一點，但伍孚在感覺上卻像所有事全給看破。一時間他雖仍未意識到確實的後果，但潛意識中卻知道若自己卑鄙的行爲被識破，等若開罪儲君和項少龍，必將惹來滅族大禍，所以他跪下來乃是近乎下意識的反應。

嫪毐勃然色變的原因是伍孚騙他。早先伍孚謊稱單美美身體不適，必須早退，當然今晚不能陪他度夜，豈知竟是因要去陪呂不韋，此事確是孰不可忍。

他雖奇怪項少龍爲何會知道單美美去陪呂不韋一事，但憤怒卻蓋過求知之心。

除單美美猜到一點點外，其他人都愕然望著跪伏地上的伍孚，弄不清楚發生何事。

項少龍訝道：「伍樓主不是做了甚麼錯事吧？所謂『平生不做虧心事，夜半敲門心不驚』。樓主看來卻剛剛相反，聽了區區一句話立即跪了下來，所爲何事呢？」

伍孚亦是老奸巨猾的人，定過神來，暗罵自己膽小心虛，忙爬起來，乾咳道：「小人只是一時失足，閃得跪跌下來，教各位大人爺們見笑了。」

嫪毒冷哼一聲，道：「樓主來此，不是有如項大人所言，要把美美送與仲父吧？」

伍孚對嫪毒，遠不如對項少龍的畏忌，忙道：「實情確是如此，不過若內史大人不高興，小人這就回去推掉仲父好了。」

伍孚此時驚魂未定，只想迅速離開，以查證爲何項少龍竟會拆穿這件事。其中一個可能性，自然是因項少龍的人發覺呂不韋駕到。

單美美發出一陣清脆的嬌笑，沖淡不少凝重的氣氛後，嬌嗲地道：「項大將軍剛才出去打了一個轉，是否恰巧碰到仲父？」

項少龍知道單美美是藉機通知伍孚，教他不用憂心，以爲給項少龍識破所有機密。只從這點，可知單美美實在是呂不韋的人。淡淡道：「我沒有見到仲父，但我的手下卻見到他的隨從，所以隨口一猜，怎知卻害得伍樓主摔了一跤。」

伍孚和眾人這才明白過來，項少龍則心中好笑。

嫪毒探手過去，挽著單美美的小蠻腰，向伍孚喝道：「樓主該知眼下應怎麼做吧？」

伍孚垂頭應是，狼狽地退出堂外。

蒲鶮舉杯笑道：「『平生不做虧心事，夜半敲門心不驚』，這極有意思的句語我蒲鶮尚是初次得聞，項大人妙語連珠，蒲鶮敬你一杯。」

眾人均有同感，齊齊舉杯向項少龍致敬。

項少龍心中苦笑，知道自己又引用了超越時代的名句。蒲鶮故意重提兩句話，自是看穿伍孚作賊心虛。

此時各人都有幾分酒意，嫪毐笑道：「不若讓我們暫忘明天將要發生的事，先欣賞三大名姬之一的石素芳聲、色、藝三絕的精采演出吧！」

項少龍舉杯道：「今朝有酒今朝醉，明日愁來明日當，我們再喝一杯。」

包括單美美等諸女在內，人人屏息靜氣，等待石素芳的出場。

項少龍也懾於她的三絕聲名，生出期待之心。

一隊由十八名女子組成的樂隊，此時置身近門的一端，一邊吹奏敲擊各式樂器發出纏綿樂韻的同時，一邊訓練有素地擺舞身體，舞姿曼妙，教人悅目賞心。

她們莫不綺年玉貌，身穿彩衣，配上舞樂，引人之極。

忽然鼓樂一變，兩隊各八人的美豔舞姬，手持羽扇，身穿輕紗，分由兩邊側門舞進堂來，乍合倏分，變化出各種不同的人造圖案，看得在場男女均歎爲觀止。

秦國雖是當時頭號強國，但若論文化風流，哪是其他六國對手。

單美美等已是秦國第一流的歌舞姬，但見到來自東方的歌舞姬團，也只好自愧不如。

最精采是輕紗下隱見淡紅色的褻衣短褂，香肩勝雪，玉臂粉腿，搖曳生姿，看得眾男兩眼放光，嫪肆這色慾之徒更是口涎直流。

項少龍乘機觀察眾人反應，嫪毐和令齊、韓竭等雖未像嫪肆的失態，但也是目瞪口呆。只有蒲鶮神色沉冷，可知此人擺出來的姿態，只是眩惑別人的一種假象。

兩隊舞姬，在千變萬化後，由分而合，聚成一個大圓，櫻唇輕吐，發出曼妙無倫的歌聲。項少龍半句也聽不懂她們在唱甚麼，正思量間，眾舞姬忽地蝴蝶般飛散四方，一位絕色美女赫然出現在眾女的正中處。

眾人都不知這俏佳人何時駕到，如何不為人知的躲在歌姬陣中，到蒲鵠帶頭鼓掌喝采，始如夢初醒般附和起來。

此美女身穿鮮黃繡花的羅裙，足登絲織錦花繡鞋，頭上的釵簪以玳瑁鑲嵌，雙耳戴著明珠造的耳璫，粉頸掛上寶石綴成的珠鍊，渾身光華流轉，配起她顫顫巍巍的聳挺酥胸，纖細得僅盈一握的腰肢，潔白如絲緞的皮膚，胖瘦適中的身材，妖豔婀娜，動人至極。

瓜子般的俏臉上嵌了一對顧盼生妍的明眸，在兩個美麗的酒渦襯托下，香唇像一抹由老天爺那對妙手勾畫出來的丹紅胭脂，豔麗濃郁，卻一點不落於塵俗。

她雖坐在地上，未有任何動作，但只坐姿已使人感到她體態嫻雅，輕巧無倫。

最令項少龍印象深刻的是她秀長而潔白的脖子，那使她在嬈豔中透出無比高貴的氣質，比之琴清和紀嫣然，亦不會遜色多少。

石素芳這一亮相，宛如豔陽初昇，光華奪目，不論男女，均被她美絕當世的扮相震懾得不能自已。

其他舞姬以她為中心坐了下來，輕輕遙向她揮動羽扇，使人清楚知道她是歌舞姬團的核心和靈魂。

石素芳似一點不知自己成為眾人眼光的唯一目標，像獨坐深閨之內，顧影自憐地做出幾個使人心跳情動的姿態表情後，幽幽唱起來。

石素芳的紅唇綻放出縹緲優美、如雲似水的歌聲，反覆如波推浪湧，彷彿勾留在氤氳纏綿的氣氛中，不但自己欲捨難離，也教人走不出去。

項少龍本是不懂音律之人，但這些年因受紀嫣然的影響，已略諳一二，此時聽到她的淒幽歌聲，腦海泛起一幅美麗的圖畫，若似夢境裡有位活在深邃幽谷內的仙子，正徘徊水畔，對著自己美麗的倒影深情詠吟，其動人處比之紀嫣然的簫音，亦是不遑多讓。

她唱的是《詩經》中的《采薇》，描寫將士出征的詠懷詩，不斷重唱「采薇采薇」，然後是一段將士感懷的描寫，那種纏綿哀怨的歌聲感情，誰能不爲之傾倒。

她的歌聲雖是若斷若續，似實還虛，但偏是異常清晰，咬字準確，教人聽得一字不漏。當她唱到「昔我往矣，楊柳依依。今我來思，雨雪霏霏。行道遲遲，載渴載飢。我心傷悲，莫知我哀」，聲音轉細，與樂音同時消沒，化入千山萬水外的遠處，眾舞姬又把她圍攏遮掩起來，羽扇顫震間，全體退出門外去。

眾人感動得連拍掌喝采都忘掉。

項少龍亦神爲之奪，傾倒不已。

眾人迷醉無言時，一名四十餘歲的華服大漢走進來，一揖到地道：「金成就參見蒲爺和各位大人。」

蒲鶮回過神來，笑道：「這位是金老大，全賴他的苦心訓練，各位得以聽到剛才比仙籟還動人的歌聲。」繼而把各人介紹給金老大。

嫪毒欣然道：「人來，給我賞金老大十鎰黃金。」

當下，自有人拿賞錢給金老大。

項少龍暗忖嫪毒近來定是搜刮了很多錢財，否則怎能隨手大筆打賞。

金老大千恩萬謝時，蒲鶮識趣地道：「石姑娘今晚心情如何？可否請她來陪我們閒聊兩句，好讓我等表達仰慕之情。」

金老大顯然應付慣此類場面，故作神秘地壓低聲音道：「我這女兒絕不能對她操之過急。待小人找到時機，再安排她和諸位大人見面，此事可包在小人身上。」

眾女均鬆了一口氣，單美美等「醉風四花」更露出不屑之色，表面似不值石素芳擺的架子，骨子裡自然因爲對她傾倒眾人妒忌得要命。

若論姿色，單美美比之石素芳，實是各擅勝場，但若論聲藝卻至少遜了一籌。至於包裝形象，更輸了一大截，假如這是由金老大這個「經理人」設計出來，那金老大就大不簡單。

金老大轉向項少龍道：「我這女兒一向眼高於頂，但對項大人卻特別留心。今晚因知道大人有分出席，特別開心，還唱出她的首本名曲。」

項少龍連忙謙讓，同時心中大罵，剛才石素芳唱曲時，眼尾都沒看過自己，而金老大卻偏要這麼說，擺明是蒲鶮的囑咐，以挑起嫪毒對自己妒忌之意，其心可誅。

果然嫪毒雙眼閃過嫉恨之色，哈哈笑道：「既是如此，金老大只須安排石小姐和項大人私下相見就可以，有我們這些旁人在，反爲礙事。」

項少龍恨不得痛刮金老大兩巴掌，同時暗懍蒲鶮兵不血刃的毒辣手段。

這一招離間計，用在甚麼人身上都比不上用在嫪毒身上奏效。因爲嫪毒一向妒忌項少龍和朱姬的關係，所以金老大幾句話可說正中他要害。

項少龍別頭向身側的嫪毒苦笑道：「嫪大人切勿對金老大的話認眞，我看石小姐對任何人都不在意才是眞的。」

嫪毒乾笑兩聲，顯是仍難以釋懷。

最高興的當然是蒲鶮，舉杯勸飲。金老大乘機退了出去。

不一會兒伍孚又回來，還有呂不韋、管中邪和許商三人，且把金老大硬扯回頭。

眾人均大感意外，愕然以對。

呂不韋來到堂心，眼光掃過各人，最後落到嫪毒身上，哈哈笑道：「我今趟來是要罰內史大人三杯酒。」

嫪毒、項少龍等紛紛起立施禮，單美美諸妓則拜伏地上。

嫪毒一向在呂不韋淫威下過活，近來雖因有朱姬撐腰，飛黃騰達，但舊主餘威猶在，不見面時還可逞威風，現在面對面，立時像矮去半截似的，囁嚅地道：「仲父爲何要對卑職興問罪之師呢？」

呂不韋捋鬚長笑，道：「少龍、蒲老闆和諸位美人兒可做見證，讓我逐項罪一一數出來，看是否罰得有理。」

在呂不韋身後的許商喝道：「還不給內史大人先斟第一杯罰酒？」

呂不韋欣然道：「美人們請坐！」

眾女依言坐下。

單美美和楊豫一人提壺，另一人取杯，斟滿一杯酒，遞到像見到貓的老鼠般的嫪毒手上。

項少龍不由心中暗讚，呂不韋甫一入場，便憑其身分氣勢把各人全壓下去，完全操控了主動之權。

被「押」回來的金老大則一頭霧水的站在伍孚之旁，弄不清楚目下究竟發生甚麼事。

嫪毒的手下韓竭、令齊、嫪肆等見項少龍和蒲鶮啞口無言，更是沒有插嘴的餘地。

卓立呂不韋另一旁的管中邪則臉帶微笑，神態自若，令人一點看不出幾天前他曾敗在項少龍的百戰寶刀之下。

呂不韋負手身後，悠然舉步來到嫪毒席前，微微一笑道：「首項罪名，是明知本仲父來了醉風樓，竟不過來打個招呼，何時我們的關係變得和陌路人沒有任何分別？」

嫪毒大感尷尬，哭笑不得應道：「該罰！該罰！」舉杯飲盡第一杯罰酒。

蒲鶮看著單美美爲嫪毒斟第二杯罰酒時，哈哈笑道：「仲父第一杯罰酒，罰的該是我們全體才對。」

呂不韋搖頭笑道：「本仲父怎敢怪蒲老闆，但責怪小嫪卻是理所當然，是嗎？內史大人？」

嫪毒眼中怒火一閃即逝，這幾句話當然是暗指他忘恩負義。垂頭沉聲道：「仲父的話自然錯不了，只不知第二杯罰的是甚麼？」

呂不韋目光落到項少龍身上，微笑道：「少龍料事如神，不若由你來猜猜看。」

項少龍與嫪毒交換個眼色，苦笑道：「仲父行事出人意表，教我如何猜測？」

呂不韋大感得意，在眾人注視下於場心來回踱起方步，最後來到大堂向門的一端，環顧全場笑道：「第二杯仍是與第一杯罰的事有關，剛才碰上金老大，問起來始知小嫪私下安排在此欣賞三絕女的聲、色、藝，如此難逢的機會，小嫪怎可漏了我呂不韋的一份兒？」

管中邪附和道：「我當然沒有資格責罰小嫪，卻忍不住要怪小嫪不夠朋友。」

嫪毒給兩人你一句、我一句揶揄奚落，又口口聲聲像從前般喚他作小嫪，臉色開始難看起來，但又苦於形勢仍遠及不上呂不韋，惟有硬嚥下這口惡氣，忍氣吞聲地把第二杯罰酒喝掉，歎道：「第三杯罰酒，恕卑職眞的想不到原因。」

蒲鶮皺眉看著呂、嫪兩人，一頭霧水，顯然想不通為何呂不韋要來公然落嫪毒的面子。

只有項少龍隱隱猜到原因，皆因呂不韋以爲已通過伍孚蠱惑了項少龍，成功陷害嫪毒，故蓄意製造出聯手打擊嫪毒的聲勢，矛頭更是直指朱姬。

假若小盤肯和呂不韋聯起手來對付嫪毒，即使朱姬都包庇不了他。

再想深一層，呂不韋顯然是在試探項少龍是否中了他的反間之計。

想到這裡，項少龍心中一動，道：「若第三項罪名是與美美小姐有關，可否請仲父暫時放過內史大人，不再說出來，那就皆大歡喜，大家可以各自快樂地回家睡覺。」

今趟輪到呂不韋、管中邪等臉色微變，顯是給項少龍說中心事。

單美美花容失色，瞥了項少龍一眼，跪伏地上，嬌軀微顫。

嫪毒立即恍然大悟，知道呂不韋是要公開宣佈納單美美為侍妾，那他若仍要和呂不韋爭奪美人，自是罪大惡極，有負呂不韋提拔之恩。

堂內登時靜得落針可聞。

呂不韋終是一代人傑，提得起，放得下，向項少龍豎起拇指，讚道：「還是少龍了得，就因你這幾句話，本仲父收回第三杯罰酒。」

接著冷喝道：「美美你先回小樓，轉頭本仲父來見你。」

單美美惶然望了氣得臉色鐵青的嫪毒一眼，低頭站起來，忽然淚如泉湧，掩面飛奔出去。

韓竭手按到劍柄上，望向嫪毒，顯是只要嫪毒一個眼神，就立即動手。

管中邪和許商亦手握劍柄，卻故意不看韓竭，裝出不屑之狀。

大堂內立即殺氣騰起。

嫪毒雙目凶光一閃，倏又斂去，歎了一口氣，緩緩道：「夜了！大家早點休息也好。」

呂不韋仰天打個哈哈，向蒲鶮和項少龍分別打了招呼，掉頭便走，管、許兩人隨他去了。

嫪毒沉吟半晌，搖頭苦笑，道：「現在我只想到外面吸兩口清新的空氣。」

項少龍歎一口氣，卻是因心情輕鬆而發，因爲知道呂不韋和嫪毒的對抗和衝突，終因單美美這條導火線而趨表面化。

第三十五章　光芒四射

嫪毒和項少龍兩人並騎而馳，在咸陽的古代大街緩緩而行。

十八鐵衛在前方開路，嫪毒的親衛隨在身後。

由於不久前發生過暗殺事件，故人人提高警覺，不敢掉以輕心。

韓竭、嫪肆和令齊三人緊跟於後，不過仍隔開一段距離，好讓兩人放心說密話。

甫離醉風樓，嫪毒最後一絲的卑容立時消失，臉寒如冰，一言不發。

走了半盞熱茶的路後，嫪毒呆望前方燈籠光映照下的街道，沉聲道：「呂不韋實在欺人太甚。」

項少龍慣性地細聆蹄聲的響音在空曠無人的長街迴蕩著，歎道：「目前形勢下，內史大人還是忍一時之氣吧！犯不著爲一個女人與他正面衝突。」

嫪毒咬牙切齒道：「項兄看到美美的無奈和痛苦嗎？她的心是向著我的。」

項少龍想起單美美哭著離開時瞥他的眼神，不由勾畫出一幅這位美女美麗的胴體被緊壓在呂不韋臭體下的情景，苦笑著欲語無言。

嫪毒像自說自話般低吼道：「我要殺了呂不韋！」

項少龍別頭往他望去，剛好嫪毒的目光往他射來，兩人對望一會兒後，項少龍道：「先不說能否殺死他，但若呂不韋眞的死了，秦國會立即陷進亂局裡，嫪兄還是三思才好。」

嫪毒嘴角露出一絲苦澀的笑意，頹然一歎。

項少龍亦心中暗歎，自己實在太重感情，雖明知嫪毒是狼心狗肺的人，對自己更是不安好心，但現在見到他被呂不韋多方迫害，仍興起同情之念。看來自己眞的不是搞政治的料子，對敵人都這麼容易心軟。

此時來到一個十字街頭，左方可通往城南的甘泉宮，向前則是項少龍歸家之路，嫪毒勒馬停定，整隊人隨之停下來。

項少龍心知肚明嫪毒要往甘泉宮去找朱姬，好在臥榻上向她訴苦，心中立時不舒服起來。

嫪毒勉力振起精神，道：「項兄明天是否打算殺死邱日昇？」

項少龍怎也不能不在此事上給他一點面子，微笑道：「這事由嫪兄作主好了。」

嫪毒想不到項少龍如此肯賣帳，一震道：「項兄很夠朋友，這事情我是明白的。邱日昇實在太過分，但此人目前對我仍有點用處，項兄給他一些挫折便罷！」

項少龍淡淡道：「就依嫪兄之言好了。」

頓了頓乘機問道：「嫪兄和蒲鶮究竟是怎麼樣的關係？」

嫪毒皺起眉頭，好一會兒才道：「現在他致力巴結我，我見沒有甚麼害處，便敷衍一下他。此人在秦、趙均有龐大的勢力，以前一直和陽泉君勾結，現在失去靠山，又見杜璧沒有甚麼作爲，自然要另外找人支撐。」

這麼一說，項少龍立知蒲鶮給了他很多好處，也不揭破。

兩人道別後，各自走了。

回到烏府，已是二更時分，宅內燈火通明，大多數人出奇地仍尚未就寢，原來是護送鄒衍出境的烏果回來了。此君乃烏家的開心果，上上下下無不歡喜他，此時正在大廳內口沫橫飛的說起旅途的趣事見聞，聽得紀嫣然等諸女和趙大等人不時爆出哄笑，他就是那種能把完全不好笑的事弄得令人忍俊不住的說話高手。

周薇小鳥依人般依在他旁，神情歡喜，眾人中以她和田氏姊妹笑得最厲害，只要烏果來個表情，不用說話她們早笑彎了蠻腰。

滕翼和善蘭則坐在一角，感受著廳內融洽的氣氛。荊俊今晚因要值夜，故不在此。

經過外間的爾虞我詐、勾心鬥角，回到溫馨小天地的項少龍心中頓生溫暖。

烏果見他回來，忙起立致敬道：「項爺巡夜回來哩！」

此語一出，眾人再發出一陣哄堂大笑。

滕翼站起來，笑道：「夜了！明天再談吧！」

烏果一把拖著周薇的纖手，嚷道：「對！大家睡覺去吧！」

周薇在眾人的笑聲中，掙脫烏果的手，羞紅著小臉溜往後宅，而烏果卻裝出個急色的模樣，追著去了。

眾人一哄而散，只剩下紀嫣然等諸女和滕翼夫婦。

紀嫣然白他一眼，道：「我還以爲夫君大人今晚不回來呢！」

項少龍呼冤道：「賢妻以爲我想去與嫪毒這種人鬼混嗎？不過今晚卻有重大收穫。」

滕翼追問下，項少龍把今晚發生的事和盤托出。

善蘭怒道：「呂不韋眞是卑鄙無恥，嫪毒亦非好人，最好是他兩個都死掉。」

烏廷芳關心的卻是別的事，問道：「那石素芳是否長得很美？」

項少龍識趣地答道：「算相當不錯的，但總不及芳兒的明豔。」

烏廷芳立時眉開眼笑，不再糾纏。

滕翼沉聲道：「明天三弟眞的要爲嫪毒而放棄鏟除邱日昇的良機嗎？」

項少龍歎道：「想深一層，現在仍不宜除去邱日昇，多個人與呂不韋作對該是好事。」

岔開話題，問起紀嫣然試演黑龍的情況。

紀嫣然秀眸閃亮，悠然道：「有嫣然主持，夫君大人放心好了。」

滕翼站起來，伸個懶腰，道：「大家早點休息，養足精神，明天便到那破行館大鬧一場，使人知道我們絕不好惹。」

趙致笑道：「現在我們的項爺慣了在開戰前到醉風樓逛逛，不過今次恐怕沒有人敢再下重注買項爺輸了。」

嘻笑聲中，各人回房去也。

次日早朝，由於立春將至，新的一年快將來臨，秦廷上下集中討論有關財政開支的各項問題。

呂不韋掌管財務，準備充足，於一個月前向小盤提交洋洋萬言的「預算案」。

總的來說，呂不韋是加重賦稅以增加國庫收入，主要用以應付即將而來大規模的軍事行動和建造鄭國渠的開支。

這些天來，小盤、李斯、昌平君和王陵不時密議，集中討論財政預算。項少龍對此一竅不通，又因要應付管中邪之戰，故免了參與之苦。

呂不韋再詳細解釋一趟整個預算案，文武百官已站了足有兩個時辰，小盤格外開恩，使人搬來地蓆，賜各人坐下來。

呂不韋述說完畢，意氣風發道：「理財之道，在於應加則加，應減得減，用得其所。今我大秦國庫充盈，積粟如山，民以殷盛，國以富強，百姓樂用，諸侯親服，自應多開財路，廣增賦稅，奮勇東進。只有多佔土地，我大秦方可繼續強國強兵的策略，此實我大秦開國以來，前所未有統一天下的良機。」

朝臣紛紛附和。

朱姬始終非是這方面的專門人才，只有點頭的分兒。

項少龍聽出呂不韋隱有秦國之所以有今日，全歸他功勞之概。他當然不希望秦國全力東進，不過卻沒有駁斥呂不韋的口實，只有暗暗氣惱。

幸好小盤顯然與李斯等商議後另有想法，一直沒有表示同意。

蔡澤、王綰等紛陳己見，歌頌呂不韋的英明神武、治國有方，小盤淡淡道：「左相有何意見？」

昌平君振起精神，站起來移到殿心，面向朝階上高踞而坐的小盤、朱姬、呂不韋三人道：「我大秦自孝公敗楚、魏之師，舉地千里；惠文王拔三川之地，西併巴、蜀，北牧上郡，南取漢中，包九夷，制鄢、郢。昭襄王強公室，杜私門，蠶食六國之從，使之西面事秦。至今更新得東三郡，誠宜先行富民之策，鞏固所得之地。兼之現在鄭國渠築建在在需財，大批農民因被征作渠工，致荒廢生產，故增賦之議，還請儲君三思。」

小盤尚未有機會表示意見，王綰冷笑一聲，道：「左相此言差矣，我大秦乃天府之國，進可攻，退可守，關中左殽函，右隴蜀，沃野千里，南有巴蜀之饒，北有胡苑之利，阻三面而固守，獨以一面東制諸侯，兵源糧草補充無缺，建鄭國渠只是九牛一毛，只巴、蜀兩郡已足可應付。請儲君明鑒。」

蒙驁接著道：「我大秦自昭襄王以還，奮力東進，不僅取得趙、魏、韓、楚的大片土地，且大小戰數百次，殲敵將士百萬以上，大大削弱東方諸國的戰鬥力量。目下東方六國民不聊生，族類離散，亂極思治，際此眾弱而我獨強之時，我大秦佔盡天時、地利、人和之勢，若不趁機舉財擴軍，錯失良機，豈對得起諸先王乎？」

項少龍見昌平君不住色變，心知不妙。

昌平君雖是饒有智謀之士，但礙於經驗，仍非是呂不韋、王綰等人的對手，到達辯論的某一階段，便難以為繼。

今趟呂不韋的新財政預算案，實在是個奪權的周詳計劃，使呂不韋有更大的自由度去徵收賦稅、添加新稅項及擴展軍隊。一旦小盤和朱姬批下來，呂不韋將可為所欲為，利己損人，像桓齮這些將領，則更要看他臉色做人。

小盤或可管得到咸陽的三大軍系，但咸陽外的軍隊，則變相地由呂不韋控制，所以在此事上是非爭不可。

昌平君發一陣呆，忽地哈哈笑道：「有請李斯大人把研究所得，奏稟儲君。」竟把李斯攞上臺來。

項少龍和小盤登時放下心事，知此乃沒有計策中的最佳計策。

本來以李斯的長史身分，只等若小盤的秘書長，負責爲小盤處理文書，但昌平君既點名由他出來表達意見，旁人很難反對。

王齕、王陵等屬武將，帶兵點將，自是出色當行，但說到政治、經濟，遠非呂不韋、王綰等的對手，均像項少龍般幫不上忙。

只有李斯這名垂千古的重臣，才是最適合的人選。

李斯心中暗喜，欣然走出來，到了殿心，代替昌平君後，先依足禮數，才油然奏稟，道：「統一天下，乃我大秦國策，此事當無人心懷異議。惟施政有若怒海操舟，稍一不慎，重則舟覆人亡，輕亦民變禍連，故絕不可操之過急，其要在體察民情，因情施政。」

蔡澤顯然一點都看不起李斯，帶點不屑口吻道：「老臣等在仲父指示下，遍察我大秦各郡，因地制宜，釐定賦稅，絕不會輕忽從事，長史大人實在過慮了。」

呂不韋捋鬚笑道：「長史大人若有機會親體政情，方能明白本仲父今次呈上儲君的建議書，實是窮無數人力物力而得來千錘百鍊的成果，我大秦之興，盡在其中矣。請儲君、太后賜准，好立即實施。」

眾臣紛紛附和，昌平君等則眉頭大皺。只有項少龍心中篤定，知道李斯必有反擊妙法。

果然李斯從容笑道：「所謂體察民情，必須有實據支持，始能令人信服。若照仲父提議，諸郡之中，以巴、蜀兩郡增稅最苛，此便是萬萬不行。」

呂不韋想不到李斯竟敢公然頂撞他這個舊老闆，色變不悅，道：「富者增之，貧者減之，此乃賦稅之金科玉律，巴蜀乃天府之地，我大秦貧其富，用兼天下。長史何有此言？」

李斯絲毫沒有被他的疾言厲色嚇倒，好整以暇地昂然辯道：「巴蜀不但是我大秦根本，還是戰略重地，其地兵甲，若由岷江順流而下，五天可達楚郢，乃統一西南和伐楚的必爭之地，爲可鞏固巴蜀，必須因情施政，改採優寵之策。但微臣卻在仲父的建議書看不到此點。」

頓了頓更胸有成竹地道：「要知巴蜀雖資源豐富，卻是地廣人稀，民智較低，很多地方還是處於刀耕火種的原始階段，若驟增其賦，恐怕一旦超過其負擔能力，反因加得減。其次巴蜀土著種族眾多，強悍善戰，若激起民變，縱能平定，亦必大傷元氣，加深仇隙。故不若減輕賦租，使人心歸向，始是上策。微臣之議，立足點在於巴蜀的戰略性更勝於其經濟上的考慮，請儲君、太后和仲父明察。」

小盤龍目立時亮起來，奮然道：「李卿所言有理，先還富於民，然後再取富於民，始是正略。爭天下豈在乎一年、兩年之短長，何況左相言及鄭國渠耗費一事，絕非九牛一毛，若抽空巴、蜀兩地資源，勢必激起民變，那寡人就眞的愧對先王了。」

項少龍暗暗叫絕。李斯厲害處就是改由戰略方面批評呂不韋，且集中彈藥只攻一點，但卻予人感覺到整份建議書處處漏洞，皆因未能體察民情之故。

小盤更不愧未來一統天下的名主，打蛇隨棍上，藉機以鄭國渠來否定呂不韋的增稅政策，他這麼說出口來，除了呂不韋等有限幾人外，誰還敢堅持異議。

呂不韋仍未有機會說話，李斯續道：「現今初得東三郡，只是減稅，仍未足以安民，微臣之議，最好減輕刑罰。我大秦目下不是患無刑，而是患刑重。盜一錢者重罰，知情不報者罪同，輕罪重罰，刑何以苛，對巴、蜀等蠻夷眾多又或新郡新民之地，刑苛只會釀成民變，於我大秦一統天下大大不利。」

這番話已超出呂不韋建議書的範疇，但在一統天下的大前提上，卻沒有分毫離軌，顯示出李斯的高瞻遠矚，實非呂黨能及。

呂不韋雙目凶光連閃，手足無措時，李斯侃侃續言道：「富國之策，千變萬化，但萬變不離其宗，用之所得是也。像巴蜀之地，地廣人稀，人才缺乏，但如能徙富民於巴蜀，刺激工商，資我本土，兩地振興有望。我大秦始能得其利，足用之以併天下。」

小盤聞之大喜，拍案叫絕，道：「李卿之言對極，眾卿還有何話可說？」

呂不韋等措手不及，面面相覷，無詞以對，出乎眾人料外，嫪毐離座而出，跪伏地上，恭敬道：「李大人之賢，可比商鞅而尤有過之。微臣斗膽請儲君破格賜准李卿，依仲父之議，重新釐定賦財之策，請儲君明鑒。」

此語一出，立時全殿譁然。

只有項少龍明白嫪毐如此幫忙，實是要報呂不韋昨夜的三「杯」之仇。

呂不韋雙目厲芒電射，狠狠瞪著嫪毐，恨不得把他生吞下肚。

王綰等此時方知一向低調的李斯的高明手段。

自入秦以來，李斯直到此刻終吐氣揚眉，大放異采，奠定以後屹立不倒的政治地位。

小盤哪還不知機，忙向朱姬請示。

朱姬雖覺得這樣擺明削呂不韋的權勢，大是不妥，但卻不得不支持嫪毐，點頭道：「王兒看著辦好了。」

小盤大感痛快地欣然道：「李卿立即著手進行此事，完成後須一式兩份，分別呈上寡人和仲父，待寡人和仲父商量後，再在廷上商討。」

項少龍心中暗讚，小盤雖是明削呂不韋之權，但卻予呂不韋下臺的機會，保存了他少許顏面。此時人人目光均集中到呂不韋身上，看他是否肯接受。

呂不韋顯然理屈詞窮，再難找到駁斥李斯的說話，不過他終是頭老狐狸，竟仍能呵呵笑道：「長史大人果然不負本仲父所望，爲我大秦立下大功，理該獎賞，不若就到本仲父處來負責賦役之務，使長史得以盡展抱負。」

小盤微微笑道：「仲父所言甚是，不過寡人心中早有更適合李卿的職位，春祭時會有公告。」接著朗聲道：「今天到此爲止，其他事留待明天稟上，退朝！」

項少龍醒覺過來，知道早過了與邱日昇約好的午時。

這回廷議出奇地精采，亦出奇地冗長，足有五個時辰，亦即十個小時。

第三十六章　高手雲集

小盤打了一場漂亮的勝仗，心情大佳，邀得一眾心腹大臣共進午膳，除桓齮提早離開咸陽未能參與外，連正興高采烈在殿外苦候項少龍去武士行館鬧事的滕、荊兩人都來了。

尚有王齕、王陵、昌平君兄弟，李斯當然是座上客。

午宴在後宮的內廷舉行，沒有了朱姬，小盤要怎樣就怎樣，痛快之極。

宮娥奉上酒饌後，立被著令離開，好讓眾人可暢所欲言。

小盤和各人衷心讚賞李斯後，輪到項少龍把昨夜發生的事情原原本本詳細道出。

聽到呂不韋玩的把戲時，王齕勃然大怒，道：「這麼說以前鹿公和徐先指責呂賊毒害先王之事，非是無的放矢。現在竟敢故技重施，不若我們先發制人，把呂賊和奸黨殺得半個不剩，請儲君賜准。」

小盤歎道：「若可以如此容易，寡人早將他召入宮內，令人把他殺掉。只是現在呂黨勢大，又有杜璧、蒲鶮等人虎視眈眈，亂事若起，杜璧等勾結外人作亂，首先東三郡就難以保存。最忌的尚有蒙驁，一天不削去他軍權，吾等仍未可輕舉妄動。」

王陵這穩重派的也道：「爲今之計，最佳莫如待黑龍出世，再捧嫪毐以制呂不韋，雙管齊下，方是妙策。」

說到一半，只見李斯等朝王陵猛打眼色，才醒覺過來，立即臉如死灰。

王齕果然愕然道：「甚麼黑龍出世？」

小盤曾有嚴令，禁止任何人洩露黑龍之事，現在王陵發覺說漏了口，自是嚇得臉無人色。

小盤笑道：「陵卿不用介懷，但只此一回。」

王陵鬆一口氣，離席跪叩謝罪。

項少龍見小盤威勢日增，既驚又喜，自己都弄不清楚那感受。

小盤親向王齕解釋這件事後，王齕大喜向項少龍讚道：「只有少龍才有這種異想天開又確切可行的妙計，以嫪毒牽制呂不韋更是妙不可言，剛才已有實例。異日任嫪毒聲勢如何增大，閹狗始終是閹狗，不能像呂不韋般收買人心，就算他三頭六臂，也絕飛不出老將的指縫。」

王齕乃蒙驁外掌握最大實力的大將，自不會把嫪毒放在眼內。

呂不韋的厲害皆因在文武兩方都生了根，若在尚未部署妥當時動搖他，必出亂子。而嫪毒說到底只是朱姬的男寵，除去他並不會帶來甚麼後果，充其量只是一場動亂罷了，尤其現在小盤安插了茅焦到他身旁，還怕他亂得出甚麼樣兒來？

昌平君冷哼一聲，道：「反而邱日昇是個禍根，少龍你下午有閒，雖答應嫪毒不殺他，但挫挫他的威風亦是快事。」

項少龍到現在仍弄不清楚武士行館的意義，順口問起來。

王陵道：「行館之風，是由陽泉君自楚國引入我咸陽來的，主要是訓練劍手以供公卿大臣僱用，乃武士躋身軍階的捷徑，故頗為興旺，亦有公卿大臣把子女送往行館受訓。少龍對上邱日昇，切勿掉以輕心，因行館常要應付各地來的劍手挑戰，邱日昇能穩坐館主之位，當有其眞材實學。」

小盤笑道：「他難道比管中邪更高明嗎？」

眾人一想也是，舉杯痛飲，話題轉往三大名姬上，談談笑笑，到午膳完畢，項少龍飲飽食足，哪還有興趣去找邱日昇動手動腳而又不能殺他，遂回官署去也。

酒意上湧，項少龍在官署睡了個午覺，醒來時，荊善來報，內史府有人找他。

項少龍出廳一看，原來是嫪肆。

滕翼正在沒好氣的聽他說話，見項少龍來到，忙藉機遁走。

嫪肆見到項少龍，一臉諂媚道：「小弟今趟是奉兄長之命而來，專程約大將軍到內史府出席晚宴。」

項少龍心中叫娘，難道今晚又要面對嫪毐捱他娘的一個晚上，連忙動腦筋找藉口推辭。

嫪肆俯近了點，故作神秘地道：「今晚兄長約了『三絕女』石素芳來喝酒，自然不可漏掉大將軍的一份哪！」

項少龍腦際立時「嗡」的一聲，亂成一團，說再不動心，就是騙人。

像石素芳和「柔骨美人」蘭宮媛那類罕有的絕色，縱是敵對的立場，但若有機會接觸，包括他在內，沒有多少個男人能狠心拒絕。

嫪毐當然不會那麼大方，肯製造他項少龍與石素芳親近的機會，其中定有例如石素芳指定須他出席方肯答應這次邀約等一類的條件，想到這裡，不由大感自豪。

唯一的問題，是昨晚剛到醉風樓胡混整晚，今夜又去見石素芳，嬌妻們會怎樣看自己呢？

項少龍歎道：「令兄好意恕我無福消受。因今晚我要在家中陪伴妻兒，請告訴令兄，我項少龍覺得他很夠朋友就是。」

嫪肆臉色微變，非常失望，顯見項少龍所猜的雖不中亦不遠矣。

嫪肆落足嘴頭仍不得要領後，無奈走了。

項少龍心裡忽地強烈的思念著家中的嬌妻愛兒，忙返家去。

回到烏府，紀嫣然差不多同一時間回來，原來是到了渭水操演後天便要「現世」的黑龍。

田氏姊妹欣然伺候他兩人沐浴更衣，其中旖旎妙境，難以盡述。

與嬌妻愛兒在後園裡享受黃昏前和煦的陽光時，項少龍早把石素芳一事拋諸九霄雲外。

不知是否年歲長了，又或經歷過太多生離死別的打擊，他現在非常戀棧那暖得人心都要融化的家庭之樂。

與紀嫣然、趙致和烏廷芳三位嬌妻閒話家常，看著田貞、田鳳兩女與剛學曉走路的項寶兒在草地上嬉玩，那種樂趣實非任何東西所能替代。

烏廷芳可能由鐵衛處得來消息，知道早朝曾有爭吵之事，問了起來。

項少龍怎會隱瞞她們，把早上發生的事一併說出來，還告訴她們今晚推掉可與石素芳共膳的機會。

烏廷芳奇道：「項郎不怕開罪嫪毐和那位沒有任何男人不想親近的美人兒嗎？只看柔骨女蘭宮媛的姿色，便可想見石素芳的才藝了。」

項少龍此時與三女坐在亭內，田氏姊妹和項寶兒的笑聲，不時由亭外的草地上飄送耳內，心中充盈幸福的感覺，衷心誠意地道：「只要有三位賢妻任何一位相伴，我項少龍已心滿意足，何況現在竟得老天爺開恩，教我這區區凡夫得擁三位來自天上仙界的仙子，我項少龍還怎敢另有妄求呢？」

三女嬌軀同時輕顫，美目纏來，亮出熾熱情火。

趙致心迷神醉地道：「得夫如此，夫復何求，與項郎在一起，每天都像剛開始相戀那樣子，啊！致致開心得不知怎麼說哩！」

紀嫣然歎道：「可惜清姊到了蜀郡去，否則這一刻將更完美無缺，眞希望夫君大人永遠不用出征，離別的滋味眞不好受。」

秦軍法紀，出征的將士均不可帶同妻妾，故出征是所有妻子最害怕的事。

項少龍想起戰爭的殘酷，深深歎了一口氣。

烏廷芳移過來，坐入他懷裡，摟上他脖子道：「少龍今趟爽約，邱日昇必振振有詞，會說你怕了他呢！」

紀嫣然情動起來，到了他身後，伏到他虎背上去，柔聲道：「凡見過我們大將軍百戰刀法的人，只會認爲邱日昇不知行了甚麼好運。哼！我紀嫣然已對國興手下留情，這些人仍不知感激，夫君大人若往武士行館時，嫣然也要去！」

項少龍豪興大發道：「那不若明天朝會後去找他算帳吧！」

烏廷芳和趙致同時叫好，紀嫣然「哎喲」一聲，道：「要晚點才行！儲君要人家明天到王宮教他讀書，唉！清姊不在，只好由嫣然頂替。聽說清姊對儲君是很嚴謹的，但我卻是不行！要我板著臉孔實在太辛苦哩！」

項少龍這才記起她也被封作太傅，同時心生感觸。

小盤雖沒有表現出來，但事實上他對亡母妮夫人的思念，是深刻之極的創痛，故而亟需代替的對象，先是朱姬，接著是琴清，現在則是紀嫣然。否則以他現時的才智，哪須旁人來教他讀書？

烏廷芳吻了項少龍的臉頰，香軟的紅唇雖只蜻蜓點水的一觸，已令他舒服心甜得直沁心脾，只聽仍像少女般嬌癡的美妻子柔聲道：「項郎知否清姊在巴蜀有很大的生意，清姊對賺錢是非常有本事的。」

項少龍對琴清的出身來歷一直很模糊，只知她是王族的人，大訝下追問起來。

此事紀嫣然當然最清楚，答道：「清姊本是巴郡大族，其祖得丹砂之穴，可作藥物和染料之用，故累數世之積，到清姊時琴族已成巴郡的首富。秦人爲與其修好，遂以王族顯貴向清姊提親，卻想不到丈夫婚禮剛成，便要領兵出征並客死異地。清姊爲了躲避其他權貴的糾纏，返回巴蜀，主理生意，做得有聲有色，到儲君由趙返秦，方在華陽夫人提議下返回咸陽，做儲君的太傅，更遇上你這多情郎君，致再陷情關。」

項少龍這才明白琴清的身分地位爲何如此超然，不但因華陽夫人和小盤的寵信，更因她在巴蜀有家族做大靠山。

正如李斯所說，對巴蜀這種地方勢力龐大的特殊地區，只有採懷柔政策才行。同時明白她爲何與華陽夫人這來自楚國的美女關係如此密切，皆因巴蜀地近楚境，像琴族那種富甲一地的大族，自然與楚王朝有千絲萬縷的關係。

娶得琴清，不但可得到千嬌百媚的人兒，還可得到她龐大的家財，試問誰不眼紅，所以琴清才不敢公然和自己相愛。

即使琴清嫁來咸陽成為王族，底子裡仍是一項充滿政治味道的婚姻交易。

神思飛越之時，烏光來報，國興來找他。

項少龍歎一口氣，走出亭外，抱起項寶兒親親他的小臉蛋，才交給田貞，往大廳去見國興。

正在喝茶的國興見他來到，竟跪下來連叩三個響頭，嚇得項少龍忙把他扶起來，心中明白，道：「國先生折煞項某了。」

兩人坐好，國興苦笑道：「今趟卑職來此，本是不懷好意的。」

項少龍心知肚明他有投誠之意，但已學曉不輕易信人，微笑道：「副統領是否奉邱館主之命來尋我項少龍的晦氣？」

國興顯然和邱日昇在拗氣，冷哼一聲，道：「他憑甚麼來找大人晦氣，今天大人因朝會遲了，他表面雖裝出不滿狀，其實誰都看出他是如釋重負，還趁機和蒲鶮溜了到郊外打獵，我們都知他是怕項大人會尋上門去。看過項大人的百戰刀法後，誰還有膽量來捋項大人的虎鬚？」

項少龍訝道：「那他為何又著你來見我？」

國興愧然道：「實不相瞞，我們本都是暗中為二王子出力的人，行館的開支亦是由蒲鶮暗中支持，否則沒有了陽泉君，早關門大吉。但表面上卻不得不依附內史大人，呂不韋數次要取締行館，都由內史大人一力架著。」

又道：「呂不韋很有辦法，把我們的武士大量吸納過去，又明裡暗裡表示朝廷不會選用我們訓練出來的人。累得我們銀根短絀，到嫪大人關照我們後，行館始略有起色。」

項少龍知他不明白自己和嫪毒的關係，故說到嫪毒時，語氣尊敬，小心翼翼。在目下的情況，他當然不會把實情透露給國興知道，點頭道：「國兄以後有甚麼打算？」

國興再撲跪地上，叫道：「國興以前做過很多對不起項爺的事，又曾以卑鄙手段傷了荊爺，罪該萬死。只希望以後將功贖罪，爲項爺盡心盡力辦事，死而無悔。」

有了伍孚的教訓，項少龍再不會因對方幾句話而盡信不疑。先把他扶起來，道：「國兄有話好說，再不要如此。」

國興激動地道：「自那天紀才女手下留情，我國興已想了很多天，現在咸陽城誰不知項爺義薄雲天，薄己厚人，項爺請讓小人追隨你吧！」

項少龍苦笑道：「原來我的聲譽那麼好嗎？」

國興道：「項爺兩次有機會當丞相都輕輕放過，又提拔李斯、桓齮和昌文君，對由邯鄲隨你來的舊人恩寵有加，義救燕國太子丹，豪事義行不勝枚舉，我們早心中有數。只因被私利蒙蔽眼睛，但紀才女那幾槍使我完全驚醒過來，只望以後追隨項爺左右，再不用整天與人勾心鬥角，更不用愁明天會給哪個人出賣。」

項少龍認眞考慮一會兒，點頭道：「好吧！我便如你所願，但記著我絕非可輕易欺騙的人，若發覺你有一字口不對心，立殺無赦。」

國興大喜，撲往地上。

項少龍讓他叩頭後，命他坐好，道：「剛才你似乎有些話想告訴我，究竟是甚麼一回事？」

國興神色凝重起來，壓低聲音道：「這些事我完全是憑一些跡象猜測出來的，因爲我尚未有資格參與杜璧、蒲鶮和館主他們的密會，可是有很多事卻須交下來由我們去做，所以給我猜出個大概。」

項少龍是經慣風浪的人，淡然道：「說吧！」

國興道：「他們應訂下周詳的計劃，好讓二王子取儲君之位而代之，關鍵處仍在東三郡，蒲鵠雖是秦人，但一向在秦、趙間左右逢源，加上家族勢力龐大，又分別與趙王室和我大秦王室通婚，故於兩地均有根深柢固的影響力，若非他大力支持，二王子亦不能到那裡落地生根。」

項少龍恍然大悟。就像異人是呂不韋的奇貨，成嶠便是另一大商家蒲鵠可居的奇貨。

當年誰都想不到小盤可回來霸佔成嶠的儲君之位，所以蒲鵠、杜壁、陽泉君等一直全力巴結秀麗夫人和成嶠。

豈知小盤成功離趙返秦，立即粉碎他們的美夢。初時他們可能仍不大看得起呂不韋，到陽泉君被呂不韋害死，始知形勢不妙，但他們亦無法轉舵，而唯一的出路是助成嶠把王位奪回來。

若小盤的朝廷穩若泰山，他們當然難有可乘之機，偏是目下的秦廷分裂成儲君黨、呂黨和嫪黨三大勢力，互相傾軋，於是蒲鵠等便可蠢蠢欲動。

國興續道：「蒲鵠最厲害的手段，是勾結現在趙國炙手可熱的大將龐煖。我雖不知詳細情況，但聽館主的口氣，龐煖正秘密連結三晉、楚人和燕人，以破呂不韋和田單的秘密結盟，同時助二王子登上王位。而可以想像的，是杜壁必須在咸陽製造一場動亂，若呂不韋有異動，那就更好，因爲那會引致秦國軍隊的分裂，屆時定會有將領投往二王子的旗下去，配合趙人的支援，聲勢就大大不同了。」

項少龍暗感自豪，自己早先的猜想，正和現在國興所說的相差不遠，只沒想到龐煖正秘密籌備另一次楚、燕、趙、魏、韓聯盟的計劃。

同時暗自神傷，李園、龍陽君、太子丹雖和自己稱兄道弟，但在國對國的情況下，一點個人間的私情都不存在。

現實就是那樣殘酷。

國興沉聲道：「要製造一場大亂，最佳莫如把項爺刺殺，那時人人把帳算到呂不韋的身上去，後果可以想見。」

項少龍微笑道：「想殺我的人絕不會少呢！」

國興正容道：「項爺切勿輕忽視之，蒲鶮和龐煖籌備良久，在各地招攬了一批奇人異士，又集中在趙國訓練刺殺之術，現在正分批潛來咸陽，當中有三個人是由我親往接應，都是第一流的好手，其中一人叫『赤腳仙』寇烈，乃楚墨近二十年最出類拔萃的高手，只看他竟穿上鞋子，便知他抱有不惜身殉以刺殺項爺的決心。」

項少龍倒抽一口涼氣，若整天都要提防這樣一批又一批的死士來行刺自己，做人還有甚麼樂趣？問道：「蒲鶮那個歌舞姬團，是否亦暗藏刺客呢？」

國興道：「應該是這樣吧，不過我所知有限，並不清楚。」

項少龍問道：「你接應的三個人，現在是否仍和你保持聯絡？」

心中同時感到，楚國肯派人來參與這趟刺殺自己的行動，必須得到李園同意，那豈非李園也要殺他嗎？頓時心中不舒服起來，再不敢推想下去。

但忍不住又猜想起來，李園要殺他還沒有甚麼，若龍陽君也要殺他，他項少龍便很難消受。或者這是各地劍手的個別行動吧！

國興答道：「掩護他們入城後，他們便自行隱藏。」

頓了頓又道：「我們的行館亦來了幾個生面人，當上館主的貼身隨從，看來都是隱藏眞正身分的高手。」

項少龍暗歎一波未平，一波又起。

現在秦人成爲東方諸國的公敵，在戰場既討不了好，惟有潛進來搞顚覆，這類事古今如一，並沒有分別。

國興道：「今趟我奉邱館主之命來此，是要約期再戰，不過卻是在十五日後，我猜他以爲有這段日子，那批死士該可成功刺殺項爺。」

項少龍道：「那就告訴他，項某人要到時看心情來決定是否赴約。嘿！你逗留這麼久，不怕他們起疑嗎？」

國興笑道：「我會推說項爺擺足架子，累我苦候半個時辰。回去後，我盡量刺探有關刺客的消息，再設法通知項爺。」

項少龍拍了拍他肩頭，道：「要通知我還不容易嗎？快點來報到幫忙吧！國副統領。」

兩人相視大笑，國興歡天喜地的離開。

回到內堂，把事情告訴了三位嬌妻，著她們出入小心後，紀嫣然道：「他們的目標並不是你，而是政儲君，說要殺你只是掩人耳目的煙幕吧！」

項少龍如夢初醒地一震道：「我眞糊塗，只要殺了儲君，始會立即引起眞正大亂，成嶠也可名正言順地成爲繼承人。」

說眞的，他反而放下心來，因爲若小盤死了，歷史上就沒有秦始皇，中國恐怕亦不會出現。

紀嫣然道：「此事我們必須採取主動，只恨城衛被緊握在管中邪手中，否則事情就易辦多了。」

項少龍正沉吟時，鐵衛來報，嫪毒大駕光臨。

項少龍苦起臉來，烏廷芳笑道：「若推辭不了，敷衍他一晚吧！我們最信任項郎的。」

項少龍歎了一口氣，出去見嫪毒。

《尋秦記》卷六終

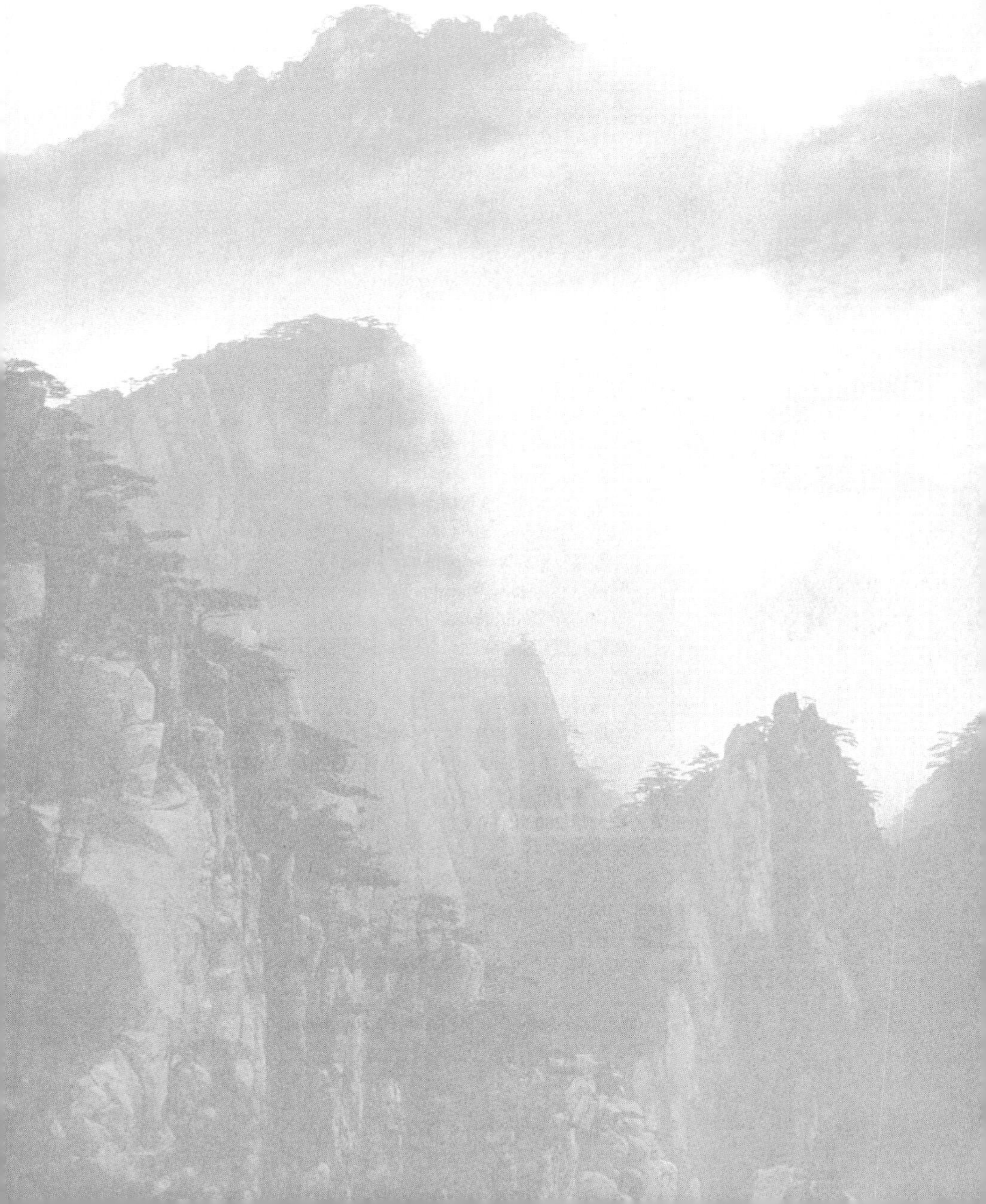

國家圖書館出版品預行編目資料

尋秦記／黃易著. --初版.--台北市 ：
蓋亞文化，2017.08－
冊; 公分. --

ISBN 978-986-319-293-0 (卷6：平裝)

857.83 106009654

尋秦記

卷06

新編完整版

作者／黃易
封面插圖／劉建文
封面題字／練任
裝幀設計／克里斯
出版／蓋亞文化有限公司
地址◎台北市103赤峰街41巷7號1樓
電話◎（02）25585438 傳眞◎（02）25585439
部落格◎gaeabooks.pixnet.net/blog
服務信箱◎gaea@gaeabooks.com.tw
投稿信箱◎editor@gaeabooks.com.tw
郵撥帳號◎19769541 戶名：蓋亞文化有限公司
法律顧問／宇達經貿法律事務所
總經銷／聯合發行股份有限公司
地址◎新北市新店區寶橋路二三五巷六弄六號二樓
電話◎（02）29178022 傳眞◎（02）29156275
初版一刷／2017年08月
定價／新台幣 370 元
Printed in Taiwan

ISBN／978-986-319-293-0